Zu diesem Buch

Dorothy Leigh Sayers, geboren am 13. Juni 1893 als Tochter eines Pfarrers und Schuldirektors aus altem englischem Landadel, war eine der ersten Frauen, die an der Universität ihres Geburtsorts Oxford Examen machten. Sie wurde Lehrerin in Hull, wechselte dann aber für zehn Jahre zu einer Werbeagentur über. 1926 heiratete sie den Hauptmann Oswald Atherton Fleming. Als Schriftstellerin begann sie mit religiösen Gedichten und Geschichten. Auch ihre späteren Kriminalromane schrieb sie in der christlichen Grundanschauung von Schuld und Sühne. Schon in ihrem 1923 erschienenen Erstling «Der Tote in der Badewanne» führte sie die Figur ihres eleganten, finanziell unabhängigen und vor allem äußerst scharfsinnigen Amateurdetektivs Lord Peter Wimsey ein, der aus moralischen Motiven Verbrechen aufklärt. Ihre über zwanzig Detektivromane, die sich durch psychologische Grundierungen, eine Fülle bestechender Charakterstudien und eine ethische Haltung auszeichnen, sind inzwischen in die Literaturgeschichte eingegangen. Dorothy L. Sayers gehört mit Agatha Christie und P. D. James zur Trias der großen englischen Kriminalautorinnen. 1950 erhielt sie in Anerkennung ihrer literarischen Verdienste um den Kriminalroman den Ehrendoktortitel der Universität Durham. Dorothy L. Sayers starb am 17. Dezember 1957 in Witham / Essex.

Von Dorothy L. Sayers erschienen als rororo-Taschenbücher außerdem: «Der Glocken Schlag» (Nr. 4547), «Fünf falsche Fährten» (Nr. 4614), «Keines natürlichen Todes» (Nr. 4703), «Diskrete Zeugen» (Nr. 4783), «Mord braucht Reklame» (Nr. 4895), «Zur fraglichen Stunde» (Nr. 5077), «Ärger im Bellona-Club» (Nr. 5179), «Aufruhr in Oxford» (Nr. 5271), «Die Akte Harrison» (Nr. 5418), «Ein Toter zuwenig» (Nr. 5496), «Hochzeit kommt vor dem Fall» (Nr. 5599), «Der Mann mit den Kupferfingern» (Nr. 5647), «Das Bild im Spiegel» (Nr. 5783) und «Figaros Eingebung» (Nr. 5840).

Dorothy L. Sayers

Starkes Gift

«Strong Poison»
Kriminalroman

Deutsch von
Otto Bayer

rororo

Rowohlt

Die englische Originalausgabe erschien 1930 unter dem Titel «Strong Poison» im Verlag Victor Gollancz Ltd., London. Die deutsche Erstausgabe erschien 1970 unter dem Titel «Geheimnisvolles Gift» im Rainer Wunderlich Verlag Hermann Leins, Tübingen. 1979 erschien der Band dort in neuer Übersetzung
Umschlaggestaltung Manfred Waller (Foto aus der Fernsehverfilmung der BBC mit Ian Carmichael als Lord Peter Wimsey / BBC Copyright photographs)

118.–122. Tausend August 1995

Veröffentlicht im Rowohlt Taschenbuch Verlag GmbH, Reinbek bei Hamburg, Juni 1982

Satz Garamond (Digiset)
Bauer & Bökeler Filmsatz GmbH, Denkendorf
Gesamtherstellung Clausen & Bosse, Leck
Printed in Germany
890-ISBN 3 499 14962 1

«Where gat ye your dinner, Lord Rendal, my son?
Where gat ye your dinner, my handsome young man?»
« – O I dined with my sweetheart, Mother; make my bed soon,
For I'm sick to the heart, and I fain wad lie down.»

«O that was strong poison, Lord Rendal, my son,
O that was strong poison, my handsome young man.»
« – O yes, I am poisoned, Mother; make my bed soon,
For I'm sick to the heart, and I fain wad lie down.»

ALTE BALLADE

1. Kapitel

Auf dem Richtertisch standen rote Rosen. Sie sahen aus wie Blutspritzer.

Der Richter war ein alter Mann; so alt, daß man meinen sollte, er habe Zeit und Wandel und Tod überlebt. Sein Papageiengesicht und seine Papageienstimme waren trocken, wie seine alten, dickgeäderten Hände. Das Purpur seines Talars biß sich schmerzhaft mit dem Blutrot der Rosen. Drei Tage saß er nun schon in diesem muffigen Gerichtssaal und ließ noch immer kein Anzeichen von Müdigkeit erkennen.

Er sah die Angeklagte nicht an, als er seine Aufzeichnungen säuberlich aufeinanderlegte und sich an die Geschworenenbank wandte, aber die Angeklagte sah ihn an. Ihre Augen, dunkle Flecken unter den dichten, eckigen Brauen, blickten ebenso ohne Furcht wie ohne Hoffnung. Sie warteten.

«Meine Damen und Herren Geschworenen –»

Die geduldigen alten Augen schienen sie alle auf einmal zu begutachten, wie um die Summe ihrer Intelligenz zu erfassen. Drei biedere Gewerbetreibende – ein großer, redseliger, ein untersetzter, verlegener mit hängendem Schnurrbart und ein trauriger mit einer bösen Erkältung; ein Direktor einer großen Firma, der seiner kostbaren Zeit nachtrauerte; ein unpassend gutgelaunter Wirt; zwei jüngere Männer aus dem Handwerkerstand; ein unscheinbarer älterer Mann, der gebildet wirkte und alles mögliche sein mochte; ein Künstler mit rotem Bart, unter dem sich ein fliehendes Kinn verbarg; drei Frauen – eine alte Jungfer, eine robuste, tüchtige Besitzerin eines Süßwarenladens und eine gehetzte Hausfrau und Mutter, deren Gedanken unentwegt zu ihrem verwaisten Herd zurückzuirren schienen.

«Meine Damen und Herren Geschworenen, Sie sind mit großer Geduld und Aufmerksamkeit der Beweisaufnahme in diesem sehr erschütternden Prozeß gefolgt, und nun ist es meine Pflicht, die Tatsachen und Argumente, die Ihnen der Anwalt der Krone sowie der Herr Verteidiger vorgetragen haben, zusammenzufassen und so klar wie möglich zu ordnen, um Ihnen die Entscheidung, die Sie fällen müssen, zu erleichtern.

Zuerst aber sollte ich wohl noch ein paar Worte zu dieser Entscheidung selbst sagen. Sie wissen sicher, daß nach einem ehernen Grundsatz des englischen Rechts jeder Angeklagte als unschuldig zu gelten hat, solange ihm keine Schuld nachgewiesen wurde. Er oder sie braucht seine oder ihre Unschuld nicht zu beweisen. Es ist vielmehr Sache der Krone, die Schuld zu beweisen, und solange Sie nicht vollkommen überzeugt sind, daß dies der Anklage jenseits allen vernünftigen Zweifels gelungen ist, haben Sie die Pflicht, auf ‹Nicht schuldig› zu erkennen. Das muß nicht heißen, daß es der Angeklagten gelungen sei, ihre Unschuld zu beweisen; es bedeutet nur, daß der Ankläger es nicht vermocht hat, Sie restlos von ihrer Schuld zu überzeugen.»

Salcombe Hardy wandte kurz die veilchenblauen Augen vom Notizblock, kritzelte zwei Worte auf einen Zettel und schob ihn seinem Reporterkollegen Waffles Newton zu. «Richter übelgesinnt.» Waffles nickte. Sie waren zwei alte Hunde auf dieser Blutspur.

Der Richter krächzte weiter.

«Sie möchten vielleicht auch von mir hören, was mit den Worten ‹vernünftiger Zweifel› genau gemeint ist. Sie bedeuten nicht mehr und nicht weniger Zweifel, als Sie in einer ganz alltäglichen Situation haben würden. Es handelt sich hier zwar um einen Mordfall, und es wäre nur natürlich, wenn Sie glaubten, in so einem Fall müsse man mehr hinter diesen Worten vermuten, aber das ist nicht so. Keineswegs sollen Sie hier krampfhaft nach phantastischen Erklärungen für etwas suchen, was Ihnen klar und einfach erscheint. Gemeint sind nicht jene alptraumhaften Zweifel, wie sie uns manchmal quälen, wenn wir um vier Uhr morgens aus unruhigem Schlaf erwachen. Gemeint ist nur, daß die Beweise so überzeugend sein müssen, wie Sie es zum Beispiel bei einem Geschäftsabschluß oder einer sonstigen alltäglichen Besorgung verlangen würden. Sie dürfen ebensowenig Ihre Gutgläubigkeit zugunsten der Angeklagten strapazieren, wie Sie natürlich umgekehrt auch keinen Beweis für ihre Schuld akzeptieren dürfen, ohne ihn sorgfältig geprüft zu haben.

Nachdem ich diese wenigen Worte vorausgeschickt habe, damit Sie sich nicht erdrückt fühlen unter der schweren Verantwortung, die Ihre staatsbürgerliche Pflicht Ihnen auferlegt, will ich nun von vorn beginnen und versuchen, die Geschichte, die wir gehört haben, so klar wie möglich vor Ihnen auszubreiten.

Die Krone bezichtigt die Angeklagte, Harriet Vane, des Mordes an Philip Boyes durch Vergiftung mit Arsen. Ich brauche Sie nicht mit einer nochmaligen Aufzählung der Beweise aufzuhalten, die Sir James Lubbock und die anderen Sachverständigen uns hinsichtlich der Todesursache vorgetragen haben. Laut Anklage starb Philip Boyes an Arsenvergiftung, und das wird von der Verteidigung nicht bestritten. Es kann daher als sicher gelten, daß der Tod durch Arsen herbeigeführt wurde, so daß Sie dies als Tatsache akzeptieren müssen. Die Frage, die Sie entscheiden sollen, ist nur, ob das Arsen dem Opfer von der Angeklagten vorsätzlich und mit der Absicht, ihn zu ermorden, verabreicht wurde.

Der Verstorbene, Philip Boyes, war, wie Sie gehört haben, Schriftsteller. Er war sechsunddreißig Jahre alt und hatte fünf Romane sowie zahlreiche Essays und Artikel veröffentlicht. Alle diese literarischen Arbeiten waren ‹fortschrittlich›, wie man das manchmal nennt. Sie verbreiteten Lehren, die manchem von uns unmoralisch oder aufwieglerisch vorkommen mögen, wie Atheismus und Anarchie und das, was man als ‹freie Liebe› bezeichnet. Sein Privatleben scheint, wenigstens eine Zeitlang, diesen Lehren entsprochen zu haben.

Jedenfalls lernte er irgendwann im Jahre 1927 Harriet Vane kennen. Sie begegneten sich in einem dieser Künstler- und Literatenkreise, in denen man ‹fortschrittliche› Gedanken diskutiert, und nach einiger Zeit freundeten sie sich eng miteinander an. Die Angeklagte ist von Beruf ebenfalls Schriftstellerin, und es ist hier wichtig zu wissen, daß sie sogenannte Kriminal- oder Detektivgeschichten schreibt, die sich meist mit verschiedenerlei raffinierten Methoden für Mord und andere Verbrechen befassen.

Sie haben die Angeklagte selbst im Zeugenstand gehört, und Sie haben die verschiedensten Leute Zeugnis über ihren Charakter ablegen hören. Sie haben vernommen, daß sie eine nach streng religiösen Prinzipien erzogene junge Frau von großer Begabung sei, die ohne eigenes Verschulden bereits mit dreiundzwanzig Jahren in die Lage kam, sich in der Welt allein behaupten zu müssen. Seit dieser Zeit – sie ist jetzt neunundzwanzig Jahre alt – hat sie sich ihren Lebensunterhalt mit fleißiger Arbeit verdient, und es spricht sehr für sie, daß sie es vermocht hat, sich aus eigener Anstrengung und auf legitime Weise unabhängig zu machen, sich niemandem zu verpflichten und von keiner Seite Hilfe in Anspruch zu nehmen.

Sie hat uns mit großer Offenheit berichtet, wie sie eine tiefe Zuneigung zu Philip Boyes faßte und sich lange seinen Überredungsversuchen widersetzte, mit ihm in irregulärer Weise zusammenzuleben. Es gab ja auch wirklich keinen Grund, warum er sie nicht in allen Ehren hätte heiraten sollen; aber offenbar hat er sich ihr als einen Menschen hingestellt, der aus Gewissensgründen gegen jede formelle Bindung sei. Sie haben die Aussagen von Sybil Marriott und Eiluned Price gehört, wonach die Angeklagte sehr unglücklich über diese seine Einstellung gewesen sei, und Sie haben ebenfalls gehört, daß er ein sehr gutaussehender, attraktiver Mann war, dem vielleicht keine Frau so leicht widerstanden hätte.

Jedenfalls hat die Angeklagte im März 1928, von seinem unaufhörlichen Drängen zermürbt, wie sie sagt, schließlich doch nachgegeben und in ein intimes Zusammenleben ohne eheliche Bande eingewilligt.

Nun mögen Sie mit Recht der Meinung sein, daß dies sehr falsch von ihr war. Sie mögen diese junge Frau, selbst unter Berücksichtigung ihrer Schutzlosigkeit, als eine Person von fragwürdiger Moral ansehen. Sie werden sich nicht von dem falschen Glanz blenden lassen, mit dem gewisse Schriftsteller die ‹freie Liebe› zu umgeben trachten, und Sie werden nichts anderes darin erblicken als ein gewöhnliches, schändliches Fehlverhalten. Sir Impey Biggs hat, was sein gutes Recht ist, seine große Beredsamkeit zugunsten der Angeklagten in die Waagschale zu werfen versucht und uns die Handlungsweise seiner Mandantin in den rosigsten Farben gemalt; er hat von selbstloser Hingabe und Selbstaufopferung gesprochen und Sie daran erinnert, daß in einer solchen Situation die Frau stets einen höheren Preis zu zahlen habe als der Mann. Ich bin sicher, Sie werden dem keine allzu große Beachtung schenken. Sie kennen sehr wohl den Unterschied zwischen Recht und Unrecht in solchen Dingen und werden finden, daß Harriet Vane, wenn sie nicht in gewissem Maße von den ungesunden Einflüssen, zwischen denen sie lebte, korrumpiert gewesen wäre, ein wahreres Heldentum an den Tag gelegt und allen Umgang mit Philip Boyes abgebrochen hätte.

Andererseits dürfen Sie diesem Fehltritt aber auch kein falsches Gewicht beimessen. Von einem unmoralischen Lebenswandel bis zum Mord ist immer noch ein weiter Weg. Sie mögen denken, daß der erste Schritt auf dem Pfade der Untugend stets den nächsten leichter macht, aber sie dürfen diesen Gesichtspunkt auch nicht zu schwer bewerten. Sie sollen ihn zwar mit berücksichtigen, sich aber nicht zu sehr davon beeinflussen lassen.»

Der Richter machte eine kurze Pause, und Freddy Arbuthnot stieß Lord Peter Wimsey, der in Schwermut versunken schien, seinen Ellbogen in die Rippen.

«Das will ich auch hoffen. Himmel, wenn jedes kleine Abenteuer gleich mit Mord und Totschlag endete, müßte man ja die eine Hälfte der Menschheit dafür aufhängen, daß sie die andere abgemurkst hat.»

«Und zu welcher Hälfte würdest *du* gehören?» fragte Seine Lordschaft, indem er ihn kurz aus kalten Augen ansah und seinen Blick gleich wieder der Anklagebank zuwandte.

«Zu den Opfern», sagte der Ehrenwerte Freddy, «zu den Opfern. Als Leiche in der Bibliothek.»

«Philip Boyes und die Angeklagte lebten also in dieser Weise zusammen», fuhr der Richter fort, «fast ein Jahr lang. Einige Freunde haben bezeugt, daß sie offenbar in größter gegenseitiger Zuneigung dahinlebten. Miss Price hat hier gesagt, daß Harriet Vane, obwohl sie ihre unglückliche Situation anscheinend sehr schmerzlich verspürte – sie sonderte sich von ihrer Familie ab und mied es, in Gesellschaft zu gehen, wo ihr ungesetzlicher Status Anstoß erregen könnte und so weiter – dennoch ihrem Geliebten sehr ergeben war und sich stets stolz und glücklich nannte, seine Gefährtin zu sein.

Trotzdem kam es im Februar 1929 zum Streit, und das Paar trennte sich. Daß es Streit gegeben hat, wird nicht bestritten. Mr. und Mrs. Dyer, die eine Wohnung unmittelbar über der von Philip Boyes haben, geben an, daß sie laute, zornige Stimmen gehört hätten. Der Mann habe geflucht und die Frau geweint, und am Tag darauf habe Harriet Vane ihre Sachen gepackt und das Haus für immer verlassen. Das Merkwürdige an diesem Fall, was Sie besonders beachten sollten, ist der Grund, der für diesen Streit angegeben wird. Hierzu haben wir allerdings nur die Aussage der Angeklagten selbst. Laut Miss Marriott, bei der Harriet Vane nach der Trennung Zuflucht nahm, hat die Angeklagte sich beharrlich geweigert, zu diesem Thema etwas zu sagen; sie äußerte nur, daß sie von Boyes schmerzlich getäuscht worden sei und nie wieder seinen Namen hören wolle.

Nun könnte man daraus schließen, Boyes habe der Angeklagten Anlaß zum Groll gegen ihn gegeben, etwa durch Untreue oder Lieblosigkeit, oder einfach durch die fortgesetzte Weigerung, die Situation vor den Augen der Welt in Ordnung zu bringen. Aber das streitet die Angeklagte entschieden ab. Nach ihrer Aussage – und in diesem Punkt werden ihre Worte durch einen Brief bestätigt, den Philip Boyes an seinen Vater schrieb – hat Boyes ihr zu guter Letzt doch noch die ordnungsgemäße Heirat angeboten, und ebendies soll der Grund für den Streit gewesen sein. Sie mögen diese Behauptung erstaunlich finden, aber die Angeklagte selbst hat sie hier unter Eid aufgestellt.

Sie können nun natürlich glauben, dieser Heiratsantrag entziehe jeglicher Annahme den Boden, die Angeklagte habe einen Groll gegen Boyes gehegt. Jeder würde doch sagen, sie könne unter diesen Umständen gar keinen Grund gehabt haben, ihn ermorden zu wollen – im Gegenteil! Es bleibt aber die Tatsache des Streites sowie die Aussage der Angeklagten selbst, daß dieser ehrenhafte, wenn auch verspätete Antrag ihr unwillkommen war. Sie sagt nicht – wie sie sehr plausibel hätte sagen können und wie ihr Verteidiger es sehr wortgewandt und eindrucksvoll an ihrer Stelle gesagt hat –, daß der Heiratsantrag die Vermutung widerlege, sie habe etwas gegen Philip Boyes gehabt. Das sagt Sir Impey Biggs, die Angeklagte aber sagt es nicht. Sie sagt vielmehr – und Sie müssen versuchen, sich an ihre Stelle zu denken und ihren Standpunkt zu verstehen, wenn Sie das können –, sie sagt, sie sei sehr böse auf Boyes gewesen, weil er sie dadurch, daß er sie zuerst gegen ihren Willen überredet habe, seine Verhaltensgrundsätze zu übernehmen, dann aber von diesen Grundsätzen selbst abgewichen sei, ‹zum Narren gehalten› habe, wie sie es nennt.

Die Frage, die sich Ihnen stellt, ist folgende: Kann dieser Antrag, der tatsächlich gemacht wurde, vernünftigerweise als Mordmotiv angesehen werden? Und ich muß Sie nachdrücklich darauf hinweisen, daß in der Beweisaufnahme kein anderes Motiv genannt wurde.»

An diesem Punkt sah man die alte Jungfer auf der Geschworenenbank sich etwas notieren – sehr entschieden, nach den Bewegungen ihres Bleistifts übers Papier zu urteilen. Lord Peter schüttelte ein paarmal langsam den Kopf und brummelte etwas Unverständliches vor sich hin.

«Danach», sagte der Richter, «scheint sich zwischen den beiden etwa drei Monate lang nichts Besonderes ereignet zu haben, außer daß Harriet Vane bei Miss Marriott wieder auszog und sich eine eigene kleine Wohnung in der Doughty Street nahm, während Philip Boyes, der ganz im Gegensatz zu ihr sein einsames Leben sehr bedrückend fand, die Einladung seines Vetters Norman Urquhart annahm, zu ihm in sein Haus am Woburn Square zu ziehen. Obwohl nun beide im selben Londoner Stadtviertel wohnten, scheinen sich Boyes und die Angeklagte nach ihrer Trennung nicht häufig begegnet zu sein. Das eine oder andere Mal haben sie sich zufällig bei Freunden getroffen. Die Daten dieser Zusammentreffen sind nicht mit Sicherheit festzustellen – es waren formlose Einladungen –, aber es gibt Hinweise, wonach eines gegen Ende März stattgefunden hat, ein anderes in der zweiten Aprilwoche und ein drittes irgendwann im Mai. Diese Zeiten sind es wert, festgehalten zu werden, wenn ihnen auch, da sich der jeweils genaue Tag nicht feststellen läßt, keine allzu große Bedeutung zukommt.

Nun aber kommen wir zu einem Tag von allergrößter Bedeutung. Am 10. April trat eine junge Frau, die als Harriet Vane identifiziert wurde, in Mr. Browns Apotheke in der Southhampton Row und kaufte zwei Unzen handelsüblichen Arsens, um angeblich Ratten damit zu vernichten. Im Giftbuch unterschrieb sie mit dem Namen Mary Slater, und die Handschrift wurde als die der Angeklagten identifiziert. Darüber hinaus gibt die Angeklagte selbst zu, diesen Kauf aus bestimmten Gründen getätigt zu haben. Es ist darum vergleichsweise unerheblich – aber Sie möchten es sich vielleicht doch merken –, daß der Hausmeister des Wohnblocks, in dem Harriet Vane wohnt, hier als Zeuge aufgetreten ist und Ihnen gesagt hat, daß es in dem ganzen Viertel keine Ratten gibt und, seit sie dort wohnt, auch nie gegeben hat.

Wir wissen dann von einem weiteren Arsenkauf am 5. Mai. Damals kaufte die Angeklagte nach eigenen Angaben eine Dose mit einem arsenhaltigen Unkrautvertilger von derselben Marke, wie sie im Kidwelly-Giftmordprozeß erwähnt wird. Diesmal nannte sie sich Edith Waters. Zu ihrer Wohnung gehört aber gar kein Garten, und in der ganzen Umgebung besteht kein denkbarer Anlaß für den Einsatz eines Unkrautvertilgers.

Bei mehreren Gelegenheiten kaufte die Angeklagte in der Zeit von Mitte März bis Anfang Mai noch andere Gifte, darunter Blausäure (angeblich für fotografische Zwecke) und Strychnin. Ferner versuchte sie, allerdings erfolglos, Aconitin zu kaufen. Jedesmal wurde ein anderes Geschäft aufgesucht und ein anderer Name angegeben. Das Arsen ist das einzige Gift, das diesen Fall direkt berührt, aber die anderen Käufe sind doch auch nicht unwichtig, da sie das Tun und Lassen der Angeklagten in dieser Zeit beleuchten.

Die Angeklagte hat uns für diese Giftkäufe eine Erklärung gegeben, über deren Stichhaltigkeit Sie selbst entscheiden müssen. Sie sagt, sie habe damals gerade an einem Roman über einen Giftmord gearbeitet und die Gifte gekauft, um experimentell zu beweisen, wie leicht ein normaler Mensch an tödliche Gifte heranzukommen vermag. Zum Beweis dafür hat ihr Verleger, Mr. Trufoot, das Manuskript dieses Buches vorgelegt. Sie haben das Manuskript in den Händen gehabt und können es auf Wunsch noch einmal bekommen, wenn ich mit meiner Zusammenfassung fertig bin, damit Sie es sich im Beratungszimmer ansehen können. Es wurden Ihnen Auszüge daraus vorgelesen, die zeigten, daß der Roman von einem Mord mit Arsen handelt, und darin wird auch geschildert, wie eine junge Frau in eine Apotheke geht und eine erhebliche Menge von diesem tödlichen Stoff kauft. Ich muß hier noch etwas anmerken, was ich schon eher hätte erwähnen sollen, nämlich daß es sich bei dem bei Mr. Brown gekauften Arsen um die handelsübliche Version handelt, die, wie das Gesetz es vorschreibt, mit Holzkohle oder Indigo gefärbt ist, um Verwechslungen mit Zucker oder anderen harmlosen Substanzen auszuschließen.»

Salcombe Hardy stöhnte: «Wie lange, o Herr, wie lange müssen wir uns diesen Quatsch mit dem kommerziellen Arsen noch anhören? Das lernen Mörder doch heutzutage schon in der Wiege.»

«Ganz besonders möchte ich Ihnen die Daten ans Herz legen – ich nenne sie Ihnen noch einmal – den 10. April und den 5. Mai.» (Die Geschworenen schrieben die Daten auf, und Lord Peter Wimsey knurrte: «Die Schöffen schrieben alle auf ihre Täfelchen: ‹Ihrer Meinung nach ist darin keine Spur von Sinn.›» Der Ehrenwerte Freddy meinte: «Wie? Was?» und der Richter blätterte in seinen Aufzeichnungen eine Seite weiter.)

«Ungefähr um diese Zeit begannen bei Philip Boyes wieder

die Magenbeschwerden, unter denen er schon öfter im Laufe seines Lebens gelitten hatte. Sie haben das Gutachten von Dr. Green gelesen, bei dem er während seines Studiums damit in Behandlung war. Dies liegt nun schon einige Zeit zurück; aber 1925 hat ihn Dr. Weare wegen einer ähnlichen Attacke behandelt. Es waren keine schweren Erkrankungen, aber schmerzhaft und kräftezehrend, verbunden mit Erbrechen, Gliederschmerzen und so weiter. Viele Leute haben solche Beschwerden von Zeit zu Zeit. Aber es findet sich hier eine Übereinstimmung von Daten, die sehr wichtig sein könnte. Wir wissen von diesen Anfällen aus Dr. Weares Aufzeichnungen: einer ereignete sich am 31. März, einer am 15. April und einer am 12. Mai. Drei zufällige Zusammentreffen – wenn Sie es für Zufall halten –: Harriet Vane und Philip Boyes begegnen sich ‹gegen Ende März›, und am 31. März hat Boyes einen Gastritisanfall: am 10. April kauft Harriet Vane zwei Unzen Arsen – sie treffen sich wieder ‹in der zweiten Aprilwoche›, und am 15. April hat er einen erneuten Anfall; am 5. Mai wird das Unkrautvernichtungsmittel gekauft – ‹irgendwann im Mai› findet eine erneute Begegnung statt, und am 12. Mai wird er zum drittenmal krank. Sie mögen das ziemlich merkwürdig finden, aber Sie dürfen nicht vergessen, daß es der Anklage nicht gelungen ist, einen Arsenkauf vor der Begegnung im März nachzuweisen. Das müssen Sie bei der Beurteilung dieses Punktes berücksichtigen.

Nach dem dritten Anfall – dem im Mai – bekommt Boyes von seinem Arzt den Rat zu einer Luftveränderung, und er entscheidet sich für den Nordwesten von Wales. Er reist nach Harlech, wo er eine schöne Zeit verbringt und sich gut erholt. Aber er wurde von einem Freund begleitet, Mr. Ryland Vaughan, den Sie hier gesehen haben, und dieser Freund sagt, daß ‹Philip nicht glücklich gewesen› sei. Mr. Vaughan äußerte sogar die Meinung, Boyes habe sich nach Harriet Vane verzehrt. Sein körperlicher Zustand habe sich gebessert, aber seelisch sei er immer bedrückter geworden. Und so sehen wir ihn am 16. Juni einen Brief an Miss Vane schreiben. Da dies ein wichtiger Brief ist, lese ich ihn Ihnen noch einmal vor:

‹Liebe Harriet,
das Leben ist ein einziger Schlamassel. Ich halte es hier nicht mehr aus, und darum habe ich beschlossen, meine Zelte abzubrechen und über den Teich zu gehen. Vorher aber möchte

ich Dich noch einmal sehen, um festzustellen, ob es denn wirklich nicht möglich ist, die Sache zwischen uns wieder in Ordnung zu bringen. Du mußt natürlich tun, was Du willst, aber ich kann Deine Einstellung noch immer nicht begreifen. Wenn ich es diesmal nicht schaffe, Dich die Dinge im richtigen Licht sehen zu lassen, gebe ich endgültig auf. Ich werde am 20. in London sein. Schreib mir eine Zeile und laß mich wissen, wann ich bei Dir vorbeikommen kann.
Dein P.›

Wie Sie gemerkt haben, ist das ein sehr zweideutiger Brief. Sir Impey Biggs hat mit sehr gewichtigen Argumenten die Ansicht vertreten, daß der Briefschreiber mit Ausdrücken wie ‹Zelte abbrechen und über den Teich gehen›, ‹ich halte es hier nicht mehr aus› und ‹ich gebe endgültig auf› seine Absicht habe kundtun wollen, sich das Leben zu nehmen, falls es ihm nicht gelänge, eine Versöhnung mit der Angeklagten herbeizuführen. Er weist darauf hin, daß die Redewendung ‹über den Teich gehen› durchaus eine Umschreibung für ‹Sterben› sein könne. Dies mag für Sie natürlich überzeugend klingen. Mr. Urquhart dagegen sagte auf Befragung durch den Staatsanwalt, seiner Meinung nach beziehe dieser Satz sich auf ein Vorhaben, das er selbst dem Verstorbenen angeraten habe, nämlich eine Reise über den Atlantik nach Barbados, um sich einmal anderen Wind um die Nase wehen zu lassen. Und der Herr Anklagevertreter weist ferner darauf hin, daß der Briefschreiber mit dem Satz: ‹Ich halte es *hier* nicht mehr aus›, gemeint haben muß, ‹hier in Großbritannien›, vielleicht auch nur ‹hier in Harlech›, und daß der Satz, wenn er sich auf Selbstmord bezöge, einfach heißen würde: ‹Ich halte es nicht mehr aus.›

Zweifellos haben Sie sich zu diesem Punkt schon Ihre eigene Meinung gebildet. Wichtig ist, sich zu merken, daß der Verstorbene um ein Treffen am 20. gebeten hat. Die Antwort auf diesen Brief liegt uns vor. Sie lautet:

‹Lieber Phil,
Du kannst am 20. gegen halb zehn kommen, wenn Du magst, aber Du wirst mich mit Sicherheit nicht umstimmen.›

Unterzeichnet ist dieser Brief einfach mit ‹M.› Ein sehr kalter Brief, werden Sie vielleicht denken – im Ton fast feindselig.

Trotzdem wird die Verabredung für halb zehn getroffen.

Ich werde Ihre Aufmerksamkeit nun nicht mehr lange in Anspruch nehmen müssen, aber gerade jetzt muß ich noch einmal ausdrücklich darum bitten – obwohl Sie die ganze Zeit sehr geduldig bei der Sache waren –, denn wir kommen zum eigentlichen Todestag.»

Der alte Mann legte die Hände auf den Stapel Notizen, eine über die andere, und beugte sich ein wenig vor. Er hatte es alles im Kopf, obwohl er vor drei Tagen noch gar nichts davon gewußt hatte. Er war noch nicht soweit, von grünen Feldern und der Kinderzeit zu faseln; er stand noch mit beiden Beinen in der Gegenwart und hielt sie in seinen knorrigen Händen fest, die grauen, kalkigen Nägel tief hineingekrallt.

«Philip Boyes und Mr. Vaughan kamen am Abend des 19. zusammen wieder nach London zurück, und es gibt nicht den kleinsten Zweifel daran, daß Boyes sich da der besten Gesundheit erfreute. Boyes verbrachte die Nacht bei Mr. Vaughan, und zum Frühstück nahmen sie wie gewöhnlich Speck und Ei, Toast, Marmelade und Kaffee zu sich. Um elf Uhr trank Boyes ein Glas Guinness, wobei er, auf eine Reklame anspielend, bemerkte, daß es ‹dem Besten zum Besten› sei. Um ein Uhr nahm er einen kräftigen Lunch in seinem Club zu sich, und nachmittags spielte er mit Mr. Vaughan und ein paar anderen Freunden ein paar Sätze Tennis. Während des Spiels kam von einem der Spieler die Bemerkung, Harlech habe Boyes gutgetan, worauf er antwortete, er fühle sich so gesund wie schon seit Monaten nicht mehr.

Um halb acht ging er zum Abendessen zu seinem Vetter, Mr. Norman Urquhart. Dabei wurde weder an seinem Aussehen noch an seinem Verhalten etwas Ungewöhnliches bemerkt, nicht von Mr. Urquhart und auch nicht von dem Mädchen, das bei Tisch bediente. Das Abendessen wurde um Punkt acht Uhr aufgetragen, und ich fände es gut, wenn Sie sich diese Zeit aufschrieben (falls Sie es nicht schon getan haben), ebenso wie die Liste der verzehrten Speisen und Getränke.

Die beiden Vettern speisten allein miteinander, und vorweg trank jeder von ihnen als Aperitif ein Glas Sherry. Es handelte sich um einen guten Oleroso des Jahrgangs 1847, und das Mädchen hatte ihn aus einer frischen Flasche abgefüllt und in die Gläser geschenkt, als sie in der Bibliothek saßen. Mr. Urquhart hält an dem schönen alten Brauch fest, das Mädchen während des ganzen Mahls zur Bedienung am Tisch zu haben, was für uns hier von Vorteil ist, denn dadurch haben wir für diesen Teil des Abends stets zwei Zeugen. Sie haben das Mädchen, Hannah Westlock, im Zeugenstand gesehen, und ich glaube, auch Sie werden sagen, daß sie den Eindruck einer vernünftigen und aufmerksamen Zeugin macht.

Soviel zum Sherry. Dann kam eine kalte Bouillon aus einer Terrine auf der Anrichte von Hannah Westlock aufgetragen. Es war eine sehr kräftige, gute Suppe, die sich zu einer klaren Gallerte gesetzt hatte. Beide Männer nahmen davon, und nach dem Essen wurde die restliche Bouillon in der Küche von Miss Westlock und der Köchin aufgegessen.

Danach gab es Steinbutt mit Sauce. Wieder wurden die Portionen auf der Anrichte geschnitten, die Saucenschüssel wurde vom einen zum andern gereicht, und wieder wurden anschließend in der Küche die Reste verzehrt.

Der nächste Gang war ein *Poulet en casserole* – das ist ein zerlegtes, langsam mit den Gemüsen in einem feuerfesten Geschirr gegartes Huhn. Auch davon nahmen beide etwas, und die Dienstboten aßen den Rest in der Küche.

Der letzte Gang war ein süßes Omelett, das Philip Boyes selbst bei Tisch auf einem Tischkocher zubereitete. Sowohl Mr. Urquhart als auch sein Vetter legten großen Wert darauf, ein Omelett nur ganz frisch aus der Pfanne zu essen – ein guter Grundsatz, und ich würde Ihnen allen empfehlen, mit Omeletts nur auf diese Weise zu verfahren und sie nie stehen zu lassen, sonst werden sie zäh. Vier Eier wurden in ihren Schalen an den Tisch gebracht, und Mr. Urquhart schlug sie nacheinander in eine Schüssel und gab Zucker aus einem Streuer hinzu. Dann reichte er die Schüssel Mr. Boyes und sagte: ‹Du bist hier der Experte für Omeletts, Philip – das überlasse ich dir.› Philip Boyes rührte dann Eier und Zucker untereinander, bereitete das Omelett in der Tischpfanne zu, füllte es mit heißer Marmelade, die von Hannah Westlock gebracht wurde, teilte es schließlich in zwei Teile und gab den einen Mr. Urquhart, den anderen nahm er selbst.

Ich habe Ihnen alle diese Dinge besonders sorgfältig ins Gedächtnis zurückgerufen, weil sie ein guter Beweis dafür sind, daß von allen bei diesem Essen servierten Gängen mindestens zwei, meist sogar vier Personen gekostet haben. Das Omelett – das einzige Gericht, von dem nichts mehr in die Küche hinausging – wurde von Philip Boyes zubereitet und von ihm und seinem Vetter gemeinsam verzehrt. Weder Mr. Urquhart noch Miss Westlock noch Mrs. Pettican, die Köchin, hatten von diesem Abendessen irgendwelche Beschwerden.

Ich sollte noch erwähnen, daß sich unter den angebotenen Nahrungs- und Genußmitteln eines befand, von dem Philip Boyes als einziger nahm, und zwar eine Flasche Burgunder. Es war ein guter alter Corton, aufgetischt in der Originalflasche. Mr. Urquhart entkorkte sie und reichte sie Philip Boyes, wobei er anmerkte, daß er selbst nichts davon nehmen wolle, da ihm geraten worden sei, zum Essen nichts zu trinken. Philip Boyes trank zwei Gläser, und der restliche Flascheninhalt wurde glücklicherweise aufbewahrt. Wie Sie bereits gehört haben, wurde der Wein später analysiert und gänzlich harmlos befunden.

Inzwischen ist es neun Uhr. Nach dem Essen wird Kaffee angeboten, aber Boyes entschuldigt sich mit der Begründung, daß ihm an türkischem Kaffee nichts liege und er außerdem wahrscheinlich bei Harriet Vane noch Kaffee angeboten bekomme. Um 21.15 Uhr verläßt Boyes Mr. Urquharts Haus am Woburn Square und läßt sich von einem Taxi zur Doughty Street Nr. 100 fahren, wo Miss Vane ihre Wohnung hat – eine Strecke von ungefähr einer halben Meile. Wir wissen von Harriet Vane selbst sowie von Mrs. Bright, der Inhaberin der Erdgeschoßwohnung, und von Polizeikonstabler D. 1234, der um diese Zeit gerade durch die Straße ging, daß er um fünfundzwanzig Minuten nach neun an der Haustür stand und bei der Angeklagten klingelte. Sie hatte ihn schon erwartet und ließ ihn unverzüglich ein.

Da das nun folgende Gespräch unter vier Augen stattfand, wissen wir über seinen Verlauf natürlich nur das, was die Angeklagte uns darüber berichtet hat. Sie sagt, sie habe ihm gleich nach seinem Eintreten eine Tasse Kaffee angeboten, ‹die auf dem Gaskocher bereitstand›. Als der Herr Staatsanwalt die Angeklagte dies sagen hörte, fragte er sie sofort, wo denn der Kaffee bereitgestanden habe. Die Angeklagte verstand offenbar nicht sogleich, worauf die Frage hinauslief, und anwortete: ‹Nun, hinterm Schutzblech, zum Warmhalten.› Als die Frage dann präziser wiederholt wurde, erklärte sie, daß sie den Kaffee in einem Topf zubereitet und diesen hinter das Schutzblech des Gasbrenners gestellt habe. Der Staatsanwalt wies darauf die Angeklagte auf ihre frühere Aussage vor der Polizei hin, in der es geheißen hatte: ‹Als er kam, hatte ich eine Tasse Kaffee für ihn bereitstehen.› Sie werden sogleich die Bedeutung verstehen. Wenn der Kaffee sich bereits vor der Ankunft des Verstorbenen in den Tassen befand, war es ohne weiteres möglich gewesen, in die eine Tasse Gift zu tun und diese dann Philip Boyes anzubieten; wenn aber der Kaffee erst in Anwesenheit des Verstorbenen in die Tassen geschenkt wurde, so war diese Möglichkeit eingeschränkt, wenn auch keineswegs ausgeschlossen, denn das Gift konnte auch noch in einem Augenblick beigemischt werden, in dem Boyes' Aufmerksamkeit gerade abgelenkt war. Die Angeklagte erklärt, sie habe in ihrer ersten Aussage von einer ‹Tasse Kaffee› gesprochen, um damit ‹eine bestimmte Menge Kaffee› zu bezeichnen. Sie werden selbst beurteilen können, inwieweit eine solche Ausdrucksweise üblich und normal ist. Der Verstorbene hat laut ihrer Aussage weder Milch noch Zucker zu seinem Kaffee genommen, und Sie haben Mr. Urquharts und Mr. Vaughans Aussagen gehört, wonach er seinen Kaffee nach dem Essen immer schwarz und ungesüßt trank.

Laut Aussage der Angeklagten verlief das Gespräch nicht erfreulich. Auf beiden Seiten wurden Vorwürfe erhoben, und gegen zehn Uhr äußerte Boyes die Absicht, nach Hause zu gehen. Sie sagt, er habe unruhig gewirkt und gemeint, er fühle sich nicht recht wohl, was er darauf schob, daß ihr Verhalten ihn sehr erregt habe.

Um zehn Minuten nach zehn – und ich möchte, daß Sie sich die Zeiten sehr genau merken – wurde der Taxifahrer Burke, der in der Guilford Street in der Reihe stand, von Philip Boyes angesprochen und gebeten, ihn zum Woburn Square zu fahren. Er sagt, Boyes habe schnell und abgehackt gesprochen, wie jemand, der seelisch oder körperlich leidet. Als das Taxi vor Mr. Urquharts Haus anhielt, stieg Boyes nicht aus, und Burke öffnete die Tür, um nachzusehen, was los war. Er fand Boyes in einer Ecke zusammengekauert, die Hand auf den Bauch gepreßt, blaß im Gesicht und schweißbedeckt. Er fragte ihn, ob er krank sei, und Boyes antwortete: ‹Ja, scheußlich.› Burke half ihm aus dem Wagen, läutete und stützte ihn mit einem Arm, während sie vor der Tür standen. Hannah Westlock öffnete. Philip Boyes schien kaum noch aus eigener Kraft gehen zu können; sein Körper war fast zu einer Kugel gekrümmt, und er ließ sich stöhnend auf einen Stuhl in der Diele sinken und bat um einen Cognac. Sie brachte ihm einen kräftigen Schluck mit Soda aus dem Eßzimmer, und nachdem Boyes den getrunken hatte, kam er soweit wieder zu sich, daß er Geld aus seiner Tasche nehmen und den Taxifahrer bezahlen konnte.

Da er aber noch immer einen sehr kranken Eindruck machte, rief Hannah Westlock Mr. Urquhart aus der Bibliothek. Er sagte zu Boyes: ‹He, Alter – was ist denn mit dir los?› Boyes antwortete: ‹Weiß der Himmel! Ich fühle mich entsetzlich. Aber das Huhn kann's doch nicht gewesen sein.› Mr. Urquhart sagte, das wolle er gewiß nicht hoffen, ihm sei jedenfalls nichts daran aufgefallen, und Boyes antwortete, nein, es sei wahrscheinlich einer seiner üblichen Anfälle, aber so schrecklich habe er sich noch nie gefühlt. Man brachte ihn zu Bett und rief telefonisch Dr. Grainger als den nächsten erreichbaren Arzt herbei.

Ehe der Arzt kam, übergab der Patient sich heftig, und von da an übergab er sich immer wieder. Dr. Grainger schloß auf eine schwere Gastritis. Der Patient hatte hohes Fieber, jagenden Puls und einen sehr druckempfindlichen Leib, aber der Arzt fand nichts, was auf eine Blinddarm- oder Bauchfellentzündung hingewiesen hätte. Er kehrte darum in seine Praxis zurück und bereitete ein Mittel zu, das den Magen beruhigen und das Erbrechen unter Kontrolle bringen sollte – ein Gemisch aus Kaliumbikarbonat, Orangenextrakt und Chloroform – keine sonstigen Medikamente.

Am Tag darauf ging das Erbrechen weiter, und Dr. Weare wurde herbeigezogen, um sich mit Dr. Grainger zu beraten, da er mit der Konstitution des Patienten vertraut war.»

Hier hielt der Richter inne und schaute auf die Uhr.

«Die Zeit schreitet voran, und da wir die ärztlichen Gutachten noch zu behandeln haben, vertage ich die Sitzung bis nach dem Mittagessen.»

«Sieht ihm ähnlich», meinte der Ehrenwerte Freddy. «Gerade jetzt, nachdem allen gründlich der Appetit vergangen ist. Komm, Wimsey, wir schieben uns ein Kotelett zwischen die Rippen. – He!»

Wimsey hatte sich an ihm vorbeigeschoben, ohne ihn zu beachten, und ging weiter ins Innere des Gerichtsgebäudes, wo Sir Impey Biggs stand und sich mit seinen jüngeren Kollegen beriet.

«Steht wieder mal ganz schön unter Dampf», meinte Mr. Arbuthnot nachdenklich. «Sicher hat er wieder eine alternative Theorie zu dem Fall. Wieso bin ich mir dieses blöde Theater überhaupt ansehen gekommen? So was von langweilig, und die

Frau ist nicht mal hübsch. Ob ich nach der Fütterung wiederkomme, weiß ich noch nicht.»

Er drängte sich hinaus und sah sich Aug in Auge mit der Herzoginwitwe von Denver.

«Kommen Sie mit mir essen, Herzogin?» fragte Freddy hoffnungsvoll. Er mochte die Herzogin.

«Danke, Freddy, aber ich warte auf Peter. So ein interessanter Fall, und so interessante Leute dazu, meinen Sie nicht? Was die Geschworenen allerdings daraus machen werden, weiß man nicht – lauter Schafsgesichter, die meisten, bis auf diesen Künstler, der ohne die schreckliche Krawatte und den Bart wahrscheinlich gar kein Gesicht hätte – sieht aus wie Jesus, aber nicht wie der richtige, sondern ein italienischer mit rosa Jäckchen und so einem blauen Ding auf dem Kopf. Ist das nicht Peters Miss Climpson, da bei den Geschworenen? Ich frage mich ja nur, wie sie hierher kommt.»

«Er hat sie, glaub ich, hier in der Nähe in ein Haus gesetzt», meinte Freddy, «mit einem Schreibbüro, um das sie sich kümmern soll, und darüber wohnt sie und macht diesen ganzen Wohltätigkeitskram für ihn. Eine ulkige Nudel, nicht? Wie aus einem Modejournal der Neunziger. Aber für seine Zwecke scheint sie genau richtig zu sein.»

«Ja – und so eine gute Sache, auf alle diese zwielichtigen Anzeigen zu antworten und die Leute dann auffliegen zu lassen, und so mutig, wo das doch zum Teil die schmierigsten Typen sind, womöglich sogar Mörder, mit Pistolen und Totschlägern in allen Taschen, und daheim einen Gasofen voller Knochen wie dieser Landru, der war ja schlau, nicht wahr? Und *solche* Frauen auch noch – geborene Mordopfer, wie einer mal ganz schamlos gesagt hat, obwohl sie das natürlich nicht verdient hatten, und wahrscheinlich wurden ihnen nicht einmal die Fotos gerecht, den armen Dingern.»

Freddy fand, daß die Herzogin heute noch ärger schwafelte als sonst, und dabei wanderte ihr Blick mit einer Besorgnis, die ungewöhnlich an ihr war, immer wieder zu ihrem Sohn.

«Richtig prima, den alten Wimsey wieder in seinem Fahrwasser zu sehen, wie?» meinte er, nur um etwas Nettes zu sagen. «Ist doch wunderbar, wie er hinter so was her ist. Kaum ist er wieder daheim, schon stampft er los wie ein altes Schlachtroß, das Pulverdampf riecht. Er steckt schon wieder bis über beide Ohren drin.»

«Nun ja, es ist einer von Chefinspektor Parkers Fällen, und die beiden sind doch so gute Freunde, ganz wie David und Beerseba – oder meine ich Daniel?»

In diesem kniffligen Moment kam Wimsey zu ihnen und nahm den Arm seiner Mutter zärtlich unter den seinen.

«Tut mir schrecklich leid, daß ich dich habe warten lassen, Mater, aber ich mußte ein Wörtchen mit Biggy reden. Er hat einen denkbar schlechten Stand, und dieser alte Jeffreys von einem Richter macht ein Gesicht, als wenn er sich doch noch die schwarze Kappe anmessen lassen wollte. Ich geh nach Hause und verbrenne meine sämtlichen Bücher. Es ist gefährlich, allzuviel über Gifte zu wissen, nicht? Sei so keusch wie Eis, so rein wie Schnee, du wirst dem Old Bailey nicht entgehen.»

«Die junge Frau scheint dieses Rezept nicht ausprobiert zu haben», bemerkte Freddy.

«Du solltest auf der Geschworenenbank sitzen», gab Wimsey ungewohnt bissig zurück. «Ich wette, das sagen sie alle in dieser Sekunde auch. Dieser Vorsitzende ist garantiert Temperenzler – eben habe ich gesehen, wie man Ingwerbier ins Geschworenenzimmer gebracht hat; kann nur hoffen, daß das Zeug explodiert und ihm die Eingeweide durch die Schädeldecke jagt.»

«Schon gut, schon gut», versuchte Mr. Arbuthnot ihn zu beschwichtigen. «Was du brauchst, ist was zu trinken.»

2. Kapitel

Das Gerangel um Plätze flaute ab; die Geschworenen kehrten zurück; plötzlich war auch die Angeklagte wieder da, wie aus dem Kasten gezaubert; der Richter nahm wieder seinen Sitz ein. Von den roten Rosen waren ein paar Blütenblätter abgefallen. Die alte Stimme nahm den Faden wieder da auf, wo sie geendet hatte.

«Meine Damen und Herren Geschworenen – ich glaube, ich brauche Ihnen den Verlauf von Philip Boyes' Krankheit nicht in allen Einzelheiten ins Gedächtnis zurückzurufen. Am 21. Juni wurde die Krankenschwester gerufen, und im Verlaufe dieses Tages besuchten die Ärzte den Patienten dreimal. Sein Zustand verschlimmerte sich stetig. Erbrechen und Durchfall waren so hartnäckig, daß er weder Speisen noch Medikamente bei sich behielt. Am Tag darauf, dem 22. Juni, wurde sein Zustand noch schlimmer – er hatte starke Schmerzen, sein Puls wurde schwächer, und um den Mund begann seine Haut auszutrocknen und sich abzuschälen. Die Ärzte bemühten sich sehr um ihn, aber sie konnten nichts für ihn tun. Sein Vater wurde gerufen, und als er kam, traf er seinen Sohn bei Bewußtsein an, aber außerstande, sich zu erheben. Er konnte jedoch sprechen, und in Gegenwart seines Vaters und Schwester Williams' sagte er die Worte: ‹Es geht zu Ende mit mir, Vater, und ich bin froh, daß ich es hinter mir habe. Harriet ist mich jetzt los - ich wußte nicht, daß sie mich so sehr haßt.› Diese Worte geben zu denken, und es wurden uns zwei grundverschiedene Deutungen dafür angeboten. An Ihnen ist es nun, zu entscheiden, ob er Ihrer Ansicht nach gemeint hat: ‹Sie hat es endlich geschafft, mich loszuwerden; ich wußte nicht, daß ihr Haß so weit ging, mich zu vergiften›, oder ob er meinte: ‹Als ich erkannte, daß sie mich so sehr haßte, habe ich beschlossen, nicht länger am Leben zu bleiben› – oder ob er vielleicht keines von beiden gemeint hat. Wenn ein Mensch sehr krank ist, kommt er manchmal auf die aberwitzigsten Ideen, und manchmal redet er geradezu irre; vielleicht halten Sie es hier nicht für ratsam, allzu vieles als gegeben hinzunehmen. Trotzdem sind diese Worte Bestandteil der Beweisaufnahme, und es ist Ihr gutes Recht, sie in Betracht zu ziehen.

Während der Nacht wurde er zunehmend schwächer und verlor das Bewußtsein, und um drei Uhr morgens starb er, ohne es wiedererlangt zu haben. Das war am 23. Juni.

Nun war bis zu diesem Zeitpunkt noch keinerlei Verdacht aufgekommen. Dr. Grainger und Dr. Weare stimmten in der Ansicht überein, daß eine akute Gastritis die Todesursache gewesen sei, und wir brauchen ihnen diese Fehldiagnose nicht vorzuhalten, denn sie stand im Einklang sowohl mit den Symptomen der Krankheit als auch mit der vorherigen Krankengeschichte des Patienten. Die Todesurkunde wurde ganz normal ausgestellt, und am 28. fand die Beerdigung statt.

Dann aber geschah etwas, was in Fällen dieser Art häufig geschieht, nämlich, daß jemand zu reden anfängt. In diesem speziellen Fall war es Schwester Williams, die redete, und wenn Sie wahrscheinlich auch der Meinung sind, daß dies von ihr als Krankenschwester falsch und indiskret war, so erwies es sich doch als gut, daß sie es tat. Natürlich hätte sie seinerzeit Dr. Weare oder Grainger ihren Verdacht mitteilen sollen, aber das hat sie nun einmal nicht getan, und wir können zumindest froh sein, daß nach Ansicht der Ärzte das Leben dieses unglücklichen Menschen auch dann nicht mehr zu retten gewesen wäre, wenn sie es ihnen gesagt hätte und sie daraufhin festgestellt hätten, daß die Krankheit eine Arsenvergiftung war. Es ergab sich jedenfalls, daß Schwester Williams in der letzten Juniwoche zu einem anderen Patienten von Dr. Weare geschickt wurde, der demselben literarischen Kreis in Bloomsbury angehörte wie Philip Boyes und Harriet Vane, und während sie diesen Patienten pflegte, erzählte sie von Philip Boyes und sagte, die Krankheit habe in ihren Augen sehr nach einer Vergiftung ausgesehen, ja, sie erwähnte sogar das Wort Arsen. Einer erzählte es dem andern, man sprach darüber beim Tee oder auf Cocktailparties, wie man so etwas meines Wissens nennt, und schon bald hatte die Geschichte sich verbreitet, es wurden Namen genannt, und man ergriff Partei. Miss Marriott und Miss Price erfuhren davon, und es kam auch Mr. Vaughan zu Ohren. Nun hatte Philip Boyes' Tod Mr. Vaughan sehr überrascht und bestürzt, vor allem nachdem er doch mit ihm in Wales gewesen war und wußte, wie sehr sein Gesundheitszustand sich in diesem Urlaub gebessert hatte, und Mr. Vaughan hatte ja auch das starke Gefühl, daß Harriet Vane sich in der Liebesaffäre schlecht benommen habe. Er fand also, daß da etwas unternommen werden müsse, und ging zu Mr. Urquhart, um ihm die Geschichte zu unterbreiten. Nun ist Mr. Urquhart Rechtsanwalt und von Berufs wegen eher geneigt, Gerüchten und Verdächtigungen mit Vorsicht zu begegnen, weshalb er Mr. Vaughan ermahnte, daß es unklug sei, herumzulaufen und Vorwürfe gegen Leute zu erheben, denn das könne ihn leicht wegen übler Nachrede vor Gericht bringen. Gleichzeitig erfüllte es ihn natürlich mit Unbehagen, daß so etwas über einen Verwandten von ihm gesagt wurde, der in seinem Haus gestorben war. Er wählte den Weg – den sehr vernünftigen Weg –, Dr. Weare zu konsultieren, dem er den Rat gab, wenn er vollkommen sicher sei, daß die Krankheit eine Gastritis und nichts anderes gewesen sei, solle er Schwester Williams rügen und dem Gerede ein Ende machen. Dr. Weare war natürlich sehr erstaunt und betroffen, als er hörte, was da erzählt wurde, aber da der Verdacht nun einmal geäußert war, konnte er nicht leugnen, daß – unter Berücksichtigung der Symptome allein – eine derartige Möglichkeit nicht völlig auszuschließen war, zumal, wie Sie bereits im ärztlichen Gutachten gehört haben, die Symptome einer Arsenvergiftung und die einer akuten Gastritis kaum voneinander zu unterscheiden sind.

Als dies Mr. Vaughan mitgeteilt wurde, fühlte er sich in seinem Verdacht bestätigt und schrieb an Mr. Boyes senior, damit dieser der Sache nachgehe. Mr. Boyes war natürlich schockiert und sagte sofort, der Fall müsse untersucht werden. Er hatte von der Liaison mit Harriet Vane gewußt, und ihm war aufgefallen, daß sie sich gar nicht nach Philip Boyes erkundigt hatte und nicht einmal zur Beerdigung gekommen war, was ihm herzlos erschien. Am Ende wurde die Polizei eingeschaltet und eine Exhumierung verfügt.

Sie haben das Ergebnis der Analyse vernommen, die von Sir James Lubbock und Mr. Stephen Fordyce gemacht wurde. Es wurde hier sehr viel über Analysemethoden und das Verhalten von Arsen im Körper und so weiter diskutiert, aber ich glaube, mit diesen Details brauchen wir uns nicht allzusehr abzugeben. Die Hauptpunkte des Gutachtens scheinen mir folgende zu sein, die Sie sich, wenn Sie wollen, notieren mögen.

Die Analytiker entnahmen der Leiche bestimmte Organe – Magen, Därme, Nieren, Leber und so weiter –, analysierten Teile davon und stellten fest, daß sie alle Arsen enthielten. Sie konnten das in diesen verschiedenen Teilen gefundene Arsen wiegen und daraus die Menge berechnen, die sich im ganzen Körper befand. Dann mußten sie die Menge Arsen berücksichtigen, die bereits aus dem Körper ausgeschieden worden war, infolge Erbrechens und Durchfalls, und auch durch die Nieren, denn die Nieren spielen beim Abbau gerade dieses Giftes eine sehr große Rolle. Unter Berücksichtigung aller dieser Faktoren kamen sie zu dem Schluß, daß Philip Boyes etwa drei Tage vor seinem Tod eine große, tödliche Dosis Arsen – etwa ein viertel bis ein drittel Gramm – zu sich genommen hatte.

Ich weiß nicht, ob Sie allen technischen Argumenten in dieser Frage ganz folgen konnten. Ich will versuchen, Ihnen die wichtigsten Punkte so wiederzugeben, wie ich sie verstanden habe. Es liegt in der Natur des Arsens, daß es den Körper sehr schnell passiert, besonders wenn es während oder unmittelbar nach einer Mahlzeit genommen wird, da es die Schleimhäute der inneren Organe reizt und den Prozeß des Ausscheidens beschleunigt. Noch schneller ginge es, wenn das Arsen in flüssiger Form und nicht als Pulver eingenommen würde. Wird Arsen beim oder unmittelbar nach dem Essen genommen, so scheidet es der Körper binnen vierundzwanzig Stunden nach Beginn der Krankheit nahezu vollständig aus. Die bloße Tatsache, daß nach drei Tagen ständigen Durchfalls und Erbrechens überhaupt noch Arsen im Körper gefunden wurde, auch wenn die Menge Ihnen und mir noch so klein vorkommen mag, zeigt also, daß zum fraglichen Zeitpunkt eine große Dosis davon eingenommen worden sein muß.

Nun wurde sehr viel über den Zeitpunkt des Beginns der ersten Symptome gesprochen. Von der Verteidigung wird angeführt, daß Philip Boyes das Gift selbst eingenommen haben könne, nachdem er Harriet Vanes Wohnung verlassen und bevor er in der Guilford Street das Taxi genommen habe; es wurden uns Bücher vorgelegt, aus denen hervorgeht, daß in vielen Fällen die Symptome sehr kurz nach Einnahme des Arsens einsetzen – eine Viertelstunde war, glaube ich, die kürzeste genannte Zeit, wenn das Arsen in flüssiger Form genommen wurde. Nun hat Philip Boyes nach Aussage der Angeklagten – und eine andere haben wir nicht – ihre Wohnung um zehn Uhr verlassen, und um zehn nach zehn war er in der Guilford Street. Da sah er bereits krank aus. Lange kann die Fahrt zum Woburn Square um diese Abendstunde nicht gedauert haben, und als er dort ankam, hatte er schon akute Schmerzen und war kaum noch fähig, zu stehen. Nun befindet sich die Guilford Street sehr nah bei der Doughty Street – es sind vielleicht drei Minuten zu gehen –, und Sie müssen sich fragen, was er, wenn die Aussage der Angeklagten stimmt, in diesen zehn Minuten gemacht hat. Hat er die Zeit damit verbracht, ein stilles Plätzchen aufzusuchen und Arsen zu nehmen, das er in diesem Falle in Vorahnung eines unerfreulichen Ausgangs des Gesprächs mit der Angeklagten bereits bei sich gehabt haben müßte? Und ich darf Sie hier daran erinnern, daß die Verteidigung keinen Beweis vorgebracht hat, wonach Philip Boyes jemals Arsen gekauft oder Zugang dazu gehabt hätte. Das soll nicht heißen, daß er sich keines habe beschaffen können – die Käufe, die Harriet Vane getätigt hat, zeigen, daß unsere Gesetze über den Verkauf von Giften nicht immer den Erfolg haben, den man sich wünschen möchte –, aber es bleibt die Tatsache, daß die Verteidigung keinen Beweis für Arsen im Besitz des Verstorbenen erbringen konnte. Und da wir einmal bei diesem Thema sind, will ich noch erwähnen, daß die Chemiker, so sonderbar es klingt, keine Spur von der Holzkohle oder dem Indigo nachweisen konnten, mit dem handelsübliches Arsen versetzt sein sollte. Ob es von der Angeklagten oder dem Verstorbenen selbst gekauft wurde, man hätte in jedem Falle Spuren des Färbungsmittels erwarten müssen. Aber Sie können annehmen, daß alle derartigen Spuren durch das Erbrechen und die anderen Ausscheidungsarten beseitigt wurden.

Hinsichtlich des eventuellen Selbstmordes müssen Sie sich nun mit diesen zehn Minuten befassen – ob Boyes in dieser Zeit das Arsen zu sich genommen hat oder ob er, was auch möglich ist, sich nicht wohl fühlte und sich irgendwo hinsetzte, um wieder zu sich zu kommen, oder ob er vielleicht nur ziellos in der Gegend umhergelaufen ist, wie wir es ja manchmal tun, wenn wir erregt und unglücklich sind. Vielleicht glauben Sie aber auch, daß die Angeklagte sich hinsichtlich des Zeitpunkts, wann er ihre Wohnung verließ, geirrt oder die Unwahrheit gesagt hat.

Die Angeklagte hat auch ausgesagt, Boyes habe vor dem Weggehen erwähnt, daß ihm nicht gut sei. Wenn Sie annehmen, daß dies etwas mit dem Arsen zu tun hatte, ist die Vermutung, er habe das Gift erst nach dem Weggehen genommen, natürlich gegenstandslos.

Bei genauem Hinsehen bleibt die Frage nach dem Einsetzen der Symptome recht unklar. Mehrere Ärzte sind hier vorgetreten und haben Ihnen über ihre eigenen Erfahrungen sowie über Fälle berichtet, die von medizinischen Kapazitäten in Fachbüchern angeführt wurden, und Sie werden gemerkt haben, daß es über den Zeitpunkt, wann mit dem Auftreten von Symptomen zu rechnen ist, keine verläßlichen Auskünfte gibt. Manchmal ist das eine viertel oder eine halbe Stunde, manchmal zwei Stunden, manchmal fünf oder sechs, ja, ich glaube, in einem Falle war es sogar sieben Stunden nach Einnahme des Gifts.»

Hier erhob sich der Ankläger ehrerbietig und sagte: «In diesem Falle, Mylord, glaube ich recht in der Annahme zu gehen, daß das Gift auf leeren Magen genommen wurde.»

«Danke, ich bin Ihnen für diese Gedächtnishilfe sehr verbunden. Es handelte sich tatsächlich um einen Fall, in dem das Gift auf leeren Magen genommen wurde. Ich erwähne diese Fälle auch nur, um aufzuzeigen, daß wir es hier mit sehr ungewissen Erscheinungen zu tun haben, und darum rufe ich Ihnen so peinlich genau alle Gelegenheiten ins Gedächtnis, zu denen Philip Boyes an diesem Tage – dem 20. Juni – irgendwelche Speisen zu sich nahm, denn es besteht immer die Möglichkeit, daß Sie diese in Betracht ziehen müssen.»

«Eine Bestie, aber eine gerechte Bestie», knurrte Lord Peter Wimsey.

«Ich habe bisher einen weiteren Punkt, der sich aus der Analyse ergab, bewußt außer Acht gelassen, und zwar das Vorhandensein von Arsen in den Haaren des Toten. Der Verstorbene hatte lockiges Haar, das er ziemlich lang trug; vorne maß es stellenweise, wenn man es auseinanderzog, bis zu fünfzehn oder gar achtzehn Zentimeter. In diesen Haaren wurde nun Arsen nachgewiesen, und zwar in der Nähe der Kopfhaut. Es reichte nicht bis in die Spitzen der längsten Haare, sondern es befand sich in der Nähe der Wurzeln, und zwar in einer Menge, von der Sir James Lubbock sagt, daß es dafür keine natürliche Erklärung gebe. Gelegentlich findet man auch bei ganz normalen Menschen winzige Spuren von Arsen in Haaren und Haut und so weiter, aber nicht in den hier festgestellten Mengen. Das ist Sir James' Meinung.

Nun hat man Ihnen erklärt – und hierin stimmen die ärztlichen Gutachter alle überein –, daß ein gewisser Teil des Arsens, das ein Mensch zu sich nimmt, in der Haut, den Nägeln und den Haaren abgelagert wird. Es setzt sich in den Haarwurzeln ab, und wenn das Haar wächst, wandert das Arsen im Haar mit, so daß man anhand der Stelle, an der sich das Arsen im Haar befindet, ungefähr errechnen kann, seit wann es verabreicht wurde. Hierüber wurde des langen und breiten diskutiert, aber ich glaube, es herrschte allgemeines Einverständnis darüber, daß man nach Einnahme einer Dosis Arsen damit rechnen kann, Spuren davon etwa zehn Wochen später in den Haaren nahe der Kopfhaut zu finden. Haare wachsen ungefähr fünfzehn Zentimeter im Jahr, und das Arsen wandert mit dem Wachsen der Haare nach auswärts, bis es in die Spitzen gelangt und mit ihnen abgeschnitten wird. Sicher werden die Damen unter den Geschworenen das sehr gut verstehen, denn ich glaube, so etwas Ähnliches geschieht auch im Falle der sogenannten Dauerwelle. Die Welle wird in einem bestimmten Haarabschnitt gemacht, und nach einer Weile wächst sie aus; von der Wurzel her kommt neues, glattes Haar und muß wieder gewellt werden. Die Stelle, an der die Welle sitzt, zeigt an, vor wie langer Zeit sie gemacht wurde. Auch wenn man sich auf einen Fingernagel schlägt, wandert die Verfärbung nach und nach den Nagel entlang, bis sie mit der Schere abgeschnitten werden kann.

Nun wurde gesagt, das Vorhandensein von Arsen in und um Philip Boyes' Haarwurzeln weise darauf hin, daß er schon mindestens drei Monate vor seinem Tod Arsen zu sich genommen haben müsse. Daraufhin müssen Sie sich fragen, welche Bedeutung das im Zusammenhang mit den Arsenkäufen der Angeklagten im April und Mai und den Gastritisanfällen des Verstorbenen im März, April und Mai hat. Der Streit mit der Angeklagten ereignete sich im Februar; im März wurde er krank, und im Juni starb er. Fünf Monate liegen zwischen dem Streit und dem Tod, vier Monate zwischen seiner ersten Erkrankung und seinem Tod; diesen Daten mögen Sie eine gewisse Bedeutung beimessen.

Wir kommen nun zu den polizeilichen Ermittlungen. Als der Verdacht laut wurde, überprüfte die Kriminalpolizei Harriet Vanes Schritte und begab sich anschließend zu ihr, um ihre Aussage aufzunehmen. Als man ihr mitteilte, man habe festgestellt, daß Philip Boyes an Arsenvergiftung gestorben sei, wirkte sie sehr überrascht und sagte: ‹Arsen? Das ist doch nicht zu fassen!› Und dann lachte sie und sagte: ‹Wissen Sie, ich schreibe gerade ein Buch über einen Giftmord mit Arsen.› Man fragte sie nach ihren Arsen- und sonstigen Giftkäufen, die sie ganz bereitwillig zugab und spontan mit derselben Erklärung begründete, die sie uns hier vor Gericht gegeben hat. Man fragte sie, was sie mit den Giften gemacht habe, und sie antwortete, sie habe sie verbrannt, weil es gefährlich sei, so etwas herumstehen zu haben. Die Wohnung wurde durchsucht, aber es wurde keinerlei Gift gefunden, nur Dinge wie Aspirin und sonstige gewöhnliche Medikamente. Sie leugnete strikt, Philip Boyes Arsen oder irgendein anderes Gift verabreicht zu haben. Gefragt, ob das Arsen vielleicht versehentlich in seinen Kaffee geraten sein könne, antwortete sie, das sei völlig unmöglich, denn sie habe die Gifte allesamt vor Ende Mai vernichtet.»

Hier griff Sir Impey Biggs ein und bat mit freundlicher Erlaubnis, Seine Lordschaft möge den Geschworenen doch auch noch einmal die Aussage Mr. Challoners wiederholen.

«Gewiß, Sir Impey, ich bin Ihnen sehr verbunden. Mr. Challoner ist, wie Sie sich erinnern, Harriet Vanes literarischer Agent. Er war hier, um uns zu sagen, daß er bereits im vorigen Dezember mit ihr über das Thema ihres nächsten Buches gesprochen habe und daß sie ihm dabei sagte, es handle sich um Gift, sehr wahrscheinlich um Arsen. Sie mögen es also als einen Punkt zugunsten der Angeklagten werten, daß sie schon einige Zeit vor dem Streit mit Philip Boyes die Absicht hatte, sich mit dem Kauf und der Verabreichung von Arsen näher zu befassen. Sie hat dieses Thema offenbar sehr genau studiert, denn auf ihren Bücherregalen standen etliche Werke über Gerichtsmedizin und Toxikologie sowie Berichte über einige berühmte Giftmordprozesse, darunter die Fälle Madeleine Smith, Seddon und Amstrong – lauter Fälle, in denen es um Arsen ging.

Dies ist nun, glaube ich, das Ergebnis der Beweisaufnahme, wie sie Ihnen vorgetragen wurde. Diese Frau ist angeklagt, ihren früheren Geliebten mit Arsen vergiftet zu haben. Zweifellos hat er Arsen zu sich genommen, und wenn Sie überzeugt sind, daß sie es ihm mit der Absicht gegeben hat, ihn zu verletzen oder zu töten, und daß er daran gestorben ist, dann ist es Ihre Pflicht, sie des Mordes schuldig zu sprechen.

Sir Impey Biggs hat Ihnen in seiner glänzenden Rede dargelegt, daß sie für einen solchen Mord kaum ein Motiv gehabt habe, aber ich muß Ihnen sagen, daß Morde sehr oft aus scheinbar höchst unzureichenden Motiven begangen werden – falls man überhaupt ein Motiv als zureichend für ein solches Verbrechen bezeichnen kann. Besonders wenn die Beteiligten Mann und Frau sind oder als Mann und Frau zusammengelebt haben, sind oft Leidenschaften im Spiel, die sich bei Menschen mit ungenügendem moralischen Halt und unausgeglichenem Gemüt in Form von Gewaltverbrechen äußern können.

Die Angeklagte hatte die Mittel – das Arsen –, sie hatte das Fachwissen, und sie hatte die Gelegenheit, ihm das Gift zu verabreichen. Die Verteidigung ist der Meinung, dies sei nicht genug. Sie sagt, die Krone müsse ein weiteres tun und beweisen, daß das Gift nicht auf irgendeine andere Weise eingenommen wurde – aus Versehen oder in selbstmörderischer Absicht. Das zu entscheiden, ist an Ihnen. Wenn Sie vernünftige Zweifel haben, daß die Angeklagte Philip Boyes das Gift vorsätzlich verabreicht hat, so muß Ihr Spruch ‹Nicht schuldig› lauten. Sie sind verpflichtet, zu entscheiden, auf welche Weise es verabreicht wurde, wenn es nicht von ihr verabreicht wurde. Betrachten Sie die Umstände dieses Falles als ein Ganzes, und sagen Sie dann, zu welchem Schluß Sie gekommen sind.»

3. Kapitel

«Lange bleiben die sicher nicht», meinte Waffles Newton. «Die Sache ist ja ziemlich klar. Weißt du was, ich gebe schon mal meinen Bericht durch. Sagst du mir nachher, was passiert ist?»

«Klar», sagte Salcombe Hardy, «wenn es dir nichts ausmacht, unterwegs auch gleich meinen abzugeben. Du könntest mir nicht telefonisch was zu trinken bestellen? Mein Mund ist so trocken wie der Boden eines Papageienkäfigs.» Er sah auf die Uhr. «Die Halb-sieben-Ausgabe werden wir wohl nicht mehr schaffen, fürchte ich, wenn die sich nicht beeilen. Dieser Alte ist sehr genau, aber auch unverschämt langsam.«

«Sie müssen ja anstandshalber so tun, als wenn sie was zu beraten hätten», sagte Newton. «Ich gebe ihnen zwanzig Minuten. Und eine Zigarette werden sie rauchen wollen. Ich auch. Um zehn vor bin ich wieder hier, für alle Fälle.»

Er schlängelte sich hinaus. Cuthbert Logan, der für eine Morgenzeitung berichtete, war ein Mann von mehr Muße. Er schickte sich gerade an, eine bildhafte Darstellung des Prozesses anzufertigen. Er war phlegmatisch und nüchtern und konnte im Gerichtssaal ebenso bequem schreiben wie anderswo. Er war gern an Ort und Stelle, wenn etwas geschah, und hielt mit Vorliebe Blicke, Tonfälle, Farbeffekte und dergleichen fest. Seine Berichte waren stets unterhaltsam und manchmal sogar ausgezeichnet.

Freddy Arbuthnot, der nach dem Mittagessen doch nicht nach Hause gegangen war, fand es jetzt an der Zeit, dies zu tun. Er rutschte unruhig hin und her, was ihm ein Stirnrunzeln Wimseys eintrug. Die Herzoginwitwe bahnte sich einen Weg durch die Bänke und ließ sich neben Lord Peter nieder. Sir Impey Biggs, der bis zuletzt über die Interessen seiner Mandantin gewacht hatte, zog sich im angeregten Gespräch mit dem Staatsanwalt zurück, gefolgt von den geringeren juristischen Chargen. Die Anklagebank war leer. Auf dem Richtertisch standen einsam die roten Rosen und verloren ihre Blütenblätter.

Chefinspektor Parker löste sich aus einer Gruppe von Freunden, näherte sich langsam durch die Menge und begrüßte die Herzoginwitwe. «Und was sagst du dazu, Peter?» wandte er sich an Wimsey. «Saubere Arbeit, was?»

«Charles», sagte Wimsey, «dich dürfte man ohne mich nicht frei herumlaufen lassen. Du hast dich geirrt, alter Freund.»

«Geirrt?»

«Ja, sie war's nicht.»

«Na hör mal!»

«Sie war es nicht. Es klingt ja alles sehr überzeugend und wasserdicht, und trotzdem stimmt es nicht.»

«Das ist doch nicht dein Ernst.»

«Doch.»

Parker machte ein bestürztes Gesicht. Er vertraute Wimseys Urteil und fühlte sich, trotz seiner eigenen inneren Überzeugung, aus dem Lot gebracht.

«Mein lieber Mann, dann sag mir mal, wo der Fehler stecken soll.»

«Nirgends. Es ist alles hieb- und stichfest. Kein Fehler weit und breit – nur daß die Frau unschuldig ist.»

«Du versuchst dich wohl neuerdings als Wald- und Wiesenpsychologe, wie?» meinte Parker mit unsicherem Lachen. «Hab ich nicht recht, Herzogin?»

«Ich wollte, ich hätte das Mädchen einmal kennengelernt», antwortete die Herzoginwitwe in ihrer indirekten Art. «Sehr interessant, und ein wirklich ungewöhnliches Gesicht, wenn auch nicht schön im eigentlichen Sinn, aber das macht sie nur um so interessanter, denn gutaussehende Leute sind ja oft die reinsten Esel. Ich habe eines von ihren Büchern gelesen, wirklich ganz ordentlich, und so gut geschrieben; ich habe den Mörder erst auf Seite 200 erraten, was sehr für sie spricht, denn sonst kenne ich ihn immer schon auf Seite 15. Schon eigenartig, wenn jemand Bücher über Verbrechen schreibt und dann selbst eines Verbrechens angeklagt wird, da sagen sicher manche Leute, das sei ausgleichende Gerechtigkeit. Ich wüßte nur gern, wenn sie's nicht war, ob sie den Mörder selbst entdeckt hätte. Kriminalschriftsteller sind im Leben keine guten Detektive, glaube ich, außer natürlich Edgar Wallace, der ja überall gleichzeitig zu sein scheint, und der gute Conan Doyle und dieser schwarze Mann, wie hieß er noch gleich? Und natürlich dieser Slater – so ein Skandal, obwohl, wenn ich mir's recht überlege, war das in

Schottland, wo sie ja so komische Gesetze für alles haben, besonders fürs Heiraten. Nun ja, wir werden es wohl bald wissen – nicht unbedingt die Wahrheit, aber was die Geschworenen daraus gemacht haben.»

«Richtig, und die sind schon länger draußen, als ich erwartet hatte. Aber hör mal, Wimsey, könntest du mir nicht sagen –»

«Zu spät, zu spät, Ihr könnt jetzt nicht hinein. Ich habe mein Herz in ein silbernes Kästchen geschlossen und mit einer goldenen Nadel festgesteckt. Meinungen zählen jetzt nicht mehr, nur noch die der Geschworenen. Wahrscheinlich sagt ihnen Miss Climpson gerade die Meinung. Wenn sie einmal anfängt, hört sie vor zwei Stunden nicht mehr auf.»

«Jetzt ist es gerade eine halbe Stunde», sagte Parker.

«Immer noch warten?» fragte Salcombe Hardy, als er an den Pressetisch zurückkam.

«Ja – und das nennst du zwanzig Minuten! Nach meiner Uhr ist es schon eine Dreiviertelstunde.»

«Jetzt sind sie anderthalb Stunden draußen», sagte hinter Wimsey ein junges Mädchen zu seinem Verlobten. «Worüber reden die nur so lange?»

«Vielleicht glauben sie nicht, daß sie's getan hat.»

«So ein Quatsch! Natürlich war sie's. Das sieht man ihr doch schon am Gesicht an. Hart wie Stein, sag ich dir, und nicht ein einziges Mal hat sie geweint.»

«Na, ich weiß nicht», meinte der junge Mann.

«Du willst doch nicht sagen, daß sie Eindruck auf dich macht, Frank?»

«Na, ich weiß eben nicht. Sie sieht mir nicht aus wie eine Mörderin.»

«Und woher willst du wissen, wie Mörderinnen aussehen? Bist du schon mal einer begegnet?»

«Bei Madame Tussaud hab ich mal eine gesehen.»

«Ach ja, Wachsfiguren. Die sehen doch alle wie Mörder aus.»

«Kann sein. Magst du ein Stück Schokolade?»

«Zweieinviertel Stunden», meinte Waffles Newton ungehalten. «Die müssen sich schlafen gelegt haben. Wir werden noch eine Sonderausgabe daraus machen müssen. Und wenn sie nun die ganze Nacht brauchen?»

«Dann sitzen wir hier eben die ganze Nacht.»

«Na schön, aber jetzt bin ich dran, einen trinken zu gehen. Sag mir Bescheid, ja?»

«Schon recht.»

«Ich habe mit einem der Gerichtsdiener gesprochen», erklärte der Mann-der-sich-auskennt wichtigtuerisch einem Freund. «Der Richter hat eben zu den Geschworenen geschickt und fragen lassen, ob er ihnen behilflich sein kann.»

«So? Und was haben sie geantwortet?»

«Das weiß ich nicht.»

«Jetzt sind sie dreieinhalb Stunden draußen», flüsterte das Mädchen hinter Wimsey. «Ich hab solchen Hunger.»

«Sollen wir gehen, Schatz?»

«Nein – ich will das Urteil hören. Jetzt haben wir so lange gewartet, da können wir auch noch etwas bleiben.»

«Gut, dann hole ich uns ein paar Sandwichs.»

«Oh, das wäre lieb von dir. Aber bleib nicht zu lange, denn ich weiß schon, wenn ich das Urteil höre, falle ich bestimmt in Ohnmacht.»

«Ich beeile mich, so sehr ich kann. Sei froh, daß du keine Geschworene bist – die kriegen nämlich nichts.»

«Was, nichts zu essen und zu trinken?»

«Kein bißchen. Ich weiß nicht einmal, ob sie Licht oder Feuer haben dürfen.»

«Die Ärmsten! Aber das Zimmer hat doch sicher Zentralheizung?»

«Hier ist es jedenfalls heiß genug. Bin froh, wenn ich ein bißchen frische Luft schnappen kann.»

Fünf Stunden.

«Auf der Straße hat sich ein Menschenauflauf gebildet», sagte der Mann-der-sich-auskennt bei der Rückkehr von einem Erkundungsgang. «Ein paar Leute haben Sprechchöre gegen die Angeklagte angestimmt, und eine Horde Männer hat sie angegriffen; einer mußte im Krankenwagen fortgebracht werden.»

«Nein, wie lustig! Sehen Sie mal, da ist Mr. Urquhart; er ist wiedergekommen. Mir tut er ja leid, Ihnen nicht? Muß schrecklich sein, wenn einem jemand im Haus stirbt.»

«Jetzt spricht er mit dem Staatsanwalt. Die haben natürlich alle ein anständiges Abendessen gehabt.»

«Der Staatsanwalt sieht nicht so gut aus wie Sir Impey Biggs. Stimmt es eigentlich, daß er Kanarienvögel züchtet?»

«Wer, der Staatsanwalt?»

«Nein, Sir Impey.»

«Doch, das stimmt. Er hat sogar schon Preise gewonnen.»

«So was Verrücktes!»

«Trag's mit Fassung, Freddy», sagte Lord Peter Wimsey. «Ich spüre Bewegung. Sie kommen, die Meinen, die Süßen, leicht wie der Wind, auf sanften Füßen.»

Das Gericht erhob sich. Der Richter nahm seinen Platz ein. Die Angeklagte, sehr blaß im elektrischen Licht, erschien wieder in der Anklagebank. Die Tür zum Geschworenenzimmer öffnete sich.

«Du mußt dir ihre Gesichter ansehen», sagte die Verlobte. «Es heißt, wenn sie einen schuldig sprechen, sehen sie den Angeklagten nie an. Bitte, Archie, halt meine Hand!»

Der Gerichtssekretär wandte sich an die Geschworenen. In seiner Stimme kämpften Förmlichkeit und Vorwurf miteinander.

«Meine Damen und Herren Geschworenen, sind Sie einmütig zu einem Urteil gekommen?»

Der Obmann erhob sich mit gekränkter, verärgerter Miene.

«Ich bedaure, sagen zu müssen, daß es uns nicht möglich war, Einmütigkeit zu erzielen.»

Ein langes Raunen und Atemholen ging durch den Gerichtssaal. Der Richter beugte sich vor, die Höflichkeit selbst und ohne eine Spur von Müdigkeit.

«Glauben Sie, daß Sie sich noch einigen können, wenn wir Ihnen mehr Zeit lassen?»

«Ich fürchte nein, Mylord.» Der Obmann warf einen wütenden Blick in die äußerste Ecke der Geschworenenbank, wo die alte Jungfer mit gesenktem Kopf und fest verschlungenen Händen saß. «Ich sehe keine Möglichkeit, daß wir uns jemals einig werden.»

«Kann ich Ihnen irgendwie behilflich sein?»

«Nein, Mylord, vielen Dank. Wir verstehen die Beweislage durchaus, aber wir können zu keiner einheitlichen Auslegung kommen.»

«Das ist bedauerlich. Ich meine, Sie sollten es vielleicht doch noch einmal versuchen, und wenn Sie dann noch immer keine Entscheidung getroffen haben, sagen Sie es mir. Sollten Ihnen in der Zwischenzeit meine Gesetzeskenntnisse von Nutzen sein, stehe ich Ihnen selbstverständlich zur Verfügung.»

Die Geschworenen stolperten verdrießlich hinaus. Der Richter verließ mit nachschleppender roter Robe die Richterbank. Das Gemurmel im Gerichtssaal schwoll zum Grollen an.

«Himmel noch mal, Wimsey», sagte Freddy Arbuthnot, «ich glaube, das ist deine Miss Climpson, die da so den Betrieb aufhält. Hast du gesehen, wie der Obmann sie angefunkelt hat?»

«Eine gute Seele», sagte Wimsey. «Großartig, einfach hervorragend! Die Frau hat ein furchterregend zähes Gewissen – vielleicht hält sie sogar durch.»

«Ich glaube, du hast die Geschworenen bestochen, Wimsey. Hast du ihr heimlich Zeichen gemacht?»

«Nichts dergleichen», antwortete Wimsey. «Ob du's glaubst oder nicht, ich hab ihr nicht einmal zugezwinkert.»

«Und er selber hat's gesagt», deklamierte Freddy. «Wollen wir's dir mal glauben. Aber es ist schon hart für Leute, die noch nicht zu Abend gegessen haben.»

Sechs Stunden. Sechseinhalb Stunden.

«Endlich!»

Als die Geschworenen zum zweitenmal einmarschierten, zeigten sie deutliche Verschleißerscheinungen. Die gehetzte Hausfrau hatte geweint und schluchzte noch immer in ihr Taschentuch. Der Mann mit der Erkältung schien dem Tode nahe zu sein. Des Künstlers Haare waren zerwühlt und struppig wie ein ungemähter Rasen. Der Firmendirektor und der Obmann sahen aus, als hätten sie die größte Lust, jemanden zu erwürgen, und die alte Jungfer hielt die Augen fest geschlossen und bewegte die Lippen wie im Gebet.

«Meine Damen und Herren Geschworenen, sind Sie einmütig zu einem Urteil gekommen?»

«Nein; und wir sind überzeugt, daß wir niemals Einmütigkeit erzielen werden.»

«Sind Sie dessen ganz sicher?» fragte der Richter. «Ich möchte Sie in keiner Weise drängen und bin meinerseits bereit, so lange zu warten, wie Sie es für nötig halten.»

Das Schnauben des Firmendirektors war noch auf der Galerie zu hören. Der Obmann beherrschte sich und antwortete mit einer vor Wut und Erschöpfung krächzenden Stimme:

«Wir werden uns nie einigen, Mylord – und wenn wir bis zum Jüngsten Tag zusammensitzen.»

«Das ist sehr bedauerlich», sagte der Richter, «aber in diesem Falle bleibt natürlich nichts anderes übrig, als Sie zu entlassen und einen neuen Prozeß anzusetzen. Ich bin überzeugt, daß Sie alle Ihr Bestes gegeben und diesem Fall, dem Sie mit so großer Geduld und hingebungsvoller Aufmerksamkeit gefolgt sind, Ihre ganze Intelligenz und Gewissenhaftigkeit gewidmet haben. Sie sind von Ihrer Pflicht entbunden und haben das Recht, zwölf Jahre lang keine weitere Berufung als Geschworene mehr anzunehmen.«

Fast noch ehe die weiteren Formalitäten erledigt waren und die Richterrobe durch den dunklen Gang entschwand, hatte Wimsey sich bereits nach vorn gedrängt. Er bekam den Verteidiger gerade noch an seinem Talar zu fassen.

«Biggy – gut gemacht! Jetzt haben Sie noch eine Chance. Lassen Sie mich mitmachen, dann kriegen wir die Sache schon hin.»

«Meinen Sie, Wimsey? Ich gestehe freimütig, daß wir besser davongekommen sind, als ich es je erwartet hätte.»

«Nächstes Mal wird's noch besser. Passen Sie auf, Biggy. Stellen Sie mich als Sekretär oder so etwas an. Ich will mit ihr sprechen.»

«Mit wem? Meiner Mandantin?»

«Ja. Ich habe in dem Fall so ein ganz bestimmtes Gefühl. Wir müssen sie rauspauken, und ich weiß, daß es geht.»

«Gut, kommen Sie morgen mal zu mir. Ich muß jetzt selbst zu ihr und mit ihr reden. Um zehn bin ich zu Hause. Gute Nacht.»

Wimsey stürzte davon und eilte zum Nebenausgang, wo soeben die Geschworenen herauskamen. Als letzte erschien, den Hut schief auf dem Kopf und den Regenmantel ungeschickt um die Schultern gelegt, die alte Jungfer. Wimsey schoß auf sie zu und ergriff ihre Hand.

«Miss Climpson!»

«Oh, Lord Peter! Meine Güte, war das ein schrecklicher Tag! Wissen Sie, das war nämlich hauptsächlich ich, die diese ganzen Scherereien verursacht hat, obwohl mich zwei von ihnen tapfer unterstützt haben, und ich hoffe wirklich, Lord Peter, daß ich nicht falsch gehandelt habe, aber ich konnte nicht, nein, ich *konnte* einfach nicht guten Gewissens sagen, daß sie es war, wo ich doch überzeugt bin, daß sie es nicht war, das ging doch nicht, oder? Ach du meine Güte!»

«Sie haben vollkommen richtig gehandelt. Sie war's nämlich nicht, und Gott sei Dank haben Sie's ihnen gezeigt und ihr noch eine Chance gegeben. Ich werde beweisen, daß sie es nicht getan hat. Und jetzt lade ich Sie zum Essen ein – ach, übrigens, Miss Climpson!»

«Ja?»

«Es stört Sie hoffentlich nicht, daß ich mich seit heute früh nicht mehr rasiert habe, denn ich werde Sie jetzt in ein stilles Eckchen führen und Ihnen einen Kuß geben.»

4. Kapitel

Der nächste Tag war ein Sonntag, aber Sir Impey Biggs sagte eine Verabredung zum Golf ab (nicht so ungern, da es in Strömen goß) und hielt statt dessen einen außerordentlichen Kriegsrat ab.

«Also, Wimsey», sagte der Anwalt, «was haben Sie für Vorstellungen? Darf ich Ihnen übrigens Mr. Crofts von Crofts & Cooper, den Anwälten der Angeklagten, vorstellen?»

«Meine Vorstellung ist, daß Miss Vane es nicht getan hat», sagte Wimsey. «Ich möchte zwar annehmen, daß Ihnen dieser Gedanke auch schon gekommen ist, aber wenn ein Kopf wie der meine dahintersteckt, bekommt so eine Idee doch zweifellos ein ganz anderes Gewicht.»

Mr. Crofts, der nicht recht wußte, ob das einfältig oder scherzhaft gemeint war, lächelte nachsichtig.

«Durchaus», meinte Sir Impey, «aber mich würde interessieren, wie viele von den Geschworenen es in diesem Licht gesehen haben.»

«Nun, das kann ich Ihnen wenigstens sagen, weil ich eine von ihnen kenne. Eine Frau und noch eine halbe Frau und ein dreiviertel Mann.»

«Und was heißt das bei näherem Hinsehen?»

«Also, die Frau, die ich kenne, hat sich darauf versteift, daß Miss Vane nicht der Mensch für so etwas sei. Man hat ihr natürlich arg zugesetzt, weil sie ja keinen einzigen schwachen Punkt in der Beweiskette aufzeigen konnte, aber sie hat gemeint, das Verhalten der Angeklagten gehöre auch zu den Indizien, und sie habe das Recht, es mit zu berücksichtigen. Zum Glück ist sie ein zähes altes Mädchen mit guter Verdauung, einem militanten anglikanischen Gewissen und erstaunlichem Stehvermögen, und so leicht gibt sie nicht auf. Sie hat gewartet, bis die andern sich verausgabt hatten, und dann gemeint, sie sei eben nicht überzeugt und werde auch nichts anderes sagen.»

«Wie praktisch», sagte Sir Impey. «Wer alle Glaubensartikel

der christlichen Kirche glauben kann, wird sich an gegenteiligen Beweisen und derlei Kinkerlitzchen nicht stören. Leider können wir nicht hoffen, eine ganze Geschworenenbank voll frommer Dickschädel zu haben. Wie steht's mit der andern Frau und dem Mann?»

«Mit der Frau war eigentlich nicht zu rechnen. Das war diese kernige Erfolgsfrau mit dem Süßwarenladen. Sie fand, der Fall sei nicht bewiesen, und es sei durchaus möglich, daß Boyes das Zeug selbst genommen oder von seinem Vetter bekommen habe. Das schönste ist, sie hatte schon dem einen oder anderen Arsenprozeß beigewohnt und war in ein paar Fällen nicht mit dem Urteil einverstanden – vor allem im Seddon-Prozeß. Von Männern hält sie generell nichts (sie hat ihren dritten unter die Erde gebracht), und Expertengutachten mißtraut sie aus Prinzip. Sie hat gemeint, Miss Vane könne es ihrem persönlichen Eindruck nach schon getan haben, aber aufgrund eines medizinischen Gutachtens würde sie nicht einmal einen Hund an den Galgen bringen. Anfangs war sie noch bereit, sich der Mehrheit anzuschließen, aber dann hat sich der Obmann bei ihr unbeliebt gemacht, indem er seine männliche Autorität gegen sie ausspielen wollte, und zuletzt hat sie sich dann entschlossen, meiner Freundin Miss Climpson den Rücken zu stärken.»

Sir Impey lachte.

«Hochinteressant. Wenn wir solche internen Informationen über die Geschworenen nur immer bekämen! Wir placken uns mit der Aufbereitung der Beweise ab, und dann setzt sich einer etwas in den Kopf, was mit Beweisen überhaupt nichts zu tun hat, und ein anderer unterstützt ihn, weil er findet, daß man sich auf Beweise sowieso nicht verlassen kann. Und wie steht's mit dem Mann?»

«Das war der Künstler. Der einzige übrigens, der das Leben, das diese Leute führten, wirklich verstand. Er hat Ihrer Mandantin den Streit, wie sie ihn geschildert hat, ohne weiteres abgenommen und gemeint, wenn sie zu dem Mann wirklich so gestanden habe, wäre es für sie das letzte gewesen, ihn umbringen zu wollen. Dann hätte sie sich lieber ruhig hingesetzt und ihn leiden sehen, wie der Mann mit dem hohlen Zahn in dem ulkigen Lied. Er konnte sich auch die Geschichte mit den Giftkäufen sehr gut vorstellen, die den andern natürlich äußerst schwach erschien. Außerdem hat er gemeint, daß Boyes nach allem, was er gehört habe, ein eingebildeter Pinsel gewesen sei und man den, der ihn um die Ecke gebracht habe, als öffentlichen Wohltäter feiern müsse. Er habe das Pech gehabt, einige von seinen Büchern zu lesen, und halte den Mann für einen Parasiten und ein öffentliches Ärgernis. Er halte es im Grunde für mehr als wahrscheinlich, daß er Selbstmord verübt habe, und wenn jemand dieser Meinung sei, wolle er ihn gern unterstützen. Dann hat er den Geschworenen noch einen Schrecken eingejagt, indem er meinte, er sei es gewohnt, nächtelang in schlechter Luft zu sitzen, und seinetwegen könnten sie die ganze Nacht weitertagen. Miss Climpson meinte ebenfalls, daß man im Dienste einer gerechten Sache ruhig ein paar kleine Unbequemlichkeiten in Kauf nehmen müsse, und fügte hinzu, daß ihr Glaube sie fürs Fasten gerüstet habe. An dieser Stelle bekam die dritte Frau einen hysterischen Anfall, und ein anderer Mann, der am nächsten Tag ein wichtiges Geschäft abschließen wollte, verlor die Beherrschung, so daß der Obmann, um Gewalttätigkeiten zu verhindern, den Vorschlag machte, man solle sich darauf einigen, daß keine Einigung möglich sei. So war's.»

«Na ja, immerhin haben sie uns noch eine Chance gegeben», sagte Mr. Crofts. «Der Fall kann erst in der nächsten Sitzungsperiode wieder verhandelt werden, so daß wir ungefähr einen Monat Zeit haben, und wahrscheinlich bekommen wir dann Bancroft als Richter, der nicht so scharf ist wie Crossley. Die Frage ist nur, können wir etwas tun, um unsere Prozeßaussichten zu verbessern?»

«Ich werde mich jedenfalls kräftig ins Zeug legen», sagte Wimsey. «Es *muß* nämlich irgendwo Beweise geben. Ich weiß, daß Sie alle emsig waren wie die Biber, aber ich werde arbeiten wie ein Biberkönig. Außerdem habe ich Ihnen allen gegenüber einen ganz großen Vorteil.»

«Mehr Verstand?» meinte Sir Impey grinsend.

«Nein – so etwas würde ich nicht laut sagen, Biggy. Aber ich glaube an Miss Vanes Unschuld.»

«Hol's der Kuckuck, Wimsey, haben meine beredten Ausführungen Sie etwa nicht überzeugt, daß ich mit ganzem Herzen daran glaube?»

«Doch, natürlich. Mir sind fast die Tränen gekommen. Da steht der gute alte Biggy, habe ich zu mir selbst gesagt, und ist fest entschlossen, sich aus dem Anwaltsgeschäft zurückzuziehen und sich die Kehle durchzuschneiden, wenn das Urteil gegen ihn ausfällt, weil er nicht mehr an die britische Gerechtigkeit glauben kann. Nein, mein Lieber – Ihr Triumph über den unentschiedenen Spruch der Geschworenen verrät Sie. Mehr als Sie erwartet hätten. Das haben Sie selbst gesagt. Übrigens, wenn es keine ungezogene Frage ist – wer bezahlt Sie eigentlich, Biggy?»

«Crofts & Cooper», antwortete Sir Impey schlau.

«Und die arbeiten für Gottes Lohn, ja?»

«Nein, Lord Peter. Die Kosten werden in diesem Falle, genau gesagt, von Miss Vanes Verleger getragen – und von einer gewissen Zeitung, die ihr neues Buch in Fortsetzungen bringt. Sie versprechen sich davon das Geschäft ihres Lebens. Aber ehrlich gesagt, ich weiß nicht, was sie zu den Kosten eines erneuten Prozesses sagen werden. Ich nehme an, ich werde heute morgen von ihnen hören.»

«Diese Geier», sagte Wimsey. «Jedenfalls täten sie besser daran, weiterzumachen; aber sagen Sie ihnen ruhig, daß ich für jede Summe garantiere. Nur bringen Sie meinen Namen nicht ins Spiel.»

«Das ist sehr großzügig von Ihnen –»

«Kein bißchen. Ich würde mir diesen Spaß für nichts auf der Welt entgehen lassen. Solche Fälle sind mein Lebenselixier. Aber dafür müssen Sie mir auch einen Gefallen tun. Ich möchte Miss Vane sprechen. Sie müssen mich als Mitarbeiter Ihres Büros einschleusen, damit ich mir ihre Version der Geschichte in Ruhe anhören kann. Verstanden?»

«Ich glaube, das läßt sich machen», sagte Sir Impey. «Haben Sie inzwischen schon mal einen Vorschlag?»

«Dazu hatte ich noch keine Zeit. Aber ich finde schon etwas, keine Bange. Ich habe auch schon angefangen, das Selbstvertrauen der Polizei zu unterhöhlen. Chefinspektor Parker ist nach Hause gegangen, um aus Trauerweiden einen Kranz für sein eigenes Grabmal zu flechten.»

«Seien Sie aber vorsichtig», sagte Sir Impey. «Alles, was wir herausfinden können, kommt um so besser zur Geltung, je weniger die Anklagevertretung im voraus davon weiß.»

«Ich werde wie auf Eierschalen gehen. Aber wenn ich den richtigen Mörder finde (falls es ihn gibt), haben Sie doch sicher nichts dagegen, wenn ich ihn oder sie verhaften lasse?»

«Nein, dagegen hätte ich nichts. Höchstens die Polizei. Nun, meine Herren, wenn es im Augenblick nichts weiter gibt, sollten wir unsere Sitzung vertagen. Sie werden Lord Peter alles besorgen, was er braucht, Mr. Crofts?»

Mr. Crofts wuchs über sich selbst hinaus vor Tatendrang, und am nächsten Morgen meldete Lord Peter sich mit seinem Beglaubigungsschreiben am Tor zum Halloway-Gefängnis.

«Sehr wohl, Mylord. Sie erhalten die gleichen Rechte wie der Anwalt der Gefangenen. Jawohl, wir haben unabhängig davon eine Anweisung von der Polizei bekommen; es geht alles völlig in Ordnung, Mylord. Der Wärter wird Sie hinführen und Ihnen alle Vorschriften erklären.»

Wimsey wurde durch eine Reihe trister Korridore zu einem kleinen Raum mit Glastür geführt. Dort stand ein langer Tisch aus rohem Holz mit je einem wenig einladenden Stuhl an beiden Enden.

«Hier, Mylord. Sie sitzen an einem Ende und die Untersuchungsgefangene am anderen, und Sie dürfen sich beide weder von Ihren Plätzen entfernen noch sich irgendwelche Gegenstände über den Tisch zureichen. Ich werde draußen sein und Sie durch die Glastür sehen, Mylord, aber hören kann ich nichts. Wenn Sie schon Platz nehmen möchten, die Untersuchungsgefangene wird gleich gebracht, Mylord.»

Wimsey setzte sich und wartete, von seltsamen Gefühlen bewegt. Bald erklangen Schritte, und die Gefangene wurde, begleitet von einer Wärterin, hereingeführt. Sie nahm auf dem Stuhl gegenüber Platz, die Wärterin zog sich zurück, und die Tür wurde geschlossen. Wimsey, der aufgestanden war, räusperte sich.

«Guten Morgen, Miss Vane», sagte er schlicht.

Die Gefangene sah ihn an.

«Bitte, nehmen Sie doch Platz», sagte sie mit dieser eigenartig tiefen Stimme, die ihn im Gerichtssaal so beeindruckt hatte. «Sie sind Lord Peter Wimsey, soviel ich weiß, und kommen von Mr. Crofts.»

«Ja», sagte Wimsey. Ihr fester Blick machte ihn unsicher. «Ja. Ich – äh – habe Ihren Fall verfolgt und so weiter, und – äh – ich dachte, ich könnte vielleicht etwas für Sie tun.»

«Das ist sehr freundlich von Ihnen», sagte die Gefangene.

«Überhaupt nicht, nein, zum Teufel! Ich meine, mir macht es Spaß, meine Nase überall hineinzustecken, wenn Sie wissen, was ich meine.»

«Ich weiß. Als Kriminalschriftstellerin habe ich Ihre Karriere natürlich mit Interesse verfolgt.»

Sie lächelte ihn plötzlich an, und sein Herz schmolz dahin.

«Nun, das ist auf eine Art gut so, denn dann werden Sie wissen, daß ich in Wirklichkeit nicht so ein Esel bin, wie ich im Augenblick wohl aussehe.»

Darüber mußte sie lachen.

«Sie sehen nicht aus wie ein Esel – zumindest nicht mehr als jeder andere Mann unter solchen Umständen. Die Umgebung entspricht nicht ganz Ihrem Stil, aber Sie sind ein sehr erfrischender Anblick. Ich bin Ihnen wirklich sehr dankbar, obwohl ich fürchte, daß ich ein ziemlich hoffnungsloser Fall bin.»

«Sagen Sie das nicht. Hoffnungslos ist der Fall nur, wenn Sie es wirklich waren, und ich weiß, daß Sie es nicht getan haben.»

«Nein, ich habe es nicht getan. Aber ich habe das Gefühl, es ist genau wie in einem Buch, das ich geschrieben habe; da hatte ich ein so vollkommenes Verbrechen erfunden, daß ich hinterher selbst nicht mehr wußte, wie mein Detektiv es beweisen sollte, so daß ich schließlich auf das Geständnis des Mörders zurückgreifen mußte.»

«Notfalls tun wir das auch. Sie wissen nicht zufällig, wer der Mörder ist, nein?»

«Ich glaube nicht, daß es überhaupt einen gibt. Ich bin wirklich überzeugt, daß Philip das Zeug selbst genommen hat. Er war im Grunde ein Defätist.»

«Er hat sich wohl die Trennung von Ihnen sehr zu Herzen genommen?»

«Ich glaube schon, daß das mit ein Grund war. Aber vor allem hatte er immer das Gefühl, nicht richtig anerkannt zu werden. Er bildete sich gern ein, alle Welt habe sich gegen ihn verschworen, um seinen Durchbruch zu verhindern.»

«Und, stimmte das?»

«Nein, das glaube ich nicht. Ich glaube allerdings, daß er recht vielen Leuten auf die Füße getreten hat. Er hatte so eine Art, alles mögliche als sein gutes Recht zu verlangen – und damit stößt man Leute vor den Kopf, nicht wahr?»

«Ja, ich verstehe. Ist er mit seinem Vetter gut ausgekommen?»

«Doch, ja; obwohl er natürlich immer sagte, es sei nichts als Mr. Urquharts Pflicht, für ihn zu sorgen. Mr. Urquhart ist recht wohlhabend und hat ausgezeichnete geschäftliche Verbindungen, aber Philip hatte nun wirklich keine Ansprüche an ihn zu stellen, denn es handelte sich nicht um Familienvermögen oder so etwas. Seine Ansicht war, es sei das Vorrecht großer Künstler, sich auf Kosten gewöhnlicher Sterblicher durchfüttern zu lassen.»

Wimsey war mit dieser Spielart künstlerischen Temperaments recht vertraut. Was ihn aufhorchen ließ, war jedoch der Ton dieser Antwort, in dem, wie er fand, so etwas wie Bitterkeit, ja Verachtung mitschwang. Er stellte seine nächste Frage erst nach einigem Zögern.

«Verzeihen Sie mir die Frage, aber – haben Sie Philip Boyes sehr gern gehabt?»

«Muß ich wohl – in Anbetracht der Umstände, nicht?»

«Nicht unbedingt», antwortete Wimsey kühn. «Vielleicht hatten Sie auch nur Mitleid mit ihm oder waren von ihm verhext, oder er hat Ihnen einfach keine Ruhe gelassen.»

«Von allem etwas.»

Wimsey überlegte einen Augenblick.

«Waren Sie Freunde?»

«Nein.» Das Wort brach wie mit unterdrückter Wut aus ihr hervor, die ihn bestürzte. «Philip war nicht der Mann, der einer Frau ein Freund hätte sein können. Er wollte Ergebenheit. Die habe ich ihm gegeben. Das wissen Sie ja. Aber ich konnte es nicht ertragen, zum Narren gemacht zu werden. Ich konnte es nicht ertragen, auf die Probe gestellt zu werden wie ein Lehrjunge, um zu sehen, ob ich seiner Herablassung würdig war. Ich hatte geglaubt, er meinte es ehrlich, als er sagte, er halte nichts von der Ehe – und dann zeigte sich, daß es nur eine Prüfung war, um festzustellen, ob meine Ergebenheit demütig genug war. Sie war es nicht. Ein Heiratsantrag als Lohn für schlechtes Benehmen, das war nicht nach meinem Geschmack.»

«Ich kann's Ihnen nicht verdenken.»

«Nein?»

«Nein. Ich habe den Eindruck, daß er ein ziemlich eingebildeter Affe war, um nicht zu sagen ein kleiner Widerling. Wie dieser schreckliche Mensch, der sich als Landschaftsmaler ausgab und dann die unselige junge Frau mit der Last einer Ehre beglückte, für die sie nicht geboren war. Ich zweifle nicht, daß er ihr mit seinen Eichenmöbeln und dem Familiensilber und dem dienernden Gesinde und so weiter das Leben zur Hölle gemacht hat.»

Harriet Vane mußte wieder lachen.

«Ja – es ist lächerlich – aber auch demütigend. Na ja, so war's. Ich hatte den Eindruck, daß Philip sich und mich lächerlich gemacht hatte, und in dem Augenblick, als ich das sah – da war's mit einemmal vorbei – aus!»

Sie unterstrich die Worte mit einer abschließenden Geste.

«Das kann ich mir gut vorstellen», sagte Wimsey. «Was für ein viktorianisches Gehabe aber auch, für einen Mann mit so fortschrittlichen Ansichten! Er für Gott allein, sie für Gott in ihm – und so weiter. Ich bin jedenfalls froh, daß Sie so darüber denken.»

«So? Unserem momentanen Problem ist das aber nicht gerade dienlich.»

«Das nicht; ich hatte nur schon weitergedacht. Was ich sagen wollte – wenn das überstanden ist, möchte ich Sie heiraten, falls Sie glauben, daß Sie es mit mir aushalten und so.»

Harriet Vane, die ihn angelächelt hatte, runzelte nun die Stirn, und in ihren Blick trat ein undefinierbarer Ausdruck des Widerwillens.

«Ach, noch so einer? Das macht siebenundvierzig.»

«Siebenundvierzig was?» fragte Wimsey bestürzt.

«Heiratsanträge. Mit jeder Post kommen welche. Anscheinend gibt es Schwachsinnige in großer Zahl, die jeden heiraten würden, wenn er nur Schlagzeilen macht.»

«Oh», sagte Wimsey. «Mein Gott, wie peinlich! Wissen Sie, ich habe nämlich diese Art Berühmtheit nicht nötig. Ich kann ganz ohne fremde Hilfe in die Zeitungen kommen. Für mich ist das nichts Erstrebenswertes. Vielleicht sollte ich lieber nicht mehr davon sprechen.»

Seine Stimme klang verletzt, und die Frau sah ihn fast reuig an.

«Es tut mir leid – aber in meiner Lage wird man wohl etwas empfindlich. Ich habe so viele Gemeinheiten erlebt.»

«Ich weiß», sagte Lord Peter. «Es war dumm von mir –»

«Nein, ich glaube, es war dumm von mir. Aber wieso –?»

«Wieso? Ganz einfach – ich finde, Sie sind eine attraktive Frau – zum Heiraten. Das ist alles. Ich meine, Sie haben es mir irgendwie angetan. Warum, kann ich Ihnen auch nicht sagen. Da gibt's keine Regeln.»

«Aha. Es ist jedenfalls sehr nett von Ihnen.»

«Ich wollte, Sie würden nicht so reden, als ob Sie das alles komisch fänden. Ich weiß, daß ich ein dämliches Gesicht habe, aber dafür kann ich doch nichts. Kurz gesagt, ich wünsche mir eine Frau, mit der ich vernünftig reden kann, die das Leben interessant macht. Und ich könnte Ihnen eine Menge Tips für Ihre Bücher geben, falls das ein Anreiz ist.»

«Aber Sie würden keine Frau haben wollen, die Bücher schreibt, oder?»

«Aber ja doch; das wäre sogar sehr lustig. Und soviel interessanter als mit einer normalen Frau, die sich nur für Kleider und andere Leute interessiert. Nichts gegen Kleider und andere Leute – mit Maßen. Ich würde nicht behaupten, daß ich etwas gegen Kleider hätte.»

«Und wie steht's mit den Eichenmöbeln und dem Familiensilber?»

«Oh, damit hätten Sie nichts zu tun. Dafür ist mein Bruder zuständig. Ich sammle Erstausgaben und Inkunabeln, was eine etwas langweilige Angewohnheit von mir ist, aber darum brauchen Sie sich auch nicht zu kümmern, höchstens wenn Sie wollen.»

«Das meine ich nicht. Was würde Ihre Familie sagen?»

«Meine Mutter ist die einzige, auf die es ankommt, und was sie bisher von Ihnen gesehen hat, gefällt ihr.»

«Sie haben mich also schon begutachten lassen?»

«Nein – Himmel noch mal, anscheinend sage ich heute immer das Verkehrte. Ich war einfach nach dem ersten Prozeßtag so aus dem Häuschen, daß ich zu meiner Mutter gelaufen bin, die ein absoluter Schatz ist und zu denen gehört, die wirklich hinter die Dinge schauen, und habe zu ihr gesagt: ‹Hör zu, ich bin der absolut einen und einzigen Frau begegnet, und mit der veranstalten sie gerade eine furchtbare Gemeinheit. Komm um Gottes willen mit und halt meine Hand!› Sie können sich einfach nicht vorstellen, wie entsetzlich das alles war.»

«Klingt wirklich schlimm. Es tut mir leid, daß ich so grob war. Übrigens, Sie sind sich doch darüber im klaren, daß ich einen Liebhaber hatte?»

«O ja. Mit so etwas kann ich auch aufwarten. Mit mehreren sogar. Das kann jedem passieren. Ich kann sogar recht gute Referenzen bringen. Angeblich bin ich ein guter Liebhaber – nur im Augenblick bin ich ein wenig behindert. Man kann seine Liebe nicht sehr überzeugend zeigen, wenn man am andern Ende eines Tisches sitzt und so ein Kerl einen durch die Glastür beobachtet.»

«Ich will's Ihnen auch so glauben. Doch ‹wie sehr es auch entzücken mag, so ungehemmt durch einen Garten herrlicher

Bilder zu wandeln, locken wir Euern Geist nicht fort von einem anderen Gegenstand, der kaum minder wichtig ist?› Aller Wahrscheinlichkeit nach –»

«Und wenn Sie sogar *Kai Lung* zitieren können, kommen wir bestimmt gut miteinander aus.»

«Aller Wahrscheinlichkeit nach werde ich nicht mehr lange genug leben, um die Probe aufs Exempel zu machen.»

«Seien Sie doch nicht so pessimistisch», sagte Wimsey. «Ich habe Ihnen vorhin erst lang und breit erklärt, daß *ich* mich jetzt um die Geschichte kümmern werde. Man könnte glauben, Sie hätten gar kein Vertrauen zu mir.»

«Es sind auch schon Unschuldige gehängt worden.»

«Stimmt; nur weil ich nicht zur Stelle war.»

«So habe ich es nie gesehen.»

«Sehen Sie es jetzt so. Sie werden den Gedanken sehr schön und anregend finden. Vielleicht hilft es sogar, mich ein wenig über die anderen sechsundvierzig hinauszuheben, falls mein Gesicht kein ausreichendes Unterscheidungsmerkmal ist. Übrigens – ich stoße Sie nicht etwa ab, oder? Dann würde ich nämlich meinen Namen unverzüglich von der Warteliste nehmen.»

«Nein», sagte Harriet Vane in freundlichem und ein wenig traurigem Ton. «Nein, Sie stoßen mich nicht ab.»

«Ich erinnere Sie nicht an weiße Maden, mein Anblick macht Ihnen keine Gänsehaut?»

«Bestimmt nicht.»

«Das freut mich. Ein paar unbedeutende Veränderungen wie Mittelscheitel oder Schnurrbart oder einen Verzicht auf das Monokel würde ich gern auf mich nehmen, wenn ich damit Ihren Vorstellungen entgegenkäme.»

«Bitte nicht», sagte Miss Vane, «ändern Sie nichts.»

«Ist das Ihr Ernst?» Wimsey wurde ein wenig rot. «Hoffentlich bedeutet es nicht, daß ich sowieso nichts tun könnte, um mich wenigstens einigermaßen passabel zu machen. Ich werde jedesmal in einer anderen Aufmachung kommen, damit Sie einen möglichst umfassenden Eindruck von dem Objekt gewinnen können. Bunter – das ist mein Diener – wird dafür sorgen. Er hat in puncto Krawatten, Socken und dergleichen einen ausgezeichneten Geschmack. Na ja, ich glaube, ich sollte jetzt gehen. Sie – äh – werden darüber nachdenken, wenn Sie eine Minute Zeit haben? Es hat keine Eile. Nur sagen Sie mir ohne Hemmungen, wenn Sie finden, daß Sie mich um keinen Preis ertragen könnten. Ich will Sie nämlich nicht zur Ehe erpressen, verstehen Sie? Ich meine, ich nehme Ihren Fall so oder so in die Hand, schon aus reiner Neugier.»

«Das ist sehr nett von Ihnen –»

«Nein, nein, ganz und gar nicht. Das ist mein Steckenpferd. Nicht Heiratsanträge zu machen, das meine ich nicht, sondern Detektiv zu spielen. Also, Kopf hoch und Ohren steif und so weiter. Ich besuche Sie wieder, wenn ich darf.»

«Ich werde den Diener anweisen, Sie vorzulassen», sagte die Untersuchungsgefangene würdevoll. «Sie treffen mich jederzeit zu Hause an.»

Wimsey ging, fast benommen, die schmutzige Straße hinunter.

«Ich glaube, ich kann es schaffen – sie ist natürlich zutiefst verletzt – kein Wunder, nach diesem Ekel – aber sie fühlt sich nicht abgestoßen – damit könnte man sich nicht abfinden, jemanden abzustoßen – eine Haut wie Honig hat sie – sie sollte Dunkelrot tragen – und Granat – und viele Ringe, eher altmodische – ich könnte uns natürlich ein Haus mieten – armes Kind, ich würde mir wirklich alle Mühe geben, sie zu entschädigen – Humor hat sie auch – und Verstand – langweilig wäre es nicht – man würde aufwachen und hätte einen ganzen Tag vor sich, an dem lauter schöne Dinge passieren könnten – und dann würde man nach Hause kommen und zu Bett gehen – das wäre auch schön – und während sie schreibt, könnte ich mich in der Weltgeschichte herumtreiben, so würde es uns beiden nicht langweilig – ob Bunter mit diesem Anzug wirklich den richtigen Griff getan hat? – ein bißchen dunkel, finde ich immer, aber der Schnitt ist gut –»

Er blieb vor einem Schaufenster stehen, um heimlich sein Spiegelbild zu betrachten. Sein Blick fiel auf eine große bunte Reklame:

RIESEN-SONDERANGEBOT

GILT NUR EINEN MONAT

«O Gott», sagte er leise, plötzlich ernüchtert. «Ein Monat – vier Wochen – einunddreißig Tage. Das ist nicht viel Zeit. Und ich weiß noch nicht einmal, wo ich anfangen soll.»

5. Kapitel

«Also», sagte Wimsey, «was bringt Menschen dazu, Menschen zu töten?»

Er saß in Miss Katherine Climpsons Privatbüro. Nach außen war das Ganze ein Schreibkontor, und es gab hier auch drei sehr tüchtige Schreibkräfte, die gelegentlich ausgezeichnete Arbeit für Schriftsteller oder Wissenschaftler leisteten. Scheinbar war es ein großes und blühendes Unternehmen, denn oft mußten Aufträge mit der Begründung abgelehnt werden, daß die Belegschaft bereits mehr als ausgelastet sei. Aber auf den übrigen Etagen des Gebäudes spielten sich andere Aktivitäten ab. Alle Beschäftigten waren Frauen – meist ältere, aber es waren auch ein paar junge, hübsche darunter –, und wenn man einen Blick in die im Stahlschrank aufbewahrten Personalakten hätte tun können, wäre einem aufgefallen, daß diese Frauen allesamt in eine Kategorie fielen, die man so lieblos als «überflüssig» zu bezeichnen pflegt. Es waren alte Fräuleins mit kleinem oder gar keinem Einkommen; Witwen ohne Anhang; von flatterhaften Ehemännern verlassene Frauen, die von winzigen Unterhaltszahlungen lebten und, bevor Miss Climpson sie anstellte, in ihrem Leben nichts hatten als Bridge und den Klatsch der Pensionen, in denen sie lebten. Pensionierte und vom Leben enttäuschte Lehrerinnen waren darunter; arbeitslose Schauspielerinnen; couragierte Frauen, die mit Hutsalons und Teestuben gescheitert waren; sogar verwöhnte Backfische aus gehobenen Kreisen, denen die Cocktailparties und Nachtclubs zu langweilig geworden waren. Alle diese Frauen schienen den lieben langen Tag nichts anderes zu tun zu haben, als auf Annoncen zu antworten. Unverheiratete Herren, die (spätere Heirat nicht ausgeschlossen) die Bekanntschaft vermögender Damen suchten; rüstige Sechziger auf der Suche nach Haushälterin in abgelegener ländlicher Gegend; Finanzgenies, die sich für große Projekte zahlungskräftige Partnerin wünschten; literarisch ambitionierte Herren mit Interesse an weiblicher Mitarbeit; seriöse Talentsucher für die Provinz; Wohltäter, die einem verraten wollten, wie man in seiner Freizeit zu Geld komme – sie alle bekamen über kurz oder lang Bewerbungen von Miss Climpsons Damen. Es mag Zufall sein, daß diese Herren oft das Mißgeschick hatten, wenig später wegen Heiratsschwindel, Erpressung oder versuchter Kuppelei vor den Kadi zitiert zu werden, aber Tatsache ist, daß Miss Climpsons Büro sich einer eigenen direkten Telefonleitung zu Scotland Yard rühmen konnte und daß ihre Damen selten so schutzlos waren, wie sie erschienen. Tatsache ist auch, daß die Zahlungen für Miete und Unterhalt dieser Einrichtung sich bei einiger Mühe mit Lord Peter Wimseys Bankkonto in Verbindung bringen ließen. Seine Lordschaft war bezüglich dieses Unternehmens ziemlich verschwiegen, nur wenn er mit Chefinspektor Parker oder anderen engen Freunden allein war, sprach er gelegentlich von seinem «Katzenhaus».

Miss Climpson schenkte ihm eine Tasse Tee ein, bevor sie antwortete. Sie trug an ihren mageren, spitzenverhüllten Handgelenken lauter kleine Armringe, die bei jeder Bewegung angriffslustig klimperten.

«Ich weiß es wirklich nicht», sagte sie, offenbar das Problem von der psychologischen Seite betrachtend. «Es ist so *gefährlich* und so schrecklich *gemein*, daß man sich fragt, wie einer überhaupt die *Unverfrorenheit* für so etwas haben kann. Und oft haben sie so *wenig* dabei zu gewinnen.»

«Das meine ich ja», sagte Wimsey, «was hoffen sie damit zu gewinnen? Manche tun es natürlich aus bloßem Spaß, wie diese Deutsche, deren Name mir entfallen ist, aber die hatte einfach Freude daran, Leute sterben zu sehen.»

«Was für ein *eigenartiger* Geschmack», sagte Miss Climpson. «Kein Zucker, glaube ich? – Wissen Sie, mein lieber Lord Peter, ich hatte schon oft die *traurige* Pflicht, an einem Sterbebett zu stehen, und obwohl viele von ihnen – wie mein lieber Vater – einen sehr *christlichen* und *schönen* Tod hatten, kann ich wirklich nicht behaupten, daß es mir *Spaß* gemacht hätte. Die Menschen haben natürlich sehr *verschiedene* Vorstellungen von Spaß, ich persönlich habe zum Beispiel nie viel für George Robey übriggehabt, obwohl ich bei Charlie Chaplin immer lachen muß – trotzdem, wissen Sie, an jedem Totenbett gibt es doch so manche *unerfreuliche* Erscheinung, und ich *kann* mir nicht vorstellen, wie jemand daran *Geschmack* finden soll, selbst wenn er *noch* so pervers ist.»

«Da gebe ich Ihnen völlig recht», sagte Wimsey. «Aber es muß in gewissem Sinne eben doch Spaß machen – dieses Gefühl, wissen Sie, Herr über Leben und Tod zu sein.»

«Das ist ein *Eingriff* in die Vorrechte des Schöpfers», sagte Miss Climpson.

«Aber es muß doch ganz nett sein, sich sozusagen als Gott zu fühlen. Hoch über der Welt zu schweben und so. Ich verstehe schon die Faszination. Aber für praktische Zwecke steckt in dieser Theorie der Teufel – ich bitte um Verzeihung, Miss Climpson, keine Mißachtung geheiligter Persönlichkeiten – ich meine, dafür ist sie nicht zu gebrauchen, da sie auf einen Menschen ebenso anwendbar ist wie auf jeden andern. Wenn ich hier nach einem Triebmörder suchen müßte, könnte ich mir gleich die Kehle durchschneiden.»

«Sagen Sie nicht so etwas», flehte Miss Climpson, «nicht einmal im Scherz. Ihre Arbeit hier – so gut, so wertvoll – ist es allein schon wert, daß Sie am Leben bleiben, auch wenn Sie persönlich *noch* so eine *herbe* Enttäuschung hinnehmen müßten. Und ich habe schon erlebt, wie solche Scherze sehr böse ausgegangen sind, auf die *erstaunlichste* Weise. Da war einmal ein junger Mann in unserer Bekanntschaft, der immer so *lose* dahergeredet hat – das ist schon lange her, lieber Lord Peter, da waren Sie noch ein kleines Kind, aber auch damals waren die jungen Männer schon liederlich, da kann man heute über die Achtziger sagen, was man will – also, und dieser junge Mann, der sagte eines Tages zu meiner armen Mutter: ‹Mrs. Climpson, wenn ich heute keine gute Beute mache, erschieße ich mich› (er war nämlich ein begeisterter Jäger), und dann zog er los mit seinem Gewehr, und wie er über einen Zauntritt steigt, bleibt er mit dem Abzug in der Hecke hängen, und das Gewehr geht los und *zerreißt* ihm den ganzen Kopf. Ich war da noch ein junges Mädchen, und es hat mich *furchtbar* aufgeregt, denn er war so ein *hübscher* junger Mann, mit einem Backenbart, den wir alle *bewundert* haben, obwohl man heute eher darüber lächeln würde, und der war durch den Schuß ganz abgesengt, und im Kopf hat er ein schrecklich großes Loch gehabt, wie man mir erzählt hat, denn hingehen und ihn mir ansehen durfte ich natürlich nicht.»

«Der arme Kerl», sagte Seine Lordschaft. «Nun gut, vergessen wir fürs erste den Triebmörder. Aus welchen Gründen töten Menschen sonst noch?»

«Aus – Leidenschaft», sagte Miss Climpson mit einem leichten Zögern vor diesem Wort, «denn *Liebe* möchte ich es nicht gern nennen, wenn sie so zügellos ist.»

«Dieser Erklärung neigt auch die Anklage zu», sagte Wimsey. «Aber die akzeptiere ich nicht.»

«Auf keinen Fall. Aber – es könnte doch möglich sein, nicht wahr, daß noch eine andere unglückliche junge Frau diesem Mr. Boyes zugetan war und Rachegefühle gegen ihn hegte?»

«Ja, oder ein Mann war eifersüchtig. Aber das Problem ist hier die Zeit. Man braucht schon einen plausiblen Vorwand, um jemandem Arsen geben zu können. Man kann einen Menschen nicht einfach auf der Straße ansprechen und sagen: ‹Hier, trink mal einen Schluck davon.›»

«Aber da waren doch die zehn Minuten, über die wir nichts wissen», wandte Miss Climpson listig ein. «Könnte er da nicht in ein Wirtshaus gegangen sein, um eine kleine Erfrischung zu sich zu nehmen, und dort einen Feind getroffen haben?»

«Menschenskind, das wäre möglich.» Wimsey notierte sich das, dann schüttelte er zweifelnd den Kopf. «Aber das wäre ein erstaunlicher Zufall. Es sei denn, er hätte sich dort mit ihm verabredet. Immerhin, nachprüfen kann man es mal. Fest steht jedenfalls, daß Mr. Urquharts Haus und Miss Vanes Wohnung nicht die einzigen vorstellbaren Orte sind, an denen Boyes an diesem Abend zwischen sieben und zehn nach zehn etwas gegessen oder getrunken haben könnte. Also, unter der Überschrift LEIDENSCHAFT finden wir: 1. Miss Vane (kommt *ex hypothesi* nicht in Frage); 2. eifersüchtige Geliebte; 3. dito Rivale. Ort: Wirtshaus (Fragezeichen). Nun kommen wir zum nächsten Motiv, und das ist GELD. Ein gutes Motiv, um jemanden zu ermorden, der welches hat, aber ein schlechtes Motiv im Falle Boyes. Trotzdem, Geld. Darunter könnte ich mir drei verschiedene Untertitel vorstellen: 1. Raubmord (sehr unwahrscheinlich); 2. Versicherung; 3. Erbschaft.»

«Was für einen klaren Verstand Sie haben», sagte Miss Climpson.

«Wenn ich dereinst sterbe, werden Sie das Wort ‹Gründlichkeit› auf meinem Herzen geschrieben finden. Ich weiß nicht, wieviel Geld Boyes bei sich hatte, aber viel wird es nicht gewesen sein. Urquhart und Vaughan könnten es wissen; aber das ist auch nicht so wichtig, denn Arsen ist keine sehr geeignete Waffe für einen Raubmord. Es dauert verhältnismäßig lange, bis man an die Arbeit gehen kann, und das Opfer ist nicht hilflos genug.

Wir könnten höchstens unterstellen, daß der Taxifahrer ihn vergiftet und dann ausgeraubt hat, aber sonst wüßte ich niemanden, der von so einem dämlichen Verbrechen hätte profitieren können.»

Miss Climpson pflichtete ihm bei und bestrich ein zweites Stück Teekuchen.

«Zweitens, Versicherung. Jetzt kommen wir in die Gefilde des Möglichen. War Boyes versichert? Anscheinend ist niemand auf die Idee gekommen, danach zu fragen. Wahrscheinlich war er es nicht. Diese Literaten haben selten einen ausgeprägten Vorsorgetrieb und noch weniger Sinn für Versicherungsprämien und derlei Nebensächlichkeiten. Aber nachfragen sollte man. Wer könnte ein versicherbares Interesse haben? Sein Vater, sein Vetter (möglicherweise), andere Verwandte (falls vorhanden), seine Kinder (falls vorhanden) und – wie ich annehme – Miss Vane, sofern er die Versicherung erst abschloß, als er schon mit ihr zusammenlebte. Außerdem jeder, der ihm aufgrund einer solchen Versicherung Geld geliehen hätte. Da gibt es der Möglichkeiten viele. Mir wird schon viel wohler, Miss Climpson, ich spüre Aufwind in jeder Beziehung. Entweder bekomme ich die Geschichte allmählich in den Griff, oder es liegt an Ihrem Tee. Das ist eine schöne, gehaltvoll aussehende Kanne. Ist da noch was drin?»

«O ja!» rief Miss Climpson eifrig. «Mein lieber Vater hat immer gesagt, ich verstünde es wie keine zweite, das *Letzte* aus einer Teekanne herauszuholen. Das Geheimnis ist, daß man nach dem Einschenken immer wieder nachfüllt und die Kanne *nie* ganz leer werden läßt.»

«Erbschaft», fuhr Lord Peter fort. «Hatte er etwas zu vererben? Nicht viel, könnte ich mir vorstellen. Am besten schau ich mal eben bei seinem Verleger rein. Oder ist er in letzter Zeit vielleicht zu Geld gekommen? Das müßten sein Vater oder sein Vetter wissen. Der Vater ist Pfarrer – ‹toller Beruf, das›, wie der ungezogene Klassenflegel seinem neuen Mitschüler in einem von Dean Farrars Büchern erklärt. Wirkt ziemlich abgerissen. Ich kann mir nicht denken, daß in der Familie viel Geld steckt. Aber man weiß nie. Vielleicht hat jemand Boyes um seiner schönen blauen Augen willen oder aus Bewunderung für seine Bücher ein Vermögen vermacht. Wenn ja, wem hat Boyes es hinterlassen? Frage: Hat er ein Testament gemacht? Aber an solche Dinge hat doch sicher die Verteidigung schon gedacht. Mir sinkt schon wieder der Mut.»

«Essen Sie ein Sandwich», riet Miss Climpson.

«Danke», sagte Wimsey, «oder eine Handvoll Heu. Bei einem Schwächeanfall hilft nichts wie Heu, wie der Weiße König so richtig bemerkte. Also, damit ist das Motiv Geld mehr oder weniger erledigt. Bleibt Erpressung.»

Miss Climpson, deren berufliche Verbindung mit dem «Katzenhaus» sie so einiges über Erpressung gelehrt hatte, stimmte ihm seufzend zu.

«Was war dieser Boyes für einer?» fragte Wimsey rhetorisch. «Ich weiß nichts über ihn. Er könnte ein Lump von der schwärzesten Sorte gewesen sein. Womöglich hat er von all seinen Freunden die unaussprechlichsten Dinge gewußt. Warum nicht? Oder er schrieb an einem Buch, in dem er jemanden bloßstellte, so daß er um jeden Preis kaltgestellt werden mußte. Hol's der Kuckuck, sein Vetter ist Rechtsanwalt. Wenn der nun Mündelgelder veruntreut hat oder so etwas, und Boyes hat gedroht, ihn auffliegen zu lassen? Er wohnte in Urquharts Haus und hatte jede Möglichkeit, so was herauszubekommen. Urquhart rührt ihm ein bißchen Arsen in die Suppe und – ah, da steckt der Haken. Tut Arsen in die Suppe und ißt sie selbst. Das ist schwierig. Ich fürchte, Hannah Westlocks Aussage schlägt diese Theorie mausetot. Wir werden wieder auf den geheimnisvollen Fremden im Wirtshaus zurückgreifen müssen.»

Er dachte eine Weile nach, dann meinte er:

«Und dann bliebe natürlich auch noch Selbstmord, an den ich noch am ehesten zu glauben geneigt bin. Selbstmord mit Arsen ist zwar so ungefähr das dümmste, aber es ist schon vorgekommen. Da hatten wir zum Beispiel den Duc de Praslin – *wenn* das Selbstmord war. Aber wo ist dann die Flasche?»

«Die Flasche?»

«Irgendwo muß er das Zeug ja dringehabt haben. Könnte auch ein Schächtelchen gewesen sein, wenn er es in Pulverform genommen hat, obwohl das schwierig gewesen wäre. Hat mal jemand nach einem Fläschchen oder Päckchen gesucht?»

«Wo hätte man suchen sollen?» fragte Miss Climpson.

«Das ist es ja. Wenn er es nicht bei sich hatte, muß es irgendwo in oder nahe bei der Doughty Street gelegen haben, und es dürfte eine ganz schöne Arbeit sein, nach einem Fläschchen oder Schächtelchen zu suchen, das vor einem halben Jahr weggeworfen wurde. Wie ich Selbstmorde hasse – sie sind so schwer zu beweisen. Na ja, zages Herz gewann nie auch nur einen Fetzen Pappe. Nun passen Sie mal auf, Miss Climpson. Wir haben ungefähr einen Monat Zeit für diesen Fall. Die jetzige Sitzungsperiode endet am einundzwanzigsten. Heute ist der fünfzehnte. Bis dahin können sie den Prozeß nicht gut neu ansetzen. Die nächste Periode beginnt am zwölften Januar. Sie werden den Fall wahrscheinlich früh ansetzen, falls wir keine Gründe für einen Aufschub bringen. Vier Wochen, um neue Beweise zu sammeln. Wollen Sie mir Ihre allerbesten Kräfte, auch Ihre eigenen Talente, dafür reservieren? Ich weiß noch nicht, für was ich sie brauchen werde, aber brauchen werde ich sie bestimmt.»

«Selbstverständlich, Lord Peter. Sie wissen doch, daß es uns immer ein nur *zu* großes Vergnügen ist, für Sie etwas zu tun – selbst wenn das ganze Büro *nicht* Ihnen gehörte, was es aber tut. Sie brauchen es mir *nur* zu sagen, zu *jeder* Tages- oder Nachtzeit, und ich werde mein *Bestes* tun, um Ihnen zu helfen.»

Wimsey dankte ihr, erkundigte sich noch nach dieser und jener Arbeit im Büro und verabschiedete sich. Er rief ein Taxi herbei und ließ sich ohne Umwege zum Scotland Yard fahren.

Chefinspektor Parker war, wie immer, hocherfreut, Lord Peter zu sehen, aber seine unscheinbaren, wiewohl angenehmen Züge verrieten eine gewisse Besorgnis, als er seinen Besucher begrüßte.

«Was gibt's, Peter? Wieder der Fall Vane?»

«Ja. Den hast du ganz schön vermurkst, alter Freund, aber wirklich.»

«Na, ich weiß nicht. Uns erschien er völlig klar.»

«Charles, mein Herzblatt, mißtraue dem klaren Fall, dem Mann, der dir fest in die Augen sieht, und dem Renntip frisch aus dem Maul des Pferdes. Nur der gerissenste Betrüger kann es sich leisten, so betont geradeheraus zu sein. Sogar die Pfade des Lichts sind krumm – erzählt man uns wenigstens. Um Himmels willen, Mann, tu alles, was in deiner Kraft steht, um die Sache vor der nächsten Sitzungsperiode in Ordnung zu bringen. Ich würde es dir sonst nie verzeihen. Mein Gott, du wirst doch selbst keinen Unschuldigen an den Galgen bringen wollen – schon gar keine Frau, oder?»

«Nimm eine Zigarette», sagte Parker. «Du wirkst ja richtig verstört. Was hast du angestellt? Es täte mir leid, wenn wir das falsche Schwein bei den Ohren erwischt hätten, aber es ist ja Aufgabe der Verteidigung, aufzuzeigen, wo wir uns geirrt haben, und ich kann nicht behaupten, daß die sehr überzeugend gewesen wäre.»

«Nein, hol sie der Henker, Biggy hat getan, was er konnte, aber dieser dämliche, widerliche Crofts hat ihm so gut wie kein Material gegeben. Daß ihm die häßlichen Augen aus dem Kopf fallen! Ich weiß, das Ekel hält sie für schuldig. Hoffentlich wird er dafür in der Hölle gebraten und auf einem rotglühenden Tablett mit Cayennepfeffer serviert!»

«Welcher Wortschwall!» meinte Parker unbeeindruckt. «Man sollte meinen, du hast dich in die Kleine vergafft.»

«Du bist mal wieder die Freundlichkeit selbst», sagte Wimsey bitter. «Als du dich in meine Schwester verguckt hast, war ich vielleicht nicht sehr feinfühlig – ich geb's ja zu –, aber ich schwöre dir, ich habe nicht auf deinen zartesten Gefühlen herumgetrampelt und nicht gesagt, du wärst ‹in die Kleine vergafft›. Ich weiß überhaupt nicht, woher du solche Ausdrücke hast, wie die Pfarrersfrau zum Papagei sagte. Vergafft! So was Vulgäres hat mir noch keiner gesagt.»

«Großer Gott», rief Parker, «du willst doch nicht im Ernst sagen –»

«O nein», versetzte Wimsey gekränkt. «Ernst wird von mir nicht erwartet. Ich bin ein Hanswurst. Jedenfalls weiß ich jetzt genau, wie Jack Point zumute war. Ich habe den *Yeoman* immer für sentimentalen Kitsch gehalten, aber es ist alles nur zu wahr. Möchtest du mich im Narrenkostüm tanzen sehen?»

«Entschuldige», sagte Parker, dem der Ton mehr als die Worte sagte, was es geschlagen hatte. «Wenn es so steht, tut es mir furchtbar leid. Aber was kann ich tun?»

«Jetzt redest du wie ein Mensch. Hör zu – am wahrscheinlichsten dürfte dieser nichtsnutzige Boyes sich selbst umgebracht haben. Die unaussprechliche Verteidigung war nicht fähig, ihm den Besitz von Arsen nachzuweisen – aber die würde auch am hellichten Tage mit dem Mikroskop keine schwarze Rinderherde auf einer schneebedeckten Wiese finden. Ich möchte gern, daß deine Leute das in die Hand nehmen.»

«Boyes – Frage Arsen», sagte Parker, während er sich das notierte. «Noch was?»

«Ja. Versuch festzustellen, ob Boyes am 20. Juni zwischen 21.50 Uhr und 22.10 Uhr in der Nähe der Doughty Street in eine Kneipe gegangen ist – ob er dort jemanden getroffen hat und was er zu trinken hatte.»

«Wird gemacht. Boyes – Frage Kneipe.» Parker machte sich wieder eine Notiz. «Und?»

«Drittens, ob in der Gegend ein Fläschchen oder Schächtelchen gefunden wurde, in dem sich Arsen befunden haben könnte.»

«Ist das alles? Soll ich nicht auch noch nach einer Busfahrkarte suchen, die Mrs. Brown in der Vorweihnachtszeit vor dem Kaufhaus Selfridge verloren hat? Du brauchst es mir nicht zu leicht zu machen.»

«Ein Fläschchen ist wahrscheinlicher als ein Schächtelchen», fuhr Wimsey fort, ohne ihn zu beachten, «weil ich glaube, daß das Arsen in flüssiger Form genommen wurde, sonst hätte es nicht so schnell gewirkt.»

Parker erhob keinen weiteren Einspruch, sondern notierte brav: «Boyes – Doughty Street – Frage Fläschchen», dann sah er erwartungsvoll auf.

«Und?»

«Das ist im Augenblick alles. Übrigens, ich würd's mal im Park am Mecklenburgh Square versuchen. Da kann etwas monatelang im Gebüsch herumliegen.»

«Schön. Ich werde tun, was ich kann. Und wenn du etwas herausfindest, was wirklich beweist, daß wir auf dem Holzweg waren, sagst du's uns, ja? Wir machen auch nicht gern vor aller Öffentlichkeit verhängnisvolle Fehler.»

«Na ja – ich habe gerade erst der Verteidigung feierlich versprochen, genau das nicht zu tun. Aber wenn ich den Täter finde, lasse ich dich ihn verhaften.»

«Wir sind auch für kleine Gaben dankbar. Also, viel Glück! Ein komisches Gefühl, wir beide auf entgegengesetzten Seiten, was?»

«Und wie», sagte Wimsey. «Mir tut es auch leid, aber du bist selbst dran schuld.»

«Du hättest England nicht verlassen sollen. Übrigens –»

«Ja?»

«Wahrscheinlich wird sich nur herausstellen, daß unser junger Freund in den fraglichen zehn Minuten in der Theobalds Road gestanden und auf ein Taxi gewartet hat, das ist dir doch klar?»

«Ach, sei still», sagte Wimsey ärgerlich und ging.

6. *Kapitel*

Der nächste Tag verhieß schön und strahlend zu werden, und Wimsey konnte sich auf dem Wege nach Tweedling Parva einer gewissen Ausgelassenheit nicht entziehen. «Mrs. Merdle», sein Auto, so genannt, weil es wie die berühmte Figur von Dickens etwas gegen «Krach» hatte, schnurrte munter mit seinen zwölf Zylindern durch die frische Luft dahin, in der ein Hauch von Frost lag. Derlei ist dazu angetan, die Stimmung zu heben.

Wimsey erreichte sein Reiseziel gegen zehn Uhr und ließ sich den Weg zum Pfarrhaus erklären, einem dieser großen, weiträumigen und unnötigen Gebäude, die das Einkommen ihres Bewohners zu dessen Lebzeiten aufzehren und seine Nachfahren, kaum daß er tot ist, mit hohen Reparaturrechnungen belasten.

Pfarrer Arthur Boyes war zu Hause und gern bereit, Lord Peter Wimsey zu empfangen.

Der Geistliche war ein hochgewachsener, blasser Mensch mit tief in das Gesicht geschnittenen Sorgenfalten und sanften blauen Augen, die etwas ratlos dreinblickten ob der enttäuschenden Schwierigkeit der Dinge im allgemeinen. Sein schwarzer Rock war alt und hing ihm in traurigen Falten um die schmalen, gebeugten Schultern. Er reichte Wimsey eine magere Hand und bat ihn, Platz zu nehmen.

Es fiel Lord Peter nicht ganz leicht, sein Anliegen zu erklären. Sein Name weckte bei dem freundlichen, weltentrückten Seelenhirten offenbar keinerlei Assoziationen. Er entschied sich, von seinem kriminalistischen Steckenpferd nichts zu erwähnen und sich lediglich als ein Freund der Angeklagten vorzustellen, was ja auch stimmte. Das mochte ebenso peinlich sein, aber es war zumindest verständlich. Also begann er nach einigem Zögern:

«Es tut mir unendlich leid, Sie belästigen zu müssen, zumal das alles so traurig ist, aber es handelt sich um den Tod Ihres Sohnes und den Prozeß und so weiter. Bitte glauben Sie nicht, daß ich Ihnen lästig werden möchte, aber ich habe ein großes Interesse – ein persönliches Interesse daran. Sehen Sie, ich kenne Miss Vane – ich – genauer gesagt, ich mag sie sehr gern, und ich kann mir nicht helfen, aber ich bin sicher, daß da irgendwo ein Irrtum vorliegt, und – und den möchte ich gern aufklären, wenn es irgend geht.»

«Ach so – ja!» sagte Mr. Boyes. Er putzte hingebungsvoll seinen Kneifer und klemmte ihn sich auf die Nase, wo er ziemlich schief saß. Dann musterte er Wimsey ausgiebig, und was er sah, schien ihm nicht zu mißfallen, denn er fuhr fort:

«Das arme, fehlgeleitete Mädchen! Ich versichere Ihnen, daß ich keine Rachegefühle gegen sie hege – das soll heißen, niemand wäre froher als ich, wenn ich wüßte, daß sie dieser schrecklichen Tat nicht schuldig ist. Ja, Lord Peter, sogar wenn sie schuldig wäre, würde es mir sehr weh tun, sie dafür sterben sehen zu müssen. Was immer wir tun, wir können die Toten ja doch nicht wieder zum Leben erwecken, und es wäre ungleich besser, wir würden alle Vergeltung dem Herrn überlassen, denn in seine Hände allein gehört sie. Auf jeden Fall gäbe es nichts Furchtbareres, als einem unschuldigen Menschen das Leben zu nehmen. Es würde mich bis ans Ende meiner Tage verfolgen, wenn auch nur die geringste Möglichkeit bestünde. Und ich gestehe, daß ich, als ich Miss Vane vor Gericht sah, schwere Zweifel hatte, ob es richtig von der Polizei war, sie auf die Anklagebank zu setzen.»

«Danke sehr», sagte Wimsey, «es ist sehr freundlich von Ihnen, daß Sie das sagen. Es erleichtert mir meine Aufgabe sehr. Aber entschuldigen Sie, Sie sagten: ‹Als ich sie vor Gericht sah.› Kannten Sie sie da noch nicht?»

«Nein. Ich wußte natürlich, daß mein unglücklicher Sohn eine ungesetzliche Verbindung mit einer jungen Frau eingegangen war, aber ich konnte es nicht über mich bringen, sie kennenzulernen – und ich glaube sogar, daß sie selbst es Philip aus reinem Taktgefühl nicht erlaubt hat, sie seiner Familie vorzustellen. Sie sind jünger als ich, Lord Peter, Sie gehören der Generation meines Sohnes an und werden vielleicht verstehen, daß zwischen uns – obwohl er nicht schlecht war, nicht verdorben, das werde ich niemals glauben – nicht dieses unbedingte Vertrauen bestand, das zwischen Vater und Sohn herrschen sollte. Zweifellos ist das weitgehend meine Schuld. Wenn nur seine Mutter noch gelebt hätte –»

«Aber lieber Herr Pfarrer», sagte Wimsey leise, «ich verstehe vollkommen. Das geschieht häufig. Ich würde sogar sagen, es geschieht immerzu. Nachkriegsgeneration und so. Viele kommen da ein wenig aus dem Tritt – ohne eigentlich Böses zu wollen oder zu tun. Können eben nur den Älteren nicht ins Auge sehen. Meist gibt sich das mit der Zeit. Vorwürfe kann man im Grunde niemandem machen. Wilder Hafer und – äh – dergleichen eben.»

«Ich konnte», sagte Mr. Boyes traurig, «seine Ansichten nicht billigen, die so gegen Religion und Sitte gingen – vielleicht habe ich meine Meinung zu deutlich gesagt. Wenn ich mehr Verständnis aufgebracht hätte –»

«Das führt zu nichts», sagte Wimsey. «Jeder muß damit für sich allein fertig werden. Und wenn einer Bücher schreibt und gerät in diese Kreise, dann neigt er meist dazu, sich ziemlich lautstark auszudrücken, wenn Sie verstehen, was ich meine.»

«Kann sein, kann sein. Aber ich mache mir Vorwürfe. Das hilft Ihnen natürlich überhaupt nicht weiter. Verzeihen Sie mir. Wenn ein Fehler gemacht wurde – und die Geschworenen waren ja offenbar nicht zufrieden –, müssen wir alle Kraft daransetzen, ihn zu berichtigen. Wie kann ich Ihnen behilflich sein?»

«Nun, erstens –» sagte Wimsey, «ich stelle diese Frage wirklich ungern – hat Ihr Sohn jemals etwas zu Ihnen gesagt oder Ihnen geschrieben, was es Ihnen als möglich erscheinen lassen könnte, daß er – des Lebens überdrüssig war oder so etwas? Entschuldigen Sie.»

«Nein – wirklich nicht. Diese Frage wurde mir natürlich auch schon von der Polizei und der Verteidigung gestellt, und ich kann aufrichtig sagen, daß ein solcher Gedanke mir nie gekommen ist. Dazu hatte ich keinerlei Anlaß.»

«Auch nicht, nachdem er sich von Miss Vane getrennt hatte?»

«Auch dann nicht. Ich hatte den Eindruck, daß er darüber mehr wütend als verzweifelt war. Ich muß auch sagen, ich war sehr überrascht, zu hören, daß sie nach allem, was zwischen ihnen gewesen war, nicht seine Frau werden wollte. Das begreife ich noch immer nicht. Ihre Weigerung muß für ihn ein schwerer Schock gewesen sein. Er hatte mir zuvor so gutgelaunt darüber geschrieben. Vielleicht erinnern Sie sich noch an den Brief?» Er suchte in einer unaufgeräumten Schublade herum. «Ich habe ihn hier, wenn Sie ihn sich ansehen möchten.»

«Vielleicht lesen Sie mir nur den betreffenden Absatz vor, Sir», schlug Wimsey vor.

«Ja, gewiß. Lassen Sie mich mal sehen. Ja. ‹Deinem Moralempfinden wird es sicher guttun, Vater, wenn Du hörst, daß ich mich entschlossen habe, unsere Beziehung zu legalisieren, wie die braven Leute sagen.› Er hatte manchmal so eine frivole Art, zu reden und zu schreiben, der arme Junge, die seinem guten Herzen gar nicht entsprach. Mein Gott. Ja. ‹Harriet ist eine gute Seele, und so habe ich mich durchgerungen, der Wohlanständigkeit Genüge zu tun. Sie verdient es wirklich, und ich hoffe, wenn erst alles seine Ordnung hat, wirst auch Du ihr Deine väterliche Anerkennung nicht versagen. Ich bitte Dich nicht, die Brautmesse zu lesen – wie Du weißt, liegt das Standesamt mehr auf meiner Linie, und obwohl sie, wie ich, im Wohlgeruch der Heiligkeit aufgewachsen ist, glaube ich nicht, daß sie großen Wert auf die ‹Stimme, die über Eden wehte› legt. Ich gebe Dir Bescheid, wenn es soweit ist, damit Du kommen und uns Deinen Segen geben kannst (als Vater, wenn schon nicht als Seelenhirte), falls Du Dich dazu geneigt siehst.› Sie sehen, Lord Peter, er wollte durchaus das Richtige tun, und es hat mich gerührt, daß er mich dabeihaben wollte.»

«Ganz recht», sagte Lord Peter und dachte: «Wenn der Schnösel nur noch lebte, ich würde ihm so gern einen Tritt in den Hintern geben.»

«Nun, und dann kam ein zweiter Brief, in dem er mir mitteilte, daß aus der Heirat nichts wurde. Hier ist er. ‹Lieber Vater, es tut mir leid, aber ich muß Deine Glückwünsche mit Dank zurückschicken. Die Hochzeit fällt ins Wasser, die Braut ist durchgebrannt. Ich brauche nicht ins einzelne zu gehen. Harriet hat es geschafft, sich und mich zum Gespött zu machen. Weiter gibt es nichts zu sagen.› Später hörte ich dann, daß es ihm gesundheitlich nicht gut ging – aber das wissen Sie ja schon alles.»

«Hat er für seine Krankheitsanfälle einen Grund vermutet?»

«Nein, nein – wir sind alle davon ausgegangen, daß es sich um ein Wiederauftreten seiner früheren Magenbeschwerden handelte. Er war nie ein robuster Junge gewesen. Aus Harlech hat er mir in sehr hoffnungsvoller Stimmung geschrieben und gemeint, es ginge ihm viel besser; dabei hat er auch seine geplante Reise nach Barbados erwähnt.»

«So?»

«Ja. Ich dachte, das würde ihm sehr guttun und ihn von anderen Dingen ablenken. Er hat es aber als ein noch unbestimmtes Vorhaben geschildert, nicht als ob schon etwas abgemacht gewesen wäre.»

«Hat er noch einmal etwas über Miss Vane geschrieben?»

«Er hat mir gegenüber den Namen nie mehr erwähnt, bis er im Sterben lag.»

«So – und wie haben Sie das verstanden, was er da gesagt hat?»

«Ich wußte nicht, was ich davon halten sollte. Damals hatten wir natürlich alle noch keine Ahnung, daß Gift im Spiel war, und ich dachte, er meinte den Streit, der zu ihrer Trennung führte.»

«Aha. Nun, Mr. Boyes, wenn wir also annehmen, daß es keine Selbsttötung war –»

«Das halte ich wirklich nicht für denkbar.»

«Gibt es sonst irgendeinen Menschen, der ein Interesse an seinem Tod gehabt haben könnte?»

«Wer sollte das sein?»

«Keine – andere Frau, zum Beispiel?»

«Ich habe nie von einer gehört. Und das hätte ich sicher. Er war in solchen Dingen kein Heimlichtuer, Lord Peter. Er war bemerkenswert offen und geradeheraus.»

«O ja», kommentierte Wimsey bei sich, «wahrscheinlich hätte er auch noch damit angegeben. Wenn er nur jemandem weh tun konnte, der Lump.» Laut sagte er nur: «Es gäbe noch andere Möglichkeiten. Hat er zum Beispiel ein Testament gemacht?»

«Das hat er. Nicht daß er viel zu vererben gehabt hätte, der arme Junge. Seine Bücher waren sehr klug geschrieben – er hatte einen scharfen Verstand, Lord Peter – aber viel Geld haben sie ihm nie eingebracht. Ich habe ihn mit kleinen Zuwendungen unterstützt, und zusammen mit dem, was er durch Zeitschriftenartikel verdiente, reichte es ihm gerade zum Leben.»

«Aber er hat doch sicher jemandem seine Urheberrechte vermacht?»

«Ja. Er wollte sie mir übertragen, aber ich habe ihm sagen müssen, daß ich dieses Erbe nicht antreten könne. Sie verstehen, ich war mit seinen Ansichten nicht einverstanden und hätte es nicht für rechtens gehalten, Nutzen daraus zu ziehen. Nein, er hat sie seinem Freund, Mr. Vaughan, hinterlassen.»

«Oh! Darf ich fragen, wann dieses Testament gemacht wurde?»

«Es ist datiert in der Zeit, als er in Wales war. Ich glaube, daß er zuvor schon ein anderes gemacht hatte, in dem er alles Miss Vane überschrieb.»

«Das ist ja interessant!» sagte Wimsey. «Davon wird sie wohl gewußt haben.» Er ließ sich eine Reihe einander widersprechender Möglichkeiten durch den Kopf gehen, dann sagte er: «Aber so oder so wird die Summe nicht groß gewesen sein, oder?»

«O nein. Wenn mein Sohn an seinen Büchern fünfzig Pfund im Jahr verdient hat, war es viel. Obwohl», fügte der alte Herr mit traurigem Lächeln hinzu, «sein neuestes Buch jetzt besser gehen wird, wie man sagt.»

«Sehr wahrscheinlich», sagte Wimsey. «Wenn man nur in die Zeitung kommt, fragen die verehrten Leser nicht nach dem Wie. Aber – na, lassen wir das. Irgendwelches Vermögen wird er wohl nicht zu vererben gehabt haben?»

«Nichts dergleichen. In unserer Familie hat es nie Geld gegeben, Lord Peter, auch nicht seitens meiner Frau. Wir sind ganz die sprichwörtlichen Kirchenmäuse.» Er lächelte milde über seinen kleinen Klerikerwitz. «Vielleicht mit Ausnahme von Cremorna Garden.»

«Von – wem bitte?»

«Eine Tante meiner Frau, die berüchtigte Cremorna Garden aus den Sechzigern.»

«Großer Gott, ja – die Schauspielerin?»

«Ja. Aber von ihr wurde natürlich nie gesprochen. Man wollte nicht wissen, auf welche Weise sie an ihr Geld kam. Nicht schlimmer als andere, würde ich sagen, aber in jenen Tagen waren wir noch sehr leicht zu schockieren. Wir haben seit über fünfzig Jahren nichts mehr von ihr gesehen oder gehört. Ich glaube, sie ist inzwischen ganz kindisch.»

«Beim Zeus! Ich wußte gar nicht, daß sie überhaupt noch lebt!»

«Doch, ich glaube, sie lebt noch, obwohl sie jetzt schon weit über Neunzig sein muß. Jedenfalls hat Philip von ihr bestimmt nie einen Penny erhalten.»

«Damit schiede Geld also aus. War vielleicht das Leben Ihres Sohnes versichert?»

«Nicht daß ich wüßte. Wir haben unter seinen Papieren keine Police gefunden, und soviel ich weiß, hat auch noch niemand irgendwelche Ansprüche erhoben.»

«Hat er keine Schulden hinterlassen?»

«Unbedeutende – im Laden anschreiben lassen und dergleichen. Alles in allem vielleicht fünfzig Pfund.»

«Ich bin Ihnen so dankbar», sagte Wimsey im Aufstehen. «Das hat viele Fragen geklärt.»

«Leider hat es Sie nicht viel weiter gebracht.»

«Es hat mir immerhin gezeigt, in welcher Richtung ich nicht weiter zu suchen brauche», sagte Wimsey, «und das bedeutet Zeitersparnis. Es war sehr liebenswürdig von Ihnen, sich mit mir abzugeben.»

«Nicht doch. Fragen Sie mich alles, was Sie wissen möchten. Niemand würde sich mehr freuen als ich, wenn der Verdacht von dieser unglücklichen jungen Frau genommen würde.»

Wimsey dankte ihm noch einmal und verabschiedete sich. Er war schon eine Meile weit gefahren, als ihn ein reuiger Gedanke einholte. Er wendete Mrs. Merdle, sauste zur Kirche zurück, stopfte eine Handvoll Banknoten mit einigen Schwierigkeiten in den Schlitz eines Kastens mit der Aufschrift «Für die Kirche» und fuhr dann endgültig in die Stadt zurück.

Während er seinen Wagen durch die City lenkte, kam ihm plötzlich ein Gedanke, und statt in den Piccadilly zu fahren, wo er wohnte, bog er in eine Straße südlich der Strand ab, in der sich das Verlagshaus Grimsby & Cole befand, das die Werke Philip Boyes' verlegte. Nach kurzem Warten wurde er zu Mr. Cole vorgelassen.

Mr. Cole war ein beleibter, freundlicher Herr, der mit großem Interesse vernahm, daß der berühmte Lord Peter Wimsey sich mit den Angelegenheiten des ebenso berühmten Mr. Boyes befaßte. Wimsey beteuerte, daß er als Sammler von Erstausgaben großes Interesse daran habe, sich Philip Boyes' gesammelte Werke zu sichern. Mr. Cole bedauerte außerordentlich, ihm damit nicht dienen zu können, und wurde dann unter dem Einfluß einer teuren Zigarre recht zutraulich.

«Ich will ja nicht frivol erscheinen, mein lieber Lord Peter», sagte er, indem er sich in seinen Sessel zurückwarf und bei dieser Gelegenheit aus seinen drei Kinnen sechs oder sieben machte, «aber unter uns, Mr. Boyes hätte sich selbst keinen größeren Gefallen tun können, als sich auf diese Weise ermorden zu lassen. Eine Woche nach Bekanntwerden des Obduktionsbefundes waren seine sämtlichen Bücher vergriffen, zwei hohe Auflagen seines letzten Buchs waren noch vor Prozeßbeginn an den Mann gebracht – zum Originalpreis von siebeneinhalb Shilling – und die Bibliotheken schrien so nach seinen Erstwerken, daß wir sie alle neu auflegen mußten. Leider hatten wir den Satz nicht stehen lassen, so daß die Setzerei Tag und Nacht arbeiten mußte, aber wir haben es geschafft. Soeben werden die Dreieinhalb-Shilling-Ausgaben aufgebunden, und eine Ausgabe für einen Shilling ist in Vorbereitung. Wirklich, ich kann mir nicht vorstellen, daß Sie in ganz London noch eine Erstausgabe auftreiben, nicht für Geld und gute Worte. Wir selbst haben auch nur noch unsere Belegexemplare hier, aber wir legen jetzt eine besondere Gedenkausgabe auf, mit Fotos, auf handgeschöpftem Papier und in limitierter Auflage für eine Guinee das Stück. Es ist natürlich nicht dasselbe, aber –»

Wimsey bat, für einen kompletten Satz dieser Luxusausgabe vorgemerkt zu werden, und fügte hinzu:

«Traurige Sache, nicht, daß der Autor selbst nichts mehr davon hat?»

«Überaus betrüblich», pflichtete Mr. Cole ihm bei und preßte dabei zwei Längsfalten von dem Nasenflügel bis zu den Mundwinkeln in die dicken Wangen. «Und noch trauriger ist, daß nun kein weiteres Werk mehr von ihm kommen kann. Ein sehr talentierter junger Mann, Lord Peter. Es wird Mr. Grimsby und mich immer mit melancholischem Stolz erfüllen, daß wir seine Gabe schon entdeckt haben, als noch lange nicht mit einem finanziellen Erfolg zu rechnen war. Ein Achtungserfolg, das war alles, bis zu diesem überaus traurigen Ereignis. Aber wenn eine Arbeit gut ist, pflegen wir uns nicht über den Gewinn den Kopf zu zerbrechen.»

«Nun ja!» meinte Wimsey. «Manchmal zahlt es sich eben aus, sein Brot aufs Wasser zu streuen. Ganz im christlichen Sinne – Sie wissen ja – ‹thut wohl und leihet, daß ihr nichts dafür hoffet, so wird euer Lohn groß sein›. Lukas.»

«Sehr richtig», meinte Mr. Cole nicht sehr begeistert, vielleicht weil er nicht so bibelfest war, vielleicht aber auch, weil er einen spöttischen Unterton bei seinem Gesprächspartner herausgehört hatte. «Also, unsere Unterhaltung hat mich sehr gefreut. Es tut mir leid, daß ich Ihnen mit den Erstausgaben nicht helfen kann.»

Wimsey versicherte ihm, das sei nicht der Rede wert, und rannte nach einem hastigen Lebewohl schnell die Treppe hinunter.

Sein nächster Besuch galt Mr. Challoner, Harriet Vanes Agenten. Challoner war ein hitziger, dunkler, streitsüchtig aussehender kleiner Mann mit unordentlicher Frisur und dicken Brillengläsern.

«Geschäftsaufschwung?» meinte er, nachdem Wimsey sich vorgestellt und sein Interesse an Miss Vane erwähnt hatte. «Ja, natürlich haben ihre Bücher reißenden Absatz. Ziemlich widerlich, das Ganze, aber was will man machen? Man muß für seinen Klienten das Beste rausholen, unter welchen Umständen auch immer. Miss Vanes Bücher haben sich immer ganz gut verkauft – jeweils zwischen drei- und viertausend allein in England –, aber natürlich hat diese Geschichte das Geschäft enorm angekurbelt. Das letzte Buch hatte drei Neuauflagen, und von ihrem allerneuesten sind schon siebentausend verkauft, bevor es überhaupt erschienen ist.»

«Was ja finanziell nur von Vorteil ist, oder?»

«O ja – aber wenn ich ehrlich sein soll, ich weiß nicht, ob solche künstlichen Auflagensteigerungen dem Ruf des Autors nicht auf lange Sicht schaden. Rauf wie eine Rakete, runter wie ein Stein, nicht wahr? Wenn Miss Vane erst wieder frei ist –»

«Ich freue mich, daß Sie nicht gesagt haben, ‹falls sie wieder freikommt›.»

«Die andere Möglichkeit ziehe ich gar nicht erst in Betracht. Aber sowie sie raus ist, wird das Interesse der Öffentlichkeit wahrscheinlich sehr schnell nachlassen. Ich ziehe natürlich jetzt die vorteilhaftesten Verträge an Land, die ich irgend kriegen kann, um die nächsten drei, vier Bücher schon im voraus abzusichern, aber ich habe natürlich nur auf die Vorschüsse Einfluß. Die eigentlichen Einnahmen hängen dann vom tatsächlichen Verkauf ab, und da befürchte ich einen Reinfall. Natürlich verkaufe ich zur Zeit ganz schön Abdruckrechte an Zeitungen, was insofern wichtig ist, als es sofort Geld bringt.»

«Das heißt also, Sie sind als Geschäftsmann nicht rundum glücklich über diese Entwicklung?»

«Langfristig gesehen, nein. Daß ich persönlich zutiefst betroffen bin, brauche ich wohl nicht zu sagen, und ich bin vollkommen überzeugt, daß ein Irrtum vorliegt.»

«Das ist auch meine Ansicht», sagte Wimsey.

«Nach allem, was ich von Eurer Lordschaft gehört habe, glaube ich sagen zu können, daß Ihr Interesse an dem Fall das größte Glück ist, das Miss Vane widerfahren konnte.»

«Oh, danke – vielen Dank. Sagen Sie – dieses Arsenbuch – könnten Sie mich da mal einen Blick hineinwerfen lassen, ja?»

«Selbstverständlich, wenn es Ihnen hilft.» Er drückte auf einen Klingelknopf. «Miss Warburton, bringen Sie mir bitte einen Satz Fahnen von *Der Tod im Kochtopf.* Trufoot peitscht die Veröffentlichung mit Volldampf durch. Das Buch war noch nicht fertig geschrieben, als sie verhaftet wurde. Mit einer seltenen Energie und Entschlossenheit hat Miss Vane es noch vollendet und sogar selbst Korrektur gelesen. Natürlich mußte alles über die Gefängnisverwaltung laufen. Aber wir waren ja selbst darauf bedacht, nichts zu verheimlichen. Über Arsen weiß sie jedenfalls genau Bescheid, die Ärmste. Ist dieser Satz komplett, Miss Warburton? Hier, bitte. Kann ich noch etwas für Sie tun?»

«Noch eine Frage. Was halten Sie vom Verlagshaus Grimsby & Cole?»

«Die kommen für mich überhaupt nie in Frage», sagte Mr. Challoner. «Sie haben nicht etwa die Absicht, dort etwas zu veröffentlichen, Lord Peter?»

«Nicht daß ich wüßte – ernsthaft nicht.»

«Falls doch, lesen Sie Ihren Vertrag sehr genau. Ich will nicht sagen, bringen Sie ihn zu uns –»

«Wenn ich je etwas für Grimsby & Cole schreibe», sagte Lord Peter, «verspreche ich, es nur über Sie zu tun.»

7. Kapitel

Lord Peter Wimsey hüpfte andern Morgens förmlich ins Holloway-Gefängnis. Harriet Vane begrüßte ihn mit fast reumütigem Lächeln.

«Sie sind also wiedergekommen?»

«Meine Güte, ja doch! Sie haben doch hoffentlich mit mir gerechnet? Ich hatte mir eingebildet, diesen Eindruck hinterlassen zu haben. Passen Sie mal auf – ich habe mir eine gute Handlung für einen Kriminalroman ausgedacht.»

«So?»

«Allererste Klasse! Wissen Sie, so etwas, wobei die Leute sagen: ‹Das hab ich schon immer mal selbst schreiben wollen, wenn ich nur die Zeit hätte, mich dafür hinzusetzen.› Mir scheint, das Hinsetzen ist das einzige, was man braucht, um Meisterwerke zu produzieren. Aber einen Moment noch. Zuerst das Geschäftliche. Mal sehen –» Er blätterte zum Schein in einem Notizbuch. «Aha, ja. Wissen Sie zufällig, ob Philip Boyes ein Testament gemacht hat?»

«Ich glaube, ja; als wir noch zusammenlebten.»

«Zu wessen Gunsten?»

«Zu meinen. Nicht daß er viel zu vererben gehabt hätte, der Arme. Hauptsächlich war es ihm um einen literarischen Nachlaßverwalter zu tun.»

«Dann sind Sie jetzt *de facto* seine Nachlaßverwalterin?»

«Ach du lieber Himmel! Daran habe ich überhaupt noch nicht gedacht. Ich habe als selbstverständlich angenommen, daß er bei unserer Trennung das Testament geändert hat. Das muß er wohl auch, sonst hätte ich doch nach seinem Tode schon irgendwas gehört, oder?»

Sie sah ihn mit offenem Blick an, und Wimsey fühlte ein leises Unbehagen.

«Sie *wußten* also nicht, daß er es geändert hatte? Bevor er starb, meine ich?»

«Ich muß wirklich sagen, ich habe nicht einen Gedanken daran verschwendet. Wenn ich daran gedacht hätte – natürlich hätte ich es dann angenommen. Warum?»

«Nichts», sagte Wimsey. «Ich bin nur ziemlich froh, daß von dem Testament nicht bei diesem Dingsda die Rede war.»

«Sie meinen den Prozeß? Sie brauchen das Wort nicht so zartfühlend zu umgehen. Sie meinen, wenn ich geglaubt hätte, noch immer seine Erbin zu sein, hätte ich ihn vielleicht seines Geldes wegen umbringen können? Aber so große Schätze waren das auch wieder nicht. Ich habe viermal soviel verdient wie er.»

«Das schon. Ich dachte nur an diese Krimihandlung, die ich mir ausgedacht habe. Wenn ich länger darüber nachdenke, ist sie eigentlich ziemlich einfältig.»

«Erzählen Sie mal.»

«Ach, wissen Sie –» Wimsey schluckte ein wenig, dann rasselte er betont unbekümmert seine Idee herunter.

«Also – es geht um eine Frau (ein Mann täte es genauso, aber bleiben wir mal bei der Frau), die Bücher schreibt – Kriminalromane, genauer gesagt. Sie hat einen Freund – der auch schreibt. Sie sind beide keine Bestsellerautoren – eben ganz normale Schriftsteller.»

«Ja? So was kann durchaus vorkommen.»

«Der Freund macht ein Testament und vermacht sein Geld – die Tantiemen seiner Bücher und so – der Frau.»

«Aha.»

«Und die Frau – die gerade die Nase ziemlich voll von ihm hat, müssen Sie wissen – denkt sich einen großen Coup aus, der ihrer beider Bücher zu Bestsellern machen wird.»

«So?»

«Ja. Sie beseitigt ihn mit derselben Methode, die sie gerade in ihrem letzten Krimi beschrieben hat.»

«Ein kühnes Unternehmen», sagte Miss Vane anerkennend.

«Ja. Und natürlich werden seine Bücher sofort zu Bestsellern. Und sie kassiert.»

«Wirklich genial. Ein völlig neues Mordmotiv – genau das, wonach ich schon seit Jahren suche. Aber – finden Sie das nicht ein bißchen gefährlich? Sie könnte am Ende als Mörderin verdächtigt werden.»

«Dann würden *ihre* Bücher auch zu Bestsellern.»

«Wie wahr! Nur daß sie möglicherweise nichts mehr davon hätte.»

«Da liegt natürlich der Hase im Pfeffer», sagte Wimsey.

«Denn wenn sie nicht verdächtigt und verhaftet und vor Gericht gestellt wird, ist auch der Profit nur halb so groß.»

«Eben», sagte Wimsey. «Aber könnten Sie als erfahreneRänkeschmiedin da keinen Ausweg finden?»

«Das würde ich mir schon zutrauen. Sie könnte zum Beispiel ein perfektes Alibi konstruieren oder, wenn sie ganz gemein wäre, die Tat jemand anderm in die Schuhe schieben. Oder die Leute glauben machen, ihr Freund habe sich selbst aus dem Verkehr gezogen.»

«Zu unsicher», sagte Wimsey. «Wie sollte sie das zuwege bringen?»

«Das kann ich so aus dem Stegreif auch nicht sagen. Ich werde mal scharf darüber nachdenken und Ihnen Bescheid sagen. Oder – ich habe eine Idee!»

«Ja?»

«Sie ist ein Mensch mit einer Monomanie – nein, nicht selbstmörderisch. Das wäre langweilig und dem Leser gegenüber auch nicht ganz fair. Aber es gibt jemanden, dem sie etwas Gutes tun möchte, das kann irgendwer sein, Vater, Mutter, Schwester, Geliebter, oder eine Sache, für die Geld gebraucht wird. Sie macht ein Testament zu seinen oder ihren Gunsten und läßt sich für das Verbrechen hängen, denn sie weiß, daß der Mann, die Frau oder die Sache, die ihr so am Herzen liegt, dadurch ans Geld kommt. Wie ist das?»

«Großartig!» rief Wimsey, ganz mitgerissen. «Nur – Moment mal. Sie bekäme das Geld des Freundes nicht, oder? Es ist nicht zulässig, daß jemand von einem Verbrechen profitiert.»

«Hol's der Kuckuck! Das stimmt auch wieder. Es ginge dann also nur um ihr eigenes Geld. Das könnte sie als Schenkung vermachen. Ja doch – passen Sie auf! Wenn sie das sofort nach dem Mord tut – in einer Schenkung alles weggibt, was sie besitzt – dann wäre darin auch alles eingeschlossen, was ihr nach dem Testament ihres Freundes zukommt. Alles bekäme direkt der, die oder das Begünstigte. Ich glaube nicht, daß daran rechtlich etwas zu verhindern wäre!»

Sie sah ihn mit leuchtenden Augen an.

«Wissen Sie was?» sagte Wimsey. «Sie leben gefährlich. Sie sind viel zu schlau. Aber eine gute Geschichte ist es schon, das muß ich sagen.»

«Ein Renner! Wollen wir sie schreiben?»

«Auf jeden Fall!»

«Ich fürchte nur, daß wir nicht mehr dazu kommen werden.»

«So was sollen Sie nicht sagen. Natürlich werden wir sie schreiben. Zum Teufel, wozu bin ich denn hier? Selbst wenn ich mich damit abfinden könnte, Sie zu verlieren, würde ich mir nie die Chance entgehen lassen, meinen Bestseller zu schreiben.»

«Bisher haben Sie mir aber nichts weiter als ein sehr überzeugendes Mordmotiv geliefert. Ich kann mir nicht vorstellen, daß uns das sehr weiterhelfen wird.»

«Ich habe etwas anderes getan», sagte Wimsey, «und zwar bewiesen, daß dies jedenfalls nicht Ihr Motiv war.»

«Wieso?»

«Sie hätten es mir nicht erzählt, wenn es Ihr Motiv gewesen wäre. Sie hätten mich behutsam vom Thema abgebracht. Und außerdem –»

«Ja?»

«Nun, ich war bei Mr. Cole von Grimsby & Cole und weiß, wer an Philip Boyes' Büchern den Löwenanteil verdienen wird. Und ich kann mir nicht recht vorstellen, daß er der Gegenstand Ihrer Liebe ist.»

«Nein?» fragte Miss Vane. «Und warum nicht? Wissen Sie nicht, daß ich unsterblich in jedes einzelne Kinn an seinem Hals verliebt bin?»

«Wenn Sie Kinne lieben», meinte Wimsey, «werde ich versuchen, mir ein paar wachsen zu lassen, obwohl das nicht ganz leicht sein wird. Aber – behalten Sie Ihr Lächeln; es steht Ihnen.»

«Das ist ja alles gut und schön», dachte er bei sich, als das Tor sich hinter ihm schloß. «Geistreiche Wortgefechte halten die Patientin bei Laune, aber sie bringen uns nicht weiter. Wie steht's mit diesem Urquhart? Vor Gericht sah er ganz in Ordnung aus, aber das weiß man nie. Ich finde, ich sollte ihm mal eine Stippvisite abstatten.»

Mit dieser Absicht fuhr er zum Woburn Square, aber dort erwartete ihn eine Enttäuschung. Mr. Urquhart war zu einer kranken Verwandten gerufen worden. Es war nicht Hannah Westlock, die ihm öffnete, sondern eine rundliche ältere Frau, in der Wimsey die Köchin vermutete. Er hätte sie gern ausgefragt, hatte aber das Gefühl, daß Mr. Urquhart ihn nicht sehr freundlich empfangen würde, wenn er erfuhr, daß sein Personal hinter seinem Rücken ausgequetscht worden war. Er begnügte sich daher mit der Frage, wie lange Mr. Urquhart vermutlich fort sein werde.

«Das könnte ich Ihnen nicht guten Gewissens sagen, Sir. Soviel ich weiß, hängt das davon ab, wie es der Kranken geht. Wenn sie's übersteht, kommt er bestimmt gleich wieder zurück, denn daß er gerade sehr viel Arbeit hat, das weiß ich. Wenn sie aber stirbt, hat er eine Zeitlang zu tun, bis er ihren Nachlaß geregelt hat.»

«Aha», sagte Wimsey. «Das ist ein bißchen unangenehm, weil ich ihn eigentlich ziemlich dringend sprechen müßte. Sie könnten mir nicht zufällig seine Adresse geben?»

«Also, Sir, ich weiß nicht recht, ob Mr. Urquhart damit einverstanden wäre. Wenn es um etwas Geschäftliches geht, Sir, kann man Sie vielleicht in seinem Büro in der Bedford Row beraten.»

«Vielen Dank», sagte Wimsey und notierte sich noch die Hausnummer. «Dann fahre ich da mal hin. Vielleicht kann man dort etwas für mich tun, ohne daß ich ihn belästigen muß.»

«Ja, Sir. Und was soll ich ihm sagen, wer hier war?»

Wimsey überreichte ihr seine Karte und schrieb obendrauf: *«In re Rex contra Vane»*, dann meinte er:

«Aber es besteht Aussicht, daß er recht bald wieder da ist?»

«O ja, Sir. Letztes Mal war er nur ein paar Tage fort, und was für eine gnädige Fügung das war, wo der arme Mr. Boyes so schrecklich sterben mußte.»

«Das kann man wohl sagen», meinte Wimsey, hocherfreut, daß sich das Thema geradezu von selbst zur Sprache brachte. «Das muß ja für Sie alle ein schwerer Schlag gewesen sein.»

«Allerdings», sagte die Köchin. «Ich kann jetzt noch kaum daran denken. Daß ein Mensch auf diese Art im Haus stirbt, und vergiftet auch noch, wenn man ihm sein Abendessen gekocht hat – das kann einem schon ganz schön zusetzen, nicht?»

«Am Essen hat es jedenfalls nicht gelegen», sagte Wimsey leutselig.

«Um Gottes willen, nein, Sir – das haben wir aber auch ganz klar bewiesen. Nicht daß in meiner Küche überhaupt so ein Unglück passieren könnte – das möchte ich erst sehen! Aber die Leute reden gern so was, wenn man ihnen eine Möglichkeit gibt. Jedenfalls ist nichts auf den Tisch gekommen, wovon der gnädige Herr und Hannah und ich nicht auch gegessen haben, und wie froh wir darüber waren, das brauche ich Ihnen nicht zu sagen.»

«Ich kann es mir wirklich vorstellen», sagte Wimsey und wollte schon die nächste Frage anbringen, als es am Dienstboteneingang energisch läutete.

«Das ist der Fleischer», sagte die Köchin. «Sie müssen mich entschuldigen, Sir. Das Mädchen liegt mit der Grippe im Bett, und ich bin heute morgen ohne Hilfe. Ich werde Mr. Urquhart sagen, daß Sie da waren.»

Sie schloß die Tür, und Wimsey machte sich auf den Weg in die Bedford Row, wo er von einem ältlichen Sekretär empfangen wurde, der ihm ohne Umstände Mr. Urquharts Adresse gab.

«Bitte sehr, Mylord. Bei Mrs. Wrayburn, Applefold, Windle, Westmoreland. Aber ich glaube nicht, daß er lange fortbleiben wird. Können wir inzwischen schon etwas für Sie tun?»

«Danke, nein. Ich wollte ihn persönlich sprechen, verstehen Sie? Es geht, genauer gesagt, um den überaus traurigen Tod seines Vetters, Mr. Boyes.»

«Ach so, Mylord? Schockierend das alles. Mr. Urquhart war außer sich, daß so etwas in seinem eigenen Haus geschehen konnte. Ein feiner junger Mensch, dieser Mr. Boyes. Er und Mr. Urquhart waren sehr gute Freunde, und er hat es sich sehr zu Herzen genommen. Haben Sie dem Prozeß beigewohnt, Mylord?»

«Ja. Was sagen Sie zum Ausgang?»

Der Sekretär spitzte die Lippen.

«Ich will nicht verhehlen, daß ich sehr erstaunt war. Mir erschien der Fall völlig klar. Aber auf Geschworene kann man sich nie verlassen, schon gar nicht heute, wo man auch noch Frauen dafür nimmt. Wir bekommen in unserem Beruf so einiges vom schönen Geschlecht zu sehen», sagte der Sekretär mit pfiffigem Lächeln, «und die allerwenigsten von ihnen tun sich durch juristischen Sachverstand hervor.»

«Wie wahr», sagte Wimsey. «Wenn die Frauen nicht wären, gäbe es viel weniger Streit, und somit ist doch alles gut fürs Geschäft.»

«Haha! Sehr gut, Mylord. Na ja, wir müssen die Dinge nehmen, wie sie kommen, aber in meinen Augen – und ich bin da altmodisch – wären die Damen viel liebenswerter, wenn sie sich darauf beschränkten, uns mit ihrer Schönheit zu inspirieren, anstatt sich in alles einzumischen. Nehmen Sie zum Beispiel unsere junge Sekretärin – ich sage nicht, daß sie nicht zu arbeiten verstünde – aber auf einmal packt sie die Laune und sie heiratet und läßt mich hier mit der Arbeit sitzen, gerade jetzt, wo Mr. Urquhart fort ist. Mit einem jungen Mann wäre das anders, den festigt die Ehe und bindet ihn stärker an seinen Beruf, aber bei den jungen Frauen ist es genau umgekehrt. Es ist ja recht, daß sie heiratet, aber es kommt doch sehr ungelegen, und in einem Anwaltsbüro kann man nicht gut Aushilfskräfte beschäftigen. Ein Teil der Arbeit ist eben vertraulich, und in jedem Fall ist eine Atmosphäre der Beständigkeit wünschenswert.»

Wimsey drückte dem Bürovorsteher geziemendes Mitgefühl für seinen Kummer aus und wünschte ihm freundlich einen guten Morgen. In der Bedford Row befand sich ein Telefonhäuschen, und er huschte hinein und rief sofort Miss Climpson an.

«Hier Lord Peter Wimsey – ah, Miss Climpson! Wie geht's, wie steht's? Alles zum Besten? Gut! – Ja, und nun hören Sie zu. In Mr. Norman Urquharts Anwaltsbüro ist eine Vertrauensstelle für eine Sekretärin frei. Haben Sie jemanden? – Ah, gut! – Ja, schicken Sie sie alle her – gerade da möchte ich jemanden hineinbringen. – O nein! Kein besonderer Auftrag – nur die Ohren spitzen und hören, was so über den Fall Vane geredet wird. O ja, suchen Sie die vertrauenerweckendsten aus. Nicht zuviel Puder im Gesicht, und achten Sie darauf, daß die Röcke die vorgeschriebenen zehn Zentimeter unterhalb des Knies enden – der Bürovorsteher hat das Sagen, und die letzte Sekretärin ist ihm gerade weggeheiratet worden, daher hat er etwas gegen Sex-Appeal. Richtig! Bringen Sie sie da unter, und ich gebe ihr alle notwendigen Instruktionen. Gott mit Ihnen – möge Ihr Schatten nie in die Breite gehen!»

8. Kapitel

«Bunter!»

«Mylord?»

Wimsey trommelte mit den Fingern auf einem Brief herum, den er eben erhalten hatte.

«Fühlen Sie sich zu großen Taten aufgelegt und unwiderstehlich? Leuchtet eine strahlendere Iris, dem winterlichen Wetter zum Trotz, in Bunters sonnengebräuntem Gesicht? Sind Sie so recht in Erobererstimmung? Spüren Sie sozusagen den Don Juan in sich?»

Bunter, das Frühstückstablett auf den Fingerspitzen, hüstelte tadelnd.

«Sie sind eine imposante, aufrechte Erscheinung, wenn ich so sagen darf», fuhr Wimsey fort. «Sie haben einen kühnen Abenteurerblick – außer Dienst, versteht sich – und eine flinke Zunge, Bunter, und ich habe den starken Eindruck, daß Ihnen auch das gewisse Etwas nicht fehlt. Was könnte eine Köchin oder ein Dienstmädchen sich noch mehr wünschen?»

«Es macht mich immer glücklich», erwiderte Bunter, «wenn ich Eurer Lordschaft nach besten Kräften dienen kann.»

«Das weiß ich wohl», pflichtete Seine Lordschaft ihm bei. «Ich sage mir ja auch wieder und wieder: ‹Wimsey, das kann auf die Dauer nicht gutgehen. Eines schönen Tages wirft dieser verdiente Mann das Joch der Knechtschaft ab und macht sich als Gastwirt oder so was in der Art selbständig›, aber nichts geschieht. Allmorgendlich wird mir der Kaffee gebracht, das Bad bereitet, das Rasierzeug zurechtgelegt, die Krawatte herausgesucht und auf die Socken abgestimmt und ein herrliches Frühstück mit Speck und Ei serviert. Komme was da will. Diesmal aber bitte ich Sie um einen gefährlicheren Liebesdienst – gefährlich für uns beide, mein lieber Bunter, denn wenn Sie mir weggeschnappt würden, als hilfloser Märtyrer in den Ehestand geschleppt, wer soll mir dann den Kaffee bringen, das Bad bereiten und alle die andern Opferriten vollziehen? Dennoch –»

«Wer ist die Dame, Mylord?»

«Es sind gleich zwei, Bunter. Zwei Damen wohnten in der Laube, Binnorie, o Binnorie! Das Dienstmädchen haben Sie schon gesehen. Hannah Westlock heißt sie. Eine Frau in den Dreißigern, schätze ich, und nicht übel anzusehen. Die andere, die Köchin – ich kann Ihnen leider die zarten Silben ihres Namens nicht säuseln, weil ich ihn nicht kenne, aber bestimmt heißt sie Gertrude, Cecily, Magdalen, Margaret, Rosalys oder sonst etwas, was süß und symphonisch klingt – eine stattliche Frau, Bunter, vielleicht etwas reif, aber deswegen nicht schlechter.»

«Gewiß nicht, Mylord. Wenn ich so sagen darf, die Frau von reifen Jahren und königlicher Gestalt ist für zärtliche Aufmerksamkeiten oft empfänglicher als die flatterhafte und gedankenlose junge Schönheit.»

«Sie sagen es. Nun nehmen wir einmal an, Bunter, Sie wären der Bote eines höflichen Schreibens an einen gewissen Mr. Norman Urquhart am Woburn Square. Könnten Sie sich in der kurzen Zeit, die Ihnen zur Verfügung stünde, gewissermaßen schlangengleich in des Haushalts Busen einschleichen?»

«Wenn Sie es wünschen Mylord, werde ich bestrebt sein, mich zu Eurer Lordschaft Zufriedenheit einzuschleichen.»

«Edler Geselle. Etwaige Prozeßkosten wegen Verlöbnisbruchs, und was in diese Richtung geht, trägt selbstverständlich die Direktion.»

«Ich bin Eurer Lordschaft sehr verbunden. Wann wünschen Eure Lordschaft, daß ich den Auftrag in Angriff nehme?»

«Sowie ich einen Brief an Mr. Urquhart geschrieben habe, werde ich läuten.»

«Sehr wohl, Mylord.»

Wimsey begab sich an den Schreibtisch. Wenig später sah er leicht irritiert wieder auf.

«Bunter, ich habe das Gefühl, Sie gucken mir über die Schulter. Das kann ich nicht leiden. Ich bin es nicht gewohnt, und das macht mich nervös. Ich bitte Sie, mir nicht über die Schulter zu gucken. Geht Ihnen der Auftrag gegen den Strich, oder wollen Sie, daß ich mir einen neuen Hut zulege? Was lastet auf Ihrer Seele?»

«Ich bitte Eure Lordschaft um Vergebung. Mir ist nur der Gedanke gekommen, Eure Lordschaft mit untertänigstem Respekt zu fragen –»

«Mein Gott, Bunter, bringen Sie mir's nicht so schonend bei. Ich ertrag's nicht. Geben Sie dem Untier den Gnadenstoß – hinein bis zum Heft! Was ist es?»

«Ich möchte fragen, ob Eure Lordschaft sich mit dem Gedanken an eine Veränderung in Ihren Lebensumständen tragen.»

Wimsey legte die Feder weg und starrte seinen Diener an. «Veränderung, Bunter? Nachdem ich Ihnen eben erst so beredt meine unsterbliche Liebe zum gewohnten Kaffee, Bad, Rasierzeug, Socken, Speck und Ei und den altvertrauten Gesichtern erklärt habe? Sie wollen doch nicht etwa kündigen?»

«Beileibe nicht, Mylord. Es würde mir sehr leid tun, aus Eurer Lordschaft Diensten zu scheiden. Aber ich hatte an die Möglichkeit gedacht, falls Eure Lordschaft im Begriff stehen, neue –»

«Neue was? Neue Krawatten zu kaufen? Unbedingt, Bunter, wenn Sie es für notwendig halten. Hatten Sie an ein bestimmtes Muster gedacht?»

«Eure Lordschaft mißverstehen mich. Ich meinte, daß Eure Lordschaft vielleicht im Begriff stehen, neue Bande zu knüpfen. Wenn ein Herr seinen Haushalt auf ehelicher Basis reorganisiert, kann es nämlich sein, daß die Dame bei der Wahl seines persönlichen Bediensteten mitreden möchte, und in diesem Falle –»

«Bunter!» sagte Wimsey, nicht wenig erschrocken. «Darf ich fragen, wie Sie auf die Idee kommen?»

«Ich habe mir erlaubt, gewisse Schlüsse zu ziehen, Mylord.»

«Das hat man davon, wenn man seine Leute zu Detektiven erzieht. Habe ich einen Spitzel am eigenen Busen genährt? Darf ich fragen, ob Sie der Dame schon einen Namen gegeben haben?»

«Ja, Mylord.»

Es war einen Augenblick still. «Nun?» meinte Wimsey ein wenig kleinlaut. «Was sagen Sie dazu, Bunter?»

«Eine sehr sympathische Dame, wenn ich mir das Urteil erlauben darf, Mylord.»

«So, finden Sie? Die Umstände sind natürlich etwas ungewöhnlich.»

«Ja, Mylord. Ich würde vielleicht sogar noch weiter gehen und sie romantisch nennen.»

«Sie dürfen so weit gehen und sie widerwärtig nennen, Bunter.»

«Sehr wohl, Mylord», erwiderte Bunter mitfühlend.
«Sie verlassen nicht das Schiff, Bunter?»
«Um keinen Preis, Mylord.»
«Dann jagen Sie mir bitte nicht noch einmal so einen Schrekken ein. Meine Nerven sind nicht mehr, was sie mal waren. Hier ist der Brief. Bringen Sie ihn hin und tun Sie, was Sie können.»
«Sehr wohl, Mylord.»
«Ach, noch etwas, Bunter!»
«Mylord?»
«Offenbar lasse ich mir meine Gefühle anmerken. Das ist gar nicht in meinem Sinne. Wenn Sie so etwas feststellen, geben Sie mir einen kleinen Wink?»
«Selbstverständlich, Mylord.» Bunter zog sich diskret zurück, und Wimsey trat rasch zum Spiegel.
«Ich sehe nichts», beruhigte er sich selbst. «Keine Lilien auf meiner Wange aus Seelenpein und Fiebertau. Aber es dürfte aussichtslos sein, Bunter täuschen zu wollen. Macht nichts. Das Geschäft geht vor. Ich habe – Moment – ein, zwei, drei, vier Löcher zugestopft. Was kommt jetzt? Na, wie wär's denn mal mit diesem Vaughan?»

Wenn Wimsey etwas in der Boheme auszukundschaften hatte, pflegte er sich Miss Marjorie Phelps' Hilfe zu versichern. Sie verdiente sich ihren Lebensunterhalt mit der Herstellung von Porzellanfigurinen und war daher meist in ihrem oder in jemand anderes Atelier anzutreffen. Ein Anruf um zehn Uhr morgens erwischte sie höchstwahrscheinlich vor einer Pfanne mit Rührei auf dem Gasherd. Gewiß, es gab da zwischen ihr und Lord Peter ein paar Episoden, etwa um die Zeit der Bellona-Affäre, die es ein wenig peinlich und auch rücksichtslos erscheinen ließen, sie für die Angelegenheit Harriet Vane einzuspannen, aber Wimsey hatte keine Zeit, bei der Wahl seiner Werkzeuge auch noch wählerisch zu sein, und konnte sich an chevaleresken Skrupeln nicht aufhalten. Er meldete das Gespräch an und war sehr erleichtert, als er ihr «Hallo?» hörte.
«Hallo, Marjorie! Hier ist Peter Wimsey. Wie geht's?»
«Oh, danke, gut. Wie schön, mal wieder deine melodische Stimme zu hören. Womit kann ich Seiner Majestät Oberfahnder dienen?»
«Kennst du einen gewissen Vaughan, der in die Mordgeschichte Philip Boyes verwickelt ist?»

«Ach Gott, Peter! Hast du das in die Hand genommen? Wie köstlich! Auf welcher Seite stehst du?»

«Verteidigung.»

«Hurra!»

«Woher diese Begeisterung?»

«Einfach weil's viel aufregender und schwieriger ist, oder?»

«Das fürchte ich auch. Kennst du übrigens Miss Vane?»

«Ja und nein. Ich habe sie in der Boyes-Vaughan-Clique mal gesehen.»

«Gefällt sie dir?»

«So-so.»

«Gefiel *er* dir? Ich meine, Boyes?»

«Hat mich kalt gelassen.»

«Ich will ja auch nur wissen, ob er dir gefiel!»

«So einer *gefällt* einem nicht. Entweder man verliebt sich in ihn oder nicht. Er war nicht der Typ des blauäugigen Goldjungen, verstehst du?»

«Aha. Was ist mit Vaughan?»

«Anhängsel.»

«So?»

«Das treue Hündchen. Niemand unterstehe sich, meinem Freund, dem Genie, am Zeug zu flicken. So einer.»

«Aha!»

«Sag nicht immer ‹Aha›. Möchtest du diesen Vaughan kennenlernen?»

«Wenn es nicht zu viele Umstände macht.»

«Na ja, dann komm mal heute abend mit einem Taxi vorbei, damit wir die Runde machen können. Irgendwo treffen wir ihn bestimmt an. Auch die Gegenseite, wenn du Wert darauf legst – ich meine, die hinter Harriet Vane stehen.»

«Die Frauen, die als Zeugen aufgetreten sind?»

«Ja. Eiluned Price wird dir gefallen, glaube ich. Sie hat etwas gegen alles, was Hosen trägt, aber wenn man einen Freund braucht, ist sie da.»

«Ich komme, Marjorie. Gehst du mit mir essen?»

«Täte ich schrecklich gern, Peter, aber ich glaube, es geht nicht. Ich habe so furchtbar viel zu tun.»

«Alles klar. Dann komme ich gegen neun Uhr angerollt.»

Wie vereinbart saß Wimsey um neun mit Marjorie Phelps in einem Taxi, um die Runde durch die Ateliers zu machen.

«Ich habe ein bißchen herumtelefoniert», sagte Marjorie,

«und glaube, daß wir ihn bei den Kropotkys antreffen. Sie sind Boyes-Anhänger, Bolschewisten und große Musikfreunde. Ihre Getränke sind schlecht, aber ihr russischer Tee ist halbwegs genießbar. Soll das Taxi warten?»

«Ja. So wie sich's anhört, brauchen wir hier vielleicht noch eine schnelle Rückzugsmöglichkeit.»

«Schön, wenn man so reich ist. Wir müssen dort rechts über den Hof, dann ist es über dem Stall der Petrovitchs. Laß mich mal lieber voranstolpern.»

Sie tasteten sich eine schmale, verwinkelte Treppe hinauf. Oben angekommen, verriet ihnen ein apartes Gemisch aus Klaviergeklimper, Geigengekrächze und dem Klappern von Küchenutensilien, daß irgendeine Geselligkeit im Gange war.

Marjorie hämmerte laut an eine Tür, wartete nicht erst auf Antwort und stieß sie gleich auf. Wimsey, der ihr auf den Fersen folgte, fühlte die Welle von Lärm, Hitze, Qualm und Kochdünsten, die ihm entgegenschlug, wie eine Ohrfeige.

Das Zimmer war sehr klein und von einer einzigen elektrischen Birne, deren Licht auch noch von einer Kugel aus buntem Glas gedämpft wurde, schwach erhellt. Es war zum Bersten gefüllt mit Menschen, deren seidenbestrumpfte Beine, nackte Arme und bleiche Gesichter ihm wie Glühwürmchen aus der Finsternis entgegenschimmerten. In der Mitte wogten dicke Schwaden Tabakrauch hin und her. In einer Ecke bullerte ein rotglühender Anthrazitofen mit einem röhrenden Gasofen in der anderen Ecke um die Wette und brachte den Raum auf Backofentemperaturen. Auf dem Ofen stand ein großer, zischender Wasserkessel; auf einem Beistelltischchen dampfte ein riesiger Samowar; vor dem Gasofen stand eine undeutliche Gestalt und drehte mit einer Gabel Würstchen in einer Pfanne um, während jemand anders auf irgend etwas in der Backröhre aufpaßte, das Wimseys feine Nase unter den anderen Gerüchen in dieser Mischatmosphäre sogleich als Räucherhering identifizierte. Am Klavier, das gleich hinter der Tür stand, saß ein junger Mann mit buschigem rotem Haarschopf und spielte irgend etwas Slawisches zum Violinobligato einer unvorstellbar schlaksigen Person undefinierbaren Geschlechts mit buntem Pullover. Niemand beachtete ihr Eintreten. Marjorie stieg über das Gewirr von Armen und Beinen auf dem Boden hinweg, griff sich eine magere junge Frau in Rot und brüllte ihr etwas ins Ohr. Die junge Frau nickte und winkte Wimsey heran. Er bahnte sich einen Weg und wurde der mageren jungen Frau mit den schlichten Worten vorgestellt: «Das ist Peter – Nina Kropotky.»

«Sehr erfreut», schrie Madame Kropotky durch den Lärm. «Setzen Sie sich zu mir. Wanja bringt uns etwas zu trinken. Schön, nicht? Das ist Stanislaus – so ein Genie – sein neues Werk über die U-Bahn-Station Piccadilly – herrlich, *n'est-ce pas?* Fünf Tage lang ist er auf der Rolltreppe rauf und runter gefahren, um die Tonwerte in sich aufzunehmen.»

«Kolossal!» brüllte Wimsey.

«So – finden Sie? Ah, Sie verstehen etwas davon! Wissen Sie, eigentlich ist das für großes Orchester gedacht. Auf dem Klavier klingt es nach nichts. Da müssen Blechbläser her, die Effekte, die Crescendi – trrrrr! – So! Aber man bekommt den Gesamteindruck mit, die Umrisse. Ah, jetzt geht es zu Ende! Großartig! Superb!»

Der gewaltige Lärm verebbte. Der Pianist trocknete sich das Gesicht und sah sich mit wildem Blick um. Der Geiger legte seine Geige hin, stand auf und entpuppte sich, den Beinen nach zu urteilen, als Geigerin. Das Publikum begann schlagartig durcheinanderzureden. Madame Kropotky sprang über die am Boden sitzenden Gäste und küßte den schwitzenden Stanislaus auf beide Wangen. Die brutzelnde, fettspritzende Bratpfanne wurde vom Gasofen genommen, ein allgemeiner Ruf nach Wanja ertönte, und bald wurde ein totenblasser Mann zu Wimsey dirigiert, und eine tiefe, kehlige Stimme bellte: «Was wollen Sie trinken?», während zugleich ein Teller mit Räucherheringen bedenklich schwankend über seiner Schulter erschien.

«Danke», sagte Wimsey, «ich habe eben erst gegessen – *eben erst gegessen*», schrie er verzweifelt. «Satt – *complet*!»

Marjorie eilte ihm mit schriller tönender Stimme und entschiedener vorgebrachter Ablehnung zu Hilfe.

«Nimm die entsetzlichen Dinger weg, Wanja. Mir wird ganz schlecht davon. Bring uns einen Tee – Tee – Tee!»

«Tee!» echote der totenblasse Mann. «Tee wollen sie haben! Was haltet ihr von Stanislaus' Tondichtung? Kraftvoll und modern, wie? Die Seele der Rebellion in den Massen – der Zusammenprall, die Revolte im Herzen der Maschinerie. Das wird der Bourgeoisie etwas zu denken geben, jawohl!»

«Pah!» sagte eine Stimme in Wimseys Ohr, als der Totenblasse sich abwandte. «Das ist doch gar nichts. Bourgeoise Musik. Programmusik. Hübsch! – Da solltet ihr mal Wrilowitschs ‹Ekstase über den Buchstaben Z› hören. Das ist reine Vibration, ohne jeden antiquierten Formalismus. Stanislaus – er hält ja sehr viel von sich, aber das ist doch alles uralt. Man spürt die Auflösung hinter jeder seiner Dissonanzen. Reine Harmonik, nur verschleiert. Nichts dahinter. Aber er wickelt sie alle ein, bloß weil er rote Haare hat und seinen knochigen Körperbau so zur Schau stellt.»

Diesbezüglich irrte der Sprecher sicher nicht, denn er war kahl und rund wie eine Billardkugel. Wimsey erwiderte beschwichtigend:

«Nun ja, aber was soll man mit den erbärmlichen, antiquierten Instrumenten unserer Orchester schon anfangen? Eine diatonische Tonleiter, bah! Dreizehn jämmerliche bourgeoise Halbtöne, puh! Um die unendliche Komplexität moderner Emotionen auszudrücken, brauchte man zweiunddreißig Töne für jede Oktave.»

«Aber wozu überhaupt an der Oktave kleben?» antwortete der Dicke. «Solange man die Oktave und ihre sentimentalen Assoziationen nicht abwirft, bewegt man sich in den Fesseln der Konvention.»

«Das ist der richtige Geist!» rief Wimsey. «Ich würde überhaupt mit allen festgelegten Tönen aufräumen. Schließlich braucht sie der Kater auch nicht für seine ausdrucksvollen mitternächtlichen Melodien. Der Liebeshunger des Hengstes kümmert sich nicht um Oktaven und Intervalle, wenn er den Schrei der Leidenschaft hervorbringt. Nur der Mensch ist so in seinen verdummenden Konventionen gefangen – oh, Marjorie, entschuldige – was ist?»

«Komm mal mit und unterhalte dich mit Ryland Vaughan», sagte Marjorie. «Ich habe ihm gesagt, daß du ein großer Bewunderer von Philip Boyes' Büchern bist. Hast du sie überhaupt gelesen?»

«Ein paar. Aber ich glaube, mir wird schwindlig.»

«Das wird in einer Stunde noch schlimmer. Komm also lieber gleich mit.» Sie bugsierte ihn in ein etwas entlegenes Eckchen beim Gasofen, wo ein übertrieben langer, dünner Mann auf einem Kissen auf dem Boden saß und mit einer Vorlegegabel Kaviar aus einem Glas aß. Er begrüßte Wimsey mit einer Art von traurigem Enthusiasmus.

«Widerwärtig hier», sagte er. «Alles ist widerwärtig. Der Ofen ist viel zu heiß. Trinken Sie was. Was soll man in drei Teufels Namen sonst schon tun. Ich komme nur hierher, weil Philip immer hierherkam. Reine Gewohnheit. Es widert mich an, aber sonst kann man ja nirgends hin.»

«Sie haben ihn natürlich gut gekannt», meinte Wimsey, indem er auf einem Papierkorb Platz nahm und sich wünschte, er wäre in der Badehose gekommen.

«Ich war sein einziger wirklicher Freund», sagte Ryland Vaughan mit Trauerstimme. «Die anderen haben alle nur von ihm schmarotzt. Affen! Papageien, alle miteinander.»

«Ich habe seine Bücher gelesen und finde sie sehr gut», sagte Wimsey nicht ganz unaufrichtig. «Aber mir scheint er ein unglücklicher Mensch gewesen zu sein.»

«Keiner hat ihn verstanden», sagte Vaughan. «Schwierig hat man ihn genannt – aber wer wäre nicht schwierig, wenn er gegen so vieles zu kämpfen hat? Das Blut haben sie ihm ausgesaugt, und seine Verleger, diese Diebe, haben jeden Penny genommen, den sie in die Finger kriegten. Und dann hat diese Hexe von einer Frau ihn auch noch vergiftet. Mein Gott, was für ein Leben!»

«Ja, aber warum hat sie das getan – wenn sie es getan hat?»

«Ach, natürlich hat sie es getan! Nichts als gemeine Bosheit und Eifersucht, das war der ganze Grund. Bloß weil sie selbst nur Kitsch schreiben konnte. Harriet Vane hat sich dasselbe eingebildet wie alle diese Weiber – sie glauben, sie können was. Sie hassen den Mann und hassen seine Arbeit. Man meint doch, es hätte ihr genügen müssen, einem Genie wie Phil zu dienen und zur Hand zu gehen, oder? Meine Güte, er hat sie bei seiner Arbeit sogar um Rat gefragt – um *ihren* Rat! Großer Gott!»

«Hat er auf den Rat gehört?»

«Darauf gehört? Sie hat ihm keinen gegeben. Sie äußere sich nicht über die Arbeit eines Kollegen, hat sie gesagt. Eines *Kollegen*! So eine Unverfrorenheit! Natürlich hatte sie bei uns allen nichts zu melden, aber wieso konnte sie den Unterschied zwischen seinem Geist und dem ihren nicht begreifen? Natürlich war es für Philip von Anfang an aussichtslos, sich mit so einer Sorte Frau überhaupt einzulassen. Einem Genie muß man dienen, nicht widersprechen. Ich habe ihn seinerzeit gewarnt, aber er war ihr verfallen. Und sie dann auch noch heiraten zu wollen –!»

«Warum wollte er das?» fragte Wimsey.

«Reste seiner frommen Erziehung, nehme ich an. Es war

wirklich ein Bild des Jammers. Außerdem hat wohl auch dieser Urquhart einiges Unheil angerichtet. So ein aalglatter Advokat – kennen Sie ihn?»

«Nein.»

«Er hat ihn sich geschnappt – ich kann mir vorstellen, daß die Familie ihn darauf angesetzt hatte. Ich habe seinen Einfluß auf Phil schon bemerkt, lange bevor der eigentliche Ärger anfing. Vielleicht ist es ganz gut, daß er tot ist. Es wäre gespenstisch gewesen, ihn verspießern und seßhaft werden zu sehen.»

«Wann hat er denn angefangen, sich an Boyes heranzumachen?»

«Hm – so vor zwei Jahren – etwas früher vielleicht. Hat ihn zum Essen eingeladen und so weiter. Ich habe ihm auf den ersten Blick angesehen, daß er darauf aus war, Phil zu ruinieren, und zwar an Leib und Seele. Was er brauchte – was Phil brauchte, meine ich –, war Freiheit und Bewegungsraum, aber mit dieser Frau und dem Vetter und seinem Vater im Hintergrund – na ja! Jetzt nützt es auch nichts mehr, darüber zu weinen. Sein Werk ist uns geblieben, und das war das Beste an ihm. Wenigstens hat er es mir anvertraut. In seinem literarischen Nachlaß kann Harriet Vane jedenfalls nicht herumpfuschen.»

«In Ihren Händen ist er bestimmt gut aufgehoben», sagte Wimsey.

«Aber wenn man bedenkt, was noch hätte werden können», sagte Vaughan, indem er die blutunterlaufenen Augen todtraurig auf Lord Peter richtete, «könnte man sich doch glatt die Kehle durchschneiden, nicht wahr?»

Wimsey äußerte sich zustimmend.

«Übrigens», sagte er, «Sie waren den ganzen letzten Tag mit ihm zusammen, bevor er zu seinem Vetter ging. Sie glauben nicht, daß er etwas bei sich hatte – ich meine Gift oder so etwas? Ich will nicht herzlos erscheinen – aber er war ja ein unglücklicher Mensch – es wäre eine schreckliche Vorstellung, daß er –»

«Nein», sagte Vaughan, «nein. Das hätte er nie getan, das kann ich beschwören. Er hätte es mir gesagt – er hat mir in den letzten Tagen alles anvertraut. Ich hatte Zugang zu allen seinen Gedanken. Er war von diesem Weibstück schwer gekränkt worden, aber er wäre nicht abgetreten, ohne es mir zu sagen oder sich wenigstens zu verabschieden. Außerdem – er hätte nicht gerade diesen Weg gewählt. Warum auch? Ich hätte ihm doch –»

Er besann sich und warf einen Blick zu Wimsey, doch als er nichts als mitfühlende Aufmerksamkeit sah, fuhr er fort:

«Wir haben einmal über derartige Mittel gesprochen, das weiß ich noch. Hyoscin – Veronal – lauter solche Sachen. Er hat gesagt: ‹Wenn ich je Schluß machen will, Ryland, zeigst du mir den Weg dazu.› Und das hätte ich getan – wenn er es wirklich gewollt hätte. Aber Arsen! Philip, der die Schönheit so liebte – glauben Sie, daß er ausgerechnet Arsen gewählt hätte? Das Gift des kleinen Mannes? Absolut unmöglich.»

«Es ist gewiß nichts Schönes», sagte Wimsey.

«Sehen Sie», sagte Vaughan heiser und mit großer Geste – er hatte auf den Kaviar einen Cognac nach dem andern gekippt und ging allmählich aus sich heraus –, «sehen Sie das!» Er holte ein kleines Fläschchen aus seiner Brusttasche. «Das wartet nur, bis ich die Herausgabe von Phils Büchern vollendet habe. Es ist ein Trost, das bei sich zu haben und ansehen zu können. Friedlich. Hinausgehen durch das elfenbeinerne Tor – das ist klassisch – ich bin nämlich mit den Klassikern aufgewachsen. Die Leute hier würden einen auslachen, aber Sie brauchen ihnen nicht zu sagen, daß ich es gesagt habe – komisch, wie das hängenbleibt – ‹*tendebantque manus ripae ulterioris amore, ulterioris amore*› – wie ging das noch mit den Seelen, die so dicht gedrängt waren wie die Blätter in Vallombrosa – nein, das ist Milton – *amorioris ultore* – *ultoriore* – hol's der Henker – armer Phil!»

Hier brach Mr. Vaughan in Tränen aus und streichelte das Fläschchen.

Wimsey, dessen Kopf und Ohren hämmerten, als säße er in einem Maschinenraum, erhob sich leise und verzog sich. Jemand hatte ein ungarisches Lied zu singen angefangen, und der Ofen war inzwischen weißglühend. Er machte Marjorie, die mit ein paar Männern in einer Ecke saß, verzweifelte Zeichen. Einer von ihnen schien ihr seine Gedichte vorzutragen, den Mund fast in ihrem Ohr, und ein anderer malte etwas auf die Rückseite eines Umschlags, während die andern dazu juchzten und lachten. Der Krach, den sie machten, irritierte die Sängerin, die mitten im Ton abbrach und zornig rief:

«Menschenskinder, dieser Lärm! Diese Störungen! Unerträglich! Ich komme raus! Hört doch auf! Ich fange noch einmal von vorn an, ganz von vorn.»

Marjorie sprang auf und entschuldigte sich.

«Ich bin ein Trampel – ich halte dir deine Menagerie nicht in Ordnung, Nina. Wir sind die reinsten Nervtöter. Verzeih mir,

Marya, ich bin heute schlecht aufgelegt. Am besten greife ich mir jetzt Peter und ziehe wieder ab. Komm doch ein andermal zu mir singen, wenn ich in besserer Stimmung bin und mehr Platz zur Ausdehnung meiner Gefühle habe. Gute Nacht, Nina – es war riesig nett – und Boris, dieses Gedicht ist das beste, das du bisher geschrieben hast, ich konnte nur nicht richtig zuhören. Peter, sag ihnen, wie schlecht gelaunt ich heute schon den ganzen Abend bin, und bring mich nach Hause.»

«Stimmt», sagte Wimsey, «die Nerven, wißt ihr – wirkt sich auf die Manieren aus und so.»

«Manieren», sagte ein bärtiger Herr plötzlich und laut, «sind etwas für die Bourgeoisie.»

«Vollkommen richtig», sagte Wimsey. «Richtig schlechte Angewohnheit – sorgt nur für Repressionen im Dingsda. Komm, Marjorie, sonst werden wir noch alle miteinander höflich.»

«Ich fange noch einmal an», sagte die Sängerin, «ganz von vorn.»

«Puh!» machte Wimsey auf der Treppe.

«Ja, ich weiß. Ich komme mir manchmal wie eine richtige Märtyrerin vor, daß ich so was auf mich nehme. Jedenfalls hast du Vaughan kennengelernt. Ein richtig armes Würstchen, findest du nicht?»

«Doch, aber ich glaube nicht, daß er Philip Boyes ermordet hat. Du vielleicht? Ich mußte ihn erst sehen, um sicher zu sein. Wohin jetzt?»

«Wir versuchen's mal bei Joey Trimbles. Das ist die Festung des gegnerischen Lagers.»

Joey Trimbles hatte sein Atelier über einem Pferdestall. Hier herrschten das gleiche Gedränge, der gleiche Mief, noch mehr Räucherheringe, noch mehr Schnaps, noch mehr Hitze und Stimmengewirr. Hinzu kamen hier grelles elektrisches Licht, ein Grammophon, fünf Hunde und ein starker Ölfarbengeruch. Sylvia Marriott wurde erwartet. Wimsey fand sich bald in eine Diskussion über freie Liebe, D. H. Lawrence, die Lüsternheit der Prüderie und die unmoralische Bedeutung langer Röcke verwikkelt. Nach einer Weile wurde er jedoch durch die Ankunft einer maskulin aussehenden Frau mittleren Alters erlöst, die ein düsteres Lächeln im Gesicht und ein Päckchen Karten in der Hand hatte und jedem der Reihe nach die Zukunft weissagte. Man versammelte sich eben um sie, als ein Mädchen kam und Bescheid sagte, daß Sylvia sich einen Fuß verstaucht habe und nicht kommen könne. Alle sagten mitfühlend: «Wie gräßlich, das arme Ding», um das Thema sofort wieder zu vergessen.

«Komm, wir hauen ab», sagte Marjorie. «Du brauchst nicht auf Wiedersehen zu sagen. Das hört sowieso keiner. Glück für uns, die Sache mit Sylvia. Jetzt ist sie wenigstens zu Hause und kann uns nicht entwischen. Manchmal wär's mir ganz recht, die würden sich alle die Füße verstauchen. Und trotzdem muß man sagen, daß diese Leute fast alle sehr gut arbeiten. Sogar bei den Kropotkys. Früher habe ich solche Zusammenkünfte selbst genossen.»

«Wir werden eben alt, wir beide», sagte Wimsey. «Entschuldigung, das war nicht nett. Aber weißt du, Marjorie, ich gehe auf die Vierzig zu.»

«Du hältst dich gut. Aber heute abend siehst du ein bißchen mitgenommen aus, Peter. Was ist los mit dir?»

«Nichts als Alterserscheinungen.»

«Wenn du nicht aufpaßt, wirst du noch seßhaft.»

«Oh, das bin ich schon seit Jahren.»

«Bei Bunter und deinen Büchern. Manchmal beneide ich dich, Peter.»

Wimsey sagte nichts darauf. Marjorie sah ihn fast erschrokken an und schob ihren Arm unter den seinen.

«Peter – sei bitte fröhlich. Ich meine, du warst immer so ein Mensch, dem nichts etwas anhaben konnte. Werde nicht anders, bitte!»

Das war nun das zweitemal, daß Wimsey gebeten wurde, sich nicht zu ändern; das erstemal hatte die Bitte ihn über die Maßen gefreut; diesmal machte sie ihm Angst. Während das Taxi das regennasse Embankment entlangfuhr, fühlte er zum erstenmal jene dumpfe, zornige Hilflosigkeit, die das erste Warnsignal für den Triumph der Veränderung ist. Wie der vergiftete Athulf in der *Narrentragödie* hätte er schreien mögen: «Oh, ich wandle mich, wandle mich, wandle mich so schrecklich.» Ob sein derzeitiges Unternehmen fehlschlug oder gelang, nichts würde danach mehr so sein wie vorher. Nicht daß eine unglückliche Liebe ihm das Herz brechen würde – er hatte die schwelgerischen Leiden der Jugend hinter sich, und gerade in dieser Freiheit von Illusionen erblickte er nun einen Verlust. Von nun an würde jede unbeschwerte Stunde kein Vorrecht mehr sein, sondern eine Errungenschaft – noch eine Axt, eine Korbflasche oder eine Schrotflinte nach Crusoe-Art von einem sinkenden Schiff gerettet.

Zum erstenmal zweifelte er auch an sich und wußte nicht, ob er das, was er sich vorgenommen hatte, auch schaffen würde. Schon in früheren Fällen waren seine persönlichen Gefühle beteiligt gewesen, aber sie hatten ihm noch nie den Verstand vernebelt. Er tappte im dunkeln, griff unsicher hierhin und dorthin nach flüchtigen, absurden Möglichkeiten. Er stellte Fragen, wie sie ihm gerade einfielen, ohne bestimmtes Ziel, und die Kürze der Zeit, die ihn früher angeregt hätte, ängstigte und verwirrte ihn jetzt.

«Entschuldige, Marjorie», sagte er, indem er sich hochrappelte, «ich glaube, ich bin heute ein richtiger Langweiler. Wahrscheinlich Sauerstoffmangel. Stört es dich, wenn wir das Fenster ein wenig öffnen? So ist es besser. Man braucht mir nur gut zu essen und ein bißchen frische Luft zum Atmen zu geben, und ich werde bis in ein schändliches hohes Alter herumtollen wie ein Zicklein. Die Leute werden mit Fingern auf mich zeigen, wenn ich kahl und vergilbt und von einem diskreten Korsett gestützt in die Nachtclubs meiner Enkel schleiche, und sagen: ‹Schaut mal, das ist der schlimme Lord Peter, der dafür bekannt ist, daß er die letzten sechsundneunzig Jahre kein einziges vernünftiges Wort von sich gegeben hat. Er ist der einzige Aristokrat, der bei der Revolution von 1960 der Guillotine entkommen ist. Wir halten ihn uns zur Belustigung unserer Kinder.› Und ich werde mit dem Kopf wackeln und meine nagelneuen falschen Zähne zeigen und sagen: ‹Ach ja! Solchen Spaß wie wir früher haben die auch nicht mehr, die armen, ordentlichen Kinder!›»

«Du wirst keinen Nachtclub mehr finden, in den du schleichen kannst, wenn sie dann alle so ordentlich sind.»

«O doch – die Natur wird sich rächen. Sie werden sich von den staatlichen Gemeinschaftsspielen davonstehlen, um in Katakomben bei einer Schale unsterilisierter Vollmilch Solitaire zu spielen. Sind wir da?»

«Ja, hoffentlich kann uns unten einer die Tür aufmachen, wenn Sylvia sich den Fuß vertreten hat. O ja – ich höre Schritte. Ah, du bist das, Eiluned; wie geht's Sylvia?»

«Ganz gut, nur ziemlich geschwollen – der Knöchel, meine ich. Kommt ihr rauf?»

«Kann man sie besuchen?»

«Ja, sie ist vollständig angezogen.»

«Gut, denn ich bringe Lord Peter Wimsey mit.»

«Oh», sagte die junge Frau. «Guten Tag. Sie sind ein Detektiv, nicht wahr? Kommen Sie wegen der Leiche oder so?»

«Lord Peter kümmert sich um Harriet Vanes Fall, auf ihrer Seite.»

«So? Das ist gut. Freut mich, daß da mal endlich einer was unternimmt.» Sie war klein und kräftig gebaut und hatte eine streitsüchtige Nase und ein Blitzen in den Augen. «Was meinen Sie, wie es war? Ich sage, er war's selbst. Er war so ein Selbstbemitleider. Hallo, Syl – hier ist Marjorie, und sie hat einen mitgebracht, der Harriet aus dem Kittchen holen will.»

«Herein mit ihm, aber sofort!» ertönte es von drinnen zur Antwort. Die Tür öffnete sich auf ein kleines, mit strengster Einfachheit möbliertes Wohnschlafzimmer, in dem eine blasse, bebrillte junge Frau in einem Lehnstuhl saß, den bandagierten Fuß auf einer Kiste.

«Aufstehen kann ich nicht, denn, wie Jenny Wren sagte, mein Rücken ist krank und meine Beine wacklig. Wer ist der tapfere Ritter, Marjorie?»

Wimsey wurde vorgestellt, und Eiluned Price erkundigte sich sofort ziemlich barsch:

«Trinkt er Kaffee, Marjorie? Oder braucht er männliche Stärkung?»

«Er ist ein gottesfürchtiger, rechtschaffener und vollkommen nüchterner Mensch und trinkt alles außer Kakao und Brause.»

«Aha! Ich frage ja nur, weil manche deiner männlichen Mitbringsel immer etwas Anregendes brauchen und wir die Zutaten dafür nicht im Haus haben und die Kneipe eben zumacht.»

Sie stapfte zu einem Schrank, und Sylvia sagte:

«Machen Sie sich nichts aus Eiluned; sie ist gern ein bißchen ruppig. Sagen Sie, haben Sie schon irgendwelche Anhaltspunkte, Lord Peter?»

«Ich weiß nicht», sagte Wimsey. «Ich habe ein paar Frettchen in die Kaninchenlöcher geschickt und kann nur hoffen, daß sie was herausholen.»

«Haben Sie den Vetter schon kennengelernt – diesen unausstehlichen Urquhart?»

«Ich bin für morgen mit ihm verabredet. Warum?»

«Nach Sylvias Theorie war's der nämlich», sagte Eiluned.

«Interessant. Warum?»

«Weibliche Intuition», meinte Eiluned freiheraus. «Ihr gefällt seine Frisur nicht.»

«Ich habe nur gesagt, daß er mir zu geleckt ist, um echt zu sein», protestierte Sylvia. «Und wer sollte es sonst gewesen sein? Ryland Vaughan bestimmt nicht; er ist zwar ein Esel, wie er im Buche steht, aber die Geschichte hat ihn wirklich völlig geknickt.»

Eiluned schnaubte verächtlich und ging den Wasserkessel aus dem Hahn im Flur füllen.

«Und Eiluned kann denken, was sie will, aber ich glaube einfach nicht, daß Phil Boyes sich selbst umgebracht hat.»

«Warum nicht?» fragte Wimsey.

«Er hat so viel geredet», sagte Sylvia. «Und er hatte eine viel zu hohe Meinung von sich selbst. Ich kann mir nicht vorstellen, daß er aus freien Stücken die Welt um die Ehre betrogen hätte, seine Bücher lesen zu dürfen.»

«Und ob», widersprach Eiluned. «Schon allein aus Trotz, damit es den Erwachsenen leid tut. Nein danke», fuhr sie fort, als Wimsey ihr den Kessel tragen wollte, «ich schaffe es gerade noch, drei Liter Wasser zu tragen.»

«Schon wieder abgeblitzt», meinte Wimsey.

«Eiluned pfeift auf die konventionelle Höflichkeit zwischen den Geschlechtern», erklärte Marjorie.

«Auch gut», antwortete Wimsey liebenswürdig. «Dann werde ich mich auf die Rolle passiver Dekoration beschränken. Haben Sie auch eine Theorie, Miss Marriott, warum dieser allzu geleckte Advokat den Wunsch gehabt haben soll, seinen Vetter aus dem Weg zu räumen?»

«Keine Ahnung. Ich halte mich nur an den alten Grundsatz von Sherlock Holmes, wonach, wenn man alles Unmögliche ausgeschieden hat, das, was übrig bleibt, und sei es noch so unwahrscheinlich, die Wahrheit sein muß.»

«Das hat Dupin schon vor Sherlock gesagt. Ich akzeptiere die Schlußfolgerung, aber ich stelle die Prämisse in Frage. Danke, keinen Zucker.»

«Ich dachte, euch Männern schmeckt der Kaffee nur in Form von Sirup.»

«Stimmt, aber ich bin eine Ausnahmeerscheinung. Haben Sie das noch nicht gemerkt?»

«Ich hatte noch nicht viel Zeit, Sie mir anzusehen, aber den Kaffee rechne ich Ihnen schon einmal als Pluspunkt an.»

«Heißen Dank. Übrigens – könnten Sie mir vielleicht einmal schildern, wie Miss Vane auf den Mord reagiert hat?»

«Nun ja –» Sylvia überlegte kurz. «Als er starb – war sie natürlich sehr betroffen.»

«Sie war erschrocken», sagte Miss Price, «aber nach meinem Eindruck war sie froh, ihn los zu sein. Kein Wunder auch. So ein gräßlicher Egoist! Ein Jahr lang hat er sie ausgenutzt und zu Tode geplagt, und dann hat er sie auch noch beleidigt. Er war so einer von den Unersättlichen, die nichts loslassen, was sie einmal haben. Sie *war* froh, Sylvia – wozu sollte man das abstreiten?»

«Na ja, vielleicht. Es war eine Erlösung, zu wissen, daß er hinüber war. Aber sie wußte damals nicht, daß er ermordet worden war.»

«Nein. Der Mord hat den Spaß ein bißchen verdorben – wenn es ein Mord war, was ich nicht glaube. Philip Boyes wollte schon immer gern ein Opfer sein, und daß es ihm am Ende sogar noch gelungen ist, war sehr ärgerlich. Und ich glaube, das war der Grund, warum er's gemacht hat.»

«So etwas kommt ja vor», meinte Wimsey bedächtig. «Es ist nur schwer zu beweisen. Ich meine, die Geschworenen halten sich lieber an etwas Greifbares – zum Beispiel Geld. Aber ich kann in dieser Geschichte nirgends Geld finden.»

Eiluned lachte. «Nein, von viel Geld war da nie die Rede, abgesehen von dem, was Harriet verdiente. Die alberne Öffentlichkeit hat Phil Boyes nicht zu würdigen gewußt. Das konnte er Harriet nicht verzeihen, verstehen Sie?»

«Kam es ihm denn nicht sehr gelegen?»

«Doch, natürlich, aber übelgenommen hat er's doch. Sie hätte seinem Werk dienen, nicht mit ihrem eigenen minderwertigen Geschreibsel das Geld für sie beide verdienen sollen. Aber das ist ja typisch Mann.»

«Sie haben keine besonders hohe Meinung von uns, wie?»

«Ich habe einfach schon zu viele Schnorrer kennengelernt», sagte Eiluned Price, «und zu viele, die nur das Händchen gehalten haben wollten. Aber die Frauen sind auch nicht besser, sonst würden sie sich das nicht bieten lassen. Ich habe Gott sei Dank noch nie von jemandem etwas genommen und auch noch nie etwas gegeben – außer an Frauen, und die zahlen's zurück.»

«Ich vermute, daß Leute, die hart arbeiten, immer zurückzahlen», sagte Wimsey, «ausgenommen Genies.»

«Weibliche Genies verhätschelt man nicht», sagte Miss Price verbittert. «Dadurch lernen sie erst gar nicht, es zu erwarten.»

Die Geschworenen…

... hielten sich lieber an etwas Greifbares – zum Beispiel Geld, meinte Lord Peter.

Das ist bei anderen nicht anders. Auch Nichtgeschworene sind eingeschworen auf greifbares Geld. Denn Geld ist wie ein unermüdlicher Proteus stets bereit, sich in den jedesmaligen Gegenstand unserer so wechselhaften Wünsche zu verwandeln, wie Schopenhauer so treffend bemerkte.

«Kommen wir nicht ein bißchen vom Thema ab?» meinte Marjorie.

«O nein», erwiderte Wimsey. «Das alles wirft ein gewisses Licht auf die Zentralfiguren des Problems – die Protagonisten, wie es in der Journalistensprache heißt.» Um seinen Mund zuckte ein schmerzliches kleines Lächeln. «Im grellen Licht, das aufs Schafott fällt, findet mancher die Erleuchtung.»

«Sagen Sie bitte so was nicht», flehte Sylvia.

Irgendwo draußen klingelte ein Telefon, und Eiluned Price ging hin.

«Eiluned ist eine Männerfeindin», sagte Sylvia, «aber man kann sich sehr auf sie verlassen.»

Wimsey nickte.

«Aber wegen Phil hat sie unrecht – sie konnte ihn natürlich nicht ausstehen und ist daher geneigt –»

«Für Sie, Lord Peter», sagte Eiluned, die soeben wiederkam. «Fliehen Sie sofort – alles ist heraus. Scotland Yard ist hinter Ihnen her.»

Wimsey eilte nach draußen.

«Bist du das, Peter? Ich habe ganz London nach dir abgesucht. Wir haben die Kneipe gefunden.»

«Das gibt's doch nicht!»

«Doch. Und wir sind einem Päckchen mit weißem Pulver auf der Spur.»

«Großer Gott!»

«Kannst du morgen früh gleich herkommen? Vielleicht haben wir es bis dahin schon.»

«Ich werde springen wie ein Hammel und hüpfen wie der höchste Berg. Wir werden's euch schon zeigen, mein lieber Herr Chefinspektor Parker!»

«Hoffentlich», sagte Parker liebenswürdig und legte auf.

Wimsey stolzierte ins Zimmer zurück.

«Miss Price, Ihre Aktien steigen ins Unermeßliche», sagte er. «Es steht fünfzig gegen eins, daß es Selbstmord war. Ich werde grinsen wie ein Hund und in der ganzen Stadt herumlaufen.»

«Schade, daß ich nicht mitkann», sagte Sylvia Marriott, «aber es soll mich freuen, wenn ich unrecht habe.»

«Und ich bin froh, daß ich recht habe», sagte Eiluned Price ungerührt.

«Du hast recht und ich hab recht und überhaupt ist alles recht», sang Wimsey.

Marjorie Phelps sah ihn an und sagte nichts. Sie hatte plötzlich ein Gefühl, als ob etwas in ihr durch eine Mangel gedreht worden wäre.

9. Kapitel

Mit welch niederträchtigen Mitteln Mr. Bunter es geschafft hatte, sich bei der Überbringung des Briefes gleich zum Tee einladen zu lassen, war ihm allein bekannt. Um halb fünf Uhr an demselben Tag, der für Lord Peter so erfreulich endete, saß er in Mr. Urquharts Haus in der Küche und toastete Crumpets. Er hatte es in der Zubereitung dieses Gebäcks zu großer Meisterschaft gebracht, und wenn er mit der Butter ein wenig verschwenderisch umging, so tat das außer Mr. Urquhart niemandem weh. Daß man auf den Mord zu sprechen kam, war nur natürlich. Nichts paßt so schön zu einem knisternden Feuer und gebutterten Crumpets wie ein Regentag draußen und ein angenehm grusliges Gespräch drinnen. Je heftiger der Regen und je grusliger das Thema, desto besser schmeckt es. Im gegebenen Falle waren die Voraussetzungen für einen angenehmen Nachmittag bestens erfüllt.

«Schrecklich blaß war er, wie er reinkam», sagte Mrs. Pettican, die Köchin. «Ich hab ihn gesehen, wie sie mich gerufen haben, daß ich die Wärmflaschen raufbringen soll. Drei Stück, eine für die Füße, eine unterm Rücken und die große aus Gummi auf dem Bauch. Ganz weiß war er und hat gebibbert, und wie elend er war, davon machen Sie sich gar keine Vorstellung. Und gestöhnt hat er, daß es einen jammern konnte.»

«Für mich sah er grün aus, Mrs. Pettican», sagte Hannah Westlock, «oder grünlich-gelb könnte man vielleicht auch sagen. Ich hab schon gedacht, er kriegt die Gelbsucht – so was wie diese Anfälle, die er im Frühjahr schon mal hatte.»

«Da hat er ja auch ausgesehen», pflichtete die Köchin ihr bei, «aber gar nichts gegen dieses letzte Mal. Und die Schmerzen und die Krämpfe in den Beinen, das war schon grausig. Das ist ja auch Schwester Williams gleich aufgefallen – eine nette junge Frau war das, nicht so hochnäsig wie manche andere, die ich beim Namen nennen könnte. ‹Mrs. Pettican›, sagt sie zu mir, und das finde ich ja schon viel wohlerzogener, als wenn sie einen einfach ‹Köchin› nennen, wie die meisten, als ob sie einem das Gehalt zahlten für das Recht, einen nicht mehr mit Namen zu rufen – ‹Mrs. Pettican›, sagt sie, ‹so was wie diese Krämpfe hab ich noch nie gesehen, nur einmal›, sagt sie, ‹da war's haargenau wie hier, und denken Sie an meine Worte, Mrs. Pettican, diese Krämpfe sind nicht umsonst da›. Ach ja, und ich hab damals gar nicht begriffen, was sie damit gemeint hat!»

«Das kommt bei Arsenvergiftung häufig vor – wenigstens sagt das Seine Lordschaft», antwortete Bunter. «Ein sehr unschönes Symptom. Hatte er so etwas früher schon einmal?»

«Nicht direkt Krämpfe», sagte Hannah, «obwohl ich mich noch erinnern kann, wie er im Frühjahr krank war, da hatte er auch so Zuckungen in den Händen und Füßen und ein Gefühl, als wenn lauter Nadeln drinsteckten, soweit ich ihn verstanden habe. Das war so unangenehm für ihn, denn er mußte doch gerade so einen eiligen Artikel fertig schreiben, und wo obendrein noch seine Augen so schlecht waren, da muß das eine richtige Qual für ihn gewesen sein. Der Arme!»

«Soweit ich dem Gespräch des Anklagevertreters mit Sir James Lubbock entnehmen konnte», sagte Mr. Bunter, «scheint dieses Nadelkissengefühl in Verbindung mit den schlechten Augen ein Zeichen dafür zu sein, daß er regelmäßig Arsen verabreicht bekam, wenn ich es einmal so ausdrücken darf».

«Eine grundschlechte Frau muß das gewesen sein», sagte Mrs. Pettican, «– nehmen Sie doch noch ein Crumpet, Mr. Bunter, doch, bitte – die arme Seele so langsam zu Tode zu quälen. Wenn man einem in der Wut eins über den Schädel gibt oder zum Küchenmesser greift, das kann ich ja noch verstehen, aber einen Menschen so schrecklich langsam vergiften, das kann nur ein Teufel in Menschengestalt tun, sage ich.»

«Teufel ist das richtige Wort, Mrs. Pettican», gab der Besucher ihr recht.

«Und so eine Gemeinheit», sagte Hannah. «Mal ganz abgesehen davon, daß sie den armen Menschen so qualvoll umgebracht hat, können wir alle nur einer gütigen Vorsehung danken, daß der Verdacht nicht auf uns fiel.»

«Und wie», bestätigte Mrs. Pettican. «Wissen Sie, als Mr. Urquhart uns gesagt hat, daß sie den armen Mr. Boyes ausgegraben haben und er ganz voll von diesem schrecklichen Arsen war, da hat mich so der Schlag getroffen, daß sich das ganze Zimmer um mich herum gedreht hat wie ein Karussell. ‹Sir!› sag ich. ‹So was in unserem Haus!› Das hab ich gesagt, und er hat geantwortet: ‹Ich will es wirklich nicht hoffen, Mrs. Pettican.›»

Mrs. Pettican war mit der Macbeth-Atmosphäre, die sie der Geschichte gegeben hatte, hochzufrieden und fuhr fort:

«Jawohl, das hab ich zu ihm gesagt. ‹In unserm Haus›, hab ich gesagt, und ich kann Ihnen versichern, ich hab drei Nächte darauf kein Auge zugetan, vor lauter Polizei und Angst und was weiß ich.»

«Aber Sie hatten ja nun gar keine Schwierigkeiten, zu beweisen, daß es nicht in diesem Haus passiert war», half Bunter nach. «Miss Westlock hat doch beim Prozeß so fabelhaft ausgesagt, daß es dem Richter und den Geschworenen gar nicht mehr klarer werden konnte. Der Richter hat Ihnen sogar noch gratuliert, Miss Westlock, und nach meiner Überzeugung hat er viel zu wenig gesagt – so klar und sicher, wie Sie da vor dem ganzen Gericht gesprochen haben!»

«Na ja, zu den Schüchternen hab ich noch nie gehört», gestand Hannah, «und dann waren wir ja alles so genau durchgegangen, mit Mr. Urquhart und mit der Polizei, da wußte ich doch schon, was sie mich fragen würden, und war sozusagen bestens vorbereitet.»

«Ich habe mich wirklich gewundert, wie Sie noch jede kleinste Einzelheit wußten, wo doch alles schon so lange zurücklag», sagte Bunter voll Bewunderung.

«Ach ja, sehen Sie, Mr. Bunter, gleich am nächsten Morgen, nachdem Mr. Boyes krank geworden war, ist doch Mr. Urquhart hier zu uns heruntergekommen, und da auf diesem Stuhl hat er gesessen und so freundlich gesagt, als ob Sie es selbst wären: ‹Ich fürchte, Mr. Boyes ist sehr krank›, sagt er. ‹Er meint, er muß was gegessen haben, was ihm nicht bekommen ist›, sagt er, ‹und es könnte vielleicht das Hühnchen gewesen sein. Und darum›, sagt er, ‹möchte ich, daß Sie, Mrs. Pettican, mit mir zusammen noch einmal alles durchgehen, was wir gestern abend gegessen haben, dann kommen wir vielleicht darauf, was es gewesen sein kann› – ‹Also, Sir›, sag ich, ‹ich kann mir nicht vorstellen, daß Mr. Boyes hier etwas Unbekömmliches gegessen hat, denn die Köchin und ich haben genau dasselbe gegessen, von Ihnen mal ganz abgesehen, Sir, und es war alles so gut, daß es gar nicht besser hätte sein können›, hab ich gesagt.»

«Und dasselbe hab ich auch gesagt», fiel die Köchin ein. «Es war doch auch ein so einfaches, schlichtes Essen – keine Austern oder Muscheln oder so was, denn das ist ja für manche Leute Gift, das weiß man; nein, nur eine gute, kräftige Suppe, ein bißchen Fisch und ein geschmortes Hühnchen, mit Rüben und Karotten im eigenen Saft gegart, und ein Omelett hinterher – was hätte leichter und besser sein können? Natürlich gibt es Leute, die können Eier in gar keiner Form vertragen, so war's bei meiner Mutter auch, der brauchte man nur ein Stück Kuchen zu geben, der mit Eiern gemacht war, schon wurde sie krank und kriegte Ausschlag, wie bei Nesselfieber, da konnte man nur staunen. Aber Mr. Boyes liebte Eier über alles, und Omeletts waren sein besonderes Lieblingsgericht.»

«Ach ja, er hat doch an dem Abend das Omelett sogar selbst zubereitet, nicht?»

«Hat er», sagte Hannah, «das weiß ich noch genau, denn Mr. Urquhart hat noch extra gefragt, ob die Eier auch ganz frisch sind, und ich hab ihn daran erinnert, daß er sie selbst am Nachmittag aus dem Laden an der Ecke Lamb's und Conduit Street mitgebracht hat, wo sie die Eier immer frisch vom Bauern bekommen, und ich hab ihm gesagt, daß eins davon ein bißchen angeknackst war, worauf er noch gesagt hat: ‹Dann nehmen wir das heute abend fürs Omelett, Hannah›, und ich hab eine frische Schüssel aus der Küche geholt und sie sofort hineingelegt, das angeschlagene und drei andere, und danach hab ich sie nicht mehr angerührt, bis ich sie abends an den Tisch brachte. ‹Und außerdem, Sir›, hab ich gesagt, ‹sind die restlichen acht von dem Dutzend noch da, und Sie können sich selbst überzeugen, daß sie alle gut und vollkommen frisch sind›. Hab ich das nicht gesagt, Köchin?»

«Stimmt, Hannah. Und das Hühnchen, das war wirklich ein Gedicht. So jung und zart, daß ich damals zu Hannah gesagt habe, es ist eigentlich zu schade zum Schmoren, das wäre gebraten viel besser. Aber Mr. Urquhart ist nun mal ganz versessen auf geschmortes Hühnchen; er sagt, so hat es ein viel besseres Aroma, und ich muß zugeben, daß da was Wahres dran ist.»

«In einer guten Rinderbrühe gegart», erklärte Mr. Bunter sachkundig, «die Gemüse in Schichten übereinander, als Grundlage nicht zu fetten Speck und das Ganze gut gewürzt mit Salz, Pfeffer und Paprika, dann geht kaum etwas über ein geschmortes Hühnchen. Ich persönlich empfehle noch ein ganz klein wenig Knoblauch, aber das ist natürlich nicht jedermanns Geschmack, das weiß ich.»

«Ich kann das Zeug nicht sehen oder riechen», gestand Mrs. Pettican ehrlich, «aber ansonsten bin ich ganz Ihrer Meinung, und in die Brühe müssen unbedingt die Innereien mit rein, und ich persönlich bin außerdem auch noch für Pilze, je nach Jahreszeit, aber keinesfalls aus Dosen, denn die sehen zwar hübsch aus, aber sie haben nicht mehr Geschmack als Stiefelknöpfe, wenn überhaupt soviel. Aber das Geheimnis liegt in der Zubereitung, wie Sie ja auch wissen, Mr. Bunter: den Deckel schön fest zu, um das Aroma zu halten, und langsam garen, damit die Säfte schön ineinanderlaufen und sich gut vermischen können. Ich will nicht leugnen, daß so was eine Köstlichkeit ist, wie Hannah und ich auch festgestellt haben, obwohl ich Brathühnchen ja auch sehr gern mag, wenn es eine gute Füllung hat, damit es nicht so trocken ist. Aber von Braten wollte Mr. Urquhart nun mal absolut nichts wissen, und da er schließlich alles bezahlt, hat er auch das Recht, zu bestimmen.»

«Eins steht jedenfalls fest», sagte Bunter, «wenn an dem Hühnchen etwas nicht gestimmt hätte, wären Sie und Miss Westlock bestimmt nicht so davongekommen.»

«Allerdings», sagte Hannah. «Ich will nämlich nicht verschweigen, daß wir beide mit einem guten Appetit gesegnet sind und alles restlos aufgegessen haben, bis auf ein kleines Stückchen, das ich der Katze gegeben habe. Mr. Urquhart wollte am nächsten Tag die Reste sehen und war anscheinend ganz schön ärgerlich, daß nichts mehr davon da war, und das Geschirr war auch schon gespült – als ob in *dieser* Küche jemals das Geschirr über Nacht gestanden hätte!»

«Ich könnte mich ja selbst nicht ertragen, wenn ich den Tag mit schmutzigem Geschirr anfangen müßte», erklärte Mrs. Pettican. «Ein paar Tropfen Suppe waren noch übrig – nicht viel, nur ein Löffelvoll, und damit ist Mr. Urquhart nach oben gegangen, um sie dem Doktor zu zeigen, und der hat davon gekostet und gesagt, daß sie sehr gut ist; das hat uns Schwester Williams gesagt, obwohl sie selber nicht davon gekostet hat.»

«Und der Burgunder», sagte Hannah Westlock, «der war ja das einzige, von dem Mr. Boyes allein was genommen hat, und da hat mir Mr. Urquhart gesagt, ich soll ihn wieder fest verkorken und aufheben. Wie gut, daß wir das getan haben, denn die Polizei wollte ihn dann natürlich sehen.»

«Das war aber sehr weitblickend von Mr. Urquhart, solche Vorsichtsmaßnahmen zu ergreifen», meinte Bunter, «wo doch um diese Zeit noch alle geglaubt haben, daß der arme Kerl eines natürlichen Todes gestorben ist.»

«Das hat auch Schwester Williams gesagt», erwiderte Hannah, «aber wir haben es uns damit erklärt, daß er doch Rechtsanwalt ist und weiß, was zu tun ist, wenn jemand plötzlich stirbt. Und wie genau er's genommen hat – ich mußte sogar ein Stück Heftpflaster drüberkleben und meine Anfangsbuchstaben draufschreiben, damit sie keiner versehentlich öffnete. Schwester Williams hat immer gesagt, er hat von vornherein mit einer Untersuchung gerechnet, aber nachdem Dr. Weare ja auch da war und gesagt hat, daß Mr. Boyes solche Anfälle schon sein ganzes Leben lang gehabt hat, war es natürlich gar keine Frage, daß der Totenschein ausgestellt wurde.»

«Natürlich nicht», sagte Bunter, «und dann hat sich ja gezeigt, was für ein Glück es war, daß Mr. Urquhart so genau wußte, was er zu tun hatte. Wie oft hat Seine Lordschaft schon erlebt, daß ein Unschuldiger fast an den Galgen gekommen wäre, nur weil er solche einfachen kleinen Vorsichtsmaßnahmen nicht ergriffen hatte.»

«Und wenn ich mir vorstelle, wie wenig gefehlt hätte und Mr. Urquhart wäre um die Zeit gar nicht zu Hause gewesen, kriege ich jetzt noch Zustände», sagte Mrs. Pettican. «Er war nämlich weggerufen worden, zu dieser lästigen alten Frau, die immerzu im Sterben liegt und doch nie stirbt. Jetzt ist er ja auch wieder dort – bei Mrs. Wrayburn oben in Windle. Stinkreich soll sie sein, und niemandem mehr zu etwas nütze, weil sie schon ganz kindisch ist, wie es heißt. Und als junge Frau soll sie überhaupt nichts getaugt haben, so daß alle andern Verwandten nichts mit ihr zu tun haben wollten, nur Mr. Urquhart, und ich glaube, er würde sich auch nicht mit ihr abgeben, wenn er nicht ihr Anwalt wäre, und da hat er nun mal die Pflicht.»

«Ja ja, Pflicht und Neigung passen nicht immer zusammen, wie Sie und ich am besten wissen, Mrs. Pettican», bemerkte Mr. Bunter.

«Die Reichen», sagte Hannah Westlock, «finden immer welche, die ihre Pflicht für sie tun. Ich gehe soweit, zu behaupten, daß Mrs. Wrayburn auch keinen gefunden hätte, wenn sie arm wäre, Großtante hin, Großtante her; ich kenne doch Mr. Urquhart.»

«Aha!» machte Bunter.

«Ich will ja nichts gesagt haben», fuhr Miss Westlock fort,

«aber Sie und ich, Mr. Bunter, wissen doch, wie es auf der Welt zugeht.»

«Dann darf ich wohl annehmen, daß Mr. Urquhart nicht schlecht dabei fahren wird, wenn die alte Dame sich aus dem Staub macht», mutmaßte Bunter.

«Das mag sein, wie es will; er redet ja nicht viel», sagte Hannah, «aber man kann sicher sagen, daß er nicht immer seine Zeit opfern und nach Westmoreland reisen würde, wenn für ihn nichts dabei herauskäme. Obwohl ich mir ja nicht die Finger an Geld schmutzig machen würde, das einer nicht sauber verdient hat. Da liegt kein Segen drauf, Mr. Bunter.»

«Du hast gut reden, Mädchen, solange du nicht damit rechnen kannst, in Versuchung geführt zu werden», sagte Mrs. Pettican. «Es gibt so manche große Familie im Königreich, von der man nie was gehört hätte, wenn da nicht mal einer es etwas weniger genau genommen hätte, als unsere Erziehung es erlaubt. Wenn man die Wahrheit wüßte, hätte da noch so mancher eine Leiche im Schrank.»

«O ja», sagte Bunter, «das glaube ich Ihnen gern. Ich habe schon Diamantkolliers und Pelzmäntel gesehen, da hätte ‹Sündenlohn› draufstehen müssen, wenn das, was im Dunkeln geschah, von den Dächern gerufen worden wäre, Mrs. Pettican. Und da gibt es Familien, die tragen den Kopf Gott weiß wie hoch, obwohl es sie gar nicht gäbe, wenn nicht der eine oder andere König sich im falschen Bett amüsiert hätte, wie man so sagt.»

«Es heißt auch, daß mancher von den feinen Herrschaften sich nicht zu fein war, ein Auge auf Mrs. Wrayburn zu werfen, als sie noch jung war», ergänzte Hannah düster. «Königin Victoria hat ihr nie erlaubt, vor der königlichen Familie aufzutreten – sie wußte zuviel über ihren Lebenswandel.»

«Ach, war sie Schauspielerin?»

«Ja, und sehr schön soll sie gewesen sein; mir fällt nur nicht mehr ein, wie sie mit Künstlernamen hieß», überlegte Mrs. Pettican. «Er war komisch, das weiß ich noch – so was Ähnliches wie Hyde Park. Dieser Mr. Wrayburn, den sie geheiratet hat, war ein Niemand – den hat sie sowieso nur geheiratet, um einen Skandal zu vertuschen. Zwei Kinder hatte sie – aber von wem, das würde ich mich nicht zu sagen trauen –, und die sind beide an der Cholera gestorben, was jedenfalls eine Strafe Gottes war.»

«So hat Mr. Boyes es nicht ausgedrückt», sagte Hannah mit selbstgerechtem Schnauben. «Der Teufel sorgt für die Seinen, hat er gesagt.»

«Na ja, er hat so leichtsinnig dahergeredet», sagte Mrs. Pettican, «was ja kein Wunder war, wenn man sich seinen Umgang ansieht. Aber er wäre schon noch ruhiger geworden, wenn er am Leben geblieben wäre. Er konnte sehr nett sein, wenn er wollte. Manchmal kam er hier zu uns rein und unterhielt sich über dies und das – richtig lustig war das.»

«Sie haben ein viel zu weiches Herz für die Herren der Schöpfung, Mrs. Pettican», sagte Hannah. «Wenn einer nur nett und nicht gut bei Gesundheit ist, bemuttern Sie ihn gleich.»

«Dann wußte Mr. Boyes also über Mrs. Wrayburn gut Bescheid?»

«O ja – es war ja eine Familienangelegenheit, und sicher hat Mr. Urquhart ihm auch mehr erzählt als uns. Was hat Mr. Urquhart gesagt, mit welchem Zug er kommt, Hannah?»

«Wir sollten das Essen für halb acht richten, dann kommt er sicher mit dem Zug um halb sieben.»

Mrs. Pettican warf einen Blick zur Uhr, und Bunter verstand dies als Wink und stand auf, um sich zu verabschieden.

«Ich hoffe aber, Sie kommen mal wieder, Mr. Bunter», sagte die Köchin gnädig. «Mr. Urquhart hat nichts gegen seriösen Herrenbesuch zum Tee. Und Mittwoch ist mein freier Tag.»

«Und meiner Freitag», fügte Hannah rasch hinzu, «und jeder zweite Sonntag. Wenn Sie zufällig evangelisch sind, Mr. Bunter – Pfarrer Crawford in der Judd Street ist ein wunderbarer Prediger. Aber vielleicht sind Sie über Weihnachten nicht in der Stadt.»

Mr. Bunter erwiderte, man werde die diesjährige Weihnachtszeit mit Sicherheit in Duke's Denver verbringen, und schied im Abglanz der geborgten Würde.

10. Kapitel

«Da bist du ja, Peter», sagte Chefinspektor Parker, «und hier ist die Dame, die du so gern kennenlernen möchtest. Mrs. Bulfinch, darf ich Ihnen Lord Peter Wimsey vorstellen?»

«Überaus angenehm», sagte Mrs. Bulfinch. Sie kicherte und betupfte sich ihr großes, helles Gesicht mit Puder.

«Mrs. Bulfinch war vor ihrer Verehelichung mit Mr. Bulfinch die Seele der Bar in den Neun Ringen in der Gray's Inn Road», sagte Mr. Parker, «und weithin bekannt für ihren Charme und Witz.»

«Na, na, Sie sind mir aber einer», sagte Mrs. Bulfinch. «Hören Sie nur nicht auf ihn, Eure Lordschaft. Sie wissen doch, wie diese Burschen von der Polizei sind.»

«Verkommene Subjekte», meinte Wimsey kopfschüttelnd. «Aber ich bin auf seine Meinung gar nicht angewiesen. Schließlich habe ich selbst Augen und Ohren, Mrs. Bulfinch, und ich kann nur sagen, wenn ich das Glück gehabt hätte, Sie kennenzulernen, bevor es zu spät war, wäre es der Wunsch meines Lebens gewesen, Mr. Bulfinch auszustechen.»

«Sie sind kein bißchen besser als er», sagte Mrs. Bulfinch hochzufrieden, «und was Bulfinch zu Ihnen sagen würde, *das* weiß ich nicht. Ganz außer sich war er, als der Polizist kam und mich bat, mit ihm zum Yard zu kommen. ‹Das gefällt mir nicht, Gracie›, hat er gesagt, ‹wir hatten hier immer ein anständiges Haus, und es hat noch nie Ärger mit Randalierern oder mit der Polizeistunde gegeben, aber wenn die dich einmal in den Fingern haben, weißt du nie, was sie dir alles für Fragen stellen›. – ‹Hab nicht solche Angst›, hab ich zu ihm gesagt, ‹die Jungs kennen mich doch alle und haben nichts gegen mich, und wenn es doch nur darum geht, ihnen die Sache mit dem Herrn zu erzählen, der das Päckchen in den Neun Ringen liegengelassen hat, kann ich ihnen das ruhig erzählen, denn ich hab mir nichts vorzuwerfen. Was sollen die denken›, hab ich gesagt, ‹wenn ich mich weigere, mitzukommen? Zehn zu eins, daß sie denken, da ist was faul?› – ‹Na gut›, sagt er, ‹dann komme ich aber mit.› – ‹So, du kommst mit?› sag ich. ‹Und was ist mit dem neuen Barkellner, den du heute morgen einstellen wolltest? Denn hinterm Tresen stehen, das mach ich nicht, sag ich, das bin ich nicht gewohnt. Mach also, was du für richtig hältst.› Also bin ich gekommen und hab ihn dagelassen. Wissen Sie, das gefällt mir an ihm. Ich sage kein Wort gegen Bulfinch, aber Polizei hin oder her, ich denke, ich kann selber auf mich aufpassen.»

«Sehr richtig», sagte Parker geduldig. «Mr. Bulfinch braucht sich keine Sorgen zu machen. Wir wollen ja nur, daß Sie uns, so gut Sie sich erinnern, von dem jungen Mann erzählen, von dem Sie gesprochen haben, und uns helfen, das weiße Päckchen zu finden. Vielleicht retten Sie damit einen unschuldigen Menschen vor dem Galgen, und dagegen hat auch Ihr Mann ganz sicher nichts.»

«Das arme Ding!» sagte Mrs. Bulfinch. «Ich sag Ihnen, wie ich den Bericht über den Prozeß gelesen habe, da hab ich zu Bulfinch gesagt –»

«Einen Augenblick. Wenn es Ihnen nichts ausmacht, von Anfang an zu erzählen, Mrs. Bulfinch, versteht Lord Peter besser, was Sie uns zu sagen haben.»

«Ja, natürlich. Also, Mylord, vor meiner Heirat war ich Bardame in den Neun Ringen, wie der Herr Chefinspektor sagt. Da hieß ich noch Miss Montague, ein viel schönerer Name als Bulfinch, es hat mir fast leid getan, ihm Lebwohl zu sagen, aber na ja! Eine Frau muß viele Opfer bringen, wenn sie heiratet, da macht eines mehr oder weniger auch nichts mehr aus. Ich hab dort immer nur in der Bar gearbeitet, denn an den Bierausschank hätte ich mich nie gestellt, denn das ist dort keine vornehme Gegend, aber in die Bar, da kommen abends viele nette Herren aus Anwaltsbüros und so. Also, wie ich schon sagte, dort hab ich bis zu meiner Heirat gearbeitet, und die war vorigen August am Bankfeiertag, und ich weiß noch, daß da eines Abends ein Herr hereinkam –»

«Erinnern Sie sich noch ans Datum?»

«Nicht auf den Tag genau, da müßte ich lügen, aber es muß um den Sommeranfang herum gewesen sein, denn ich hab zu dem Herrn noch eine Bemerkung darüber gemacht, nur um was zu sagen, verstehen Sie?»

«Das ist schon recht genau», sagte Parker. «Also etwa um den zwanzigsten, einundzwanzigsten Juni, ja?»

«Soweit ich sagen kann, ja. Aber die Uhrzeit, die kann ich Ihnen nun wieder ganz genau sagen – ich weiß doch, wie pingelig ihr Kriminaler immer mit dem Minutenzeiger seid.» Mrs. Bulfinch kicherte erneut und blickte sich applausheischend um. «Da saß nämlich ein Herr – ich kannte ihn nicht, er war fremd in der Gegend – und der hat gefragt, wann wir zumachen, und ich hab ihm gesagt, um elf Uhr, und er hat gemeint: ‹Gott sei Dank, ich dachte schon, ich würde um halb elf rausgeschmissen›, und ich hab auf die Uhr geschaut und gesagt: ‹Ach, da haben Sie schon noch Zeit, Sir; wir stellen die Uhr nämlich immer eine Viertelstunde vor.› Auf der Uhr war's zwanzig nach zehn, und daher weiß ich eben, daß es in Wirklichkeit fünf nach zehn gewesen sein muß. Und da kamen wir ins Gespräch über die Prohibitionisten und wie sie wieder mal versuchten, die Polizeistunde auf halb elf vorzuverlegen, aber wir hatten ja in Mr. Judkins einen guten Freund im Parlament, und während wir darüber sprachen, das weiß ich noch genau, da wurde die Tür heftig aufgestoßen, und ein junger Mann kam rein, fiel fast rein, könnte man sagen, und rief: ‹Einen doppelten Cognac, bitte, schnell.› Na ja, ich mochte ihn nicht gleich bedienen, der sah mir so weiß und komisch aus, daß ich dachte, er hätte schon einen über den Durst, und in solchen Dingen nahm der Chef es sehr genau. Aber er sprach ganz normal – völlig klar, ohne sich zu wiederholen oder so was, und seine Augen, die sahen zwar ein bißchen komisch aus, aber glasig waren sie nicht, wenn Sie mich verstehen. In unserem Beruf lernt man die Leute ziemlich schnell beurteilen. Irgendwie hielt er sich an der Theke fest und stand ganz gekrümmt und sagte: ‹Einen kräftigen bitte, seien Sie so gut. Ich fühle mich elend.› Da sagt der Herr, mit dem ich mich unterhalten hatte, zu ihm: ‹Immer mit der Ruhe›, sagt er, ‹was ist denn los?› und der Herr sagt: ‹Mir ist so schlecht.› Und damit preßt er die Hände auf den Bauch, so!»

Mrs. Bulfinch umspannte ihre Taille und verdrehte dramatisch die großen blauen Augen.

«Na ja, da hab ich gesehen, daß er nicht betrunken war, und hab ihm einen doppelten Martell eingeschenkt, mit nur einem ganz kleinen Spritzer Soda drin, und er hat ihn auf einmal hinuntergekippt und gesagt: ‹Jetzt ist es besser.› Und der andere Herr hat ihn um die Schulter gefaßt und ihm auf einen Hocker geholfen. Es waren noch viele andere Leute in der Bar, aber die haben nicht viel davon mitbekommen, weil sie alle vom Rennen redeten. Dann hat der Herr mich um ein Glas Wasser gebeten, und ich hab's ihm gegeben, und er hat gesagt: ‹Entschuldigen Sie, wenn ich Sie vorhin erschreckt habe, aber ich habe eben einen bösen Schock erlebt, und der muß mir auf den Magen geschlagen sein. Ich hab's nämlich leicht mit dem Magen›, sagt er, ‹und sowie ich Kummer oder Ärger habe, geht es los. Aber›, sagt er, ‹vielleicht hilft mir das.› Damit nimmt er ein weißes Päckchen aus der Tasche, wo ein weißes Pulver drin ist, und das schüttet er in das Glas Wasser, rührt es mit einem Füllfederhalter um und trinkt es leer.»

«Hat das Pulver vielleicht geschäumt?» fragte Wimsey.

«Nein; es war ein ganz einfaches Pulver und hat sich gar nicht gleich aufgelöst. Er hat das Glas ausgetrunken und gesagt: ‹So, jetzt ist Schluß damit›, oder: ‹So, jetzt ist es vorbei.› Irgendwas in der Art jedenfalls. Und dann hat er gesagt: ‹Vielen Dank, jetzt geht's mir besser, und ich geh jetzt lieber nach Haus für den Fall, daß es wiederkommt.› Und damit lüftete er den Hut – er war wirklich ein Herr –, und weg war er.»

«Was schätzen Sie, wieviel von dem Pulver er ins Glas getan hat?»

«Oh, das war 'ne ganze Menge. Er hat es nicht abgemessen oder so was, sondern einfach aus dem Päckchen geschüttet. Es könnte fast ein Teelöffel voll gewesen sein.»

«Und was ist mit dem Päckchen passiert?» half Parker nach.

«Ja, jetzt kommt's!» Mrs. Bulfinch warf einen Blick in Wimseys Gesicht und schien mit der Wirkung, die sie erzielt hatte, zufrieden zu sein.

«Wir hatten gerade den letzten Gast rausgelassen – das muß so gegen fünf nach elf gewesen sein –, und George schloß eben die Tür ab, da sehe ich was Weißes auf dem Schemel liegen. Erst dachte ich, da hat einer sein Taschentuch verloren, aber wie ich es aufhebe, sehe ich, daß es ein Papierpäckchen ist. Ich sage zu George: ‹Du, da hat dieser Herr seine Medizin vergessen.› George fragt, welcher Herr, und ich sag's ihm, worauf er fragt: ‹Was ist es denn?› Ich wollte nachsehen, aber das Etikett war abgerissen. Es war so eines von diesen Apothekerpäckchen, wissen Sie, wo die Enden hochgeklappt sind und das Etikett darübergeklebt wird, aber von dem Etikett war kein Fetzen mehr übrig.»

«Konnten Sie nicht einmal feststellen, ob es schwarz oder rot beschriftet war?»

«Hm – nein.» Mrs. Bulfinch überlegte. «Nein, das könnte ich nicht sagen. Jetzt, wo Sie danach fragen, kommt es mir so vor, als ob an dem Päckchen etwas Rotes gewesen wäre, irgendwo, aber mit Sicherheit kann ich mich da nicht erinnern. Ich könnte es nicht beschwören. Ein Name oder sonst etwas Gedrucktes war jedenfalls nicht drauf, denn ich hab ja versucht, nachzusehen, was es war.»

«Sie haben wohl nicht gekostet?»

«Ich nicht! Das hätte doch Gift oder so was sein können. Ich sage Ihnen nämlich, das war schon ein komischer Kunde.» (Parker und Wimsey wechselten einen Blick.)

«Haben Sie das damals gleich gedacht?» erkundigte sich Wimsey. «Oder ist Ihnen der Gedanke erst später gekommen – nachdem Sie über den Fall gelesen hatten, verstehen Sie?»

«Ich hab es natürlich gleich damals gedacht», versetzte Mrs. Bulfinch ein wenig schnippisch. «Hab ich Ihnen nicht eben erst gesagt, daß ich deshalb nicht davon gekostet habe? Außerdem hab ich's auch noch zu George gesagt. Und schließlich, wenn es kein Gift war, könnte es ja auch ‹Schnee› gewesen sein. ‹Rühr das Zeug besser nicht an›, hab ich zu George gesagt, und er hat gemeint: ‹Wirf's doch ins Feuer.› Aber davon hab ich wieder nichts gehalten. Der Herr hätte ja wiederkommen können, um es zu holen. Also hab ich's auf das Regal hinter der Bar gelegt, wo die Spirituosen stehen, und hab dann nicht mehr daran gedacht, bis gestern, als Ihr Polizist deswegen kam.»

«Man hat dort schon nachgesehen», sagte Parker, «aber anscheinend ist es nirgends zu finden.»

«Dazu kann ich nichts sagen. Ich hab's dahin getan, und im August bin ich von den Neun Ringen weg, daher weiß ich natürlich nicht, was daraus geworden ist. Wahrscheinlich haben sie's beim Aufräumen weggeworfen. Moment mal – ganz stimmt das nicht, daß ich seitdem nicht mehr daran gedacht habe. Ich hab mal kurz daran gedacht, als ich in den *News of the World* über den Prozeß gelesen habe, und ich hab zu George gesagt: ‹Es würde mich nicht wundern, wenn das der Herr wäre, der da eines Abends in die Neun Ringe gekommen ist und so elend aussah – stell dir das nur mal vor!› hab ich gesagt – nur so. Und George hat gemeint: ‹Phantasier dir nichts zusammen, Gracie. Du willst doch sicher nichts mit der Polizei zu tun haben, oder?› Sehen Sie, George hat sich immer aus allem herausgehalten.»

«Es war aber schade, daß Sie sich nicht gemeldet haben», sagte Parker streng.

«Na ja, woher sollte ich denn wissen, daß es wichtig war? Der Taxifahrer hat ihn ja kurz darauf gesehen, und da war er schon so krank, also kann es mit dem Pulver gar nichts zu tun gehabt haben, wenn es der überhaupt war, was ich ja auch nicht einmal sicher wußte. Und außerdem hab ich sowieso erst davon gehört, als der Prozeß schon vorbei war.»

«Es wird einen neuen Prozeß geben, und dort müssen Sie wahrscheinlich aussagen», sagte Parker.

«Sie wissen ja, wo Sie mich finden», antwortete Mrs. Bulfinch tapfer. «Ich laufe schon nicht weg.»

«Jedenfalls sind wir Ihnen sehr verbunden, daß Sie jetzt gekommen sind», fügte Wimsey liebenswürdig hinzu.

«Keine Ursache», antwortete die Dame. «War das alles, was Sie wollten, Herr Chefinspektor?»

«Im Augenblick ja. Wenn wir das Päckchen finden, werden wir Sie vielleicht bitten, es zu identifizieren. Außerdem würde ich Ihnen raten, über die Angelegenheit nicht mit Ihren Freundinnen zu sprechen, Mrs. Bulfinch. Wenn Frauen erst zu reden anfangen, kommt eins zum andern, und nachher erinnern sie sich an Vorfälle, die es gar nicht gegeben hat. Sie verstehen, ja?»

«Ich war noch nie eine Klatschbase», antwortete Mrs. Bulfinch beleidigt. «Und wenn es darum geht, aus zwei und zwei fünf zu machen, können die Frauen den Männern nicht das Wasser reichen, das ist meine Meinung.»

«Ich nehme doch an, daß ich dies den Anwälten der Verteidigung weitersagen darf?» fragte Wimsey, nachdem Mrs. Bulfinch gegangen war.

«Natürlich», sagte Parker. «Darum habe ich dich ja gebeten, herzukommen und dir das anzuhören – soweit es was nützt. Wir werden derweil natürlich tüchtig nach dem Päckchen suchen.»

«Ja», sagte Wimsey nachdenklich. «Doch – das wirst du tun müssen – natürlich.»

Mr. Crofts machte nicht gerade ein hocherfreutes Gesicht, als ihm diese Geschichte zu Ohren kam.

«Ich habe Sie davor gewarnt, Lord Peter», sagte er, «was dabei herauskommen kann, wenn wir der Polizei unsere Karten zeigen. Nachdem sie die Sache jetzt in den Händen hat, kann sie ungehindert ihren eigenen Vorteil daraus ziehen. Warum haben Sie die Nachforschungen nicht uns überlassen?»

«Hol's der Kuckuck», sagte Wimsey ärgerlich, «Sie haben drei Monate Zeit gehabt und absolut nichts erreicht. Die Polizei hat ganze drei Tage gebraucht. Zeit ist in diesem Fall nämlich wichtig.»

«Schon, aber Sie müssen doch sehen, daß die Polizei jetzt nicht ruhen wird, bis sie dieses kostbare Päckchen gefunden hat.»

«Und?»

«Na, und wenn nun gar kein Arsen drin ist? Wenn Sie das uns überlassen hätten, wären wir im allerletzten Moment damit herausgerückt, wenn es für weitere Nachforschungen zu spät gewesen wäre, und dann hätte die Anklagevertretung ganz schön dumm dagestanden. Präsentieren Sie den Geschworenen Mrs. Bulfinchs Geschichte, wie sie dasteht, und sie werden daraus schließen, daß Boyes sich doch selbst vergiftet haben könnte. Aber jetzt wird die Polizei natürlich etwas finden oder erfinden, um zu beweisen, daß es ein völlig harmloses Pulver war.»

«Und wenn sie es findet, und es *ist* Arsen darin?»

«In *diesem* Falle», sagte Mr. Crofts, «bekämen wir natürlich einen Freispruch. Aber glauben Sie an die Möglichkeit, Mylord?»

«Jedenfalls sehe ich, daß *Sie* nicht daran glauben», antwortete Wimsey hitzig. «Sie scheinen Ihre Mandantin überhaupt für schuldig zu halten. Ich aber nicht.»

Mr. Crofts zuckte mit den Schultern.

«Im Interesse unserer Mandantin», sagte er, «müssen wir auch die negative Seite aller Beweismittel sehen, um auf alles vorbereitet zu sein, was die Anklage daraus macht. Ich wiederhole, Mylord, daß Sie unbedacht gehandelt haben.»

«Hören Sie», sagte Wimsey, «ich bin nicht auf einen Freispruch aus Mangel an Beweisen aus. Für Miss Vanes Ehre und Glück läuft es nämlich auf eins hinaus, ob sie verurteilt oder auf Grund bloßer Zweifel an ihrer Schuld freigesprochen wird. Ich will sie von jedem Verdacht gereinigt sehen und die Wahrheit an den Tag bringen. Ich will nicht, daß auch nur der Schatten eines Zweifels zurückbleibt.»

«Höchst erstrebenswert, Mylord», räumte der Anwalt ein, «aber Sie werden mir gestatten, darauf hinzuweisen, daß es nicht nur um Ehre und Glück geht, sondern darum, Miss Vanes Hals aus der Schlinge zu ziehen.»

«Und ich sage», entgegnete Wimsey, «daß es besser für sie wäre, gehängt zu werden, als weiterzuleben und vor aller Welt als Mörderin zu gelten, die nur mit Glück davongekommen ist.»

«So?» meinte Mr. Crofts. «Ich fürchte, diese Einstellung kann die Verteidigung nicht teilen. Darf ich fragen, ob Miss Vane selbst sie teilt?»

«Mich würde das jedenfalls nicht überraschen», sagte Wimsey. «Aber sie ist unschuldig, und ich werde schon dafür sorgen, daß auch Sie es glauben.»

«Ausgezeichnet», sagte Mr. Crofts verbindlich. «Niemand wäre darüber glücklicher als ich. Aber ich darf wiederholen, daß nach meiner bescheidenen Meinung Eure Lordschaft klüger daran täten, Chefinspektor Parker künftig nicht allzusehr ins Vertrauen zu ziehen.»

Wimsey kochte noch innerlich von dieser Konfrontation, als er Mr. Urquharts Kanzlei in der Bedford Row betrat. Der Bürovorsteher erinnerte sich seiner und begrüßte ihn mit der Ehrerbietung, die einem hochgestellten und erwarteten Besucher zukommt. Er bat Seine Lordschaft, einen Augenblick Platz zu nehmen, und verschwand nach hinten.

Eine Büroangestellte mit hartem, häßlichem, fast maskulinem Gesicht blickte von ihrer Schreibmaschine auf, als die Tür sich schloß, und nickte Lord Peter ganz kurz zu. Wimsey erkannte sie als eine aus seinem «Katzenhaus» und spendete Miss Climpson im Geiste ein Lob für schnelle und gute Organisation. Kein Wort wurde jedoch zwischen ihnen gewechselt, und im nächsten Moment erschien auch schon wieder der Bürovorsteher und bat Lord Peter, einzutreten.

Norman Urquhart erhob sich hinter seinem Schreibtisch und streckte freundlich die Hand zum Gruß aus. Wimsey hatte ihn beim Prozeß gesehen, und dabei waren ihm seine gutsitzende Kleidung, sein dichtes, glattes dunkles Haar und die energische, geschäftsmäßige Art aufgefallen, mit der er einen durch und durch seriösen Eindruck erweckte. Jetzt bemerkte er, daß Urquhart etwas älter war, als er aus der Ferne wirkte. Er schätzte ihn auf etwa Mitte Vierzig. Seine Haut war blaß und sonderbar durchscheinend, abgesehen von einer Anzahl kleiner Flecken, wie Sommersprossen, die man um diese Jahreszeit nicht erwartete, schon gar nicht bei einem Mann, der nicht aussah, als hielte er sich viel im Freien auf. Seine dunklen, verschlagenen Augen blickten ein wenig müde drein und hatten braune Ränder, als ob ihnen Sorge nicht fremd wäre.

Der Anwalt hieß seinen Gast mit einer hohen, angenehmen Stimme willkommen und fragte, womit er ihm dienen könne.

Wimsey erklärte, er interessiere sich für den Giftmordprozeß Vane und sei von der Kanzlei Crofts & Cooper ermächtigt, Mr. Urquhart mit Fragen zu belästigen, nicht ohne hinzuzufügen, wie sehr er es bedauere, ihn von der Arbeit abzuhalten.

«Aber nicht doch, Lord Peter. Ich bin nur zu gern bereit, Ihnen in jeder Hinsicht zu helfen, obwohl ich fürchte, daß Sie schon alles gehört haben, was ich weiß. Natürlich war ich entsetzt über das Ergebnis der Autopsie, und dann, wie ich zugeben muß, doch recht erleichtert, daß unter den etwas heiklen Umständen kein Verdacht auf mich selbst fiel.»

«Schrecklich unangenehm für Sie», gab Wimsey ihm recht. «Aber offenbar haben Sie ja zum fraglichen Zeitpunkt geradezu bewundernswerte Vorsorge getroffen.»

«Na ja, wissen Sie, ich glaube, so etwas wird bei uns Anwälten schon zur Gewohnheit. Ich habe natürlich damals noch nichts von Gift geahnt – sonst hätte ich selbstredend sofort auf einer Untersuchung bestanden. Ich hatte damals vielmehr an so eine Art Lebensmittelvergiftung gedacht – nicht Botulismus, dafür stimmten die Symptome ganz und gar nicht – aber eine Kontaminierung der Speisen durch Kochgerätschaften, oder eine Verseuchung der Zutaten durch irgendwelche Bazillen. Ich bin froh, daß sich das nicht bestätigt hat, obwohl die Wahrheit dann auf eine Art noch viel schrecklicher war. Ich finde wirklich, daß in allen Fällen plötzlicher und unerklärlicher Krankheit eine Analyse der Ausscheidungen selbstverständlich sein sollte, aber Dr. Weare schien sich seiner Sache so sicher zu sein, daß ich ganz auf sein Urteil vertraut habe.»

«Offensichtlich», sagte Wimsey. «Man denkt ja auch nicht immer gleich daran, daß einer ermordet worden sein könnte – obwohl ich behaupten möchte, daß es öfter vorkommt, als man sich im allgemeinen vorstellt.»

«Sehr wahrscheinlich, und wenn ich je etwas mit Strafrecht zu tun gehabt hätte, wäre der Verdacht mir vielleicht gekommen, aber ich befasse mich beruflich fast ausschließlich mit Grundeigentumsrecht und dergleichen – und Erb- und Scheidungsrecht und so weiter.»

«Da wir vom Erbrecht sprechen», meinte Wimsey obenhin, «hatte Mr. Boyes irgendwelche Aussichten?»

«Nicht daß ich wüßte. Sein Vater war keineswegs wohlhabend – der übliche kleine Landpfarrer mit kleinem Einkommen, großem Pfarrhaus und baufälliger Kirche. Eigentlich gehört die ganze Familie zum unglückseligen akademischen Mittelstand – mit hohen Steuern belastet und sehr geringem finanziellen Rückhalt. Ich glaube nicht, daß Philip Boyes mehr als ein paar hundert Pfund zu erwarten gehabt hätte, selbst wenn er sie alle überlebt hätte.»

«Ich dachte, irgendwo lebte noch eine reiche Tante.»

«O nein – oder denken Sie etwa an Cremorna Garden? Sie ist eine Großtante mütterlicherseits. Aber sie hat schon seit vielen Jahren keine Verbindung mehr mit der Familie.»

In diesem Augenblick hatte Lord Peter eine dieser plötzlichen Erleuchtungen, wie man sie mitunter hat, wenn zwei an sich voneinander unabhängige Fakten im Gehirn plötzlich miteinander in Berührung kommen. In der Aufregung über Parkers Mitteilung wegen des weißen Päckchens hatte er Bunters Bericht über sein Teekränzchen mit Hannah Westlock und Mrs. Pettican nicht mit der gebührenden Aufmerksamkeit angehört, aber jetzt fiel ihm etwas ein, was mit einer Schauspielerin zu tun hatte, deren Name so komisch war, «wie Hyde Park oder so was Ähnliches». Jetzt knüpfte sich die Verbindung in seinem Gehirn so glatt und mechanisch, daß seine nächste Frage fast ohne Überlegungspause folgte.

«Ist das nicht Mrs. Wrayburn aus Windle in Westmoreland?»

«Ja», sagte Mr. Urquhart. «Ich war übrigens gerade erst oben, um nach ihr zu sehen. Natürlich, ja, Sie haben mir dorthin geschrieben. Die arme alte Frau ist schon seit fünf Jahren ganz kindisch. Ein elendes Leben – so dahinzuvegetieren, sich selbst und anderen zur Last. Mir will es immer grausam vorkommen, daß man diese armen alten Leute nicht einfach einschläfern darf, wie man es mit seinem Lieblingstier tun würde – aber das Gesetz erlaubt uns solche Barmherzigkeit nicht.»

«Ja, der Tierschutzverein würde uns auf glühenden Kohlen rösten, wenn wir eine Katze leiden ließen», sagte Wimsey. «Geradezu widersinnig, nicht? Aber es ist immer dasselbe. Da schreiben Leute empört an die Zeitungen, wenn einer einen Hund in einem zugigen Zwinger hält, und geben keinen Pfifferling darum, wenn Hausbesitzer dreizehnköpfige Familien in einen Kellerraum pferchen, der kein Glas in den Fenstern und nicht einmal Fenster hat, in die man das Glas einsetzen könnte. Das macht mich manchmal ganz rasend, obwohl ich sonst ein ziemlich friedlicher Zeitgenosse bin. Die arme alte Cremorna Garden – aber es muß ja jetzt mit ihr zu Ende gehen. Lange kann es bestimmt nicht mehr dauern.»

«Ja, wir haben neulich schon alle gedacht, es ist aus mit ihr. Ihr Herz macht nicht mehr mit – sie ist schon über Neunzig, die arme Seele, und bekommt von Zeit zu Zeit diese Anfälle. Aber in diesen alten Damen steckt manchmal eine erstaunliche Lebenskraft.»

«Dann sind Sie jetzt wohl ihr einziger lebender Verwandter.»

«Ich glaube, ja. Abgesehen von einem Onkel von mir in Australien.» Mr. Urquhart fragte nicht einmal, woher Wimsey das mit der Verwandtschaft wußte. «Nicht daß ich ihr irgendwie helfen könnte, wenn ich da bin, aber ich bin ja auch ihr geschäftlicher Bevollmächtigter, und da ist es schon besser, wenn ich im Falle eines Falles an Ort und Stelle bin.»

«Sehr richtig, sehr richtig. Und als ihr Bevollmächtigter wissen Sie natürlich auch, wie sie über ihr Vermögen verfügt hat?»

«Aber natürlich. Obwohl ich im Augenblick – verzeihen Sie – nicht ganz verstehe, was das mit unserem augenblicklichen Problem zu tun hat.»

«Nun, sehen Sie», sagte Wimsey, «mir ist der Gedanke gekommen, daß Philip Boyes irgendwie in eine finanzielle Bedrängnis gekommen sein könnte – das kommt in den besten Familien vor – und, sagen wir, den kürzesten Ausweg genommen hat. Wenn er aber etwas von Mrs. Wrayburn zu erwarten hatte und das alte Mädchen – ich meine die arme alte Dame – so nah daran war, dieses irdische Jammertal zu verlassen, nicht wahr, dann hätte er doch damit gewartet oder sich mit einem nach ihrem Tod fälligen Wechsel über Wasser gehalten oder dergleichen. Verstehen Sie jetzt?»

«Ach so, ja – Sie wollen auf Selbstmord hinaus. Nun, ich muß sagen, daß dies die aussichtsreichste Verteidigung ist, die Miss Vanes Freunde konstruieren können, und was das betrifft, kann ich Sie sogar unterstützen. Das heißt insofern, als Mrs. Wrayburn Philip keinen Penny zugedacht hat. Und soviel ich weiß, hatte er auch nicht den mindesten Grund, etwas von ihr zu erwarten.»

«Sind Sie dessen sicher?»

«Vollkommen. Genauer gesagt –» Mr. Urquhart zögerte – «nun ja, ich kann Ihnen wohl auch sagen, daß er mich eines Tages danach gefragt hat und ich ihm sagen mußte, daß er nicht die mindeste Aussicht hatte, etwas von ihr zu bekommen.»

«Oh – er hat also gefragt?»

«Ja.»

«Das ist doch ziemlich wichtig, nicht? Wann war denn das ungefähr?»

«Hm – vor anderthalb Jahren, glaube ich. Ganz genau weiß ich es nicht.»

«Und da Mrs. Wrayburn inzwischen so kindisch ist, wie Sie sagen, konnte er wohl auch nicht darauf hoffen, daß sie ihr Testament noch ändern würde, oder?»

«Auf keinen Fall.»

«Verstehe. Nun, ich glaube, damit läßt sich etwas anfangen. Große Enttäuschung – man kann ja davon ausgehen, daß er doch sehr damit gerechnet hatte. Ist es übrigens viel?»

«Ganz ordentlich – etwa siebzig- bis achtzigtausend.»

«Zum Krankwerden – die Vorstellung, daß all dieses schöne Geld flöten geht und man selbst es nicht einmal zu riechen bekommt. Übrigens, wie steht's mit Ihnen? Bekommen Sie auch nichts? Verzeihung, schrecklich neugierig von mir, aber ich meine nur, wo Sie sich doch seit Jahren um sie kümmern und ihr einziger erreichbarer Verwandter sind, wäre das doch sozusagen ein starkes Stück, wie?»

Der Anwalt runzelte die Stirn, und Wimsey entschuldigte sich.

«Ich weiß, ich weiß – es war eine unverschämte Frage. Das ist eine Schwäche von mir. Außerdem wird es sowieso in der Zeitung stehen, wenn die alte Dame erst den Löffel hinlegt, also weiß ich gar nicht, wozu ich Sie so ausquetschen soll. Vergessen Sie's – es tut mir leid.»

«Eigentlich gibt es keinen Grund, warum Sie es nicht wissen sollten», sagte Mr. Urquhart langsam. «Man zögert eben nur von Berufs wegen, über die Angelegenheiten seiner Klienten zu sprechen. Es ist so, daß ich selbst der Erbe bin.»

«Oho!» machte Wimsey mit enttäuschter Stimme. «In diesem Falle – das erschüttert doch unsere Theorie ein wenig, oder? Ich meine, Ihr Vetter könnte doch dann gehofft haben, sich an Sie wenden zu können – das heißt – ich weiß natürlich nicht, wie Sie selbst darüber gedacht hätten –»

Mr. Urquhart schüttelte den Kopf.

«Ich weiß, worauf Sie hinauswollen, und der Gedanke liegt ja auch nahe. Aber in Wahrheit hätte eine solche Verwendung des Geldes im direkten Widerspruch zum ausdrücklichen Wunsch der Erblasserin gestanden. Selbst wenn ich das Geld auf legale Weise hätte weitergeben können, wäre ich moralisch gebunden gewesen, es nicht zu tun, und das habe ich Philip auch erklärt. Natürlich hätte ich ihm dann und wann mit einer kleinen Zuwendung unter die Arme greifen können, aber ehrlich gesagt, große Lust hätte ich auch dazu nicht gehabt. In meinen Augen konnte Philip nur dann hoffen, aus seinen Schwierigkeiten herauszukommen, wenn er es mit eigener Arbeit zu etwas brachte. Er neigte ein wenig dazu – obwohl ich nicht schlecht über einen Toten reden möchte –, sich gern, äh, auf andere zu verlassen.»

«Ach so. Und daran hat gewiß auch Mrs. Wrayburn gedacht.»

«Nicht unbedingt. Nein. Dahinter steckte mehr. Sie war der Meinung, von ihrer Familie schlecht behandelt worden zu sein. Mit einem Wort – ach was, wenn ich Ihnen schon soviel gesagt habe, kann ich Ihnen auch gleich ihre *ipsissima verba* vorlesen.»

Er läutete mit der Glocke auf seinem Schreibtisch.

«Das Testament selbst habe ich nicht hier, wohl aber den Entwurf. Oh, Miss Murchison, könnten Sie so nett sein und mir die Dokumentenkassette mit der Aufschrift ‹Wrayburn› bringen? Mr. Pond zeigt sie Ihnen. Sie ist nicht schwer.»

Die Dame aus dem «Katzenhaus» zog sich stumm zurück, um die Kassette zu holen.

«Das ist alles höchst irregulär, Lord Peter», fuhr Mr. Urquhart fort, «aber es gibt Momente, da ist zuviel Korrektheit ebenso schlecht wie zuwenig, und ich möchte schon, daß Sie genau verstehen, warum ich gezwungen war, diese kompromißlose Haltung gegenüber meinem Vetter einzunehmen. Ah, danke, Miss Murchison.»

Er öffnete die Kassette mit Hilfe eines Schlüssels, den er mit einem ganzen Bund aus der Hosentasche zog, und blätterte etliche Papiere durch. Wimsey beobachtete ihn mit dem Gesichtsausdruck eines nicht sehr intelligenten Terriers, der einen Lekkerbissen erwartet.

«Ach Gott, ach Gott!» entfuhr es dem Anwalt. «Es scheint überhaupt nicht – ja natürlich, wie kann man nur so vergeßlich sein! Entschuldigen Sie vielmals. Ich habe den Entwurf zu Hause in meinem Safe. Ich hatte ihn im letzten Juni, als Mrs. Wrayburns Gesundheitszustand wieder Anlaß zur Sorge gab, aus der Kassette genommen, um etwas nachzusehen, und in der Aufregung um den Tod meines Vetters habe ich ganz vergessen, ihn wieder herzubringen. Nun, der Inhalt ist im wesentlichen –»

«Lassen Sie nur», sagte Wimsey, «das hat keine Eile. Wenn ich Sie morgen zu Hause aufsuchte, vielleicht könnte ich es dann sehen?»

«Auf jeden Fall, wenn Sie es für wichtig halten. Ich muß mich für meine Vergeßlichkeit entschuldigen. Gibt es inzwischen noch etwas, womit ich Ihnen in dieser Angelegenheit dienen könnte?»

Wimsey stellte noch ein paar Fragen in der Richtung, die auch Bunter bei seinem Erkundungstee schon erforscht hatte, und verabschiedete sich dann. Miss Murchison saß im Vorzimmer wieder bei ihrer Arbeit. Sie sah nicht auf, als er hinausging.

«Merkwürdig», dachte Wimsey, während er durch die Bedford Row eilte, «alle sind in diesem Fall so erstaunlich hilfsbereit. Sie beantworten einem bereitwillig Fragen, die zu stellen man gar kein Recht hat, und ergehen sich völlig unnötig in ausführlichen Erklärungen. Keiner scheint irgend etwas zu verbergen zu haben. Man muß sich einfach wundern. Vielleicht hat der Bursche wirklich Selbstmord begangen. Hoffentlich! Wenn ich ihn doch nur selbst verhören könnte! Ich würde ihn schon durch die Mangel drehen, hol's der Kuckuck! Jetzt habe ich schon mindestens fünfzehn Aussagen über seinen Charakter – und alle verschieden ... Es ist doch wirklich nicht die feine Art, Selbstmord zu begehen, ohne einen Zettel zu hinterlassen, auf dem steht, daß man es selbst war – damit kann man andere Leute in die größten Schwierigkeiten bringen. Wenn ich mir einmal eine Kugel durch den Kopf jage –»

Er hielt inne.

«Hoffentlich werde ich das nie wollen», sagte er. «Hoffentlich brauche ich es nie zu wollen. Mutter würde das nicht mögen, und es ist auch so unappetitlich. Aber allmählich macht es mir keinen Spaß mehr, Leute an den Galgen zu bringen. Es ist so häßlich für ihre Freunde. ... Ich sollte lieber nicht ans Aufhängen denken. Das ist nicht gut für die Nerven.»

11. Kapitel

Wimsey fand sich am nächsten Morgen um neun Uhr in Mr. Urquharts Haus ein und traf diesen Herrn beim Frühstück an.

«Ich habe mir gedacht, ich erreiche Sie vielleicht noch, bevor Sie ins Büro gehen», entschuldigte sich Seine Lordschaft. «Herzlichen Dank, aber ich habe die Morgenfütterung schon hinter mir. Nein, wirklich, danke – ich trinke nie etwas vor elf. Schlecht für die Eingeweide.»

«Also, ich habe den Entwurf für Sie gefunden», sagte Mr. Urquhart freundlich. «Sie können einen Blick darauf werfen, während ich meinen Kaffee trinke, wenn Sie entschuldigen wollen, daß ich weiter frühstücke. Die Familie wird darin ein wenig auseinandergenommen, aber schließlich gehört das alles schon längst der Vergangenheit an.»

Er holte ein maschinebeschriebenes Blatt Papier von einem Beistelltischchen und reichte es Wimsey, der ganz nebenbei bemerkte, daß es auf einer Woodstock-Maschine mit einem leicht beschädigten kleinen p und einem etwas aus der Zeile gerutschten großen A geschrieben war.

«Am besten erkläre ich Ihnen zuerst genau die familiären Verbindungen zwischen den Boyes und den Urquharts», fuhr er fort, indem er zum Frühstückstisch zurückkehrte, «dann verstehen Sie das Testament besser. Der gemeinsame Ahne ist der alte John Hubbard, ein hochachtbarer Bankier zu Anfang des vorigen Jahrhunderts. Er lebte in Nottingham, und die Bank war, wie in jenen Tagen üblich, ein privates Familienunternehmen. Er hatte drei Töchter, Jane, Mary und Rosanna. Er gab ihnen eine gute Erziehung, und die drei jungen Damen wären ganz gute Partien gewesen, wenn der alte Knabe nicht die üblichen Fehler gemacht hätte – gewagte Spekulationen, zu nachsichtig mit den Kunden, die alte Geschichte. Die Bank ging pleite, und die drei Töchter blieben mittellos zurück. Jane, die älteste, heiratete einen gewissen Henry Brown, einen Schulmeister. Er war sehr arm und geradezu abstoßend moralisch. Sie hatten eine Tochter namens Julia, die schließlich einen Priester heiratete, den Pfarrer Arthur Boyes. Mary, die zweite Tochter, machte finanziell eine bessere Partie, obwohl sie gesellschaftlich unter ihrem Stand heiratete. Sie gab ihre Hand einem gewissen Josiah Urquhart, einem Handelsvertreter, was für die Familie ein schwerer Schlag war. Aber Josiah entstammte einer ursprünglich sehr geachteten Familie und war ein hochanständiger Mann, und so fanden sie sich damit ab. Mary hatte einen Sohn, Charles Urquhart, der sich aus dem entehrenden Geruch des reisenden Gewerbes befreien konnte. Er trat in eine Anwaltskanzlei ein, machte sich sehr gut und wurde schließlich Partner in der Firma. Er war mein Vater, und ich habe in der Juristerei seine Nachfolge angetreten.

Die dritte Tochter, Rosanna, war von ganz anderem Holz. Sie war sehr schön, eine überaus gute Sängerin und anmutige Tänzerin und alles in allem ein besonders anziehendes und verwöhntes junges Mädchen. Zum Entsetzen ihrer Eltern lief sie davon und ging zur Bühne. Man tilgte ihren Namen in der Familienbibel. Sie setzte sich in den Kopf, die schlimmsten Befürchtungen ihrer Eltern zu bestätigen, und wurde zum umschwärmten Liebling der Londoner Lebewelt. Unter dem Künstlernamen Cremorna Garden eilte sie von einem anstößigen Triumph zum nächsten. Und sie hatte Köpfchen, wohlgemerkt – keine zweite Nell Gwynne. Sie hielt fest, was sie bekam, und sie nahm alles – Geld, Juwelen, Luxusapartments, Pferde, Kutschen und was es so alles gab, und das machte sie zu Geld und legte es sicher an. Verschwenderisch war sie nie, nur mit ihrer eigenen Person, und das hielt sie für eine ausreichende Gegenleistung für alles, was sie bekam; meines Erachtens war es das auch. Ich habe sie zum erstenmal gesehen, als sie schon eine alte Frau war, aber vor dem Schlaganfall, der Geist und Körper zerstörte, sah man immer noch die Spuren bemerkenswerter Schönheit. Sie war auf ihre Art eine ebenso schlaue wie knauserige alte Frau. Sie hatte diese festen kleinen Hände, schmal und gedrungen, die nichts wieder hergeben – außer gegen Bezahlung. Sie werden den Typ ja kennen.

Nun, kurz gesagt: Jane, die älteste Schwester – die mit dem Schulmeister verheiratet war – wollte mit dem schwarzen Schaf der Familie nichts zu tun haben. Sie und ihr Mann hüllten sich in ihre Tugend und schauderten schon, wenn sie den Schandnamen Cremorna Garden auf den Anzeigetafeln des Olympic-

oder Adelphi-Theaters lasen. Ihre Briefe schickten sie ihr ungeöffnet zurück und verbaten ihr das Haus, und zu guter Letzt versuchte Henry Brown sie beim Begräbnis seiner Frau sogar aus der Kirche werfen zu lassen.

Meine Großeltern waren nicht ganz so sittenstreng. Sie besuchten sie zwar nicht und luden sie auch nicht zu sich ein, aber sie kauften sich ab und zu eine Eintrittskarte zu ihren Vorstellungen und schickten ihr eine Anzeige, als ihr Sohn heiratete. Sie hielten Abstand, aber blieben höflich. Folglich hielt sie ihrerseits eine förmliche Verbindung mit meinem Vater aufrecht und übergab ihm schließlich ihre geschäftlichen Angelegenheiten. Besitz war für ihn Besitz, unabhängig von der Art des Erwerbs; er pflegte zu sagen, wenn ein Anwalt mit unsauberem Geld nichts zu tun haben wolle, müsse er der Hälfte seiner Klienten die Tür weisen.

Die alte Dame vergaß und vergab nie etwas. Sie schäumte schon bei der bloßen Erwähnung des Boyes-Zweiges ihrer Familie. Darum fügte sie, als sie ihr Testament machte, diesen Absatz ein, den Sie jetzt vor sich liegen haben. Ich habe sie darauf hingewiesen, daß Philip Boyes mit ihrer Verfemung schließlich nichts zu tun hatte, ebenso wie Arthur Boyes, aber die alte Wunde schmerzte noch, und sie mochte kein Wort zu seinen Gunsten hören. Also habe ich das Testament nach ihren Wünschen aufgesetzt; hätte ich es nämlich nicht getan, wäre sie damit zu einem andern gegangen.»

Wimsey nickte und wandte seine Aufmerksamkeit nun dem Testament zu, das acht Jahre früher datiert war. Norman Urquhart wurde darin zum alleinigen Testamentsvollstrecker ernannt, und nach einigen Legaten an Dienstboten und Wohlfahrtseinrichtungen für Theaterleute ging es folgendermaßen weiter:

> «Mein gesamtes übriges Vermögen hinterlasse ich meinem Großneffen Norman Urquhart, Rechtsanwalt zu London, zum lebenslangen Nießbrauch; nach seinem Tode soll es zu gleichen Teilen auf seine legitimen Nachkommen übergehen; sollte besagter Norman Urquhart ohne legitime Nachkommen sterben, geht besagtes Vermögen an (hier folgen die Namen der zuvor schon erwähnten Wohltätigkeitseinrichtungen). Ich treffe diese Verfügung über mein Eigentum zum Zeichen der Dankbarkeit für die Achtung, die besagter Groß-

neffe Norman Urquhart sowie sein Vater, der verstorbene Charles Urquhart, mir ihr Leben lang entgegengebracht haben, und um sicherzustellen, daß kein Teil meines Vermögens in die Hände meines Großneffen Philip Boyes oder seiner Nachkommen gelangt. Zu diesem Zweck und um meine Meinung über die Unmenschlichkeit darzutun, mit der die Familie besagten Philip Boyes' mich stets behandelt hat, erlege ich besagtem Norman Urquhart als meinen letzten Wunsch auf, besagtem Philip Boyes von den Einnahmen aus besagtem, von ihm lebenslang genutztem Vermögen nichts zu überlassen oder zu leihen oder besagten Philip Boyes in irgendeiner Weise damit zu unterstützen.»

«Hm!» machte Wimsey. «Das ist deutlich. Und ganz schön rachsüchtig.»

«Ja, das kann man wohl sagen – aber was macht man mit einer alten Frau, die vor der Vernunft die Ohren verschließt? Sie hat mir scharf auf die Finger geguckt, damit ich es nur ja ganz hart und eindeutig formulierte, bevor sie ihren Namen daruntersetzte.»

«Das muß wirklich niederschmetternd für Philip Boyes gewesen sein», sagte Wimsey. «Vielen Dank – ich bin froh, daß ich das zu sehen bekommen habe; es macht die Selbstmordtheorie ein gutes Stück wahrscheinlicher.»

Theoretisch mochte das durchaus der Fall sein, aber leider paßten die Theorie und das, was Wimsey bisher alles über Philip Boyes' Charakter gehört hatte, nicht so gut zusammen, wie er es sich gewünscht hätte. Er persönlich war eher geneigt, den entscheidenden Grund für den Selbstmord in dem letzten Gespräch mit Harriet Vane zu sehen. Aber auch das war nicht ganz überzeugend. Er konnte sich nicht vorstellen, daß Philips Gefühle für Harriet Vane so geartet waren. Vielleicht sträubte er sich aber auch nur, gut von diesem Mann zu denken. Vielleicht, so fürchtete er, trübten hier seine eigenen Empfindungen ein wenig sein Urteil.

Er fuhr nach Hause zurück und las die Fahnen von Harriets Roman. Kein Zweifel, sie konnte schreiben, aber es war auch nicht zu bezweifeln, daß sie allzuviel über Arsen und seine Wirkung wußte. Zu allem Überfluß handelte die Geschichte von zwei Künstlern, die in Bloomsbury wohnten und ein ideales Leben führten, voller Liebe, Lachen und Armut, bis jemand unfreundlicherweise den jungen Mann vergiftete und die untröstliche junge Frau nur noch dem Ziel lebte, ihn zu rächen. Wimsey knirschte mit den Zähnen und fuhr zum Halloway-Gefängnis, wo er sich beinahe als eifersüchtiger Trottel gebärdete. Glücklicherweise kam ihm sein Humor zu Hilfe, nachdem er seinen Schützling bis an den Rand der Erschöpfung und Tränen verhört hatte.

«Entschuldigung», sagte er. «Ich bin auf diesen Boyes einfach ganz abscheulich eifersüchtig. Das sollte ich nicht sein, aber ich bin's.»

«Das ist es eben», antwortete Harriet. «Und Sie würden es immer sein.»

«Und wenn, dann könnte ich nicht damit leben, meinen Sie das?»

«Sie würden sehr unglücklich sein. Ganz abgesehen von allen anderen Nachteilen.»

«Aber sehen Sie», sagte Wimsey, «wenn Sie mich heiraten, würde ich doch nicht mehr eifersüchtig sein, denn dann wüßte ich ja, daß Sie mich wirklich gern hätten und alles.»

«Das glauben Sie. Aber Sie wären es doch.»

«So? O nein, bestimmt nicht. Wieso sollte ich? Es wäre doch genauso, als ob ich eine Witwe heiratete. Sind alle zweiten Ehemänner eifersüchtig?»

«Das weiß ich nicht. Aber es ist eben nicht ganz dasselbe. Sie würden mir niemals wirklich vertrauen, und wir wären todunglücklich.»

«Aber zum Kuckuck!» rief Wimsey. «Wenn Sie nur ein einziges Mal sagten, daß Ihnen ein ganz klein wenig an mir liegt, wäre schon alles in Ordnung. Ich würde es glauben. Nur weil Sie es nicht sagen, bilde ich mir alles mögliche ein.»

«Und Sie würden es sich gegen Ihren Willen weiter einbilden. Sie könnten mir gegenüber nicht unbefangen sein. Das kann kein Mann.»

«Keiner?»

«Nun, kaum einer.»

«Das wäre gräßlich», sagte Wimsey in vollem Ernst. «Wenn ich mich als so ein Idiot entpuppte, wären die Dinge natürlich hoffnungslos. Ich verstehe, was Sie meinen. Ich hab mal einen gekannt, der von der Eifersucht infiziert war. Wenn seine Frau ihm nicht ständig am Hals hing, zeigte es seiner Meinung nach, daß er ihr nichts bedeute, und wenn sie ihm ihre Zuneigung zeigte, nannte er sie eine Heuchlerin. Es wurde einfach unerträglich, und schließlich rannte sie mit einem auf und davon, an dem ihr nicht für zwei Penny lag, worauf er hinging und sagte, er habe sie die ganze Zeit eben doch richtig eingeschätzt. Alle andern sagten jedoch, daß es nichts als seine eigene Dämlichkeit war. Das ist alles sehr kompliziert. Anscheinend ist der im Vorteil, der zuerst eifersüchtig wird. Vielleicht könnten Sie es fertigbringen, eifersüchtig auf mich zu sein. Ich wollte, Sie wären es, denn das würde beweisen, daß Sie sich für mich interessieren. Soll ich Ihnen Einzelheiten aus meiner finsteren Vergangenheit erzählen?»

«Bitte nicht.»

«Warum nicht?»

«Ich mag von all diesen anderen nichts hören.»

«Ha, wirklich nicht? Das klingt schon ziemlich hoffnungsvoll. Ich meine, wenn Sie wie eine Mutter für mich fühlten, würden Sie mir um jeden Preis helfen und mich verstehen wollen. Ich hasse es, wenn man mich verstehen und mir helfen will. Und schließlich war es nie etwas Ernstes – außer natürlich bei Barbara.»

«Wer war Barbara?» fragte Harriet rasch.

«Ach, ein Mädchen. Im Grunde habe ich ihr sehr viel zu verdanken», antwortete Wimsey nachdenklich. «Als sie diesen andern Kerl heiratete, habe ich mich zum Trost der Kriminalistik zugewandt, und das hat mir alles in allem schon viel Spaß bereitet. Meine Güte, ja – ich war damals wirklich sehr am Boden zerstört. Ich habe ihretwegen sogar einen Sonderkurs in Logik absolviert.»

«Großer Gott!»

«Nur um immer wieder sagen zu dürfen: ‹Barbara celarent darii ferio baralipton.› Das hatte irgendwie so einen romantischen Unterton, der Leidenschaft ausdrückte. In so mancher Mondnacht habe ich es den Nachtigallen vorgeflüstert, die im Garten vom St. John's College ihr Unwesen trieben – ich selbst war natürlich am Balliol, aber die Gebäude liegen nebeneinander.»

«Wenn je eine Frau Sie heiratet, dann nur, um Sie blödeln zu hören», sagte Harriet heftig.

«Ein wenig schmeichelhafter Grund, aber besser als gar keiner.»

«Ich habe selbst immer gern geblödelt», sagte Harriet mit

Tränen in den Augen, «aber das hat man mir abgewöhnt. Wissen Sie – ich bin von Natur aus wirklich ein fröhlicher Mensch – so schwermütig und mißtrauisch bin ich in Wirklichkeit gar nicht. Aber irgendwie sind mir die Nerven abhanden gekommen.»

«Kein Wunder; armes Kind. Aber darüber werden Sie hinwegkommen. Lächeln Sie nur, und lassen Sie Onkel Peter machen.»

Als Wimsey nach Hause kam, erwartete ihn ein Brief.

«Sehr geehrter Lord Peter – Wie Sie sehen konnten, habe ich die Stelle bekommen. Miss Climpson hat sechs von uns hingeschickt, alle natürlich mit verschiedenen Lebensläufen und Referenzen, und Mr. Pond (der Bürovorsteher) hat mich vorbehaltlich Mr. Urquharts Zustimmung eingestellt.

Ich bin erst ein paar Tage hier und kann daher noch nicht viel über meinen Arbeitgeber persönlich sagen, außer daß er eine Naschkatze ist und heimliche Vorräte an Schokolade und Pralinen in seinem Schreibtisch hat, die er sich beim Diktieren verstohlen in den Mund stopft. Im übrigen scheint er ganz angenehm zu sein.

Aber auf eines bin ich gestoßen. Ich glaube, es würde sich lohnen, sich einmal mit seinen Finanzen zu beschäftigen. Ich habe nämlich schon ziemlich viel mit Börsengeschäften zu tun gehabt, und gestern mußte ich in seiner Abwesenheit einen Anruf entgegennehmen, der nicht für meine Ohren bestimmt war. Einem anderen hätte der Anruf sicher nichts gesagt, wohl aber mir, da mir über den Anrufer einiges bekannt ist. Versuchen Sie festzustellen, ob Mr. U. jemals etwas mit dem Megatherium Trust zu tun hatte, vor dem großen Krach.

Ich melde mich wieder, wenn etwas vorliegt.

Hochachtungsvoll
Joan Murchison.»

«Megatherium Trust?» sagte Wimsey. «Mit so was sollte ein respektabler Anwalt sich aber eigentlich nicht abgeben. Ich werde mal Freddy Arbuthnot fragen. Er ist zwar sonst ein Esel, aber aus irgendeinem unerfindlichen Grunde versteht er etwas von Aktien und Börsengeschäften.»

Er las den Brief noch einmal und registrierte ganz mechanisch, daß er auf einer Woodstock-Maschine mit einem beschädigten kleinen p und einem aus der Zeile gerutschten großen A geschrieben war.

Plötzlich wachte er auf, las den Brief ein drittes Mal und bemerkte plötzlich gar nicht mehr mechanisch das beschädigte p und das verrutschte A.

Dann setzte er sich hin, schrieb ein paar Zeilen auf einen Briefbogen, faltete ihn zusammen, adressierte ihn an Miss Murchison und schickte Bunter, ihn zur Post zu bringen.

Zum erstenmal in diesem ganzen ärgerlichen Fall fühlte er eine unbestimmte Regung, während sich in seinem tiefsten Innern ein sehr bestimmter Gedanke langsam und düster zu formen begann.

12. Kapitel

Als Wimsey ein alter Mann war und noch redseliger denn je, pflegte er zu sagen, daß die Erinnerung an jene Weihnacht in Duke's Denver ihn die nächsten zwanzig Jahre Nacht für Nacht im Traum verfolgt habe. Es kann aber sein, daß seine Erinnerung hier übertrieb. Fest steht allerdings, daß seine gute Erziehung auf eine harte Probe gestellt wurde. Es begann ganz unverfänglich beim Tee, als Mrs. Dimsworthy, die «Grille», mit ihrer hohen, durchdringenden Stimme heraustrompetete: «Stimmt es denn, Lord Peter, daß Sie diese schreckliche Giftmischerin verteidigen?» Die Frage hatte die Wirkung eines plötzlich aus der Flasche schießenden Sektpfropfens. Die ganze unterdrückte Neugier der Weihnachtsgesellschaft in bezug auf den Fall Vane sprudelte mit einem Schlag empor und schäumte über.

«Für mich steht fest, daß sie's war, und ich kann's ihr nicht verdenken», sagte Hauptmann Tommy Bates. «Ein absoluter Widerling. Hat sogar sein Foto auf den Schutzumschlägen seiner Bücher – so einer war das. Man kann sich nur wundern, wie diese intellektuellen Frauen auf solche Schmierfinken fliegen. Diese ganze Bande gehört vergiftet wie die Ratten. Wenn man nur sieht, welchen Schaden die im Land anrichten.»

«Aber er war ein sehr guter Schriftsteller», protestierte Mrs. Featherstone, eine Dame in den Dreißigern, deren enggeschnürte Figur verriet, daß sie unablässig darum kämpfte, ihr Körpergewicht mehr der Feder im ersten Teil ihres Namens anzupassen als dem Stein im letzten. «Seine Bücher sind von ausgesprochen gallischer Kühnheit und Strenge. Kühnheit ist ja nichts Seltenes – aber diese vollendete Knappheit im Stil ist eine Gabe, die –»

«Na ja, wenn man für Schmutz was übrig hat», unterbrach der Offizier sie ziemlich ungezogen.

«So würde ich das nicht nennen», sagte Mrs. Featherstone. «Gewiß, er ist ziemlich frei, und das verzeihen ihm die Leute hierzulande nicht – typisch englische Heuchelei. Aber die Schönheit seiner Sprache hebt doch alles auf eine höhere Ebene.»

«Ich möchte diesen Schund jedenfalls nicht im Haus haben», sagte der Hauptmann bestimmt. «Ich habe Hilda einmal damit erwischt und ihr gleich gesagt: ‹Dieses Buch schickst du sofort in die Bücherei zurück!› Ich mische mich ja selten ein, aber irgendwo muß man eine Grenze ziehen.»

«Woher wußten Sie, was es für ein Buch war?» erkundigte Wimsey sich unschuldig.

«Also, James Douglas' Besprechung im *Express* hat mir gereicht», sagte Hauptmann Bates. «Die Passagen, die er zitiert hat – Dreck, sage ich, absoluter Dreck.»

«Wie gut, daß wir sie alle gelesen haben», meinte Wimsey. «Wer gewarnt ist, ist gewappnet.»

«Wir müssen der Presse ja wirklich sehr dankbar sein», sagte die Herzoginwitwe. «Es ist so lieb von den Zeitungsleuten, für uns die Rosinen herauszupicken und uns die Mühe zu ersparen, die Bücher selbst zu lesen, nicht wahr, und wie gut für die lieben Armen, die sich die siebeneinhalb Shilling nicht leisten können, oder nicht einmal die Gebühren für eine Leihbücherei, obwohl die ja sehr niedrig sind, besonders wenn einer ein schneller Leser ist. Die billigen Büchereien haben solche Bücher allerdings nicht, ich habe nämlich mein Mädchen danach gefragt, so ein kluges Geschöpf, und immer bestrebt, etwas dazuzulernen, was ich von den meisten meiner Bekannten nicht sagen kann, aber ohne Zweifel ist das alles auf die kostenlose Schulbildung für das Volk zurückzuführen, und ich habe sie insgeheim im Verdacht, daß sie Labour wählt, obwohl ich sie nie danach gefragt habe, weil ich das nicht fair fände, und selbst wenn ich es wüßte, dürfte ich ja nicht einmal etwas dazu sagen, nicht wahr?»

«Ich glaube aber nicht, daß die junge Frau ihn deswegen ermordet hat», erklärte ihre Schwiegertochter. «Nach allem, was man so hört, war sie genauso schlecht wie er.»

«Ich bitte dich, Helen», sagte Wimsey, «so darfst du wirklich nicht denken. Mein Gott, sie schreibt Detektivgeschichten, und in Detektivgeschichten siegt immer das Gute. Das ist die sauberste Literatur, die wir haben.»

«Der Teufel ist immer schnell mit einem Bibelspruch bei der Hand, wenn er ihm in den Kram paßt», erwiderte die junge Herzogin, «und wie man hört, gehen die Bücher dieses schlechten Frauenzimmers weg wie warme Semmeln.»

«In meinen Augen», sagte Mr. Harringay, «ist das Ganze ein Werbetrick, der schiefgegangen ist.» Er war ein großer Mann, leutselig, ungeheuer reich und mit der Londoner Geschäftswelt auf gutem Fuß. «Man weiß nie, auf was diese Werbeleute so alles kommen.»

«Na, aber diesmal wird die Gans, die die goldenen Eier legt, aufgehängt», meinte Hauptmann Bates mit lautem Lachen. «Falls Wimsey nicht wieder mit einem seiner Taschenspielertricks aufwartet.»

«Hoffentlich tut er's», ließ sich Miss Titterton vernehmen. «Ich liebe Kriminalromane ja so. Wenn es nach mir ginge, würde die Todesstrafe in ‹lebenslänglich› umgewandelt, aber unter der Bedingung, daß sie jedes halbe Jahr ein neues Buch schreibt. Das wäre doch eine viel nützlichere Beschäftigung als Tütenkleben und Postsäcke nähen, die dann doch immerzu verlorengehen.»

«Sind Sie nicht ein bißchen voreilig?» fragte Wimsey nachsichtig. «Noch ist sie nicht verurteilt.»

«Sie wird's aber das nächstemal. Gegen Tatsachen kommen auch Sie nicht an, Peter.»

«Natürlich nicht», sagte Hauptmann Bates. «Die Polizei weiß schon, was sie tut. Die verhaftet keinen, wenn er nicht wirklich Dreck am Stecken hat.»

Das war nun allerdings ein sehr ungeschickter Tritt ins Fettnäpfchen, denn es war noch nicht gar so lange her, daß der Herzog von Denver selbst, irrtümlich des Mordes angeklagt, vor Gericht gestanden hatte. Es wurde gespenstisch still, bis die Herzogin eisig sagte: «Ich darf doch bitten, Hauptmann Bates.»

«Was? Wie? Oh, natürlich, ich wollte auch sagen, ich weiß ja, daß Fehler vorkommen, manchmal, aber das ist ja ganz was anderes. Ich wollte sagen, diese Frau, ohne jede Moral, das heißt, ich meine –»

«Trinken Sie einen Schluck, Tommy», sagte Lord Peter freundlich, «Sie sind heute nicht ganz auf der Höhe Ihres gewohnten Taktes!»

«Aber erzählen Sie doch mal, Lord Peter», rief Mrs. Dimsworthy, «was das eigentlich für eine ist. Haben Sie schon mit ihr gesprochen? Ich fand ihre Stimme ja ganz nett, obwohl sie sonst aussieht wie ein Pfannkuchen.»

«Nette Stimme, Grillchen? Aber nein», sagte Mrs. Featherstone. «Ich würde sie eher unheimlich nennen. Mir ist sie durch Mark und Bein gegangen. Ein Schauer ist mir den Rücken hinuntergelaufen, ich hatte eine richtige Gänsehaut. Und ich finde, sie könnte ganz hübsch sein mit diesen sonderbaren verschleierten Augen, wenn sie nur richtig angezogen wäre. So was wie eine *femme fatale*, nicht wahr? Versucht sie Sie zu hypnotisieren, Peter?»

«In der Zeitung habe ich gelesen», sagte Miss Titterton, «daß sie Hunderte von Heiratsanträgen bekommen haben soll.»

«Von einer Schlinge in die nächste», meinte Harringay mit dröhnendem Lachen.

«Ich könnte mir nicht vorstellen, eine Mörderin heiraten zu wollen», sagte Miss Titterton. «Schon gar nicht, wenn sie soviel von Kriminalromanen versteht. Man müßte doch immerzu das Gefühl haben, daß der Kaffee irgendwie komisch schmeckt.»

«Ach, diese Leute sind doch alle verrückt», fand Mrs. Dimsworthy. «Sie wollen nur um jeden Preis auffallen. Wie diese Irren, die falsche Geständnisse ablegen und sich der Polizei für Verbrechen stellen, die sie nie begangen haben.»

«Eine Mörderin kann eine recht gute Ehefrau abgeben», meinte Harringay. «Ihr wißt doch alle, diese Madeleine Smith – sie hat übrigens auch Arsen benutzt – hat danach jemanden geheiratet und war glücklich bis ins hohe Alter.»

«Aber hat ihr Mann auch ein glückliches hohes Alter erreicht?» fragte Miss Titterton. «Das ist doch hier die Frage, oder?»

«Einmal Giftmischerin, immer Giftmischerin, das ist *meine* Meinung», erklärte Mrs. Featherstone. «Das wird nach und nach zur Sucht, wie Alkohol oder Rauschgift.»

«Es ist wohl dieses berauschende Gefühl der Macht», stellte Mrs. Dimsworthy fest. «Aber nun *erzählen* Sie doch schon, Lord Peter –»

«Peter!» sagte seine Mutter. «Könntest du nicht mal nachschauen gehen, wo Gerald bleibt? Sag ihm, sein Tee wird kalt. Ich glaube, er ist mit Freddy bei den Pferden und fachsimpelt über Strahlfäule und gesprungene Hufe oder Ähnliches, was diese Tiere sich immer so unpassend zuziehen. Du hast Gerald nicht richtig erzogen, Helen, denn als Junge war er immer die Pünktlichkeit selbst. Peter war derjenige, mit dem wir unsere liebe Not hatten, aber jetzt mit zunehmendem Alter wird er fast menschlich. Das liegt an diesem großartigen Diener, den er hat, der hält ihn in Ordnung, ein wirklich erstaunlicher Mensch, und so intelligent, so richtig einer von der alten Schule, ein vollkommener Autokrat, und dabei noch so hervorragende Manieren.

Ein amerikanischer Millionär würde Tausende für ihn bezahlen, eine imposante Persönlichkeit, und ich wüßte manchmal gern, ob Peter keine Angst hat, daß er ihm eines Tages kündigt, aber ich glaube, er hängt wirklich an ihm, Bunter an Peter, meine ich, obwohl das sicher auch umgekehrt der Fall ist, jedenfalls glaube ich, daß Peter auf seine Meinung mehr hört als auf meine.»

Wimsey hatte das Weite gesucht und war schon auf dem Weg zum Stall. Gerald Herzog von Denver kam gerade heraus, Freddy Arbuthnot in seinem Schlepptau. Ersterer nahm die Botschaft der Herzoginwitwe grinsend entgegen.

«Muß mich natürlich mal wieder blicken lassen», sagte er. «Wenn nur der Tee nie erfunden worden wäre! Ruiniert die Nerven und verdirbt einem den Appetit fürs Abendessen.»

«Widerlich schlabbriges Zeug», pflichtete der Ehrenwerte Freddy ihm bei. «Hör mal, Peter, dich suche ich schon die ganze Zeit.»

«Geht mir genauso», antwortete Wimsey prompt. «Mir wird die Konversation da drinnen langsam lästig. Gehen wir ein bißchen ins Billardzimmer und erholen uns, bevor wir uns wieder dem Trommelfeuer aussetzen.»

«Das ist die Idee des Tages», stimmte Freddy begeistert zu. Er trippelte fröhlich hinter Wimsey her ins Billardzimmer und ließ sich in einen großen Sessel fallen. «Langweilige Sache, dieses Weihnachten, wie? Sämtliche Leute, die man überhaupt nicht leiden kann, im Namen der Liebe und des guten Willens an einem Platz versammelt.»

«Bringen Sie uns je einen Whisky», sagte Wimsey zum Diener, «und, James, wenn jemand nach Mr. Arbuthnot oder mir fragt, dann glauben Sie, wir seien nach draußen gegangen. Prost, Freddy! Ist was durchgesickert, wie die Journalisten immer sagen?»

«Ich habe wie ein Spürhund auf den Fährten deines Opfers herumgeschnüffelt», sagte Mr. Arbuthnot. «Wirklich, ich glaube, ich kann dir bald in deinem Gewerbe Konkurrenz machen. Unsere Finanzkolumne – ‹Fragen Sie Onkel Freddy› – etwas in der Art. Freund Urquhart war jedenfalls sehr vorsichtig. Mußte er ja – angesehener Familienanwalt und so. Trotzdem habe ich gestern einen getroffen, der einen kennt, der von einem Freund gehört hat, daß Urquhart sich ein bißchen weit vorgewagt hat.»

«Bist du sicher, Freddy?»

«Nun ja, sicher wäre zuviel gesagt. Aber dieser Mann, weißt du, ist mir sozusagen noch was schuldig, weil ich ihn vor dem Megatherium Trust gewarnt habe, bevor die Musik aufspielte, und er meint, wenn er an diesen Kerl herankommt, der es weiß – nicht derselbe, der es ihm gesagt hat, verstanden, sondern dessen Freund –, könnte er vielleicht etwas aus ihm herausholen, besonders wenn ich ihn dafür irgendwo gut unterbringen kann, nicht wahr?»

«Und du hast zweifellos Geheimtips zu verkaufen, wie?»

«Nun, man darf sagen, ich könnte dem Burschen schon einen gewissen Anreiz bieten, denn ich habe über den anderen, den mein Freund kennt, irgendwas läuten hören, daß der Junge ziemlich in der Klemme sitzt, nachdem er mit irgendwelchen Fluggesellschaftsaktien baden gegangen ist, und wenn ich ihn mit Goldberg in Verbindung bringen könnte, wäre das vielleicht seine Rettung und so weiter. Und Goldberg macht das schon, denn weißt du, er ist verwandt mit dem alten Levy, der ermordet worden ist, wie du ja weißt, und diese Juden halten doch alle zusammen wie Pech und Schwefel, und das finde ich eigentlich ganz prima von ihnen.»

«Aber was hat denn der alte Levy damit zu tun?» fragte Wimsey, der in Gedanken noch einmal die Ereignisse dieser halb vergessenen Episode durchging.

«Na ja, das ist so», sagte der Ehrenwerte Freddy ein wenig verlegen, «ich – äh – bin am Ziel meiner Wünsche, wie du sagen würdest. Rachel Levy wird – äh – also – sie wird demnächst Mrs. Freddy und so weiter und so fort.»

«Das kann doch nicht wahr sein!» rief Wimsey und läutete. «Meinen herzlichsten Glückwunsch, alter Junge. Das muß sich aber lange zusammengebraut haben, wie?»

«Hm», machte Freddy. «Doch, ja. Weißt du, die Schwierigkeit war, daß ich Christ bin – zumindest bin ich getauft und so –, aber ich hab ihnen klargemacht, daß ich gar kein guter Christ bin, außer daß man natürlich seine Familienbank in der Kirche in Ehren hält und sich zu Weihnachten dort sehen läßt und so. Aber anscheinend hat sie das weniger gestört als daß ich eben der Abstammung nach kein Jude bin, und dagegen kann man ja nun nichts machen. Und dann war da noch das Problem mit den Kindern, falls wir welche bekommen. Ich hab ihnen aber erklärt, daß es mir gleich ist, als was sie gelten – das ist es mir nämlich, denn, wie ich schon sagte, es wäre für die Bürschchen nur von Vorteil, zu der Levy-Goldberg-Clique zu gehören, besonders wenn sie eines Tages in die Finanzwelt einsteigen sollten. Und dann hab ich Lady Levy schließlich herumgekriegt, indem ich gemeint habe, jetzt hätte ich fast sieben Jahre um Rachel gedient – das war doch ziemlich raffiniert von mir, findest du nicht?»

«Noch zwei Whisky, James», sagte Lord Peter. «Das war ein genialer Einfall, Freddy. Wie bist du darauf gekommen?»

«In der Kirche», sagte Freddy, «bei Diana Rigbys Hochzeit. Die Braut kam fünfzig Minuten zu spät, und ich brauchte was zu tun, und da hatte jemand seine Bibel in der Bank liegenlassen. Da hab ich das gelesen – dieser Laban war schon ein übler Kerl, nicht? – und hab mir gesagt: ‹Das bringe ich an, wenn ich das nächstemal hingehe›, und das hab ich getan, und die alte Dame war darüber maßlos gerührt.»

«Und der langen Rede kurzer Sinn ist, daß du an der Kette liegst», sagte Wimsey. «Also, auf euer Wohl. Darf ich Brautführer sein, Freddy, oder macht ihr's in der Synagoge?»

«Also, ja – es soll schon in der Synagoge sein – damit mußte ich mich einverstanden erklären», sagte Freddy, «aber ich glaube, irgendwas mit einem Freund des Bräutigams machen die auch. Du wirst an meiner Seite stehen, altes Haus, ja? Aber vergiß nicht, daß du den Hut aufbehalten mußt.»

«Ich werd's mir merken», sagte Wimsey, «und Bunter wird mir die ganze Prozedur erklären. Er weiß sicher darüber Bescheid. Er weiß alles. Aber paß auf, Freddy, das mit der kleinen Erkundigung wirst du mir nicht vergessen, klar?»

«Keine Angst, alter Junge – ich gebe dir mein Wort darauf. Sobald ich etwas höre, kriegst du Bescheid. Aber ich glaube, du kannst wirklich schon mal davon ausgehen, daß da was faul ist.»

Das tröstete Wimsey ein wenig. Auf jeden Fall schaffte er es, sich so weit zusammenzureißen, daß er etwas Leben in die reichlich unterkühlte Festlichkeit in Duke's Denver brachte. Herzogin Helen indessen bemerkte ziemlich bissig zum Herzog, daß Peter für die Rolle des Clowns doch allmählich zu alt sei und daß es Zeit für ihn wäre, das Leben ernst zu nehmen und seßhaft zu werden.

«Ach, ich weiß nicht», sagte der Herzog. «Peter ist ein komischer Vogel – man weiß nie, was er gerade im Schilde führt. Jedenfalls hat er mir einmal aus der Klemme geholfen, und ich werde ihm nicht dreinreden. Laß ihn in Ruhe, Helen.»

Lady Mary Wimsey, die erst spät am Heiligabend gekommen war, sah die Sache noch aus einem ganz anderen Blickwinkel. Am zweiten Weihnachtstag ging sie nachts um zwei zu ihrem Bruder ins Zimmer. Nach dem Diner hatte man getanzt und Scharaden gespielt und war ziemlich erschöpft. Wimsey saß im Morgenmantel vorm Feuer und grübelte.

«Sag mal, Peter», sagte Lady Mary, «du kommst mir etwas fiebrig vor. Ist was los mit dir?»

«Zuviel Plumpudding», sagte Wimsey, «und zuviel liebe Nachbarn. Ich bin ein Märtyrer – mit Cognac flambiert, um das Fest der Familie zu verschönern.»

«Ja, das ist gräßlich, nicht? Aber wie geht's denn so? Ich habe dich seit Ewigkeiten nicht mehr gesehen. Du warst so lange fort.»

«Ja – und du scheinst ganz in deinem Dekorationsgeschäft aufzugehen.»

«Der Mensch muß schließlich was zu tun haben. Ich bin es ziemlich leid, so nutzlos in den Tag zu leben.»

«Richtig. Sag mal, Mary, siehst du manchmal noch unsern guten alten Parker?»

Lady Mary starrte ins Feuer.

«Ich bin ein paarmal mit ihm essen gegangen, als ich in London war.»

«Wirklich? Er ist ein feiner Kerl. Zuverlässig, häuslich, solide. Nicht direkt amüsant.»

«Ein bißchen zu solide.»

«Du sagst es – ein bißchen zu solide.» Wimsey zündete sich eine Zigarette an. «Ich möchte nicht, daß ihm etwas Häßliches widerfährt. Er würde es sich sehr zu Herzen nehmen. Ich will sagen, es wäre nicht nett, mit seinen Gefühlen zu spielen und so.»

Mary lachte.

«Machst du dir Sorgen, Peter?»

«N-nein. Aber ich möchte, daß er fair behandelt wird.»

«Nun, Peter – ich kann nicht gut ja oder nein sagen, bevor er mich fragt, oder?»

«Kannst du nicht?»

«Jedenfalls nicht bei ihm. Meinst du nicht, das liefe seinen Vorstellungen von Etikette zuwider?»

«Wahrscheinlich ja. Aber es erginge ihm sicher nicht anders, wenn er dich fragen müßte. Für ihn hat die bloße Vorstellung, ein Butler würde euch als ‹Kriminal-Chefinspektor und Lady Mary Parker› anmelden, schon etwas Ungehöriges.»

«Eine echte Pattsituation also?»

«Du brauchtest nicht mehr mit ihm auszugehen.»

«Das wäre natürlich eine Möglichkeit.»

«Und die bloße Tatsache, daß du von dieser Möglichkeit keinen Gebrauch machst – verstehe schon. Würde es was nützen, wenn ich ihn auf echt viktorianische Weise nach seinen Absichten fragte?»

«Warum hast du's plötzlich so eilig, dir deine Familie vom Hals zu schaffen, Peter? Man behandelt dich doch nicht etwa schlecht?»

«Nein, nein. Ich fühle mich nur gerade ein bißchen als gütiger Onkel. Das macht das Alter. Dieser Drang, sich nützlich zu machen, der auch die Besten von uns befällt, wenn wir die Blüte überschritten haben.»

«Wie ich mit meinem Dekorationsgeschäft. Dieser Pyjama ist übrigens ein Entwurf von mir. Findest du ihn nicht lustig? Aber ich fürchte, Chefinspektor Parker zieht altmodische Nachthemden vor, wie dieser Dr. Spooner oder wer das war.»

«Das wäre ein harter Schlag», meinte Wimsey.

«Nicht so schlimm. Ich werde mich tapfer fügen. Hier und jetzt werfe ich meinen Pyjama für immer ab!»

«Nein nein!» rief Wimsey. «Nicht hier und jetzt. Nimm ein bißchen Rücksicht auf die Gefühle eines Bruders. Also gut. Ich soll meinem Freund Charles Parker ausrichten, wenn er seine angeborene Bescheidenheit über Bord wirft und dir einen Antrag macht, wirst du deine Pyjamas über Bord werfen und ja sagen.»

«Es wird ein schwerer Schock für Helen sein, Peter.»

«Bleib mir mit Helen vom Leibe! Ich sage dir, das ist noch nicht der größte Schock, den sie erlebt.»

«Peter, du führst etwas Teuflisches im Schilde. Na schön, wenn du meinst, ich soll ihr den ersten Schlag versetzen, damit sie sich nach und nach daran gewöhnt – ich tu's.»

«Abgemacht!» sagte Wimsey gleichmütig.

Lady Mary schlang ihm einen Arm um den Hals und bedachte ihn mit einer ihrer seltenen schwesterlichen Liebkosungen.

«Du bist eigentlich ein ganz anständiger alter Idiot», sagte sie, «aber du siehst sehr mitgenommen aus. Geh zu Bett.»

«Raus mit dir», sagte Lord Peter liebenswürdig.

13. Kapitel

Miss Murchison fühlte eine leichte Erregung in ihrem wohlgeordneten Herzen, als sie an Lord Peters Wohnungstür läutete. Das lag nicht etwa an seinem Titel oder seinem Reichtum oder seinem Junggesellenstand, denn Miss Murchison war ihr Lebtag berufstätig gewesen und hatte schon Junggesellen jeder Art besucht, ohne sich irgend etwas dabei zu denken. Aber Lord Peters Briefchen war doch recht aufregend gewesen.

Miss Murchison war achtunddreißig Jahre alt und nicht gerade hübsch. Sie hatte zwölf Jahre lang bei ein und demselben Finanzmakler gearbeitet. Es waren alles in allem ganz gute Jahre gewesen, und erst in den letzten beiden hatte sie zu ahnen begonnen, daß dieser brillante Finanzmann, der mit mancherlei spektakulären Unternehmungen jonglierte, unter immer schwierigeren Umständen um sein Leben jonglierte. Je schärfer das Tempo wurde, desto mehr Eier warf er denen, die schon in der Luft wirbelten, noch nach. Doch die Zahl der Eier, mit denen menschliche Hände jonglieren können, ist begrenzt. Eines Tages entglitt ihm eines und zerbrach – dann ein zweites – und dann war alles nur noch Rührei. Der Jongleur verließ fluchtartig die Bühne und setzte sich ins Ausland ab, sein Assistent jagte sich eine Kugel in den Kopf, das Publikum buhte, der Vorhang fiel, und Miss Murchison war mit siebenunddreißig Jahren arbeitslos.

Sie hatte eine Anzeige in die Zeitung gesetzt und auf viele andere geantwortet. Die meisten Stellenanbieter schienen jedoch junge und billige Sekretärinnen zu suchen. Es war entmutigend.

Dann bekam sie auf ihre eigene Anzeige eine Zuschrift von einer Miss Climpson, die ein Schreibbüro leitete.

Es war nicht unbedingt das, was sie suchte, aber sie ging hin. Und dann stellte sie fest, daß dies eigentlich gar kein Schreibbüro war, sondern etwas sehr viel Interessanteres.

Lord Peter Wimsey, der geheimnisvolle Mann im Hintergrund, hatte sich gerade im Ausland befunden, als Miss Murchison in das «Katzenhaus» eintrat, und bis vor ein paar Wochen hatte sie ihn nie zu Gesicht bekommen. Jetzt würde sie zum erstenmal mit ihm sprechen. Er sah komisch aus, fand sie, aber es hieß, er habe Köpfchen. Jedenfalls –

Die Tür wurde von Bunter geöffnet, der sie schon erwartet zu haben schien und sie unverzüglich in ein mit Bücherregalen ausgekleidetes Wohnzimmer führte. An den Wänden hingen ein paar schöne Drucke, auf dem Boden lag ein Aubusson-Teppich, darauf standen ein Flügel, ein großes Chesterfield-Sofa und einige tiefe, gemütliche, mit braunem Leder bezogene Sessel. Die Vorhänge waren zugezogen, im Kamin prasselte ein Holzfeuer, und davor stand ein Tisch mit einem silbernen Teeservice, dessen hübsche Formen das Auge erfreuten.

Als sie eintrat, ringelte ihr Arbeitgeber sich aus den Tiefen eines Sessels empor, legte einen alten Folianten weg, in dem er gelesen hatte, und begrüßte sie mit dieser kühlen, etwas heiseren und träge klingenden Stimme, die sie schon in Mr. Urquharts Büro gehört hatte.

«Furchtbar nett von Ihnen, daß Sie gekommen sind, Miss Murchison. Scheußlicher Tag, was? Sie können gewiß eine Tasse Tee vertragen. Essen Sie Crumpets? Oder möchten Sie lieber etwas Moderneres?»

«Danke», sagte Miss Murchison, während Bunter untertänig neben ihr wartete, «ich esse Crumpets sehr gern.»

«Sehr gut! Bunter, wir werden allein mit der Teekanne fertig. Bringen Sie Miss Murchison noch ein Kissen, dann können Sie sich trollen. Wieder bei der Arbeit, ja? Wie geht's unserm Mr. Urquhart?»

«Ganz gut.» Miss Murchison war noch nie sehr gesprächig gewesen. «Aber eines möchte ich Ihnen gern erzählen –»

«Wir haben Zeit», sagte Wimsey. «Lassen Sie Ihren Tee nicht kalt werden.» Er bediente sie mit einer Aufmerksamkeit, die ihr gefiel. Sie äußerte sich bewundernd über die goldenen Chrysanthemen, die in allen Ecken das Zimmer schmückten.

«O ja! Freut mich, daß sie Ihnen gefallen. Meine Freunde sagen immer, die Wohnung bekäme dadurch etwas Feminines, aber eigentlich ist Bunter derjenige, der dafür sorgt. Sie bringen hier ein wenig Farbe hinein, finden Sie nicht?»

«Die Bücher sehen ja auch maskulin genug aus.»

«O ja – die sind mein Steckenpferd. Bücher – und natürlich Verbrechen. Aber Verbrechen sind nicht so dekorativ. Ich würde nicht gern Henkerseile und Mördermäntel sammeln. Was sollte man damit anfangen? Ist der Tee gut so? Eigentlich hätte ich Sie bitten müssen, einzuschenken, aber es kommt mir immer etwas unfair vor, jemanden einzuladen und ihn dann für sich arbeiten zu lassen. Was machen Sie übrigens, wenn Sie nicht arbeiten? Haben Sie auch eine heimliche Leidenschaft?»

«Ich besuche Konzerte», sagte Miss Murchison. «Und wenn es gerade kein Konzert gibt, lege ich mir eine Schallplatte auf.»

«Musikerin?»

«Nein – ich konnte mir nie leisten, es richtig zu lernen. Ich glaube schon, daß ich eine hätte werden sollen. Aber als Sekretärin konnte ich mehr verdienen.»

«Vermutlich.»

«Sofern man nicht erstklassig ist, und das wäre ich nie geworden. Drittklassige Musiker sind eine Plage.»

«Die haben auch kein schönes Leben», sagte Wimsey. «Mir ist es gräßlich, wenn ich sie in den Kinos spielen sehe, die armen Kreaturen, den größten Kitsch mit ein paar Happen Mendelssohn und ein paar zusammenhanglosen Takten aus der ‹Unvollendeten›. Möchten Sie ein Häppchen? Mögen Sie Bach? Oder nur die Modernen?»

Er begab sich an den Flügel.

«Das überlasse ich Ihnen», sagte Miss Murchison nicht wenig überrascht.

«Mir ist heute abend mehr nach dem Italienischen Konzert. Es klingt besser auf dem Cembalo, aber ich habe keins hier. Ich finde Bach gut für den Kopf. Stabilisierender Einfluß und so.»

Er spielte das Konzert von Anfang bis Ende und ließ nach ein paar Sekunden Pause noch ein Stück aus dem Wohltemperierten Klavier folgen. Er spielte gut und vermittelte einen merkwürdigen Eindruck von beherrschter Kraft, die bei einem so schmächtigen Mann mit so bizarrem Benehmen ein wenig unerwartet kam, ja beunruhigend wirkte. Als er fertig war, fragte er, immer noch am Flügel sitzend:

«Haben Sie sich um die Sache mit der Schreibmaschine gekümmert?»

«Ja. Sie wurde vor drei Jahren fabrikneu gekauft.»

«Gut. Übrigens scheint es, als ob Sie mit Mr. Urquharts Beziehungen zum Megatherium Trust recht hätten. Da haben Sie eine sehr nützliche Beobachtung gemacht. Betrachten Sie das als ein hohes Lob.»

«Danke.»

«Sonst noch was Neues?»

«Nein – außer daß Mr. Urquhart an dem Abend, nachdem Sie ihn im Büro besucht hatten, noch lange nach Dienstschluß dageblieben ist und etwas auf der Maschine geschrieben hat.»

Wimsey schlug mit der rechten Hand ein Arpeggio an und fragte:

«Woher wissen Sie, wie lange er dageblieben ist und was er gemacht hat, wenn Sie alle fort waren?»

«Sie haben gesagt, Sie möchten alles wissen, auch die unbedeutendste Kleinigkeit, wenn sie nur im mindesten ungewöhnlich sei. Ich hielt es für ungewöhnlich, daß er ganz allein dablieb, darum bin ich bis halb acht in der Princeton Street und um den Red Lion Square herum auf und ab gegangen. Dann sah ich ihn das Licht löschen und nach Hause gehen. Am anderen Morgen bemerkte ich dann, daß ein paar Blatt Papier, die ich unter der Hülle meiner Schreibmaschine hatte liegenlassen, durcheinandergebracht waren. Daraus habe ich geschlossen, daß er auf der Maschine geschrieben haben muß.»

«Vielleicht hat die Putzfrau die Papiere durcheinandergebracht?»

«Bestimmt nicht. Die rührt nicht einmal den Staub an, geschweige die Hülle.»

Wimsey nickte.

«Sie haben das Zeug zu einer erstklassigen Detektivin, Miss Murchison. Sehr schön. In diesem Falle müssen wir es tun. Also – sagen Sie, Ihnen ist doch klar, daß ich Sie bitte, etwas Ungesetzliches zu tun?»

«Ja, das ist mir klar.»

«Und es stört Sie nicht?»

«Nein. Ich nehme an, wenn ich dabei erwischt werde, übernehmen Sie alle anfallenden Kosten.»

«Natürlich.»

«Und wenn ich ins Gefängnis muß?»

«Ich glaube nicht, daß es dazu kommt. Zugegeben, es besteht ein kleines Risiko – das heißt, wenn das, was ich glaube, nicht zutrifft –, daß Sie wegen versuchten Diebstahls und Besitz von Einbruchswerkzeug angezeigt werden, aber das ist das Äußerste, was Ihnen passieren kann.»

«Nun, das gehört wohl dazu.»

«Ist das wirklich Ihre Meinung?»

«Ja.»

«Ausgezeichnet. Nun – Sie kennen ja die Dokumentenkassette, die Sie an dem Tag, an dem ich da war, in Mr. Urquharts Zimmer gebracht haben?»

«Ja. Die mit der Aufschrift ‹Wrayburn›.»

«Wo steht sie? Im Vorzimmer, wo Sie herankommen können?»

«Ja – auf einem Regal, mit etlichen anderen.»

«Gut. Wäre es Ihnen möglich, an irgendeinem Tag für – sagen wir – eine halbe Stunde allein im Büro zu sein?»

«Na ja – zur Mittagszeit gehe ich immer um halb eins weg und komme um halb zwei wieder. Danach geht Mr. Pond essen, aber Mr. Urquhart kommt manchmal zurück. Da könnte ich nicht sicher sein, daß er mich nicht überrascht. Und wenn ich abends nach halb fünf noch länger dabliebe, sähe es wahrscheinlich komisch aus. Ich könnte höchstens so tun, als ob ich einen Fehler gemacht hätte und ihn noch korrigieren wollte. Das ginge. Ich könnte morgens früher kommen, wenn die Putzfrau da ist – oder stört es, wenn sie mich sieht?»

«Nicht sehr», sagte Wimsey bedächtig. «Sie würde wahrscheinlich glauben, Sie brauchten etwas aus der Kassette für Ihre Arbeit. Ich überlasse die Wahl des Zeitpunkts Ihnen.»

«Aber was habe ich zu tun? Soll ich die Kassette stehlen?»

«Nicht ganz. Können Sie ein Schloß knacken?»

«Ich fürchte, davon verstehe ich nichts.»

«Manchmal frage ich mich, wozu wir zur Schule gehen», meinte Wimsey. «Wir lernen dort nie etwas wirklich Nützliches. Ich bin selbst ganz gut im Schlösserknacken, aber da die Zeit knapp ist und Sie eine intensive Ausbildung brauchen, nehme ich Sie wohl besser mit zu einem Experten. Würde es Ihnen etwas ausmachen, sich Ihren Mantel wieder anzuziehen und mit mir einen Freund zu besuchen?»

«Nicht das mindeste. Es wäre mir ein Vergnügen.»

«Er wohnt in der Whitechapel Road, ist aber ein sehr netter Kerl, wenn Sie über seine religiösen Ansichten hinwegsehen. Ich persönlich finde sie ziemlich erfrischend. Bunter! Rufen Sie uns bitte ein Taxi.»

Auf dem Weg in den Osten der Stadt sprach Wimsey von nichts anderem als von Musik – sehr zu Miss Murchisons Beunruhigung; allmählich witterte sie hinter seiner beharrlichen Weigerung, mit ihr über den Zweck ihrer Fahrt zu sprechen, gefährliche Hintergedanken.

«Übrigens», unterbrach sie Wimsey, der ihr gerade etwas über die Fugenform erzählte, «hat diese Person, die wir besuchen wollen, auch einen Namen?»

«Jetzt, wo Sie danach fragen – doch, ich glaube, er hat einen, aber so nennt ihn niemand – Rumm. Aber er benutzt den Namen nie mehr, seit er Abstinenzler ist.»

«Wie soll ich ihn denn nennen?»

«*Ich* nenne ihn Bill», sagte Wimsey, als das Taxi vor einem schmalen Hof anhielt, «aber als er noch aktiv war, nannte man ihn Blindekuh-Bill. Er war zu seiner Zeit ein großer Mann.»

Nachdem er den Taxifahrer bezahlt hatte (der sie offenbar für Fürsorgebeamte hielt, bis er die Höhe des Trinkgelds sah und von diesem Augenblick an nicht mehr wußte, was er von ihnen halten sollte), steuerte Wimsey seine Begleiterin durch einen schmutzigen Eingangsweg. Am Ende wartete ein kleines Haus, aus dessen erhellten Fenstern lauter Chorgesang erscholl, begleitet von einem Harmonium und anderen Instrumenten.

«O Gott!» sagte Wimsey. «Wir platzen ausgerechnet in eine Versammlung. Da kann man nichts machen. Hier lang.»

Sie warteten, bis die letzten Töne auf die Worte «Gloria, Gloria, Gloria», gefolgt von inbrünstigem Gebet, verklungen waren, dann hämmerte er laut an die Tür. Bald erschien ein kleines Mädchen und stieß, als sie Wimsey sah, einen hellen Entzückensschrei aus.

«Tag, Esmeralda Hyacinth!» sagte Wimsey. «Ist dein Vater da?»

«Ja, Sir, bitte, Sir, da freuen die sich aber, kommen Sie rein, ja, und bitte –»

«Ja?»

«Bitte, Sir, singen Sie wieder ‹Nazareth›?»

«Nein, ich singe heute um keinen Preis ‹Nazareth›, Esmeralda; ich muß mich aber sehr über dich wundern.»

«Daddy hat gesagt, ‹Nazareth› ist nicht weltlich, und Sie singen es so schön», schmollte Esmeralda.

Wimsey hielt die Hände vors Gesicht.

«Das kommt davon, wenn man einmal eine Dummheit macht», sagte er. «Das verfolgt einen dann ewig. Ich verspreche dir nichts, Esmeralda, aber wir werden sehen. Wenn die Versammlung vorbei ist, möchte ich erst mal mit Deinem Vater etwas Geschäftliches besprechen.»

Das Kind nickte; im selben Moment verstummte die betende

Stimme drinnen inmitten von lauter Halleluja-Rufen, und Esmeralda nutzte die kurze Pause, stieß die Tür auf und sagte:

«Da ist Mr. Peter und eine Dame.»

Das Zimmer war sehr klein, sehr heiß und voller Menschen. In einer Ecke stand das Harmonium, um das sich die Musiker gruppierten. In der Mitte stand neben einem mit einem roten Tuch bedeckten Tisch ein kräftiger, vierschrötiger Mann mit einem Gesicht wie eine Bulldogge. Er hielt ein Buch in der Hand und schien gerade wieder ein Lied ansagen zu wollen, doch als er Wimsey und Miss Murchison sah, trat er vor und streckte ihnen herzlich eine große Hand entgegen.

«Willkommen der eine, willkommen alle!» sagte er. «Brüder, das ist unser lieber Bruder und unsere liebe Schwester im Herrn, die gekommen sind aus den Pfühlen der Reichen und dem süßen Leben des Westends, um mit uns die Lieder Zions zu singen. Lasset uns singen und lobpreisen, halleluja! Wir wissen, daß viele kommen werden aus Osten *und* Westen, um Platz zu nehmen an der Festtafel des Herrn, während viele, die sich auserwählt dünken, hinausgeworfen werden in die Finsternis. Darum laßt uns nicht sagen, daß dieser Mann, weil er ein glänzendes Augenglas trägt, kein auserwähltes Gefäß sei, und daß jene Frau, weil sie ein Diamantkollier trägt und einen Rolls Royce fährt, deshalb nicht im neuen Jerusalem ein weißes Gewand und eine goldene Krone tragen wird, oder daß Leute, nur weil sie mit dem Blauen Expreß an die Riviera fahren, darum ihre goldenen Kronen nicht am Ufer des Wassers des Lebens von sich werfen sollen. Wir hören solche Reden manchmal sonntags im Hyde Park, aber die Reden sind schlecht und dumm und führen zu Zank und Neid und nicht zu Nächstenliebe. Wir alle haben uns verirrt wie Schafe – ich darf das wohl sagen, wo ich doch selbst ein schwarzes Schaf und ein böser Sünder war, bis dieser Herr hier wahrhaftig seine Hände auf mich legte, als ich gerade seinen Safe knacken wollte, und als ein Werkzeug Gottes mich abbrachte von der breiten Straße, die in den Untergang führt. O Brüder, welch ein glücklicher Tag das für mich war, halleluja! Welch unermeßlicher Segen fiel auf mich durch die Gnade des Herrn! Lasset uns nun dem Himmel Dank sagen für seine Barmherzigkeit, und einstimmen in das Lied Nummer einhundertundzwei. (Esmeralda, gib unseren lieben Freunden ein Gesangbuch.)»

«Tut mir leid», sagte Wimsey zu Miss Murchison. «Können

Sie's noch ertragen? Ich denke, das ist der letzte Ausbruch.»

Harmonium, Harfe, Zugposaune, Hackbrett, Sackpfeife und alle die andern Musikinstrumente legten mit einem Getöse los, daß einem fast die Trommelfelle platzten, die Versammlung hob vereint die Stimmen, und Miss Murchison bemerkte verwundert, daß auch sie sang – verlegen zuerst, dann fast mit Inbrunst:

«Strömen durch das Tor,
Strömen durch das Tor des neuen Jerusalem,
Gereinigt im Blut des Lammes.»

Wimsey, der das alles für einen großen Spaß zu halten schien, schmetterte ohne die mindeste Verlegenheit fröhlich vor sich hin; ob er nun an solche Übungen gewöhnt war oder ob er sich, wie es bei Leuten mit unerschütterlichem Selbstbewußtsein oft der Fall ist, nur nicht vorstellen konnte, daß er auch einmal irgendwo fehl am Platz war, hätte Miss Murchison nicht zu sagen vermocht.

Zu ihrer Erleichterung endete die religiöse Handlung mit diesem Lied, und die Gesellschaft ging unter viel Händeschütteln auseinander. Die Musiker leerten das Kondenswasser aus ihren Blasinstrumenten diskret ins Feuer, und die Dame am Harmonium deckte die Tasten zu und kam die Gäste begrüßen. Sie wurde einfach als Bella vorgestellt, und Miss Murchison schloß ganz richtig, daß sie Mr. Bill Rumms Frau und Esmeraldas Mutter war.

«Also, dann», sagte Bill, «das Predigen und Singen ist eine trockene Angelegenheit – Sie trinken doch eine Tasse Tee oder Kaffee mit?»

Wimsey erklärte, daß sie eben erst Tee getrunken hätten, aber die Familie solle sich bitte nicht stören lassen.

«Es ist ja noch nicht Abendessenszeit», sagte Mrs. Rumm. «Wenn du erst mal das Geschäftliche mit der Dame und dem Herrn erledigst, Bill, nehmen sie vielleicht später mit uns einen Happen zu sich. Es gibt Eisbein», fügte sie hoffnungsvoll hinzu.

«Das ist sehr freundlich von Ihnen», meinte Miss Murchison zögernd.

«Eisbein braucht eine Weile», sagte Wimsey, «und da unsere Geschäfte auch einige Zeit in Anspruch nehmen, werden wir gern annehmen – wenn wir Ihnen auch bestimmt nicht zur Last fallen!»

«Ganz und gar nicht», versicherte Mrs. Rumm herzlich. «Wir haben acht schöne Eisbeine da, und mit ein bißchen Käse reichen sie allemal. Komm mit, Esmeralda – dein Vater hat zu tun.»

«Mr. Peter wird nachher singen», sagte das Kind und fixierte Wimsey mit vorwurfsvollem Blick.

«Nun werde du Seiner Lordschaft nicht lästig», schalt Mrs. Rumm. «Ich muß sagen, ich schäme mich für dich.»

«Ich singe nach dem Essen, Esmeralda», sagte Wimsey. «Und nun sei lieb und hau ab, sonst schneide ich dir Grimassen. Bill, ich bringe Ihnen eine neue Schülerin.»

«Ich bin immer glücklich, Ihnen dienen zu können, Sir, weil ich weiß, es ist das Werk des Herrn. Ehre sei Ihm.»

«Danke», sagte Wimsey bescheiden. «Es ist eine leichte Aufgabe, Bill, aber da die junge Dame mit Schlössern und dergleichen keine Erfahrung hat, habe ich sie für eine Nachhilfestunde zu Ihnen gebracht. Sehen Sie, Miss Murchison, bevor unser Bill das Licht sah –»

«Lob sei Gott!» warf Bill dazwischen.

«– war er der beste Einbrecher und Safeknacker in den drei Königreichen. Er hat nichts dagegen, wenn ich Ihnen das erzähle, denn er hat seine Medizin geschluckt und Schluß gemacht mit allem, und jetzt ist er ein grundehrlicher und hervorragender Schlosser von der gewöhnlichen Art.»

«Dank sei Ihm, der den Sieg schenkt!»

«Aber ab und zu, wenn ich für eine gerechte Sache eine kleine Hilfe brauche, stellt Bill mir seine große Erfahrung zur Verfügung.»

«Oh, und was für ein Glücksgefühl das ist, Miss, diese Gaben, die ich so sündig mißbraucht habe, in die Dienste des Herrn zu stellen! Gesegnet sei Sein heiliger Name, der Böses zu Gutem wendet.»

«Ganz recht», meinte Wimsey kopfnickend. «Also, Bill, ich habe mein Auge auf die Dokumentenkassette eines Anwalts geworfen, in der sich vielleicht etwas befindet, womit wir einen unschuldigen Menschen aus großen Schwierigkeiten befreien können. Diese junge Dame hier hat Zugang zu der Kassette, Bill, wenn Sie ihr zeigen können, wie sie hineinkommt.»

«*Wenn?*» knurrte Bill voll souveräner Verachtung. «Und ob

ich kann! Eine Kassette ist doch gar nichts. Das ist keine Aufgabe für einen Könner. So leicht zu knacken wie das Sparschwein eines Kindes, so eine lumpige Kassette. In der ganzen Stadt gibt es keine Dokumentenkassette, die ich nicht mit verbundenen Augen und Boxhandschuhen mit einer gekochten Makkaroni öffnen könnte.»

«Das weiß ich, Bill; aber Sie sollen die Kassette ja nicht selbst öffnen. Könnten Sie der jungen Dame zeigen, wie man's macht?»

«Klar kann ich. Was für'n Schloß ist denn da dran, Miss?»

«Das weiß ich nicht», sagte Miss Murchison. «Ein ganz gewöhnliches Schloß, glaube ich. Ich meine, es hat einen ganz gewöhnlichen Schlüssel, keinen Sicherheitsschlüssel oder so etwas. Mr. – ich meine, dieser Anwalt – hat einen Satz Schlüssel, und Mr. Pond hat einen zweiten – ganz einfache Schlüssel mit Stiel und Bart.»

«Oho!» rief Bill, «Dann wissen Sie in einer halben Stunde alles, was Sie brauchen, Miss.» Er ging zu einem Schrank und holte ein halbes Dutzend Schloßbleche und einen Bund merkwürdiger Drahthaken heraus, die wie Schlüssel an einem Ring hingen.

«Sind das Dietriche?» fragte Miss Murchison neugierig.

«Genau das, Miss. Werkzeuge Satans!» Er schüttelte den Kopf, während er liebevoll den glänzenden Stahl befingerte. «So manches Mal haben solche Schlüssel einen armen Sünder durch die Hintertür in die Hölle eingelassen.»

«Diesmal», sagte Wimsey, «werden sie einen armen Unschuldigen aus dem Gefängnis hinaus in die Sonne lassen – wenn sie mal scheint in diesem widerlichen Klima.»

«Lob sei Ihm für Seine vielfache Gnade! Also, Miss, das erste, was Sie begreifen müssen, ist der Aufbau eines Schlosses. Sehen Sie mal her.»

Er nahm eines der Schlösser in die Hand und zeigte ihr, wie man durch Hochhalten der Feder den Riegel zurückschieben konnte.

«Diese ganzen Bartzapfen braucht man überhaupt nicht, Miss. Stiel und Feder – das ist alles. Versuchen Sie's mal.»

Miss Murchison tat wie geheißen und öffnete mehrere Schlösser mit einer Leichtigkeit, die sie selbst in Erstaunen setzte.

«Na also, Miss. Die Schwierigkeit ist nur, daß Sie Ihre Augen nicht gebrauchen können, wenn das Schloß an seinem Platz ist. Aber dafür hat die Vorsehung (gepriesen sei ihr Name) Ihnen ja Ohren und ein Gefühl in den Fingern gegeben. Sie müssen also jetzt mal die Augen zumachen und sozusagen mit den Fingern sehen, wann Sie die Feder weit genug hochgedrückt haben, daß der Riegel vorbei kann.»

«Ich fürchte, ich stelle mich sehr ungeschickt an», sagte Miss Murchison nach dem fünften oder sechsten Versuch.

«Nur nicht nervös werden, Miss. Immer die Ruhe bewahren, und Sie werden sehen, auf einmal haben Sie's begriffen. Einfach fühlen, wann es leicht geht, und die Hände unabhängig gebrauchen. Wollen Sie sich mal an einem Kombinationsschloß versuchen, Sir, solange Sie hier sind? Ich hab hier ein schönes. Das hat mir Sam gegeben, Sie wissen schon, wen ich meine. Wie oft habe ich schon versucht, ihm zu zeigen, daß er den falschen Weg geht! ‹Nein, Bill› sagt er, ‹ich kann mit Religion nichts anfangen›, sagt er, das arme verirrte Schaf, ‹aber ich will keinen Streit mit dir haben, Bill›, sagt er, ‹und darum hab ich dir das kleine Souvenir hier mitgebracht.› »

«Bill, Bill», sagte Wimsey und drohte ihm vorwurfsvoll mit dem Finger, «ich fürchte, das wurde nicht ehrlich erworben.»

«Nun ja, Sir, wenn ich ja wüßte, wem es gehört, würde ich es ihm mit dem größten Vergnügen zurückgeben. Ein gutes Schloß, wie Sie sehen. Sam hat den Sprengstoff an den Scharnieren angebracht, und es hat die ganze Tür herausgerissen, mit Schloß und allem. Es ist klein, aber fein – für mich ein neues Modell! Aber ich hab's aufgekriegt», sagte Bill mit unverhohlenem Stolz. «In ein bis zwei Stunden.»

«Da hätte ich aber was zu tun, wenn ich Sie schlagen wollte, Bill.» Wimsey stellte das Schloß vor sich hin und begann vorsichtig, mikrometerweise, den Knopf zu drehen, das Ohr dicht darüber, um die Zuhaltungen fallen zu hören.

«Mein Gott!» rief Bill – diesmal ohne fromme Absichten. «Was für ein Schränker Sie geworden wären, wenn Sie es darauf angelegt hätten – was der Herr in seiner Gnade nicht zugelassen hat!»

«Ich habe in diesem Leben schon zuviel zu tun, Bill», sagte Wimsey. «Himmel! Jetzt hab ich's verpaßt.»

Er drehte den Knopf zurück und begann von neuem.

Bis das Eisbein auf den Tisch kam, hatte Miss Murchison bei den einfacheren Schlössern schon eine beachtliche Fertigkeit erworben und höchste Achtung vor dem Beruf eines Einbrechers bekommen.

«Und lassen Sie sich ja nicht hetzen, Miss», lautete Bills letzter Rat, «sonst hinterlassen Sie Kratzer am Schloß, und damit legen Sie keine Ehre ein. Ein schönes Stück Arbeit, nicht wahr, Lord Peter, Sir?»

«Ich fürchte, das übersteigt meine Fähigkeiten», lachte Wimsey.

«Nichts als Übung», sagte Bill. «Wenn Sie früh genug damit angefangen hätten, wären Sie ein Meister geworden.» Er seufzte. «Echte Künstler in diesem Fach gibt es heutzutage kaum noch – Dank sei Ihm! –, und es greift einem richtig ans Herz, so ein schönes Stück wie das hier mit Gelignit kaputtgemacht zu sehen. Was ist schon Gelignit? Damit kann jeder Trottel arbeiten, wenn ihn der Krach nicht stört. Ich nenne diese Methode brutal.»

«Na, jetzt fang du nicht an, alten Zeiten nachzutrauern, Bill», tadelte Mrs. Rumm. «Komm her und iß dein Abendessen. Wenn einer hingeht und so was Schlechtes tut wie einen Safe knacken, was ist es dann schon für ein Unterschied, ob er es kunstvoll oder nicht kunstvoll macht?»

«Ist das nicht wieder typisch Frau? – Entschuldigung, Miss.»

«Du weißt jedenfalls genau, daß es stimmt», sagte Mrs. Rumm.

«Und ich weiß, daß dieses Eisbein sehr kunstvoll aussieht», meinte Wimsey, «und das genügt mir.»

Nachdem das Eisbein gegessen und zum großen Ergötzen der Familie Rumm «Nazareth» pflichtschuldigst gesungen war, klang der Abend mit einem frommen Lied harmonisch aus, und Miss Murchison hatte sich noch immer nicht wieder ganz gefaßt, als sie mit einem Satz Dietriche in der Tasche und einigen erstaunlichen neuen Kenntnissen im Kopf die Whitechapel Road hinaufging.

«Sie haben aber ulkige Bekannte, Lord Peter.»

«Ja – lustig, nicht? Aber Blindekuh-Bill ist einer von den besten. Ich habe ihn eines Nachts in meinem Haus erwischt und eine Art Pakt mit ihm geschlossen. Unterricht bei ihm genommen und so. Zuerst war er etwas schüchtern, aber dann hat ihn ein anderer Freund von mir bekehrt – das ist eine lange Geschichte – na ja, um es kurz zu machen, er hat sich dann diese Schlosserei zugelegt und macht sich ganz gut. Fühlen Sie sich jetzt allen Schlössern gewachsen?»

«Ich glaube, ja. Wonach soll ich eigentlich suchen, wenn ich die Kassette auf habe?»

«Also, die Sache ist die», sagte Wimsey. «Mr. Urquhart hat mir den angeblichen Entwurf eines vor acht Jahren von Mrs. Wrayburn gemachten Testaments gezeigt. Ich habe Ihnen den wesentlichen Inhalt hier aufgeschrieben. Da ist der Zettel. Der Haken daran ist nun aber, daß der Entwurf auf einer Maschine getippt worden ist, die, wie Sie mir sagen, erst vor drei Jahren fabrikneu gekauft wurde.»

«Sie meinen also, daß er diesen Entwurf getippt hat, als er neulich abends noch im Büro war?»

«Sieht so aus. Die Frage ist, warum? Wenn er den Originalentwurf hatte, warum hat er mir den nicht gezeigt? Eigentlich hätte er mir überhaupt nichts zu zeigen brauchen, höchstens um mich irrezuführen. Dann hat er so getan, als suchte er den Entwurf in Mrs. Wrayburns Dokumentenkassette, obwohl er ihn angeblich zu Hause hatte und sogar wußte, daß er ihn dort hatte. Wieder stellt sich die Frage, warum? Damit ich glauben sollte, der Entwurf habe längst existiert, als ich ihn aufsuchte? Daraus schließe ich, daß im richtigen Testament, falls es eins gibt, nicht dasselbe steht wie in dem, das er mir gezeigt hat.»

«Ja, so sieht es aus.»

«Ich möchte also, daß Sie nach dem echten Testament suchen – entweder das Original oder eine Kopie müßte da sein. Nehmen Sie es nicht heraus, sondern versuchen Sie, sich das Wichtigste, was drinsteht, zu merken, besonders die Namen des oder der Hauptbegünstigten und des Nachvermächtnisnehmers. Bedenken Sie, daß der Nachvermächtnisnehmer alles bekommt, was nicht ausdrücklich jemand anderem zugedacht ist, auch das, was jemandem zugedacht war, der dann aber vor der Erblasserin gestorben ist. Ich will vor allem wissen, ob Philip Boyes etwas zugedacht wurde oder ob die Familie Boyes überhaupt in dem Testament erwähnt ist. Sollte kein Testament da sein, so finden sich vielleicht ein paar andere interessante Dokumente, etwa eine geheime Anweisung an den Testamentsvollstrecker, über das Geld auf eine ganz bestimmte Weise zu verfügen. Mit einem Wort, ich wüßte gern Einzelheiten über jedes Dokument, das irgendwie interessant sein könnte. Vertun Sie keine Zeit mit Notizen. Merken Sie sich, soviel Sie können, und schreiben Sie's dann später außerhalb des Büros auf. Und achten Sie ja darauf, daß Sie diese Dietriche nirgends herumliegen lassen, wo sie einer finden kann.»

Miss Murchison versprach, diesen Anordnungen Folge zu leisten, und da soeben ein Taxi kam, setzte Wimsey sie hinein und ließ sie auf dem schnellsten Wege nach Hause bringen.

14. Kapitel

Mr. Norman Urquhart sah auf die Uhr, deren Zeiger auf Viertel nach vier standen, und rief durch die offene Tür:

«Sind diese eidesstattlichen Erklärungen bald fertig, Miss Murchison?»

«Ich bin gerade bei der letzten Seite, Mr. Urquhart.»

«Bringen Sie sie mir, sobald sie fertig sind. Sie müssen heute abend noch zu Hansons.»

«Ja, Mr. Urquhart.»

Miss Murchison galoppierte über die Tasten und warf den Zeilenschalter so heftig herum, daß Mr. Pond wieder einmal Grund hatte, den Vormarsch weiblicher Angestellter zu bedauern. Sie schrieb die Seite zu Ende, versah sie unten mit einer rasselnden Reihe willkürlicher Striche und Punkte, stieß den Auslösehebel zurück, wirbelte die Walze herum, riß hastig die Blätter heraus, warf die Kohlepapiere in den Papierkorb, legte die Kopien zusammen, stieß sie lautstark mit allen vier Kanten auf den Tisch, um sie ordentlich übereinanderzuschichten, und eilte damit in Mr. Urquharts Büro.

«Ich hatte noch keine Zeit, sie durchzulesen», sagte sie.

«Schon gut», sagte Mr. Urquhart.

Miss Murchison zog sich zurück und machte die Tür hinter sich zu. Sie packte ihre Sachen zusammen, nahm einen Handspiegel, um sich ungeniert die ziemlich große Nase zu pudern, stopfte allerlei Krimskrams in die schon überquellende Handtasche, legte ein paar Blatt Papier für den nächsten Tag unter der Staubhülle bereit, riß den Hut vom Haken und setzte ihn sich auf den Kopf und stopfte mit ungeduldigen Fingern die unbotmäßigen Haarsträhnen darunter. Mr. Urquhart läutete – zweimal.

«Das auch noch!» sagte Miss Murchison und lief rot an.

Sie riß sich den Hut wieder vom Kopf und folgte dem Ruf.

«Miss Murchison», sagte Mr. Urquhart deutlich ungehalten, «wissen Sie, daß Sie auf der ersten Seite einen ganzen Absatz vergessen haben?»

Miss Murchison wurde noch röter.

«Was? Das tut mir aber leid!»

Mr. Urquhart hielt ein Schriftstück in die Höhe, das in seiner Größe jenem berühmten Dokument glich, von dem es hieß, es gebe nicht Wahrheit genug auf der Welt, um so eine lange eidesstattliche Erklärung zu füllen.

«Das ist sehr ärgerlich», sagte er. «Ausgerechnet die längste und wichtigste von den dreien, und sie wird gleich morgen früh dringend benötigt.»

«Ich weiß nicht, wie mir so ein dummer Fehler passieren konnte», schimpfte Miss Murchison. «Ich bleibe heute abend hier und schreibe es neu.»

«Ich fürchte, es wird Ihnen nichts anderes übrigbleiben. Sehr unerfreulich, denn nun kann ich es nicht mehr selbst durchsehen, aber da ist nichts zu machen. Bitte passen Sie diesmal ganz genau auf, und sorgen Sie dafür, daß es morgen früh um zehn Uhr bei Hansons ist.»

«Ja, Mr. Urquhart. Ich werde aufpassen wie ein Luchs. Es tut mir wirklich sehr leid. Und ich werde dafür sorgen, daß alles seine Richtigkeit hat, und es dann selbst zu Hansons bringen.»

«Na schön», sagte Mr. Urquhart. «Aber daß mir das ja nicht noch einmal passiert!»

Miss Murchison nahm die Papiere und ging hinaus. Mit wütendem Gesicht riß sie die Staubhülle von der Schreibmaschine, zog die Schreibtischschubladen heraus, daß sie gegen die Anschläge knallten, schüttelte Originalblatt, Kohle- und Durchschlagpapiere zurecht wie ein Terrier eine Ratte und stürzte sich wie ein Ungewitter auf die Schreibmaschine.

Mr. Pond, der eben seinen Schreibtisch abgeschlossen hatte und sich einen Seidenschal um den Hals legte, sah sie in mildem Erstaunen an.

«Haben Sie heute abend noch etwas zu schreiben, Miss Murchison?»

«Ich muß den ganzen Quatsch noch mal neu tippen», sagte Miss Murchison. «Hab einen Absatz auf Seite eins ausgelassen – es mußte natürlich ausgerechnet Seite eins sein – und er sagt, das Zeug muß morgen früh um zehn bei Hansons sein.»

Mr. Pond stöhnte leise auf und schüttelte den Kopf.

«Diese Maschinen verführen zur Nachlässigkeit», tadelte er sie. «Früher haben die Schreiber es sich zweimal überlegt, bevor sie solche dummen Fehler machten, denn das hieß, daß sie das ganze Dokument noch einmal mit der Hand abschreiben mußten.»

«Bin ich froh, daß ich da noch nicht gelebt habe», antwortete Miss Murchison kurz. «Da hätte man ja ebensogut als Galeerensklave arbeiten können.»

«Und wir haben auch nicht um halb fünf Feierabend gemacht», sagte Mr. Pond. «Damals wurde noch gearbeitet.»

«Sie haben vielleicht länger gearbeitet», sagte Miss Murchison, «aber geschafft haben Sie in dieser Zeit auch nicht mehr.»

«Wir waren sauber und ordentlich», betonte Mr. Pond, als Miss Murchison wütend zwei Typen entwirrte, die sich beim hastigen Schreiben ineinander verheddert hatten.

Mr. Urquharts Tür ging auf, und die Erwiderung auf Miss Murchisons Lippen erstarb. Er sagte guten Abend und ging hinaus. Mr. Pond folgte ihm.

«Ich nehme an, daß Sie fertig sind, bevor die Putzfrau geht, Miss Murchison», sagte er. «Wenn nicht, vergessen Sie bitte nicht, das Licht zu löschen und die Schlüssel bei Mrs. Hodges im Erdgeschoß abzugeben.»

«Ja, Mr. Pond. Gute Nacht.»

«Gute Nacht.»

Seine Schritte hallten durch den Flur, wurden noch einmal lauter, als er unterm Fenster vorbeiging, und entfernten sich in Richtung Brownslow Street. Miss Murchison tippte weiter, bis er nach ihrer Berechnung sicher in der U-Bahn nach Chancery Lane sitzen mußte. Dann erhob sie sich, blickte sich rasch nach allen Seiten um und ging auf ein hohes Regal zu, auf dem lauter schwarze Dokumentenkassetten standen, jede in auffallenden weißen Lettern mit dem Namen eines Klienten beschriftet.

Die Kassette WRAYBURN war da, aber sie hatte auf geheimnisvolle Weise den Platz gewechselt. Das war ein Rätsel an sich. Sie erinnerte sich genau, vor Weihnachten die Kassette auf den Stapel MORTIMER – SCROGGINS – LORD COOTE – DOLBY BROS. – WINGFIELD gestellt zu haben; nun aber, am ersten Tag nach Weihnachten, stand sie zuunterst in einem Stapel, und auf ihr türmten sich die Kassetten BODGERS – SIR J. PENKRIDGE – FLATSBY & COATEN – TRUBODY LTD. und UNIVERSAL BONE TRUST. Jemand hatte hier offenbar über die Feiertage einen Frühjahrsputz veranstaltet, und Miss Murchison hielt es nicht für sehr wahrscheinlich, daß es Mrs. Hodges gewesen war.

Das war ärgerlich, denn die Regale waren alle voll, und sie

würde darum sämtliche Kassetten herunternehmen und irgendwo abstellen müssen, bevor sie an die Kassette Wrayburn herankam. Und bald würde Mrs. Hodges kommen, und obwohl Mrs. Hodges eigentlich nicht wichtig war, könnte es doch komisch aussehen ...

Miss Murchison zog den Stuhl von ihrem Schreibtisch zu den Regalen (denn das Gestell war ziemlich hoch), stellte sich darauf und nahm die Kassette Universal Bone Trust herunter. Sie war ziemlich schwer, und der Stuhl (ein drehbares Modell, aber nicht von der modernen Sorte, mit einem spindeldürren Bein und einer hart gefederten Rückenlehne, die sich einem ins Kreuz bohrte und dafür sorgte, daß man bei der Arbeit nicht einschlief) wackelte bedenklich, als sie die Kassette heruntemahm und sie vorsichtig auf den schmalen Schrank bugsierte. Wieder griff sie nach oben, nahm Trubody Ltd. herunter und stellte sie auf Bone Trust. Zum drittenmal griff sie hinauf und packte Flatsby & Coaten. Als sie sich damit bückte, erklangen Schritte an der Tür, und eine erstaunte Stimme hinter ihr sagte:

«Suchen Sie etwas, Miss Murchison?»

Miss Murchison erschrak so heftig, daß der tückische Stuhl eine viertel Drehung vollführte und sie beinahe in Mr. Ponds Arme katapultiert hätte. Unbeholfen stieg sie herunter, die schwarze Kassette noch immer fest in den Händen.

«Wie haben Sie mich erschreckt, Mr. Pond! Ich dachte, Sie wären schon fort.»

«War ich auch», sagte Mr. Pond, «aber in der U-Bahn-Station habe ich gemerkt, daß ich hier ein kleines Päckchen liegengelassen habe. Wie ärgerlich – deswegen mußte ich noch mal zurückkommen. Haben Sie es vielleicht gesehen? Ein kleines rundes Glasgefäß, mit braunem Papier umwickelt.»

Miss Murchison stellte Flatsby & Coaten auf den Stuhl und sah sich um.

«In meinem Schreibtisch ist es anscheinend nicht», sagte Mr. Pond. «Mein Gott, werde ich mich verspäten! Aber ohne das Ding kann ich auch nicht nach Hause kommen – wir brauchen es zum Abendessen – es ist nämlich ein Gläschen Kaviar. Wir haben heute abend Gäste. Wo könnte ich es denn nur hingetan haben?»

«Vielleicht haben Sie es zum Händewaschen abgestellt», riet Miss Murchison hilfsbereit.

«Hm, ja, das könnte sein.» Mr. Pond rauschte hinaus, und sie hörte die Tür zu dem kleinen Waschraum auf dem Flur mit lautem Quietschen aufgehen. Plötzlich fiel ihr ein, daß sie ihre Handtasche offen auf dem Schreibtisch hatte stehenlassen. Wenn nun die Dietriche herausschauten? Sie wollte eben zum Schreibtisch stürzen, als Mr. Pond triumphierend zurückkehrte.

«Vielen Dank für Ihren Tip, Miss Murchison. Da war es wirklich. Meine Frau hätte sich ja so geärgert. Also nochmals, gute Nacht.» Er wandte sich zur Tür. «Ach ja, haben Sie eigentlich vorhin etwas gesucht?»

«Ja, eine Maus», antwortete Miss Murchison mit nervösem Kichern. «Ich saß da und schrieb, und da lief sie auf einmal hier oben auf dem Schrank entlang und – äh – die Wand hinauf und hinter die Kassetten.»

«Diese gemeinen kleinen Biester», sagte Mr. Pond. «Das Haus wimmelt von ihnen. Ich habe schon oft gesagt, wir brauchen hier mal eine Katze. Aber jetzt kriegen Sie sie nicht mehr. Anscheinend haben Sie keine Angst vor Mäusen?»

«Nein», sagte Miss Murchison, indem sie mit einer bewußten körperlichen Anstrengung den Blick fest auf Mr. Ponds Gesicht gerichtet hielt. Falls die Dietriche – und sie war jetzt fast davon überzeugt – auf ihrem Schreibtisch unzüchtig ihre Spinnenbeine zur Schau stellten, wäre es Wahnsinn gewesen, in diese Richtung zu sehen. «Zu Ihrer Zeit hatten wohl alle Frauen Angst vor Mäusen?»

«Ja, das stimmt», gab Mr. Pond zu. «Aber damals trugen sie natürlich auch noch längere Kleider.»

«Wie unbequem», sagte Miss Murchison.

«Sie boten einen sehr anmutigen Anblick», sagte Mr. Pond. «Erlauben Sie, daß ich Ihnen helfe, die Kassetten wieder zurückzustellen.»

«Sie werden Ihre Bahn verpassen», sagte Miss Murchison.

«Die habe ich schon verpaßt», entgegnete Mr. Pond mit einem Blick auf die Uhr. «Ich muß die nächste um halb sechs nehmen.» Höflich nahm er die Kassette FLATSBY & COATEN und stieg kühn damit auf die unruhige Sitzfläche des Drehstuhls.

«Das ist überaus freundlich von Ihnen», sagte Miss Murchison, als er die Kassette wieder an ihren Platz stellte.

«Nicht der Rede wert. Wenn Sie so nett sein könnten, mir die andern heraufzureichen –»

Miss Murchison reichte ihm TRUBODY LTD. und UNIVERSAL BONE TRUST an.

«So», sagte Mr. Pond, indem er den Stapel vervollständigte und sich den Staub von den Händen wischte. «Nun wollen wir hoffen, daß die Maus bleibt, wo sie ist. Ich werde mal mit Mrs. Hodges über die Anschaffung einer geeigneten Katze reden.»

«Das wäre eine sehr gute Idee», sagte Miss Murchison. «Gute Nacht, Mr. Pond.»

«Gute Nacht, Miss Murchison.»

Seine Schritte hallten den Flur entlang, wurden unter dem Fenster wieder lauter und verschwanden zum zweitenmal in Richtung Brownlow Street.

«Puh!» machte Miss Murchison. Sie stürzte zu ihrer Handtasche. Die Angst hatte ihr etwas vorgegaukelt. Die Tasche war zu, die Dietriche unsichtbar.

Sie zog den Stuhl wieder an seinen Platz und setzte sich, als draußen ein Geklapper von Eimern und Besen Mrs. Hodges' Eintreffen verkündete.

«Hoho!» rief Mrs. Hodges und blieb beim Anblick der fleißig auf der Maschine herumhämmernden Sekretärin wie angewurzelt an der Türschwelle stehen. «Entschuldigen Sie, Miss, aber ich wußte nicht, daß noch jemand hier ist.»

«Tut mir leid, Mrs. Hodges. Ich habe noch eine kleine Arbeit zu erledigen. Aber fangen Sie ruhig an. Nehmen Sie keine Rücksicht auf mich.»

«Macht nichts, Miss», sagte Mrs. Hodges. «Ich kann ja Mr. Partridges Büro zuerst machen.»

«Nun, wenn es Ihnen nichts ausmacht», sagte Miss Murchison. «Ich muß noch ein paar Seiten tippen und – äh – eine Übersicht zusammenstellen – Notizen, verstehen Sie – von einigen Dokumenten – für Mr. Urquhart.»

Mrs. Hodges nickte und verschwand wieder. Bald verriet ein Poltern oben, daß sie in Mr. Partridges Büro war.

Miss Murchison wartete nicht länger. Sie zerrte den Stuhl wieder zu den Regalen und nahm nacheinander eilig BONE TRUST, TRUBODY LTD., FLATSBY & COATEN, SIR J. PENKRIDGE und BODGERS herunter. Das Herz schlug ihr bis zum Hals, als sie endlich WRAYBURN zu fassen bekam und zu ihrem Schreibtisch trug.

Sie öffnete die Handtasche und schüttete den Inhalt aus. Der Bund Dietriche fiel klappernd auf den Schreibtisch, wo er zwischen ein Taschentuch, eine Puderdose und einen Taschenkamm zu liegen kam. Die schlanken, glänzenden Stahlhaken schienen in ihren Fingern zu brennen.

Während sie noch den geeignetsten Haken heraussuchte, klopfte es plötzlich laut ans Fenster.

Zu Tode erschrocken fuhr sie herum. Nichts zu sehen. Sie steckte die Dietriche in die Tasche ihrer Sportjacke und ging auf Zehenspitzen zum Fenster, um hinauszusehen. Im Lichtschein sah sie drei kleine Jungen, die gerade das Eisengeländer überklettern wollten, mit dem die geheiligten Anwesen an der Bedford Row geschützt waren. Der erste Junge sah sie und zeigte wild gestikulierend nach unten. Miss Murchison machte eine abwehrende Handbewegung und rief: «Schert euch weg!»

Der Junge rief etwas Unverständliches zurück und zeigte wieder nach unten. Miss Murchison konnte zwei und zwei zusammenzählen und schloß aus dem Klopfen ans Fenster, dem Gestikulieren und dem Schrei, daß ein kostbarer Ball aufs Grundstück geflogen war. Sie schüttelte streng den Kopf und kehrte an ihre Arbeit zurück.

Aber der Zwischenfall hatte ihr klargemacht, daß ihr Fenster weder Vorhänge noch Jalousien hatte, so daß jeder, der auf der Straße vorbeikam, im grellen elektrischen Licht ihr Tun beobachten konnte, als stände sie auf einer beleuchteten Bühne. Zwar bestand kein Grund zu der Befürchtung, daß Mr. Urquhart oder Mr. Pond noch in der Nähe waren, aber ihr schlechtes Gewissen ließ ihr keine Ruhe. Wenn überdies gar ein Polizist hier vorbeikäme, würde er die Dietriche nicht schon auf hundert Schritt Entfernung erkennen? Sie sah noch einmal nach draußen. War es ihre überreizte Phantasie, oder tauchte dort aus Richtung Hand Court eine stämmige Figur in dunkelblauer Uniform auf?

Miss Murchison floh erschrocken vom Fenster, riß die Dokumentenkassette an sich und trug sie in Mr. Urquharts Privatbüro.

Hier konnte man ihr wenigstens nicht zusehen. Wenn jemand hereinkäme – selbst Mrs. Hodges – würde ihre Anwesenheit in dem Zimmer zwar Erstaunen auslösen, aber sie würde jeden kommen hören und vorgewarnt sein.

Ihre Hände waren kalt und zitterten, und sie war nicht eben in der besten Verfassung, um von Blindekuh-Bills Lehren zu profitieren. Sie holte ein paarmal tief Luft. Nichts überstürzen, hatte man ihr eingeschärft. Nun gut, sie würde sich Zeit lassen.

Sorgsam suchte sie einen Dietrich heraus und schob ihn ins Schloß. Die Sekunden wurden ihr zu Jahren, während sie ziellos damit herumfuhrwerkte, bis sie endlich den Druck der Feder gegen das gebogene Ende fühlte. Langsam drückte sie mit der einen Hand die Feder hoch, während sie mit der andern den zweiten Dietrich einführte. Sie fühlte, wie sich der Riegel bewegte – noch eine Sekunde, dann gab es ein lautes Klicken, und das Schloß war offen.

Es lagen nicht viele Papiere in der Kassette. Das erste war eine lange Aufstellung mit der Überschrift: «Wertpapiere im Depot der Lloyd's Bank». Dann kamen Kopien von Besitzurkunden, deren Originale auf ähnliche Weise deponiert waren. Es folgte eine Mappe mit Korrespondenz. Teilweise waren das Briefe von Mrs. Wrayburn persönlich, der letzte vor fünf Jahren datiert, ferner Briefe von Mietern, Banken und Börsenmaklern nebst Kopien der hier im Büro gefertigten Antworten, unterschrieben von Norman Urquhart.

Miss Murchison blätterte das alles hastig durch. Von einem Testament oder einer Testamentskopie war nichts zu sehen – nicht einmal von dem zweifelhaften Entwurf, den der Anwalt Wimsey gezeigt hatte. Jetzt lagen nur noch zwei Schriftstücke auf dem Boden der Kassette. Miss Murchison nahm das erste zur Hand. Es war eine vom Januar 1925 datierte Vollmacht, die Norman Urquhart die volle geschäftliche Vertretungsbefugnis für Mrs. Wrayburn gab. Das zweite war dicker und wurde von einem roten Band ordentlich zusammengehalten. Miss Murchison streifte das Band ab und faltete das Schriftstück auseinander.

Es war ein Treuhandvertrag, der Mrs. Wrayburns gesamtes Vermögen Norman Urquhart zur Verwaltung übertrug und vorsah, daß er von den Erträgen eine bestimmte jährliche Summe zur Bestreitung ihrer persönlichen Ausgaben auf ihr laufendes Konto überweisen sollte. Der Vertrag war vom Juli 1920 datiert, und darangeheftet war ein Brief, den Miss Murchison in aller Eile las:

«Applefold
Windle
15. Mai 1920

Mein lieber Norman,

vielen, vielen Dank, mein lieber Junge, für Deinen Geburtstagsbrief und den hübschen Schal. Wie schön von Dir, daß Du Dich an Deine alte Tante immer so treu erinnerst.

Da ich doch nun schon über Achtzig bin, ist mir der Gedanke gekommen, daß es Zeit für mich wäre, meine Geschäfte ganz in Deine Hände zu legen. Du und Dein Vater, Ihr habt die ganzen Jahre so gut für mich gearbeitet, und natürlich hast Du mich, bevor Du von meinem Geld etwas anlegtest, immer brav gefragt. Aber ich werde allmählich so *steinalt*, daß ich in dieser modernen Welt die Übersicht verliere und nicht einmal mehr so tun kann, als ob meine Meinung irgendeinen Wert hätte. Ich bin eine *müde* alte Frau geworden, und wenn Du mir auch immer alles noch so schön erklärst, finde ich das Briefeschreiben doch beschwerlich und in meinem hohen Alter auch lästig.

Ich habe darum beschlossen, Dir die Verwaltung meines Vermögens für die Dauer meines Lebens zu treuen Händen zu übergeben, so daß Du damit nach eigenem Gutdünken umgehen kannst und mich nicht erst jedesmal zu fragen brauchst. Und wenn ich mich jetzt auch noch guter Gesundheit erfreue und bei klarem Verstand bin, könnte dieser glückliche Zustand sich doch jederzeit ändern. Ich könnte eines Tages gelähmt oder geistig nicht mehr ganz da sein oder mit meinem Geld dumme Sachen anstellen wollen, wie schon so manche alberne alte Frau vor mir.

Könntest Du also einen entsprechenden Vertrag aufsetzen und zu mir bringen, damit ich ihn unterschreibe? Bei der Gelegenheit möchte ich Dir auch Instruktionen für mein Testament geben.

Nochmals herzlichen Dank für Deine guten Wünsche,

Deine Dich liebende Tante
Rosanna Wrayburn»

«Hurra!» sagte Miss Murchison. «Demnach *gibt* es ein Testament! Und dieser Treuhandvertrag – der ist wahrscheinlich auch wichtig.»

Sie las den Brief noch einmal, überflog die Vertragsbestimmungen, merkte sich besonders, daß Norman Urquhart als einziger Treuhänder benannt war, und prägte sich schließlich von der Aufstellung der Wertpapiere die wichtigsten und größten Posten ein. Dann legte sie die Dokumente in ihrer ursprünglichen Reihenfolge in die Kassette zurück, schloß sie ab – diesmal bewegte sich der Riegel weich wie Butter –, stellte sie an ihren Platz, stapelte die anderen darauf und saß gerade wieder an ihrer Schreibmaschine, als Mrs. Hodges hereinkam.

«Eben fertig, Mrs. Hodges», rief sie fröhlich.

«Das hab ich mich gerade gefragt», sagte Mrs. Hodges. «Ich hab Ihre Schreibmaschine nicht mehr gehört.»

«Ich habe mir mit der Hand etwas notiert», erklärte Miss Murchison. Sie knüllte die verschriebene erste Seite der eidesstattlichen Erklärung zusammen und warf sie mitsamt der angefangenen Neuschrift in den Papierkorb. Dann holte sie aus ihrer Schreibtischschublade eine fehlerlose erste Seite, die sie zu diesem Zweck schon vorher geschrieben hatte, heftete sie zu den übrigen, steckte das Original und die erforderliche Zahl von Durchschlägen in einen Umschlag, verschloß ihn, adressierte ihn an die Firma Hanson & Hanson, zog Hut und Mantel an und ging hinaus, nachdem sie Mrs. Hodges an der Tür noch freundlich gute Nacht gesagt hatte.

Ein kurzer Fußweg brachte sie zur Firma Hanson, wo sie die Schriftstücke in den Briefkasten steckte. Dann ging sie hurtigen Schrittes, ein Liedchen vor sich hin summend, auf die Bushaltestelle an der Ecke Theobald's und Gray's Inn Road zu.

«Ich glaube, jetzt habe ich ein kleines Abendessen in Soho verdient», dachte Miss Murchison.

Sie summte immer noch, als sie vom Cambridge Circus in die Frith Street einbog. «Was *ist* das nur für eine blöde Melodie?» fragte sie sich mit einemmal. Nach kurzem Überlegen fiel es ihr dann ein: «Strömen durch das Tor, strömen durch das Tor . . .»

«Ach du liebes bißchen!» sagte Miss Murchison. «Langsam fange ich wohl an zu spinnen.»

15. Kapitel

Lord Peter gratulierte Miss Murchison und lud sie zu einem ziemlich erlesenen Mittagessen ins Rules ein, wo es für Leute, die so etwas zu schätzen wissen, einen besonders guten alten Cognac gibt. So kam es, daß Miss Murchison etwas spät ins Büro zurückging und in der Eile vergaß, die Dietriche zurückzugeben. Aber bei gutem Wein und angenehmer Gesellschaft kann man nicht immerzu an alles denken.

Wimsey seinerseits war unter Aufbietung der allergrößten Selbstbeherrschung nach Hause gefahren, um nachzudenken, anstatt auf dem schnellsten Wege ins Halloway-Gefängnis zu eilen. Wenngleich es ein Gebot der Nächstenliebe wie auch der Notwendigkeit war, die Untersuchungsgefangene aufzumuntern (damit entschuldigte er jedenfalls seine fast täglichen Besuche), konnte er sich doch nicht darüber hinwegtäuschen, daß es eben noch nützlicher und wohltätiger wäre, den Beweis für ihre Unschuld herbeizuschaffen. Und auf diesem Gebiet hatte er bisher noch keine großen Fortschritte gemacht.

Die Selbstmordtheorie hatte ja recht hoffnungsvoll ausgesehen, als Norman Urquhart ihm den Testamentsentwurf zeigte; aber nun war sein Glaube an diesen Entwurf gehörig erschüttert worden. Zwar bestand immer noch eine schwache Hoffnung, das Päckchen mit dem weißen Pulver aus den Neun Ringen zu finden, aber die Tage vergingen unbarmherzig, und mit ihnen schrumpfte diese Hoffnung nahezu auf Null. Es wurmte ihn, daß er in dieser Angelegenheit nichts tun konnte – am liebsten wäre er selbst in die Gray's Inn Road gefahren, um in der Umgebung der Neun Ringe jeden Stein umzudrehen und alle in Frage kommenden Personen ins Kreuzverhör zu nehmen und erbarmungslos auszuquetschen, aber er wußte, daß dies die Polizei viel besser konnte als er.

Warum hatte Norman Urquhart versucht, ihn mit dem Testamentsentwurf irrezuführen? Er hätte ohne weiteres jede Auskunft verweigern können. Irgendwo mußte da etwas faul sein.

Wenn aber Urquhart in Wirklichkeit nicht der Erbe war, trieb er ein gefährliches Spiel. Denn wenn die alte Dame starb und das Testament beglaubigt war, würde das alles wahrscheinlich in der Zeitung erscheinen – und sie konnte jeden Tag sterben.

Wie leicht wäre es, dachte er bedauernd, Mrs. Wrayburns Tod ein ganz klein wenig zu beschleunigen. Sie war dreiundneunzig und sehr gebrechlich. Eine Überdosis von irgendwas – eine Erschütterung – ein leichter Schock sogar – Nein, es führte zu nichts, in diesen Kategorien zu denken. Er fragte sich beiläufig, wer wohl bei der alten Frau lebte, sich um sie kümmerte...

Es war der 30. Dezember, und er hatte noch immer keinen Plan. Die eindrucksvollen Bände auf seinen Bücherregalen, Reihen um Reihen Heilige, Historiker, Dichter, Philosophen, spotteten seiner Ohnmacht. All dieses Wissen und all diese Schönheit zusammen konnten ihm nicht den Weg weisen, wie er die Frau, die er mit jeder Faser begehrte, vor dem schimpflichen Tod durch den Strick bewahren konnte. Und er hatte sich in solchen Dingen für ziemlich gescheit gehalten. Von der ungeheuren, undurchdringlichen Blödigkeit der Dinge um ihn herum fühlte er sich eingeschlossen wie in eine Falle. Er knirschte mit den Zähnen und tobte in hilfloser Wut, lief in dem freundlichen, teuren, nichtsnutzigen Zimmer umher. Der große venezianische Spiegel über dem Kaminsims zeigte ihm sein Porträt bis zu den Schultern. Er sah ein blasses, einfältiges Gesicht mit strohblondem, glatt nach hinten gekämmten Haar; ein widersinnig unter einer lächerlich zuckenden Braue klemmendes Monokel; ein zur Vollkommenheit rasiertes Kinn, haarlos, unmännlich; einen ziemlich hohen Kragen, makellos gestärkt, eine elegant geknotete Krawatte, die farblich genau zu dem Taschentuch paßte, das aus der Brusttasche eines teuren, in der Saville Row geschneiderten Anzugs hervorschaute. Er riß eine schwere Bronzefigur vom Kaminsims – ein schönes Stück; noch im Herunterreißen liebkosten seine Finger die Patina – und er spürte einen Drang, diesen Spiegel, dieses Gesicht mit einem Schlag zu zerschmettern – auszubrechen in animalisches Schreien und Gestikulieren.

Wie dumm! So etwas ging nicht an. Die ererbten Hemmungen von zwanzig zivilisierten Jahrhunderten banden einem Hände und Füße mit den Fesseln der Lächerlichkeit. Und wenn er den Spiegel doch zerschlug? Nichts würde geschehen. Bunter würde hereinkommen, ungerührt und ohne das geringste Zeichen der Verwunderung, und würde die Scherben aufkehren und ihm ein heißes Bad mit Massage verordnen. Und andern Morgens würde ein neuer Spiegel bestellt werden, da ja Leute kommen und Fragen stellen und ihr Bedauern über die versehentliche Zerstörung des alten Spiegels ausdrücken würden. Und Harriet Vane würde trotzdem gehängt werden.

Wimsey riß sich zusammen, rief nach Hut und Mantel und fuhr mit einem Taxi zu Miss Climpson.

«Ich habe einen Auftrag», sagte er, schroffer, als es seine Absicht war, «mit dem ich Sie persönlich betrauen möchte. Ich habe sonst niemanden dafür.»

«Wie *freundlich* von Ihnen, es so auszudrücken», sagte Miss Climpson.

«Die Schwierigkeit ist nur, daß ich Ihnen überhaupt nicht sagen kann, wie Sie vorgehen sollen. Es kommt ganz darauf an, was Sie vorfinden, wenn Sie dort sind. Ich möchte, daß Sie nach Windle in Westmoreland fahren und sich an eine schwachsinnige und gelähmte alte Dame namens Mrs. Wrayburn heranmachen, die dort in einem Haus namens Applefold wohnt. Ich weiß nicht, wer sich um sie kümmert oder wie Sie ins Haus kommen sollen. Aber Sie müssen es schaffen, und Sie müssen herausbekommen, wo sich ihr Testament befindet, nach Möglichkeit sogar sehen, was drinsteht.»

«Meine Güte!» sagte Miss Climpson.

«Und was noch schlimmer ist», sagte Wimsey, «Sie haben nur eine Woche Zeit dafür.»

«Das ist aber kurz», sagte Miss Climpson.

«Sehen Sie», sagte Wimsey, «wenn wir nicht einen sehr guten Grund für einen Aufschub liefern können, wird der Fall Vane mit Sicherheit gleich zu Beginn der nächsten Sitzungsperiode aufgerufen werden. Wenn ich die Anwälte der Verteidigung überzeugen könnte, daß auch nur die kleinste Chance besteht, neue Beweise zu finden, könnten sie eine Verschiebung beantragen. Aber im Augenblick habe ich nichts, was man Beweis nennen könnte – nur ein ganz, ganz vages Gefühl.»

«Verstehe», sagte Miss Climpson. «Nun, niemand kann mehr als sein Bestes tun, und es ist sehr wichtig, Vertrauen zu haben. Der Glaube versetzt Berge, wie wir gelernt haben.»

«Dann bieten Sie um Himmels willen alles an Glauben auf, was Sie haben», meinte Wimsey düster, «denn soviel ich sehe, gilt es hier den Himalaja mitsamt Alpen, einem Stückchen Kaukasus und ein paar Zipfeln Rocky Mountains auf einmal zu versetzen.»

«Sie können sich darauf verlassen, daß ich alles tun werde, was in meinen armseligen Kräften steht», antwortete Miss Climpson, «und ich werde unsern Vikar bitten, eine besondere Messe zu lesen für einen, der eine schwierige Aufgabe angeht. Wann soll ich aufbrechen?»

«Sofort», sagte Wimsey. «Ich denke, Sie fahren am besten als Sie selbst und steigen in einem Hotel ab – nein, in einer Pension; da wird mehr geklatscht. Ich weiß nicht viel über Windle, nur daß dort eine Schuhfabrik ist, außerdem eine schöne Landschaft, aber groß ist es nicht, und ich könnte mir vorstellen, daß dort jeder über Mrs. Wrayburn Bescheid weiß. Sie ist sehr reich und war in jüngeren Jahren berüchtigt. Die Person, an die Sie sich halten müssen, ist die Frau – so eine muß es geben –, die sie pflegt und versorgt und sozusagen immer um sie herum ist. Wenn Sie deren besondere Schwäche herausfinden, treiben Sie einen Keil hinein, so tief es geht. Ach übrigens – es könnte sein, daß sich das Testament gar nicht dort befindet, sondern bei einem Rechtsanwalt namens Urquhart, der seine Praxis hier in der Bedford Row hat. Wenn, dann können Sie nur zu bohren anfangen und soviel Nachteiliges über ihn herausquetschen, wie Sie können – alles, was es gibt. Er ist Mrs. Wrayburns Großneffe und besucht sie hin und wieder.»

Miss Climpson notierte sich diese Anweisungen.

«Und nun trolle ich mich und überlasse alles Ihnen», sagte Wimsey. «Nehmen Sie vom Firmenkonto, was Sie brauchen. Und wenn Sie irgend etwas Besonderes benötigen, schicken Sie mir ein Telegramm.»

Kaum hatte er Miss Climpson verlassen, fühlte Lord Peter Wimsey sich erneut von Weltschmerz und Selbstmitleid gepackt, nur diesmal in Form einer sanften, alles durchdringenden Melancholie. Von seiner eigenen Ohnmacht überzeugt, beschloß er, das wenige Gute noch zu tun, das in seinen Kräften stand, bevor er sich in ein Kloster oder in die Eiswüsten der Antarktis zurückzog. Also fuhr er zielstrebig zum Scotland Yard und ließ sich bei Chefinspektor Parker melden.

Parker saß in seinem Büro und las einen Bericht, der soeben gekommen war. Er begrüßte Wimsey mit einem Gesicht, das eher betreten als begeistert aussah.

«Bist du wegen dieses Pulverpäckchens gekommen?»

«Diesmal nicht», sagte Wimsey. «Ich glaube sowieso nicht, daß wir davon je etwas hören. Nein, es handelt sich – eher um – äh – eine delikate Angelegenheit. Es geht um meine Schwester.»

Parker fuhr zusammen und stieß den Bericht beiseite.

«Um Lady Mary?»

«Äh – ja. Ich höre, sie geht manchmal mit dir aus – äh – zum Essen – und so weiter, ja?»

«Lady Mary hat mich – das eine oder andere Mal – mit ihrer Gesellschaft beehrt», sagte Parker. «Ich hatte nicht gedacht – ich wußte nicht – das heißt, ich war davon ausgegangen –»

«Ah, ja – hast du überhaupt jemals was gedacht? Das ist nämlich hier die Frage», sagte Wimsey ernst. «Sieh mal, Mary ist ein sehr nettes Mädchen, auch wenn ich als ihr Bruder das sage, und –»

«Ich versichere dir», sagte Parker, «daß es nicht nötig ist, mir das zu sagen. Glaubst du vielleicht, ich würde ihre Freundlichkeit mißverstehen? Es ist heutzutage durchaus Sitte, daß auch Frauen von höchster Moral gelegentlich ohne weitere Begleitung mit Freunden ausgehen, und Lady Mary hat –»

«Ich rede nicht von einem Chaperon», sagte Wimsey. «Das würde Mary sich erstens nicht bieten lassen, und zweitens halte ich es auch für Quatsch. Aber als ihr Bruder und so – eigentlich wäre das ja Geralds Aufgabe, aber Mary und er kommen nicht so gut miteinander aus, wie du weißt, und ihm würde sie wahrscheinlich keine Geheimnisse ins Öhrchen flüstern, besonders wo Helen es dann alles brühwarm erfahren würde – was wollte ich eigentlich sagen? Ach ja – als Marys Bruder, sieh mal, halte ich es sozusagen für meine Pflicht, einzuspringen und da und dort das richtige Wort fallen zu lassen.»

Parker bohrte nachdenklich die Feder ins Löschpapier.

«Laß das», sagte Wimsey, «das hält keine Feder aus. Nimm einen Bleistift.»

«Ich glaube», sagte Parker, «ich hätte nicht annehmen dürfen –»

«Was hast du denn angenommen, Alter?» fragte Wimsey, den Kopf schiefgelegt wie ein Sperling.

«Nichts, woran jemand hätte Anstoß nehmen können», sagte Parker hitzig. «Was stellst du dir eigentlich vor, Wimsey? Ich verstehe vollkommen, daß es von deinem Standpunkt aus unpassend ist, wenn Lady Mary Wimsey in aller Öffentlichkeit mit einem Polizisten ausgeht, aber wenn du glaubst, ich hätte je ein Wort zu ihr gesagt, das nicht mit der größten Schicklichkeit –»

«– auch im Beisein ihrer Frau Mutter hätte gesprochen werden können, tust du der reinsten und süßesten Frau der Welt bitter unrecht und beleidigst deinen Freund», nahm Peter ihm die Worte aus dem Mund und beendete schlagfertig den Satz für ihn. «Du bist doch ein vollkommener Viktorianer, Charles. Am liebsten würde ich dich in einen Glaskasten setzen. Natürlich hast du kein Wort gesagt. Und ich möchte wissen, warum?»

Parker stierte ihn nur an.

«Seit ungefähr fünf Jahren», sagte Wimsey, «starrst du meine Schwester an wie ein verblödeter Hammel und schrickst schon zusammen, wenn nur ihr Name fällt. Was denkst du dir dabei? Schön sieht das nicht aus. Auch nicht lustig. Und das arme Mädchen machst du ganz nervös. Du gibst mir keinen guten Eindruck von deinem Mumm, wenn ich das mal so ausdrücken darf. Ein Mann sieht es nicht gern, wenn ein anderer Mann wegen seiner Schwester ins Schleudern kommt – zumindest wenn das Schleudern so lange anhält. Das kann man ja nicht mit ansehen! Warum schlägst du dir nicht an die männliche Brust und sagst einfach: ‹Peter, alter Freund und Kupferstecher, ich habe beschlossen, in den Hafen der Ehe einzulaufen und dir ein Bruder zu sein?› Wer hält dich davon ab? Gerald? Ich weiß, daß er ein Esel ist, aber im Grunde ist er gar nicht so schlimm. Helen? Sie ist schon eine Plage, aber du brauchst dich nicht viel mit ihr abzugeben. Bin ich es? Wenn ja, ich spiele sowieso mit dem Gedanken, unter die Eremiten zu gehen – es hat doch mal einen Eremiten Peter gegeben, oder? –, da wäre ich dir also nicht mehr im Weg. Sag schon, wo der Schuh drückt, altes Haus, und wir schneiden ein Loch hinein. Also?»

«Du – du fragst mich –?»

«Ich frage dich nach deinen Absichten, zum Kuckuck noch mal!» rief Wimsey. «Und wenn dir das noch nicht viktorianisch genug ist, weiß ich nichts mehr. Ich verstehe ja, daß du Mary Zeit lassen wolltest, sich von dieser unglücklichen Geschichte mit Cathcart und diesem Goyles zu erholen, aber hol's der Henker, mein Lieber, man kann die Rücksichtnahme auch übertreiben. Du kannst von einer Frau nicht erwarten, daß sie in alle Ewigkeit auf Abruf steht, nicht? Oder wartest du vielleicht, daß sie dir einen Antrag macht?»

«Hör mal, Peter, sei nicht albern. Wie kann ich deine Schwester bitten, meine Frau zu werden?»

«*Wie* du das machst, ist deine Sache. Du könntest sagen: ‹Na, mein Mädchen, wie wär's mit ein bißchen Heiraten?› Das wäre modern und kurz und unmißverständlich. Oder du kannst auf ein Knie niedersinken und sagen: ‹Könnten Sie mir die Ehre erweisen, mir Ihre Hand und Ihr Herz zu schenken?›, was ziemlich altmodisch ist und heutzutage den Vorzug der Originalität hat. Oder du kannst ihr schreiben oder telegrafieren oder sie anrufen. Aber das überlasse ich ganz und gar deinem Einfallsreichtum.»

«Das ist nicht dein Ernst.»

«Mein Gott! Werde ich wohl je den Ruf eines Hanswursts los? Du machst Mary furchtbar unglücklich, Charles, und ich wollte, du würdest sie endlich heiraten, damit ein für allemal Ruhe ist.»

«Ich mache sie unglücklich?» stieß Parker hervor, daß es fast wie ein Schrei klang. «Ich – sie – unglücklich?»

Wimsey tippte sich vielsagend an die Stirn.

«Holz – solides Holz! Aber der letzte Schlag scheint doch durchgedrungen zu sein. Ja, du – sie – unglücklich – begreifst du's langsam?»

«Peter – wenn ich im Ernst geglaubt hätte, daß –»

«Nun zerfließ mir hier nicht gleich», sagte Wimsey, «das lohnt sich bei mir nicht. Heb's dir für Mary auf. Ich habe meiner Bruderpflicht Genüge getan, und jetzt ist Schluß. Beruhige dich. Wende dich wieder deinen Berichten zu –»

«Himmel, ja», rief Parker. «Bevor wir weitergehen, ich habe einen Bericht für dich.»

«Hast du? Und warum sagst du das nicht gleich?»

«Du hast mich nicht zu Wort kommen lassen.»

«Also, worum geht's?»

«Wir haben das Päckchen gefunden.»

«Was?»

«Wir haben das Päckchen gefunden.»

«Wirklich gefunden?»

«Ja. Einer von den Barkellnern –»

«Laß die Barkellner aus dem Spiel. Bist du sicher, daß es das richtige ist?»

«Ja, wir haben es identifiziert.»

«Weiter! Habt ihr den Inhalt analysiert?»

«Ja, wir haben den Inhalt analysiert.»
«Und was war drin?»
Parker sah ihn an wie einer, der schlechte Nachrichten zu überbringen hat, und sagte widerstrebend:
«Natriumbikarbonat – simples Natron.»

16. Kapitel

Mr. Crofts meinte verständlicherweise: «Ich hab's ja gesagt.»

Sir Impey Biggs begnügte sich mit einem knappen: «Sehr bedauerlich.»

Lord Peters Tagesablauf während der nun folgenden Woche zu schildern, wäre weder barmherzig noch erbaulich. Erzwungene Untätigkeit ruft auch bei den Besten unerfreuliche Symptome hervor. Zudem war Chefinspektor Parkers und Lady Mary Wimseys albernes Glück nicht eben dazu angetan, sein Gemüt zu beruhigen, zumal sie ihn mit lästigen Beweisen ihrer Zuneigung überschütteten. Wie der Mann in Max Beerbohms Geschichte haßte er nichts so sehr, wie wenn man ihn «rührend» fand. Erst als er von dem emsigen Freddy Arbuthnot erfuhr, daß Norman Urquhart mehr oder weniger tief in die Pleite des Megatherium Trusts verstrickt gewesen war, hellte sich seine Stimmung ein wenig auf.

Dagegen lebte Miss Kitty Climpson in einem «Wirbel der Geschäftigkeit», wie sie es selbst gern ausdrückte. Ein Brief, den sie am zweiten Tag nach ihrer Ankunft in Windle schrieb, schildert uns das in allen farbigen Einzelheiten.

«Zur Schönen Aussicht
Windle
Westmoreland
1. Januar 1930

Lieber Lord Peter,

ich nehme an, daß Sie richtig darauf *brennen*, zum *frühestmöglichen* Zeitpunkt zu erfahren, was sich hier *tut*, und obwohl ich erst *einen* Tag hier bin, finde ich *wirklich*, daß ich keine *allzu* geringen Fortschritte gemacht habe!

Mein Zug kam hier am Montagabend sehr spät an, nach einer höchst *eintönigen* Fahrt und einem *unerquicklichen* Aufenthalt in *Preston*, obwohl ich ja, da Sie so freundlich waren und darauf bestanden haben, daß ich *erster Klasse* fahren sollte, eigentlich *gar* nicht müde war! Niemand kann ermessen, *wieviel* dieser zusätzliche Komfort doch ausmacht, besonders wenn man in die *Jahre* kommt, und nach den vielen *unbequemen* Reisen, die ich in den Zeiten meiner Armut gemacht habe, komme ich mir jetzt vor, als lebte ich in *sündhaftem* Luxus. Das Abteil war *gut* geheizt – eigentlich sogar *zu* gut, und am liebsten hätte ich das Fenster aufgemacht, wenn da nicht ein *sehr dicker* Geschäftsmann mitgefahren wäre, der sich bis zu den *Augen* in Mäntel und wollene Westen gehüllt hatte und von frischer Luft *überhaupt nichts* wissen wollte. Männer sind ja heutzutage solche *Treibhauspflanzen,* nicht wahr, ganz *anders* als mein lieber Vater, der vor dem 1. November und nach dem 31. März *nie* ein Feuer im Haus duldete, und wenn das Thermometer auf dem *Gefrierpunkt* stand!

Es war *gar* nicht schwierig, hier ein gemütliches Zimmer im Bahnhofshotel zu bekommen, obwohl es schon *so spät* war. Früher hätte man eine *unverheiratete* Frau, die nach Mitternacht *allein* mit einem *Koffer* ankam, kaum als *respektabel* angesehen – wie *wundervoll* anders das doch heute ist! Ich bin dankbar, diesen *Wandel* noch erleben zu dürfen, denn die altmodischen Leute können sagen, was sie wollen, über mehr *Sittsamkeit* und *Schicklichkeit* bei den Frauen zu Königin Victorias Zeiten, aber wer sich noch erinnern kann, wie es zuging, weiß, wie *schwierig* und *demütigend* die Umstände früher waren!

Gestern morgen war es natürlich mein *erstes* Ziel, Ihren Instruktionen gemäß eine *geeignete Pension* zu finden, und ich hatte das *Glück,* ein solches Haus schon beim *zweiten* Versuch ausfindig zu machen. Es ist *sehr gut* geführt und *kultiviert* und hat drei *ältere Damen* als *Dauerbewohner,* die mit dem Ortsklatsch *bestens* vertraut sind, so daß es gar nichts *Vorteilhafteres* für unsere Zwecke geben könnte!!

Sowie ich dort mein Zimmer bezogen hatte, bin ich zu einem kleinen *Erkundungsausflug* aufgebrochen. Ich fand in der High Street einen sehr hilfsbereiten *Polizisten* und fragte ihn, wie ich Mrs. Wrayburns Haus finden könne. Er wußte es *genau* und erklärte mir, ich solle mit dem *Omnibus* bis zur *Fischerklause* fahren, von dort seien es noch fünf Minuten zu Fuß. Ich folgte also seinen Anweisungen und fuhr mit dem Bus aus der Stadt bis zu einer Straßenkreuzung, an der sich die Fischerklause befindet. Der Schaffner war sehr höflich und hilfsbereit und beschrieb mir den Weg, so daß ich das Haus *ohne jede Schwierigkeit* fand.

Es ist ein *schönes altes Haus,* das ganz für sich allein steht – ziemlich *groß,* im *achtzehnten* Jahrhundert erbaut, mit einer *italienischen* Veranda und herrlichem grünem Rasen und einer Zeder und wohlgeordneten Blumenbeeten, was im Sommer ein wahrer *Garten Eden* sein muß. Ich habe es mir von der Straße aus eine Weile angesehen – ich glaube nicht, daß mein Benehmen besonders *auffällig* war, sollte mich jemand gesehen haben, denn *jeder* kann sich doch für so ein schönes altes Anwesen interessieren. Die meisten *Jalousien* waren herunter, als ob der größte Teil des Hauses unbewohnt sei, und ich habe keinen *Gärtner* oder sonst jemanden gesehen – wahrscheinlich ist um diese Zeit nicht allzuviel im Garten zu tun. Einer der *Schornsteine* rauchte aber, es gab also wenigstens dieses *eine* Lebenszeichen.

Ich habe einen kleinen *Spaziergang* die Straße hinunter gemacht und bin dann umgekehrt und noch einmal an dem Haus vorbeigegangen, und diesmal sah ich ein Dienstmädchen um die Hausecke gehen, aber sie war natürlich *zu weit weg,* als daß ich sie hätte ansprechen können. Also bin ich wieder mit dem Omnibus zurückgefahren und habe in der Schönen Aussicht zu Mittag gegessen, um mit meinen Mitbewohnerinnen bekannt zu werden.

Natürlich wollte ich nicht gleich *zu neugierig* erscheinen, darum habe ich *anfangs* nichts von Mrs. Wrayburns Haus erwähnt, sondern nur ganz allgemein über Windle gesprochen. Es war nicht ganz leicht, die *Fragen* der guten alten Damen zu parieren, die sich sehr darüber *wunderten, wieso* eine Fremde um diese Jahreszeit nach Windle kommt, aber ich glaube, ich habe ihnen, ohne allzu viele direkte *Unwahrheiten* zu sagen, den *Eindruck* gegeben, daß ich zu einem kleinen Vermögen (!) gekommen sei und das Seengebiet besucht habe, um ein geeignetes Plätzchen zu finden, wo ich mich nächsten *Sommer* niederlassen könne! Ich habe auch vom *Malen* gesprochen – als junge Mädchen haben wir ja alle ein bißchen mit Wasserfarben malen gelernt, so daß ich mit genügend *technischen Kenntnissen* aufwarten konnte, um sie zu überzeugen!

Das gab mir gleich eine *gute* Gelegenheit, mich nach dem *Haus* zu erkundigen! So ein *schönes* altes Anwesen, habe ich gemeint, und ob denn dort niemand wohne? (*Natürlich* bin ich mit alledem nicht *gleich auf einmal* herausgeplatzt – zuerst habe ich mir von ihnen die vielen Sehenswürdigkeiten in der Gegend schildern lassen, die einen Künstler interessieren könnten!) Mrs.

Pegler, eine *korpulente,* KATZIGE alte Dame mit HAAREN AUF DEN ZÄHNEN (!), konnte mir alles darüber sagen. Lieber Lord Peter, was ich *jetzt* noch nicht über Mrs. Wrayburns *frühere Schlechtigkeit* weiß, LOHNT SICH BESTIMMT NICHT zu wissen!! Was aber noch *wichtiger* ist, sie hat mir den *Namen* von Mrs. Wrayburns *Pflegerin* angegeben. Es ist eine MISS BOOTH, eine etwa *sechzigjährige* ehemalige Krankenschwester, die mit Mrs. Wrayburn und den Dienstboten *ganz allein* in diesem Haus lebt. Als ich hörte, daß Mrs. Wrayburn schon so *alt* und *gelähmt* und *gebrechlich* sei, habe ich gefragt, ob es denn nicht *gefährlich* sei, wenn Miss Booth sich als einzige um sie kümmere, aber Mrs. Pegler meinte, die Haushälterin sei eine sehr *vertrauenswürdige* Person, die schon viele Jahre bei Mrs. Wrayburn arbeite und *durchaus* imstande sei, nach ihr zu sehen, wenn Miss Booth einmal nicht im Hause sei. Demnach scheint Miss Booth also manchmal aus dem Haus zu gehen! Niemand hier in der Pension scheint sie *persönlich* zu kennen, aber es heißt, man sieht sie oft in ihrer *Schwesterntracht* im Ort. Ich habe eine recht gute Beschreibung von ihr aus ihnen herauslocken können, so daß ich mir zutraue, sie *leicht* zu erkennen, wenn ich ihr einmal begegnen sollte.

Das ist nun wirklich *alles,* was ich an einem *einzigen* Tag herausbekommen konnte. Ich hoffe, Sie sind nicht *zu* enttäuscht, aber ich mußte mir schließlich so *schrecklich* viele örtliche Klatschgeschichten anhören, und natürlich konnte ich die Unterhaltung auch nicht mit *Gewalt* immer wieder auf Mrs. Wrayburn zurückbringen, sonst wäre es noch aufgefallen!

Ich melde mich *sofort* wieder, wenn ich die *allerkleinste* Neuigkeit erfahre.

Ihre sehr ergebene
KATHERINE ALEXANDRA CLIMPSON»

Miss Climpson beendete den Brief in der Abgeschiedenheit ihres Zimmers und versteckte ihn sorgfältig in ihrer geräumigen Handtasche, bevor sie nach unten ging. Ihre reiche Erfahrung mit dem Pensionsleben warnte sie, daß es nur unnötige Neugier erregen würde, einen an ein Mitglied selbst des niederen englischen Adels adressierten Brief offen vorzuzeigen. Gewiß würde dies ihr Ansehen steigern, aber im Augenblick hatte Miss Climpson nicht unbedingt den Wunsch, im Rampenlicht zu stehen. Sie schlich sich leise zur Tür hinaus und wandte ihre Schritte der Stadtmitte zu.

Am Tag zuvor hatte sie mehrere Teestuben ausgemacht – eine vornehme, zwei aufstrebende, die sich heftig Konkurrenz machten, eine veraltete und im Abstieg begriffene, ein Lyons-Restaurant und vier zweifelhafte und im großen und ganzen unbedeutende Teestuben, die nebenbei Süßwaren verkauften. Es war jetzt halb elf. Wenn sie sich ein wenig anstrengte, konnte sie in den nächsten anderthalb Stunden den Teil der Einwohnerschaft von Windle in Augenschein nehmen, der sich einen Morgenkaffee zu gönnen pflegte.

Sie gab den Brief auf und stritt eine Weile mit sich, wo sie anfangen sollte. Alles in allem neigte sie dazu, sich das Lyons-Restaurant für den nächsten Tag aufzuheben. Es war eine gewöhnliche Imbißstube, ohne Musik und Sprudelquelle. Dort verkehrten wohl hauptsächlich Angestellte und Hausfrauen. Von den anderen vier Teestuben war vielleicht das Central am vielversprechendsten. Es war ziemlich groß, hell und freundlich, und aus den Türen drangen ein paar Fetzen Musik. Im allgemeinen liebten Krankenschwestern das Große, Helle und Melodische. Aber das Central hatte einen Nachteil. Wer von Mrs. Wrayburns Haus kam, mußte, um hinzukommen, erst an allen anderen vorbei. Das machte diese Teestube ungeeignet als Beobachtungspunkt. Für diesen Zweck lag wohl das Gemütliche Eck am günstigsten, denn von dort konnte man die Bushaltestelle sehen. Also beschloß Miss Climpson, hier mit ihren Beobachtungen anzufangen. Sie fand einen Fensterplatz, bestellte eine Tasse Kaffee und etwas Gebäck und richtete sich aufs Warten ein.

Nach einer halben Stunde, in der sich keine Frau in Schwesterntracht hatte blicken lassen, bestellte sie noch eine Tasse Kaffee und etwas Blätterteiggebäck. Eine Anzahl von Leuten – meist Frauen – kam herein, aber keine von ihnen kam auch nur im entferntesten als Miss Booth in Frage. Um halb zwölf fand Miss Climpson, daß ihr weiterer Verbleib auffallen und die Geschäftsführung ärgern könnte. Sie bezahlte und ging.

Im Central waren mehr Gäste als im Gemütlichen Eck, und es war besser eingerichtet, zum Beispiel mit bequemen Korbstühlen anstelle harter Eichenholzbänke, und statt eines trägen Halbedelfräuleins in steifem Leinen bediente hier eine flinke Kellnerin. Miss Climpson bestellte noch eine Tasse Kaffee und ein Brötchen mit Butter. Ein Fensterplatz war nicht mehr frei, aber sie fand einen Tisch in der Nähe der Musik, von wo aus sie den ganzen Raum überblicken konnte. Ein wehender dunkelblauer Schleier an der Tür ließ ihr Herz einmal schneller schlagen, aber die Trägerin entpuppte sich als lebenslustige junge Frau mit zwei Kindern nebst Kinderwagen, und wieder sank ihre Hoffnung. Um zwölf Uhr mußte Miss Climpson sich eingestehen, daß ihr Besuch im Central vergebens gewesen war.

Ihr letzter Besuch galt dem Oriental – einem für die Spionage denkbar ungeeigneten Etablissement. Es bestand aus drei sehr kleinen Räumen mit unregelmäßigem Grundriß, schwach erhellt von Vierzigwattbirnen hinter japanischen Lampions und weiter verdunkelt durch Perlenvorhänge und Fenstergardinen. Neugierig wie sie war, machte Miss Climpson zuerst die Runde durch sämtliche Ecken und Nischen und schreckte einige Pärchen auf, bevor sie an einen Tisch bei der Tür zurückkehrte und ihre vierte Tasse Kaffee trank. Es wurde halb eins, aber keine Miss Booth kam. «Jetzt kann sie nicht mehr kommen», dachte Miss Climpson; «sicher muß sie jetzt nach Hause und ihrer Patientin das Mittagessen geben.»

Sie kehrte zur Schönen Aussicht zurück, brachte aber für ihre Portion Hammelkeule keinen rechten Appetit auf.

Um halb vier machte sie sich von neuem auf den Weg, um sich zur Abwechslung in eine Teeorgie zu stürzen. Diesmal verschmähte sie auch das Lyons und die vierte Teestube nicht und begann am anderen Ende des Städtchens, um sich langsam bis zur Bushaltestelle vorzuarbeiten. Gerade saß sie im Gemütlichen Eck an einem Fensterplatz und kämpfte mit ihrem fünften Nachmittagstee, als eine auf dem Trottoir dahineilende Gestalt ihre Aufmerksamkeit auf sich lenkte. Der Winterabend war schon hereingebrochen, und die Straßenbeleuchtung war nicht sehr hell, aber sie erkannte deutlich eine ältere, stämmig gebaute Krankenschwester mit schwarzem Schleier und grauem Umhang, die auf dem diesseitigen Trottoir entlanghastete. Indem sie den Hals verrenkte, sah sie die Frau einen schnellen Spurt einlegen, an der Ecke in den Bus steigen und in Richtung Fischerklause davonfahren.

«Wie ärgerlich!» sagte Miss Climpson, als das Gefährt sich entfernte. «Ich muß sie verfehlt haben. Oder sie war vielleicht irgendwo eingeladen. Jedenfalls fürchte ich, daß dieser Tag verschenkt war. Und ich bin bis oben voll mit Tee!»

Es war ein Glück, daß der Himmel Miss Climpson mit einer guten Verdauung gesegnet hatte, denn der darauffolgende Morgen erlebte eine Wiederholung des Schauspiels. Es konnte natürlich sein, daß Miss Booth nur zwei- oder dreimal in der Woche ausging, oder überhaupt nur nachmittags, aber Miss Climpson wollte kein Risiko eingehen. Jedenfalls hatte sie jetzt die Gewißheit, daß sie die Bushaltestelle im Auge behalten mußte. Diesmal bezog sie ihren Posten im Gemütlichen Eck um elf Uhr und wartete bis zwölf. Nichts geschah, und sie kehrte in die Pension zurück.

Nachmittags um drei war sie wieder da. Mittlerweile kannte die Bedienung sie schon und verriet ein leicht belustigtes, nachsichtiges Interesse an ihrem Kommen und Gehen. Miss Climpson erklärte, sie sehe so gern den vorübergehenden Leuten zu, und äußerte ein paar lobende Worte über das Café und seine Bedienung. Besonders angetan zeigte sie sich von einem originellen alten Wirtshaus auf der gegenüberliegenden Straßenseite und meinte, sie trage sich mit dem Gedanken, es zu malen.

«O ja», sagte die Kellnerin, «deswegen kommen hier viele Künstler her.»

Das gab Miss Climpson eine großartige Idee ein, und am nächsten Morgen brachte sie Bleistift und Skizzenblock mit.

Nun wollte es eine niederträchtige Laune des Schicksals, daß sie kaum ihren Kaffee bestellt, den Skizzenblock aufgeschlagen und angefangen hatte, das Dach zu skizzieren, als ein Bus vorfuhr und die beleibte Krankenschwester in ihrer grau-schwarzen Tracht ausstieg. Sie kam aber nicht ins Gemütliche Eck, sondern ging so forsch auf der anderen Straßenseite weiter, daß der Schleier ihr nachwehte wie eine Fahne.

Miss Climpson stieß einen ärgerlichen Laut aus, der die Kellnerin aufmerksam machte.

«So etwas Dummes!» sagte sie. «Nun habe ich doch meinen Radiergummi vergessen. Ich muß noch einmal weggehen und mir einen neuen kaufen.»

Sie ließ den Skizzenblock auf den Tisch fallen und stürzte zur Tür.

«Ich decke Ihnen den Kaffee zu, Miss», sagte die Kellnerin zuvorkommend. «Unten beim Bären ist das beste Schreibwarengeschäft; es gehört Mr. Bulteel.»

«Danke, vielen Dank», sagte Miss Climpson und war schon draußen.

In der Ferne wehte immer noch der schwarze Schleier. Miss Climpson hetzte atemlos hinterher, blieb jedoch auf dem diesseitigen Trottoir. Der Schleier verschwand in einer Apotheke. Ein

Stückchen dahinter überquerte Miss Climpson die Straße und blieb vor einem Schaufenster mit Babywäsche stehen. Der Schleier kam wieder heraus, wippte ein paarmal unschlüssig, drehte sich dann um, ging an Miss Climpson vorbei und trat in ein Schuhgeschäft.

«Wenn sie nur Schnürsenkel braucht, geht es schnell», dachte Miss Climpson, «aber wenn sie anprobiert, kann es den ganzen Vormittag dauern.» Sie ging langsam an der Tür vorbei. Es war Glück, daß gerade ein Kunde herauskam, so daß Miss Climpson an ihm vorbeisehen konnte. Der schwarze Schleier verschwand soeben hinten im Laden. Kühn stieß sie die Tür auf. Vorn im Laden befand sich ein Verkaufstisch für allerlei Krimskrams, und über der Tür, durch die der Schleier verschwunden war, hing ein Schild mit der Aufschrift «Damenabteilung».

Während Miss Climpson ein Paar braune Schnürsenkel kaufte, führte sie eine kurze Debatte mit sich selbst. Sollte sie ihrem Opfer folgen und die Gelegenheit beim Schopf packen? Schuhe anzuprobieren ist meist eine langwierige Sache. Der Kunde ist für längere Zeit an einen Stuhl gefesselt, während die Verkäuferin auf Trittleitern herumsteigt und ganze Stapel von Schuhkartons herunterholt. Es ist auch verhältnismäßig leicht, mit jemandem ein Gespräch anzuknüpfen, der gerade Schuhe anprobiert. Aber einen Haken hat die Sache. Um seine Gegenwart in der Schuhabteilung plausibel zu machen, muß man selbst Schuhe anprobieren. Und was geschieht? Die Verkäuferin setzt einen zunächst außer Gefecht, indem sie einem den rechten Schuh vom Fuß reißt und damit verschwindet. Angenommen, das Opfer findet inzwischen etwas Passendes, bezahlt und geht? Soll man mit einem Schuh hinterherhinken? Soll man sich verdächtig machen, indem man schnell seine eigene Fußbekleidung wieder anzieht und mit fliegenden Schuhbändern und einer hastig hingemurmelten Entschuldigung wegen einer vergessenen Verabredung davoneilt? Schlimmer noch, wenn man sich gerade in einem amphibischen Zustand befindet, indem man einen eigenen und einen dem Laden gehörenden Schuh anhat! Welchen Eindruck würde man hinterlassen, wenn man sich plötzlich mit einer Ware aus dem Staub machte, auf die man kein Anrecht hat? Würde in diesem Falle der Verfolger nicht schnell zum Verfolgten?

Nachdem Miss Climpson sich dieses Problem durch den Kopf hatte gehen lassen, bezahlte sie die Schnürsenkel und ging. Sie hatte schon in einer Teestube die Zeche geprellt, und je eine

Missetat an einem Vormittag war das äußerste, womit sie durchzukommen hoffen konnte.

Ein männlicher Detektiv, besonders wenn er sich als Arbeiter, Laufjunge oder Telegrammbote verkleidet, ist zum Beschatten in einer viel günstigeren Position. Er kann herumlungern, ohne daß es jemandem auffällt. Eine Detektivin aber darf nicht herumlungern. Andererseits kann sie vor Schaufenstern stehen, so lange sie Lust hat. Miss Climpsons Wahl fiel auf ein Hutgeschäft. Zuerst betrachtete sie ausgiebig sämtliche Hüte in beiden Fenstern, ging dann zurück und besah sich etwas eingehender ein besonders elegantes Modell mit Augenschleier und zwei merkwürdigen Auswüchsen, die aussahen wie Kaninchenohren. Genau in dem Augenblick, als ein aufmerksamer Beobachter geglaubt hätte, sie habe sich endlich entschlossen, hineinzugehen und nach dem Preis zu fragen, kam die Krankenschwester aus dem Schuhgeschäft. Miss Climpson sagte den Kaninchenohren mit bedauerndem Kopfschütteln Lebewohl, sprang schnell noch einmal zu dem anderen Fenster hinüber, schaute, schwankte, zögerte – und riß sich endgültig los.

Die Krankenschwester war jetzt etwa dreißig Schritt vor ihr und schritt kräftig aus, etwa wie ein Pferd, das seinen Stall riecht. Sie überquerte wieder die Straße, sah in ein Schaufenster voll bunter Wollsachen, überlegte es sich anders, ging weiter und trat durch die Tür des Oriental.

Miss Climpson befand sich nun in der Situation eines Schmetterlingsjägers, der nach langer Jagd den Schmetterling unterm Netz hat. Für den Augenblick ist das Tier sicher aufgehoben, und der Jäger kann Luft schnappen. Das Problem ist nun, wie er die Beute unbeschädigt herausbekommt.

Es ist natürlich leicht, jemandem in eine Teestube zu folgen und sich an seinen Tisch zu setzen, falls dort noch Platz ist. Aber vielleicht ist man nicht willkommen. Es wird womöglich als unverschämt empfunden, sich einfach an jemandes Tisch zu setzen, wenn noch andere Tische frei sind. Besser wappnet man sich mit einem Vorwand, indem man zum Beispiel ein verlorenes Taschentuch zurückgibt oder auf eine offene Handtasche hinweist. Wenn die betreffende Person einem einen solchen Vorwand nicht liefert, ist es das nächstbeste, sich selbst einen zu fabrizieren.

Das Schreibwarengeschäft war nur ein paar Türen weiter. Miss Climpson ging hinein und kaufte einen Radiergummi, drei

Ansichtskarten, einen weichen Bleistift und einen Kalender und wartete, bis alles zu einem Päckchen zusammengepackt war. Dann ging sie langsam über die Straße zurück und betrat das Oriental.

Im ersten Raum fand sie zwei Frauen und einen kleinen Jungen in einer Nische, einen milchtrinkenden alten Herrn in einer zweiten, und in der dritten ein paar Kaffee und Kuchen verzehrende junge Mädchen.

«Entschuldigen Sie», sagte Miss Climpson zu den beiden Frauen, «aber gehört dieses Päckchen vielleicht Ihnen? Ich habe es draußen vor der Tür gefunden.»

Die ältere Frau, die offenbar einkaufen gewesen war, zählte eilig ihre diversen Päckchen und befühlte sie einzeln, um sich ihren Inhalt ins Gedächtnis zurückzurufen.

«Ich glaube nicht, daß es mir gehört, aber ganz sicher weiß ich es nicht. Mal sehen. Das sind die Eier, das der Speck und – was ist das, Gertie? Ist das die Mausefalle? Nein, Moment, das ist Hustensaft, ja – und das sind Tante Ediths Schuheinlagen, das ist die Schuhcreme – nein, Heringspaste, das hier ist die Schuhcreme – nanu, ich glaube, ich habe tatsächlich die Mausefalle irgendwo verloren – aber das Päckchen da sieht nicht danach aus.»

«Nein, Mutter», sagte die jüngere Frau, «weißt du denn nicht mehr? Die Mausefalle wird doch mit der Badewanne gebracht.»

«Ach ja, natürlich. Nun, dann wäre das klar. Die Mausefalle und die zwei Bratpfannen kommen mit der Badewanne, und damit hätte ich alles, außer der Seife, aber die hast ja du, Gertie. Nein, vielen Dank, aber das Päckchen gehört nicht uns; das muß jemand anders verloren haben.»

Der alte Herr verweigerte höflich aber bestimmt die Annahme, und die jungen Mädchen kicherten nur. Miss Climpson ging weiter. Im nächsten Raum bedankten sich zwei junge Frauen mit ihren jungen Begleitern und sagten, das Päckchen gehöre nicht ihnen. Miss Climpson ging weiter ins dritte Zimmer. In einer Ecke saß eine ziemlich laute Gesellschaft mit einem Airedaleterrier, und ganz hinten, in der dunkelsten und abgelegensten aller Ecken und Nischen im ganzen Oriental saß die Krankenschwester und las in einem Buch.

Die laute Gesellschaft wußte zu dem Päckchen nichts zu sagen, und Miss Climpson, deren Herz zum Zerspringen klopfte, näherte sich der Pflegerin.

«Entschuldigen Sie», sagte sie mit liebenswürdigem Lächeln, «aber ich glaube, dieses Päckchen muß Ihnen gehören. Ich habe es vor der Tür gefunden und schon alle andern Gäste danach gefragt.»

Die Schwester sah auf. Sie war eine grauhaarige ältere Frau mit jenen merkwürdig großen blauen Augen, die den Betrachter mit ihrem intensiven Blick irritieren und meist auf eine gewisse emotionale Instabilität schließen lassen. Sie lächelte Miss Climpson an und antwortete freundlich:

«Nein, nein, das ist nicht meins. Sehr freundlich von Ihnen. Aber ich habe alle meine Sachen hier.»

Sie deutete mit unbestimmter Geste auf die gepolsterte Bank, die rings um die drei Seiten der Nische lief, und Miss Climpson verstand das sofort als Einladung und setzte sich.

«So etwas Komisches», sagte Miss Climpson. «Ich war überzeugt, daß jemand es verloren haben muß, als er hier hereinkam. Was soll ich nun damit tun?» Sie drückte vorsichtig an dem Päckchen herum. «Ich glaube ja nicht, daß etwas Wertvolles darin ist, aber man kann nie wissen. Vielleicht sollte ich es zur Polizei bringen.»

«Sie können es auch bei der Geschäftsführung abgeben», meinte die Pflegerin, «falls der Eigentümer zurückkommt und danach fragt.»

«Ach ja, das ginge», rief Miss Climpson. «Wie klug von Ihnen, daran zu denken! Natürlich, ja, das ist sogar das beste. Sie müssen mich für sehr dumm halten, aber auf den Gedanken bin ich nicht gekommen. Ich glaube, ich bin gar nicht praktisch veranlagt; um so mehr bewundere ich Leute, die es sind. Ihren Beruf könnte ich zum Beispiel *nie* ausüben. Beim kleinsten Notfall wäre ich *sofort* ganz durcheinander.»

Die Pflegerin lächelte wieder.

«Das ist großenteils eine Frage der Ausbildung», sagte sie. «Und natürlich der Übung. Man kann alle diese kleinen Schwächen heilen, indem man seinen Geist der Kontrolle durch eine höhere Macht unterwirft – finden Sie nicht?»

Ihr Blick war hypnotisch auf Miss Climpsons Augen geheftet.

«Das ist sicher richtig.»

«Es ist so völlig verkehrt», fuhr die Pflegerin fort, indem sie ihr Buch zuklappte und auf den Tisch legte, «sich vorzustellen, daß irgend etwas im Bereich des Verstandes groß oder klein sei. Noch unsere geringsten Gedanken und Handlungen werden gleichermaßen von den höheren Zentren geistiger Kräfte gelenkt, wenn wir uns nur bereit finden können, daran zu glauben.»

Eine Kellnerin kam und nahm Miss Climpsons Bestellung entgegen.

«Ach Gott! Jetzt habe ich mich so einfach an Ihren Tisch gedrängt . . .»

«Oh, bitte, bleiben Sie doch», sagte die Schwester.

«Wirklich? Ich meine, ich will Sie nicht stören –»

«Sie stören nicht. Ich führe ein sehr zurückgezogenes Leben und freue mich immer, wenn ich mal mit einem netten Menschen reden kann.»

«Wie freundlich von Ihnen. Teebrötchen mit Butter, bitte, und ein Kännchen Tee. Das ist eine hübsche kleine Teestube, finden Sie nicht? So still und friedlich. Wenn nur die Leute da drüben mit dem Hund nicht solchen Lärm machten. Ich mag diese großen, starken Tiere ja nicht und glaube auch, daß sie ziemlich gefährlich sind, Sie nicht?»

Die Antwort entging Miss Climpson, denn sie hatte plötzlich den Titel des auf dem Tisch liegenden Buches erspäht, und der Teufel oder ein hilfreicher Engel (was von beiden, konnte sie nicht sicher sagen) servierte ihr sozusagen eine ausgewachsene Versuchung auf dem Silbertablett. Das Buch kam aus einem spiritistischen Verlag und hieß: *Können die Toten sprechen?*

In einem einzigen Augenblick der Erleuchtung sah Miss Climpson ihren Plan in allen Einzelheiten fix und fertig vor sich. Zwar wich ihr Gewissen vor dem ungeheuerlichen Schwindel, den sie dazu begehen mußte, entsetzt zurück, aber der Plan war sicher. Sie rang mit dem Dämon. Konnte selbst die gerechteste Sache eine solche Gemeinheit rechtfertigen?

Sie sandte ein Stoßgebet um Erleuchtung zum Himmel, doch zur Antwort flüsterte es nur in ihrem Ohr: «Großartig gemacht, Miss Climpson!» Und die Flüsterstimme war die Stimme Lord Peters.

«Entschuldigen Sie», sagte Miss Climpson, «aber wie ich sehe, befassen Sie sich mit Spiritismus. Wie interessant!»

Wenn es ein Thema auf der Welt gab, von dem Miss Climpson behaupten konnte, einigermaßen darüber Bescheid zu wissen, dann war es der Spiritismus. Er ist eine Blume, die im Klima der Privatpensionen prächtig gedeiht. Wie oft hatte Miss Climpson schon zuhören müssen, wenn der ganze Klimbim von Sphären und Kontrollgeistern, Korrespondenzen und Wahrträumen,

Astralleibern, Auras und ektoplastischen Materialisationen vor ihrem protestierenden Intellekt ausgebreitet wurde. Daß dies für die Kirche ein verbotenes Thema war, wußte sie sehr gut, aber sie war schon bei so vielen alten Damen als Gesellschafterin angestellt gewesen, daß sie so manches Mal gezwungen gewesen war, sich im Hause Rimmon zu verneigen.

Und dann war da dieser wunderliche kleine Mann von der Gesellschaft für parapsychologische Forschungen gewesen. Er hatte vierzehn Tage lang mit ihr im selben Gästehaus in Bornemouth gewohnt. Seine Spezialität war die Durchsuchung von Spukhäusern und die Entdeckung von Poltergeistern. Er hatte Miss Climpson recht gern gemocht, und sie hatte sich manch interessanten Abend lang von ihm die verschiedenen Tricks erklären lassen, mit denen Medien arbeiteten. Unter seiner Anleitung hatte sie gelernt, Tische zu rücken und explosionsartige Knackgeräusche zu erzeugen; sie wußte, wie man an einem versiegelten Tafelpaar nach den Spuren der Keile suchte, mit deren Hilfe man an einem langen schwarzen Draht die Kreide einführte, um die Geisterbotschaft zu schreiben. Sie hatte die raffinierten Gummihandschuhe gesehen, die in einer Schüssel Wachs den Abdruck einer Geisterhand hinterließen, nachdem man die Luft herausgelassen, sie von dem gehärteten Wachs gelöst und durch ein Loch, durch das nicht einmal eine Kinderhand paßte, herausgezogen hatte. Sie wußte sogar – theoretisch zumindest; ausprobiert hatte sie es nie –, wie man die Hände zum Fesseln hinter dem Rücken halten mußte, um den ersten Scheinknoten zu erzwingen, der alle weiteren Knoten nutzlos machte, oder wie man in einem abgedunkelten Raum umherhuschen und auf Tamburine schlagen konnte, obwohl man sich gefesselt und beide Fäuste mit Mehl gefüllt in eine schwarze Kammer hatte sperren lassen. Miss Climpson hatte sich sehr über die Dummheit und Schlechtigkeit der Menschen gewundert.

Die Pflegerin redete weiter, und Miss Climpson antwortete ganz mechanisch.

«Sie ist erst Anfängerin», sagte Miss Climpson bei sich. «Sie liest ein Lehrbuch ... Und sie ist vollkommen unkritisch ... Sicher weiß sie, daß diese Frau schon vor langer Zeit entlarvt wurde ... Leute wie sie dürfte man nicht frei herumlaufen lassen – sie fordern ja geradezu zum Betrug heraus ... Ich kenne diese Mrs. Craig nicht, von der sie spricht, aber ich würde sagen, sie ist mit allen Wassern gewaschen ... Ich muß Mrs. Craig aus dem Weg gehen; wahrscheinlich versteht sie zuviel davon ... Wenn diese arme, irregeleitete Kreatur das schluckt, dann schluckt sie alles.»

«Es erscheint so wunderbar, nicht wahr?» sagte Miss Climpson laut. «Aber ist es nicht ein ganz klein wenig *gefährlich?* Man sagt mir, ich hätte selbst mediale Fähigkeiten, aber ich habe mich noch nie getraut, das *auszuprobieren.* Ist es wirklich klug, seinen Geist diesen übernatürlichen Einflüssen zu öffnen?»

«Es ist nicht gefährlich, wenn man den rechten Weg kennt», antwortete die Pflegerin. «Man muß lernen, eine Hülle reiner Gedanken um seine Seele herum aufzubauen, damit keine bösen Einflüsse hineinkönnen. Ich hatte schon die wunderbarsten Gespräche mit den lieben Menschen, die dahingegangen sind ...»

Miss Climpson füllte die Teekanne auf und schickte die Kellnerin nach einem Teller mit Zuckergebäck.

« ... leider bin ich selbst kein gutes Medium – das heißt, noch nicht. Wenn ich allein bin, gelingt mir überhaupt nichts. Mrs. Craig sagt, das kommt noch mit der Übung und mit Konzentration. Gestern abend habe ich mit der Ouijatafel zu arbeiten versucht, aber sie hat nur Spiralen geschrieben.»

«Ihr Bewußtsein ist vermutlich zu aktiv», sagte Miss Climpson.

«Ja, das muß es sein. Mrs. Craig sagt, ich sei wunderbar einfühlsam. Bei unseren Sitzungen erzielen wir die wunderbarsten Ergebnisse. Leider ist sie zur Zeit im Ausland.»

Miss Climpsons Herz machte einen Freudensprung, und beinahe hätte sie ihren Tee verschüttet.

«Dann sind Sie selbst also ein Medium?» fuhr die Schwester fort.

«Man sagt es», antwortete Miss Climpson vorsichtig.

«Ich überlege», sagte die Schwester, «ob wir nicht, wenn wir gemeinsam –»

Sie sah Miss Climpson mit hungrigem Blick an.

«Ich möchte eigentlich nicht –»

«O doch! Sie sind so ein verständnisvoller Mensch. Ich bin fest überzeugt, daß wir gute Ergebnisse bekommen. Und die Geister sind doch selbst so rührend darauf bedacht, mit uns in Verbindung zu treten. Natürlich würde ich es auch nicht gern versuchen, wenn ich mir der betreffenden Person nicht sicher wäre. Es laufen so viele betrügerische Medien herum –» («Na, das weißt du wenigstens», dachte Miss Climpson) – «aber bei jemandem wie Ihnen kann man absolut sicher sein. Sie werden sehen, wie das Ihr Leben verändert. Früher war ich immer so unglücklich über alles Übel und Elend in der Welt – unsereiner bekommt ja so viel davon zu sehen –, bis mir die Gewißheit des Lebens nach dem Tode bewußt wurde, und daß alle Heimsuchungen uns nur geschickt werden, um uns für ein Leben in einer höheren Sphäre bereit zu machen.»

«Nun», sagte Miss Climpson langsam, «einen Versuch könnte ich ja mal wagen. Aber wissen Sie, ich kann nicht von mir behaupten, daß ich *wirklich* daran glaube.»

«Sie werden – Sie werden!»

«Natürlich habe ich auch schon manchmal merkwürdige Dinge geschehen sehen – Dinge, bei denen ein Betrug ausgeschlossen war, weil ich die Menschen kannte – und für die ich keine Erklärung wußte –»

«Kommen Sie doch heute abend zu mir, bitte!» sagte die Pflegerin beschwörend. «Wir werden eine ganz ruhige Séance abhalten, dann sehen wir ja, ob Sie wirklich ein Medium sind. Ich zweifle überhaupt nicht daran, daß Sie eines sind.»

«Na schön», sagte Miss Climpson. «Darf ich übrigens Ihren Namen erfahren?»

«Caroline Booth –. Ich pflege eine gelähmte alte Frau in dem großen Haus an der Kendal Road.»

«Gott sei Lob und Dank, wenigstens dafür», dachte Miss Climpson. Laut sagte sie:

«Und mein Name ist Climpson – ich glaube, ich habe noch irgendwo eine Karte. Ach nein – ich habe sie in der Pension gelassen. Ich wohne in der Schönen Aussicht. Wie finde ich zu Ihnen?»

Miss Booth nannte ihr die Adresse und die Abfahrtzeiten des Busses und lud sie noch zum Abendessen ein, was dankbar angenommen wurde. Miss Climpson ging nach Hause und schrieb in größter Eile:

«Lieber Lord Peter,

Sie werden sich *gewiß* schon gefragt haben, was aus mir *geworden* ist. Aber *endlich* habe ich eine NEUIGKEIT! Ich habe DIE FESTUNG GENOMMEN!!! Heute abend werde ich *das Haus* aufsuchen, und Sie dürfen GROSSE DINGE erwarten!!!

In Eile
Ihre sehr ergebene
Katharine A. Climpson»

Miss Climpson ging nach dem Lunch wieder ins Städtchen. Als ehrlicher Mensch holte sie zuerst im Gemütlichen Eck ihren Skizzenblock ab und bezahlte den Kaffee, wobei sie erklärte, sie sei morgens einer Bekannten begegnet und aufgehalten worden. Dann suchte sie eine Reihe von Geschäften auf. Schließlich kaufte sie noch eine metallene Seifendose, die für ihre Zwecke geeignet zu sein schien. Ihre Seitenflächen waren leicht konvex, und wenn man sie in geschlossenem Zustand ein wenig zusammendrückte, sprang sie mit vernehmlichem Knacken in ihre ursprüngliche Form zurück. Diese Dose befestigte sie mit etwas Findigkeit und viel Heftpflaster an einem kräftigen elastischen Strumpfband. Wenn sie dieses Strumpfband über ihr knochiges Knie streifte und die Dose ruckartig gegen das andere Knie drückte, gab diese eine Serie so überraschender Knacklaute von sich, daß der größte Skeptiker die Waffen strecken mußte. Miss Climpson setzte sich vor den Spiegel und übte vor dem Tee eine Stunde lang, bis sie das Knacken mit einem Minimum an körperlicher Bewegung zustande brachte.

Außerdem hatte sie ein Stück steifen, schwarz umwickelten Draht gekauft, wie man ihn in Huträndern verwendet. Wenn sie ihn doppelt nahm, zu einem zweifachen Winkel bog und an ihrem Handgelenk befestigte, konnte sie mit Hilfe dieser Vorrichtung einen leichten Tisch ohne weiteres bewegen. Das Gewicht eines schweren Tisches würde der Draht nicht aushalten, fürchtete sie, aber sie hatte nicht die Zeit, sich erst noch etwas von einem Schmied anfertigen zu lassen. Jedenfalls konnte sie es mit dem Draht versuchen. Sie stöberte noch ein schwarzes, samtenes Abendkleid mit langen, weiten Ärmeln auf und überzeugte sich, daß sie die Drähte gut darin verstecken konnte.

Um sechs Uhr zog sie dieses Kleidungsstück an, befestigte die Seifendose an ihrem Knie – allerdings an der Außenseite, um ihre Mitreisenden im Bus nicht durch unzeitiges Knacken zu erschrecken –, hüllte sich in einen dicken Regenmantel von schottischem Schnitt, nahm Hut und Schirm und machte sich auf, um Mrs. Wrayburns Testament zu stehlen.

17. Kapitel

Das Abendessen war vorbei. Es war in einem schönen, getäfelten alten Zimmer mit Adam-Decke und -Kamin serviert worden, und es hatte ausgezeichnet geschmeckt. Miss Climpson fühlte sich gestärkt und zum Handeln bereit.

«Wir gehen in mein Zimmer, ja?» sagte Miss Booth. «Es ist das einzige wirklich gemütliche Zimmer. Natürlich ist der größte Teil des Hauses unbewohnt. Wenn Sie mich einen Augenblick entschuldigen, meine Liebe, gehe ich schnell nach oben und gebe Mrs. Wrayburn ihr Abendessen und versorge sie, die Ärmste, und dann können wir anfangen. Ich brauche höchstens etwa eine halbe Stunde.»

«Dann ist sie also völlig hilflos?»

«Ja, völlig.»

«Kann sie sprechen?»

«Sprechen kann man es nicht nennen. Sie murmelt manchmal etwas vor sich hin, aber zu verstehen ist davon nichts. Es ist traurig, wirklich, und dabei ist sie so reich. Es wird ein Glück für sie sein, wenn sie endlich stirbt.»

«Die arme Frau!» sagte Miss Climpson.

Ihre Gastgeberin führte sie in ein kleines, fröhlich möbliertes Wohnzimmer und ließ sie dort inmitten von Kretonnedeckchen und allerlei Zierat allein. Miss Climpsons Blick huschte schnell über die Bücher – vorwiegend Romane, mit Ausnahme einiger spiritistischer Standardwerke – und nahm dann den Kaminsims in Augenschein. Er war, wie meist bei Krankenschwestern, voller Fotos. Zwischen Gruppenaufnahmen mit Kolleginnen und Porträts mit der Inschrift «Von Ihrem dankbaren Patienten» fiel eine Fotografie im Kabinettformat auf, die einen Herrn in Kleidung und Barttracht der Neunziger Jahre neben einem Fahrrad zeigte, das offenbar auf einem freischwebenden steinernen Balkon mit einer Felsschlucht im Hintergrund stand. Das Bild hatte einen schweren, schmuckvollen Silberrahmen.

«Für einen Vater zu jung», sagte Miss Climpson, während sie

schon den Verschluß an der Rückseite öffnete. «Entweder ihr Liebster oder ein Bruder. Hm! ‹Meiner liebsten Lucy in ewiger Liebe, Harry.› Demnach kein Bruder. Anschrift des Fotografen: Coventry. Möglicherweise Fahrradbranche. Was ist aus Harry geworden? Offenbar nicht ihr Mann. Gestorben oder untreu geworden. Erstklassiger Rahmen und Ehrenplatz; ein Strauß Gewächshausnarzissen in der Vase – ich glaube, Harry hat das Zeitliche gesegnet. Was sonst noch? Gruppenbild der Familie? Ja. Namen entgegenkommenderweise darunter. Die liebste Lucy mit Ponyfrisur, Papa, Mama, Tom und Gertrude. Tom und Gertrude sind älter, können aber noch am Leben sein. Papa ist Pfarrer. Ziemlich großes Haus – ländliches Pfarrhaus vermutlich. Adresse des Fotografen: Maidstone. Augenblick. Hier ist Papa in einer anderen Gruppe, mit einem Dutzend kleiner Jungen. Also Schulmeister, oder Privatlehrer. Zwei der Jungen haben Strohhüte mit Zickzackbändern auf dem Kopf – also wahrscheinlich Schule. Was ist das da für ein Silberpokal? Thos. Booth und noch drei Namen – Rudermannschaft des Pembroke College, 1883. Kein teures College. Ob Papa gegen Harry war wegen der Fahrradbranche? Das Buch dort sieht aus wie ein Schulpreis. Ist es auch. Mädchenschule Maidstone – für hervorragende Leistungen in englischer Literatur. Na ja. Kommt sie etwa wieder? Nein, falscher Alarm. Junger Mann in Khakiuniform – ‹Dein Dich liebender Neffe G. Booth› – vermutlich also Toms Sohn. Ob er am Leben geblieben ist? Halt – diesmal kommt sie wirklich.»

Als die Tür aufging, saß Miss Climpson in ein Buch vertieft am Kamin.

«Entschuldigen Sie, daß ich Sie so lange warten lassen mußte», sagte Miss Booth, «aber die Ärmste ist heute abend sehr unruhig. Jetzt müßte es ein paar Stunden gehen, aber später muß ich noch einmal zu ihr. Sollen wir gleich anfangen? Ich kann es gar nicht erwarten!»

Miss Climpson war nur zu gern bereit.

«Gewöhnlich nehmen wir diesen Tisch», sagte Miss Booth, indem sie einen kleinen runden Bambustisch anschleppte, der zwischen den Beinen eine Ablage hatte. Miss Climpson fand, sie habe noch nie ein Möbelstück gesehen, das für die Vortäuschung paranormaler Erscheinungen besser geeignet gewesen wäre, und lobte Mrs. Craigs Wahl von ganzem Herzen.

«Halten wir die Séance bei Licht?» fragte sie.

«Nicht bei hellem Licht», sagte Miss Booth. «Mrs. Craig hat mir erklärt, daß die blauen Strahlen des Tageslichts oder auch des elektrischen Lichts für die Geister zu hart sind. Sie stören die Vibrationen. Darum machen wir das Licht gewöhnlich aus und sitzen im Feuerschein, der gerade hell genug ist, um Notizen zu machen. Wollen Sie schreiben, oder soll ich?»

«Ich glaube, das machen besser Sie, weil Sie mehr Übung haben», sagte Miss Climpson.

«Schön.» Miss Booth holte einen Bleistift und einen Schreibblock und knipste das Licht aus.

«Jetzt setzen wir uns einfach hin und legen die Daumen und Fingerspitzen ganz leicht auf den Tisch, nahe bei der Kante. Besser bildet man natürlich einen Kreis, aber das geht ja zu zweit schlecht. Und ganz am Anfang ist es, glaube ich, besser, nicht zu reden – bis der Rapport hergestellt ist, nicht wahr? Auf welcher Seite möchten Sie sitzen?»

«Ach, hier sitze ich gut», sagte Miss Climpson.

«Das Feuer im Rücken stört Sie nicht?»

Es störte Miss Climpson gewiß nicht.

«Nun, das ist auch gut so, denn dann werden die Strahlen vom Tisch abgehalten.»

«Das habe ich mir gedacht», antwortete Miss Climpson wahrheitsgemäß.

Sie legten Daumen und Fingerspitzen auf den Tisch und warteten.

Zehn Minuten vergingen.

«Haben Sie schon eine Bewegung gefühlt?» flüsterte Miss Booth.

«Nein.»

«Manchmal dauert es ein bißchen.»

Stille.

«Ah! Ich glaube, jetzt habe ich was gefühlt!»

«Ich habe ein Gefühl in den Fingern wie von lauter Stecknadeln.»

«Ich auch. Bald ist es soweit.»

Pause.

«Möchten Sie ein wenig ausruhen?»

«Mir tun die Handgelenke ganz schön weh.»

«Das ist nur, bis Sie sich daran gewöhnt haben. Es ist die Energie, die durch sie strömt.»

Miss Climpson hob die Finger vom Tisch und rieb sich beide

Handgelenke. Die dünnen schwarzen Haken kamen still und leise bis zum Saum ihrer schwarzen Samtärmel herunter.

«Ich bin sicher, daß die Energie überall um uns herum ist. Und ich fühle einen kalten Schauer auf dem Rücken.»

«Machen wir weiter», sagte Miss Climpson. «Ich bin jetzt wieder ganz frisch.»

Stille.

«Ich habe ein Gefühl», flüsterte Miss Climpson, «als ob mich jemand beim Genick faßte.»

«Nicht bewegen!»

«Meine Arme sind von den Ellbogen abwärts wie tot.»

«Pst! Meine auch.»

Miss Climpson hätte hinzufügen können, daß ihre Deltamuskeln schmerzten, wenn sie den Namen dafür gewußt hätte. Das kommt oft vor, wenn man dasitzt und Daumen und Fingerspitzen auf dem Tisch liegen hat, ohne Stütze für die Handgelenke.

«Ich fühle ein Kribbeln von Kopf bis Fuß», sagte Miss Booth.

In diesem Augenblick machte der Tisch einen heftigen Ruck. Miss Climpson hatte die Kraft, die für das Bewegen eines Bambustisches erforderlich war, weit überschätzt.

«Ah!»

Nach einer kurzen Erholungspause begann sich der Tisch von neuem zu bewegen, aber sanfter diesmal, bis er in ein regelmäßiges Schaukeln überging. Miss Climpson stellte fest, daß sie durch vorsichtiges Heben eines ihrer ziemlich großen Füße die Haken an ihren Armen fast völlig entlasten konnte. Das war gut so, denn sie zweifelte, ob ihre Arme der Anstrengung noch lange gewachsen sein würden.

«Sollen wir mit ihm sprechen?» fragte Miss Climpson.

«Augenblick noch», sagte Miss Booth. «Er will zur Seite ausweichen.»

Diese Behauptung, die ein hohes Maß an Phantasie verriet, erstaunte Miss Climpson, aber gehorsam gab sie dem Tisch eine leichte Drehbewegung.

«Sollen wir aufstehen?» schlug Miss Booth vor.

Das war Miss Climpson nicht so recht, denn es ist nicht leicht, einen schaukelnden Tisch in gebückter Haltung und auf einem Bein stehend in Bewegung zu halten. Sie beschloß, in Trance zu fallen. Sie ließ den Kopf auf die Brust sinken und gab ein leises Stöhnen von sich. Gleichzeitig zog sie die Hände zurück und löste die Haken vom Tisch, der sich nun mit ruckartigen Bewegungen unter ihren Fingern weiterdrehte.

Vom Feuer purzelte polternd ein Stück Kohle herunter und ließ eine helle Flamme auflodern. Miss Climpson erschrak, und der Tisch hörte auf, sich zu drehen, und setzte mit leisem Plumps auf dem Boden auf.

«Ach nein!» rief Miss Booth. «Das Licht hat die Vibrationen zerstreut. Ist mit Ihnen alles in Ordnung, meine Liebe?»

«Ja, ja», sagte Miss Climpson wie abwesend. «Ist etwas passiert?»

«Die Energie war ungeheuer», sagte Miss Booth. «So stark habe ich sie noch nie gefühlt.»

«Ich glaube, ich muß eingeschlafen sein», sagte Miss Climpson.

«Sie waren in Trance», sagte Miss Booth. «Der Kontrollgeist wollte von Ihnen Besitz ergreifen. Sind Sie sehr müde, oder können Sie weitermachen?»

«Ich fühle mich ganz in Ordnung», sagte Miss Climpson «nur ein bißchen benebelt.»

«Sie sind ein wunderbar starkes Medium», sagte Miss Booth.

Miss Climpson, die heimlich ihr Fußgelenk beugte und streckte, war geneigt, ihr zuzustimmen.

«Jetzt stellen wir aber einen Schirm vors Feuer», sagte Miss Booth. «Das ist besser. So!»

Die Hände lagen wieder auf dem Tisch, der fast unverzüglich wieder anfing zu wackeln.

«Wir sollten keine Zeit mehr verlieren», sagte Miss Booth. Sie räusperte sich ein wenig und wandte sich an den Tisch:

«Ist hier ein Geist?»

Knack! Der Tisch hörte auf, sich zu bewegen.

«Könntest du bitte einmal klopfen, wenn du ja sagen willst, und zweimal für nein?»

Knack!

Der Vorteil dieser Befragungsmethode ist, daß der Auskunftheischende gezwungen ist, Suggestivfragen zu stellen.

«Bist du der Geist eines Verstorbenen?»

«Ja.»

«Bist du Fedora?»

«Nein.»

«Bist du einer von den Geistern, die mich zuvor schon besucht haben?»

«Nein.»
«Bist du uns freundlich gesinnt?»
«Ja.»
«Freust du dich, uns hier zu sehen?»
«Ja. Ja. Ja.»
«Bist du glücklich?»
«Ja.»
«Bist du hier, um etwas für dich zu erbitten?»
«Nein.»
«Möchtest du uns persönlich irgendwie helfen?»
«Nein.»
«Sprichst du im Auftrag eines anderen Geistes?»
«Ja.»
«Will er mit meiner Freundin sprechen?»
«Nein.»
«Dann also mit mir?»
«Ja, ja, ja, ja.» (Der Tisch wackelte heftig.)
«Ist es der Geist einer Frau?»
«Nein.»
«Eines Mannes?»
«Ja.»
Ein kleiner Seufzer.
«Ist es der Geist, mit dem ich schon in Verbindung zu treten versucht habe?»
«Ja.»
Pause und ein leichtes Kippen des Tisches.
«Willst du mit Hilfe des Alphabets zu uns sprechen? Einmal klopfen für A, zweimal für B und so weiter?»
(«Verspätete Vorsicht», dachte Miss Climpson.)
Knack!
«Wie heißt du?»
Acht Klopfer, und ein lange angehaltener Atem.
Ein Klopfer –
«H – A –»
Eine lange Folge von Klopfern.
«War das ein R? Du klopfst zu schnell.»
Knack!
«H – A – R – stimmt das?»
«Ja.»
«Vielleicht Harry?»
«Ja. Ja. Ja!»

«O Harry! Endlich! Wie geht es dir? Bist du glücklich?»
«Ja – nein – einsam.»
«Es war nicht meine Schuld, Harry.»
«Doch. Schwach.»
«Aber ich mußte an meine Pflicht denken. Erinnere dich bitte, wer zwischen uns kam.»
«Ja. V – A –»
«Nein, nicht Vater, Harry! Es war Mutter.»
«– M – P – I – R!» vollendete der Geist triumphierend.
«Wie kannst du so ungezogen reden!»
«Die Liebe kommt zuerst.»
«Das weiß ich jetzt. Aber ich war doch noch ein junges Mädchen. Kannst du mir noch nicht verzeihen?»
«Alles vergeben. Auch Mutter vergeben.»
«Das freut mich. Was tust du eigentlich dort, wo du bist, Harry?»
«Warten. Helfen. Sühnen.»
«Hast du eine bestimmte Botschaft für mich?»
«Geh nach Coventry!» Hier wurde der Tisch ganz aufgeregt. Die Botschaft schien die Fragerin zu überwältigen.
«Oh, du bist es wirklich, Harry! Du hast unseren alten kleinen Scherz nicht vergessen. Sag mir –»
Der Tisch verriet an dieser Stelle Anzeichen höchster Erregung und rasselte ein Trommelfeuer unverständlicher Buchstaben herunter.
«Was möchtest du?»
«G – G – G –»
«Da muß jemand anders stören», sagte Miss Booth. «Wer ist das jetzt, bitte?»
«G – E – O – R – G – E» (sehr schnell).
«George! Ich kenne keinen George, außer Toms Sohn. Ob ihm etwas zugestoßen ist?»
«Hahaha! Nicht George Booth. George Washington.»
«George Washington?»
«Haha!» (Der Tisch begann derart zu bocken, daß das Medium ihn kaum noch halten zu können schien. Miss Booth, die bis dahin die Unterhaltung mitgeschrieben hatte, legte jetzt die Hände wieder auf den Tisch, der sofort seine Possen einstellte und nur noch sanft schaukelte.)
«Wer ist jetzt da?»
«Pongo.»

«Wer ist Pongo?»
«Euer Kontrollgeist.»
«Wer hat da eben mit uns gesprochen?»
«Böser Geist. Ist jetzt weg.»
«Ist Harry noch da?»
«Fort.»
«Möchte sonst noch jemand sprechen?»
«Helen.»
«Was für eine Helen?»
«Weißt du nicht mehr? Maidstone.»
«Maidstone? Ach, du meinst Ellen Pate?»
«Ja, Pate.»
«Kaum zu glauben! Guten Abend, Ellen. Wie schön, von dir zu hören.»
«Denk an den Krach.»
«Du meinst den großen Krach im Schlafsaal?»
«Kate böses Mädchen.»
«Nein, ich erinnere mich an keine Kate, außer Kate Hurley. Die meinst du doch nicht, oder?»
«Böse Kate. Licht aus.»
«Ach, *jetzt* weiß ich, was du meinst! Den Kuchen, nachdem das Licht aus war.»
«Stimmt.»
«Du bist immer noch sehr schlecht in Rechtschreibung, Ellen.»
«Miss – Miss –»
«Mississippi? Hast du's noch immer nicht gelernt?»
«Komisch.»
«Sind schon viele aus unserer Klasse da, wo du bist?»
«Alice und Mabel. Lassen grüßen.»
«Wie lieb von ihnen. Grüße sie auch.»
«Alle lieb. Liebe, Blumen, Sonne.»
«Was meinst – »
«P», machte der Tisch ungeduldig.
«Ist das wieder Pongo?»
«Ja. Müde.»
«Möchtest du, daß wir aufhören?»
«Ja. Ein andermal.»
«Na schön. Gute Nacht.»
«Gute Nacht.»
Das Medium lehnte sich mit einem durchaus gerechtfertigten

Ausdruck völliger Erschöpfung in den Sessel zurück. Es ist sehr ermüdend, die Buchstaben des Alphabets zu klopfen, und außerdem fürchtete sie, die Seifendose könne verrutschen.

Miss Booth knipste das Licht an.

«Oh, war das wunderbar!» sagte sie.

«Haben Sie die Antworten bekommen, die Sie haben wollten?»

«Aber ja. Haben Sie sie nicht gehört?»

«Ich bin nicht immer mitgekommen», sagte Miss Climpson.

«Das Zählen ist ein bißchen schwierig, bis man sich daran gewöhnt hat. Sie müssen furchtbar müde sein. Wir hören jetzt auf und machen uns einen Tee. Das nächstemal können wir vielleicht mit der Ouijatafel arbeiten. Damit dauert es nicht annähernd so lange, bis man die Antworten hat.»

Miss Climpson ließ sich das durch den Kopf gehen. Gewiß wäre es weniger ermüdend, aber sie war nicht sicher, ob sie damit umgehen konnte.

Miss Booth setzte Wasser auf und sah auf die Uhr.

«Meine Güte! Es ist schon gleich elf. Wie die Zeit verflogen ist! Jetzt muß ich aber ganz schnell hinauf und nach meinem Schützling sehen. Möchten Sie inzwischen die Fragen und Antworten lesen? Ich glaube nicht, daß ich lange fort bin.»

Soweit ganz zufriedenstellend, dachte Miss Climpson. Das Vertrauen war hergestellt. In wenigen Tagen würde sie ihren Plan ausführen können. Aber beinahe wäre sie über George gestolpert. Und es war dumm von ihr gewesen, «Helen» zu sagen. Nellie wäre auch gegangen – vor fünfundvierzig Jahren hatte es in jeder Klasse eine Nellie gegeben. Aber schließlich kam es gar nicht darauf an, was man sagte – die andere würde einem in jedem Fall heraushelfen. Mein Gott, wie taten ihr die Arme und Beine weh! Müde fragte sie sich, ob sie wohl jetzt den letzten Bus verpaßt hatte.

«Ich fürchte, ja», sagte Miss Booth, als ihr bei ihrer Rückkehr diese Frage gestellt wurde. «Aber wir rufen ein Taxi. Natürlich auf meine Kosten, meine Liebe. Doch, ich bestehe darauf, wo Sie doch so nett waren, hier herauszukommen, nur um mir eine Freude zu machen. Finden Sie nicht, daß diese Kommunikationen einfach wundervoll sind? Harry hat sich noch nie gemeldet – armer Harry! Ich fürchte, ich war sehr unfreundlich zu ihm. Er hat geheiratet, aber Sie sehen, er hat mich nie vergessen. Er wohnte in Coventry, und darüber haben wir immer einen Witz gemacht – auf den hat er angespielt mit dem, was er sagte. Ich frage mich nur, was für eine Alice und Mabel das waren. Wir hatten eine Alice Gibbons und eine Alice Roach – beides so nette Mädchen; Mabel muß Mabel Herridge sein, glaube ich. Sie hat vor -zig Jahren geheiratet und ist nach Indien gegangen. Ihren Frauennamen weiß ich gar nicht, und ich habe seitdem auch nie wieder von ihr gehört, aber sie muß in die andere Welt eingegangen sein. Pongo ist ein neuer Kontrollgeist. Wir müssen ihn mal fragen, wer er ist. Mrs. Craigs Kontrollgeist ist Fedora – sie war Sklavin am Hofe Poppaeas.»

«Nein, wirklich?» sagte Miss Climpson.

«Sie hat uns eines Nachts ihre Geschichte erzählt. So romantisch. Man hat sie den Löwen vorgeworfen, weil sie Christin war und sich nicht mit Nero einlassen wollte.»

«Wie interessant!»

«Ja, nicht? Aber sie spricht nicht sehr gut englisch und ist manchmal ziemlich schwer zu verstehen. Und manchmal läßt sie die Störenfriede dazwischenkommen. Pongo hat uns ja George Washington sehr schnell vom Hals geschafft. Sie werden wiederkommen, ja? Morgen abend?»

«Gewiß, wenn Sie es möchten.»

«Ja, bitte. Und nächstes Mal müssen Sie auch nach einer Botschaft für sich selbst fragen.»

«Das werde ich tun», sagte Miss Climpson. «Es war ja so eine *Offenbarung* für mich – einfach *wunderbar.* Ich hätte mir nie *träumen* lassen, daß ich so eine Gabe besitze.»

Und das war ebenfalls die Wahrheit.

18. Kapitel

Es wäre natürlich sinnlos gewesen, wenn Miss Climpson versucht hätte, vor den Damen der Pension zur Schönen Aussicht zu verheimlichen, wo sie gewesen war und was sie getan hatte. Ihre nächtliche Rückkehr im Taxi hatte bereits die lebhafteste Neugier geweckt, und so sagte sie die Wahrheit, um nicht Gefahr zu laufen, schlimmerer Ausschweifungen bezichtigt zu werden.

«Meine liebe Miss Climpson», sagte Mrs. Pegler, «Sie halten mich hoffentlich nicht für aufdringlich, aber ich muß Sie vor dieser Mrs. Craig und ihrem Freundeskreis warnen. Ich bezweifle ja nicht, daß Miss Booth eine hervorragende Frau ist, aber ich mag die Kreise nicht, in denen sie verkehrt. Außerdem halte ich nichts vom Spiritismus. Das ist ein Vordringen in Bereiche, die nicht für uns bestimmt sind, und kann sehr unerwünschte Folgen haben. Wenn Sie eine verheiratete Frau wären, würde ich mich hier etwas deutlicher ausdrücken, aber Sie dürfen mir glauben, daß solche Betätigungen auf mehr als eine Weise ernste Auswirkungen auf den Charakter haben können.»

«Oh, Mrs. Pegler», sagte Miss Etheredge, «ich finde, das sollten Sie wirklich nicht sagen. Einer der charakterlich saubersten Menschen, die ich kenne – eine Frau, die zur Freundin zu haben eine Ehre ist – ist Spiritistin, und sie lebt und wirkt wie eine Heilige.»

«Das kann sehr wohl sein, Miss Etheredge», antwortete Mrs. Pegler, indem sie ihre füllige Figur höchst eindrucksvoll aufrichtete, «aber darum geht es nicht. Ich sage nicht, daß ein Spiritist kein gutes Leben führen *kann*, aber ich sage, daß die meisten von ihnen im Charakter sehr zu wünschen übrig lassen und alles andere als wahrheitsliebend sind.»

«Ich bin im Laufe meines Lebens schon etlichen sogenannten Medien begegnet», pflichtete Miss Tweall ihr bissig bei, «und sie waren alle, *ausnahmslos*, Menschen, denen ich nicht weiter trauen würde, als ich sehen kann – wenn überhaupt so weit.»

«Das trifft auf viele von ihnen sicher zu», sagte Miss Climpson, «und *gewiß* kann niemand das besser beurteilen als *ich selbst.* Aber ich glaube und hoffe, daß manche doch wenigstens *aufrichtig* sind mit dem, was sie sagen, auch wenn sie sich *irren.* Was meinen Sie, Mrs. Liffey?» wandte sie sich an die Besitzerin des Etablissements.

«N–nun», meinte Mrs. Liffey – von Berufs wegen gehalten, so weit wie möglich allen Parteien recht zu geben –, «ich muß sagen, daß nach allem, was ich gelesen habe, und das ist nicht viel, denn ich habe kaum Zeit zum Lesen – trotzdem, ich meine, das eine oder andere zeigt ja doch, daß in bestimmten Fällen und unter streng kontrollierten Bedingungen möglicherweise ein Körnchen Wahrheit an den Behauptungen der Spiritisten sein könnte. Allerdings würde ich persönlich nie etwas damit zu tun haben wollen; wie Mrs. Pegler schon sagt, gewöhnlich halte ich nicht viel von der Sorte Leute, die sich damit abgibt, obwohl es da sicher viele Ausnahmen gibt. Ich finde, man sollte solche Fragen lieber Leuten überlassen, die für so etwas qualifiziert sind.»

«Da gebe ich Ihnen recht», sagte Mrs. Pegler. «Ich kann mit Worten gar nicht den Abscheu ausdrücken, den ich empfinde, wenn Frauen wie diese Mrs. Craig sich in Bezirke vordrängen, die uns allen heilig sein sollten. Stellen Sie sich vor, Miss Climpson, daß diese Frau – die ich nicht kenne und auch gar nicht erst kennenlernen will – tatsächlich einmal die Unverschämtheit besessen hat, mir zu schreiben, sie habe bei einer ihrer Séancen, wie sie das nennt, eine Botschaft erhalten, die angeblich von meinem seligen Mann kam. Ich kann Ihnen nicht sagen, was ich dabei empfunden habe. Daß der Name des Generals in aller Öffentlichkeit in Verbindung mit diesem verbrecherischen Humbug genannt wurde! Und natürlich war alles von A bis Z erfunden, denn der General wäre der *letzte* gewesen, der mit solchem Treiben etwas hätte zu tun haben wollen. ‹Gemeingefährlichen Quatsch› hat er es in seiner direkten militärischen Art immer genannt. Und als ich, seine Witwe, mir dann noch sagen lassen mußte, er sei in Mrs. Craigs Haus gekommen und habe Akkordeon gespielt und gesagt, wir sollten für ihn beten, um ihn aus der Verdammnis zu erlösen, da konnte ich das nur noch als gewollte Beleidigung ansehen. Der General war ein regelmäßiger Kirchgänger und ein erklärter Feind von Gebeten für die Toten und alles Papistische; und daß er an einem wenig erstrebenswerten Ort gewesen wäre, dazu kann ich nur sagen, daß er der beste Mensch war, höchstens ab und zu ein bißchen grob. Und von wegen Akkordeon, da will ich doch hoffen, daß er da, wo er ist, etwas Besseres mit seiner Zeit anzufangen weiß.»

«Einfach schändlich, so etwas», sagte Miss Tweall.

«Wer ist denn diese Mrs. Craig?» fragte Miss Climpson.

«Das weiß niemand», antwortete Mrs. Pegler vielsagend.

«Angeblich soll sie eine Arztwitwe sein», sagte Mrs. Liffey.

«In meinen Augen», sagte Miss Tweall, «ist sie kein bißchen besser als ihr Ruf.»

«Eine Frau in ihrem Alter», sagte Mrs. Pegler, «mit rot gefärbten Haaren und Ohrringen bis auf den Boden –»

«Und in was für unmöglichen Kleidern sie herumläuft», sagte Miss Tweall.

«Und was für merkwürdige Leute sie manchmal bei sich hat», sagte Mrs. Pegler. «Sie erinnern sich doch wohl noch an diesen schwarzen Mann, Mrs. Liffey, der einen grünen Turban auf dem Kopf hatte und seine Gebete im Vorgarten verrichtete, bis die Polizei eingriff?»

«Ich möchte nur gern mal wissen», sagte Miss Tweall, «woher sie ihr Geld bekommt.»

«Wenn Sie mich fragen, meine Liebe, dann ist diese Frau eine Schwindlerin. Weiß der Himmel, wozu sie die Leute bei diesen spiritistischen Sitzungen überredet.»

«Aber was hat sie nach Windle geführt?» fragte Miss Climpson. «Ich hätte gedacht, London oder eine andere Großstadt wäre ein besseres Pflaster für sie gewesen, wenn sie so eine ist, wie Sie sagen.»

«Ich würde mich nicht wundern, wenn sie sich hier nur versteckt hielte», meinte Miss Tweall düster. «Es kann einem nämlich auch irgendwo das Pflaster zu heiß werden.»

«Ohne Ihre pauschale Verurteilung ganz zu übernehmen», sagte Miss Climpson, «muß ich Ihnen zustimmen, daß die psychische Forschung *in den falschen Händen* wirklich *sehr gefährlich* werden kann, und nach allem, was mir Miss Booth erzählt hat, habe ich meine *Zweifel*, ob Mrs. Craig die geeignete Anleitung für Unerfahrene ist. Ja, ich halte es sogar für meine *Pflicht*, Miss Booth die Augen zu öffnen, und genau das bin ich bestrebt zu tun. Aber wie Sie wissen, muß man dabei sehr *taktvoll* vorgehen – sonst fordert man sozusagen nur den Widerspruch des Betreffenden heraus. Der erste Schritt muß sein, *Vertrauen* zu gewinnen, dann kann man vielleicht Schritt für Schritt auf eine gesündere Einstellung hinwirken.»

«Sie haben ja *so* recht», bestätigte Miss Etheredge ihr eifrig, wobei in ihren blaßblauen Augen fast so etwas wie Leben aufleuchtete. «Ich wäre selbst einmal beinahe unter den Einfluß einer schrecklichen, betrügerischen Person geraten, bis meine liebe Freundin mir einen besseren Weg zeigte.»

«Kann sein», sagte Mrs. Pegler, «aber in meinen Augen läßt man von der ganzen Sache am besten die Finger.»

Unbeirrt von diesem ausgezeichneten Ratschlag hielt Miss Climpson ihre Verabredung ein. Nach einem angeregten Tischrücken erklärte Pongo sich bereit, sich mit ihnen über die Ouijatafel zu unterhalten, obwohl er sich anfangs ziemlich unbeholfen damit anstellte. Er schrieb dies jedoch der Tatsache zu, daß er auf Erden nie schreiben gelernt habe. Gefragt, wer er sei, erklärte er, er sei ein italienischer Akrobat aus der Renaissance, und sein vollständiger Name laute Pongocelli. Er habe ein betrüblich unstetes Leben geführt, sich dann jedoch vor der Verdammnis gerettet, indem er sich heldenhaft geweigert habe, zur Zeit der großen Pest von Florenz ein krankes Kind alleinzulassen. Er habe auch die Pest bekommen und sei daran gestorben, und nun leiste er seine Bewährungszeit für seine Sünden ab, indem er anderen Geistern als Führer und Dolmetscher diene. Es war eine rührende Geschichte, auf die Miss Climpson richtig stolz war.

George Washington gebärdete sich wieder einmal ziemlich lästig, und die Séance litt weiter unter einigen rätselhaften Störungen, die Pongo als «eifersüchtige Einflüsse» bezeichnete. Nichtsdestoweniger meldete sich «Harry» wieder und hinterließ ein paar tröstliche Nachrichten, und auch Mabel Herridge erschien und schilderte ihr Leben in Indien in allen Farben. Insgesamt und unter Berücksichtigung der Schwierigkeiten war es ein erfolgreicher Abend.

Am Sonntag fand keine Séance statt, weil das Gewissen des Mediums dagegen revoltierte. Miss Climpson fand, daß sie dies auf keinen Fall über sich bringen könne. Sie ging statt dessen in die Kirche und hörte sich geistesabwesend die Weihnachtsbotschaft an.

Am Montag aber nahmen die beiden Geisterforscherinnen wieder an dem Bambustisch Platz, und hier nun folgt ein Protokoll dieser Séance, niedergeschrieben von Miss Booth.

19.30 Uhr

Bei dieser Sitzung wurde sofort mit der Ouijatafel begonnen; nach wenigen Minuten kündigte eine Folge von lauten Klopfern die Gegenwart eines Kontrollgeistes an.

Frage: Guten Abend. Wer ist da?

Antwort: Hier Pongo. Guten Abend! Der Himmel segne euch.

F.: Wir freuen uns sehr, daß du bei uns bist, Pongo.

A.: Gut – sehr gut. Da sind wir ja wieder!

F.: Bist du das, Harry?

A.: Ja, aber nur um kurz zu grüßen. Solches Gedränge hier.

F.: Je mehr, desto besser. Wir freuen uns, alle unsere Freunde anzutreffen. Was können wir für euch tun?

A.: Abwarten. Den Geistern gehorchen.

F.: Wir werden tun, was wir können, wenn ihr uns sagt, was wir tun sollen.

A.: Laßt euch einmachen.

F.: Verschwinde, George, dich brauchen wir nicht.

A.: Geh aus der Leitung, Dummkopf.

F.: Pongo, kannst du ihn nicht fortschicken?

(Hier malte der Bleistift die groben Züge eines häßlichen Gesichts.)

F.: Ist das dein Bild?

A.: Das bin ich. G. W. Haha!

(Der Bleistift machte heftige Zickzackbewegungen und schob die Tafel direkt über die Tischkante. Als sie wieder an ihrem Platz lag, schrieb er in der Handschrift weiter, die wir mit Pongo in Verbindung bringen.)

A.: Ich habe ihn fortgeschickt. Sehr laut heute nacht. F. ist eifersüchtig und schickt ihn, damit er stört. Macht nichts. Pongo ist stärker.

F.: Wer ist eifersüchtig, sagst du?

A.: Egal. Schlechter Geist. *Maledetta.*

F.: Ist Harry noch da?

A.: Nein. Anderes zu tun. Hier ist ein Geist, der eure Hilfe braucht.

F.: Wer ist das?

A.: Sehr schwer. Wartet.

(Der Bleistift zeichnete ein paar wilde Schleifen.)

F.: Was für ein Buchstabe soll das sein?

A.: Dummchen! Nicht so ungeduldig. Schwierigkeiten. Ich versuche es noch einmal.

(Der Bleistift kritzelte ein paar Minuten herum und schrieb dann ein großes C.)

F.: Wir haben den Buchstaben C. Ist das richtig?

A.: C – C – C.

F.: Wir haben C.

A.: C – R – E –

(Hier gab es wieder eine gewaltsame Störung.)

A. (in Pongos Schrift): Sie versucht es, aber es ist viel Widerstand da. Ihr müßt mit Gedanken helfen.

F.: Sollen wir ein frommes Lied singen?

A. (wieder Pongo, sehr ärgerlich): Blödsinn! Seid still! (Jetzt änderte sich wieder die Handschrift.) M – O –

F.: Gehört das alles zum selben Wort?

A.: R – N – A.

F.: Soll das Cremorna heißen?

A. (in der neuen Handschrift): Cremorna. Cremorna. Geschafft! Freude! Freude! Freude!

An dieser Stelle wandte sich Miss Booth an Miss Climpson und sagte mit Verwunderung in der Stimme:

«Das ist sehr merkwürdig. Cremorna war Mrs. Wrayburns Künstlername. Ich hoffe – sie wird doch nicht plötzlich entschlafen sein! Sie war noch ganz in Ordnung, als ich sie verließ. Soll ich nicht lieber mal nachsehen gehen?»

«Vielleicht ist es eine andere Cremorna?»

«Aber es ist so ein ungewöhnlicher Name.»

«Fragen wir doch, wer sie ist!»

F.: Cremorna – wie lautet dein Nachname?

A. (der Bleistift schrieb sehr schnell): Rosengarten – jetzt leichter.

F.: Ich verstehe dich nicht.

A.: Rosen – Rosen – Rosen – dumm!

F.: Oh! (Meine Liebe, sie scheint da etwas durcheinanderzubringen.) Meinst du vielleicht Cremorna Garden?

A.: Ja.

F.: Rosanna Wrayburn?

A.: Ja.

F.: Bist du gestorben?

A.: Noch nicht. In der Verbannung.

F.: Bist du noch in deinem Körper?

A.: Weder im noch aus dem Körper. Warten. (Pongo mischte sich ein:) Wenn das, was ihr den Verstand nennt, aus dem Körper heraus ist, wartet der Geist in der Verbannung auf die Große Verwandlung. Wieso versteht ihr das nicht? Beeilt euch. Große Schwierigkeiten.

F.: Tut uns leid. Hast du mit irgend etwas Schwierigkeiten?

A.: Große Schwierigkeiten.

F.: Ich hoffe, es hat nichts mit der Behandlung durch Dr. Brown zu tun, oder durch mich –

A. (Pongo): Red keinen Unsinn. (Cremorna:) Mein Testament.

F.: Willst du dein Testament ändern?

A.: Nein.

Miss Climpson: Das ist auch ein Glück, denn ich glaube nicht, daß das rechtlich ginge. Was sollen wir denn damit tun, liebe Mrs. Wrayburn?

A.: Schickt es Norman.

F.: Mr. Norman Urquhart?

A.: Ja. Er weiß Bescheid.

F.: Er weiß, was er damit machen soll?

A.: Er braucht es.

F.: Gut. Kannst du uns sagen, wo wir es finden?

A.: Vergessen. Sucht.

F.: Ist es im Haus?

A.: Ich sage doch, vergessen. Tiefes Wasser. Keine Sicherheit. Schwächer. Schwächer . . .

(Die Schrift wurde hier sehr schwach und unregelmäßig.)

F.: Versuch dich zu erinnern.

A.: In der – im – B – B – B – (großes Durcheinander, und der Bleistift kritzelte planlos). Keinen Zweck. (Plötzlich in einer anderen Handschrift und sehr aufgeregt:) Geht aus der Leitung, geht aus der Leitung, geht aus der Leitung!

F.: Wer sagt das?

A. (Pongo): Sie ist fort. Der böse Einfluß ist wieder da. Haha! Macht Schluß! Ende! (Der Bleistift lief dem Medium geradewegs außer Kontrolle, und nachdem er wieder auf dem Tisch lag, verweigerte er jede weitere Antwort.)

«Wie furchtbar ärgerlich!» rief Miss Booth.

«Sie haben wohl keine Ahnung, wo das Testament ist?»

«Nicht im mindesten. ‹In der – im – B –›, hat sie gesagt. Was könnte das denn nun sein?»

«Vielleicht in der Bank», riet Miss Climpson.

«Das wäre möglich. Dann wäre natürlich Mr. Urquhart der einzige, der herankäme.»

«Warum hat er es dann noch nicht geholt? Sie sagt doch, er braucht es.»

«Natürlich. Dann muß es also irgendwo im Haus sein. Was könnte das B bedeuten?»

«Büro, Boudoir, Bad, Besenkammer –?»

«Bett?»

«Könnte so ziemlich alles heißen.»

«Wie schade, daß sie die Botschaft nicht mehr vollenden konnte. Sollen wir es noch mal versuchen? Oder sollen wir an den wahrscheinlichsten Stellen suchen?»

«Suchen wir zuerst, und wenn wir es nicht finden, versuchen wir's noch mal.»

«Gute Idee. In einer der Schreibtischschubladen liegen ein paar Schlüssel, die zu ihren Truhen und Schränken gehören.»

«Probieren wir sie aus», meinte Miss Climpson kühn.

«Das tun wir. Sie kommen doch mit und helfen mir?»

«Wenn Sie es für ratsam halten. Eigentlich bin ich ja hier fremd –»

«Die Botschaft war ebenso für Sie wie für mich. Mir wäre es lieber, wenn Sie mitkämen. Ihnen könnten vielleicht die richtigen Stellen einfallen.»

Miss Climpson zierte sich nicht länger, und sie gingen nach oben. Es war schon eine merkwürdige Geschichte – praktisch ein Diebstahl an einer hilflosen alten Frau, im Interesse eines Menschen, den sie nie gesehen hatte. Sonderbar. Aber es mußte ein gutes Motiv dahinterstecken, sonst würde Lord Peter es nicht verlangen.

Oberhalb der schönen, großzügig geschwungenen Treppe befand sich ein breiter Korridor, dessen Wände dicht an dicht mit Porträts und Zeichnungen, eingerahmten Autogrammbitten, Programmen und all dem erinnerungsseligen Krimskrams der Theaterwelt vollgehängt waren.

«Ihr ganzes Leben ist hier in diesen beiden Zimmern zu sehen», sagte die Pflegerin. «Wenn diese Sammlung einmal verkauft werden sollte, würde sie eine Menge Geld einbringen. Irgendwann wird sie wohl verkauft werden.»

«Wissen Sie, wer dann das Geld bekommt?»

«Nun, ich habe immer geglaubt, daß Mr. Urquhart es bekommt – er ist mit ihr verwandt; ich glaube sogar, er ist der einzige Verwandte. Aber darüber hat man mir nie etwas gesagt.»

Sie stieß eine große, elegant mit altertümlichen Bögen und Täfelungen verzierte Tür auf und knipste das Licht an.

Es war ein großes, stattliches Zimmer mit drei hohen Fenstern und einer prunkvollen Stuckdecke mit Blumen und Lüstern. Ihre reine Schönheit wurde jedoch verhöhnt und beleidigt durch eine häßliche Tapete mit Rosenspalieren und schwere, grellrote Vorhänge mit dicken Goldfransen und -bommeln, ähnlich den Bühnenvorhängen viktorianischer Theater. Jeder Fußbreit Boden war mit Möbeln vollgestellt – Intarsienschränkchen in wildem Gedränge mit Mahagonichiffonieren; Tischchen voller Zierat und wuchtigen Marmor- und Bronzestatuetten; bemalte Wandschirme, Sheraton-Kommoden, chinesische Vasen, Alabasterlampen, Stühle, Ottomanen jeder Form, Farbe und Periode, alles dichtgedrängt wie um ihr Leben ringende Pflanzen in einem tropischen Dschungel. Es war das Zimmer einer Frau ohne Geschmack und Maß, einer Frau, die nichts verschmähte und nichts hergab, für die Besitz zur einzigen beständigen Realität in einer Welt der Vergänglichkeit und des Wandels geworden war.

«Es könnte hier oder im Schlafzimmer sein», sagte Miss Booth. «Ich hole mal ihre Schlüssel.»

Sie öffnete eine Tür auf der rechten Seite. Miss Climpson in ihrer unendlichen Neugier schlich ihr nach.

Das Schlafzimmer war noch deprimierender als das Wohnzimmer. Eine kleine elektrische Lampe verströmte ihr spärliches Licht neben einem großen, vergoldeten Bett mit rosa Brokatvorhängen, die kaskadenartig von einem Baldachin herunterhingen, den ein paar pummelige goldene Amoretten trugen. Außerhalb des kleinen Lichtkegels standen finster drohend riesige Kleiderschränke, noch mehr Vitrinen, noch mehr Kommoden. Der verspielte und verschnörkelte Toilettentisch nannte einen dreiteiligen Spiegel sein eigen, und ein enormer Drehspiegel in der Mitte des Zimmers reflektierte die monströsen Umrisse des Mobiliars.

Miss Booth öffnete die mittlere Tür des größten Kleiderschranks. Sie schwang mit leisem Quietschen auf und entließ eine schwere Wolke von Jasminduft. Offenbar war in diesem Zimmer nie mehr etwas verändert worden, seit Schweigen und Lähmung ihre Bewohnerin niedergestreckt hatten.

Miss Climpson trat vorsichtig ans Bett. Ein Instinkt hieß sie so leise schleichen wie eine Katze, obwohl es offensichtlich war, daß nichts die darin liegende Frau erschrecken oder auch nur überraschen konnte.

Ein altes, uraltes Gesicht, so winzig auf den riesigen Kissen und Laken, daß es eine Puppe hätte sein können, sah aus starren, blinden Augen zu ihr auf. Es war von feinen Fältchen überzogen wie eine Hand, die zu lange in Seifenwasser gelegen hat, aber alle die scharfen Linien und Falten, die das Leben in dieses Gesicht geschnitzt hatte, waren durch das Erschlaffen der hilflosen Muskeln geglättet. So war das Gesicht gedunsen und runzlig zugleich. Es erinnerte Miss Climpson an einen rosa Kinderluftballon, aus dem fast alle Luft entwichen war. Hinzu kamen die schnaubenden Laute, die ihre erschlafften Lippen beim Ausatmen machten. Unter dem spitzenbesetzten Nachthäubchen lugten ein paar dünne weiße Haarsträhnen hervor.

«Eigenartig, nicht wahr?» sagte Miss Booth. «Sich vorzustellen, daß sie hier so liegt und ihr Geist mit uns Verbindung aufnehmen kann.»

Miss Climpson kam sich plötzlich vor wie eine Frevlerin. Es kostete sie die allergrößte Überwindung, sich nicht einfach hinzustellen und die Wahrheit zu gestehen. Sie hatte das Strumpfband mit der Seifendose sicherheitshalber oberhalb des Knies gezogen, und nun schnitt es schmerzhaft in ihre Beinmuskeln – als wollte es sie an die Schändlichkeit ihres Tuns erinnern.

Aber Miss Booth hatte sich schon umgedreht und die Schubladen einer der Kommoden aufgezogen.

Zwei Stunden vergingen, und sie suchten immer noch. Der Buchstabe B eröffnete ein besonders weites Feld von Möglichkeiten. Miss Climpson hatte ihn aus diesem Grunde gewählt, und ihr Weitblick wurde belohnt. Mit ein wenig Erfindungsgabe konnte man diesen nützlichen Buchstaben fast auf jedes denkbare Versteck im Haus anwenden. Was nicht unter Bezeichnungen wie Büro, Boudoir, Bett, Bad, Boden und so weiter fiel, war dann entweder braun, beige, blau, bunt, oder ließ sich notfalls einfach als Behälter bezeichnen, und da jedes Schubfach oder Regal in diesem Haus mit Zeitungsausschnitten, Briefen und allerlei Souvenirs vollgestopft war, taten den beiden Fahnderinnen vor Anstrengung schon bald Kopf, Beine und Rücken weh.

«Ich hätte nie geahnt», sagte Miss Booth, «daß es so viele Versteckmöglichkeiten gibt.»

Miss Climpson, die mit halb aufgelöster Frisur und fast bis zur Seifendose hochgeschobenem züchtig schwarzem Unterrock auf dem Boden saß, stimmte ihr ermattet zu.

«Es ist furchtbar ermüdend, nicht wahr?» sagte Miss Booth. «Möchten Sie nicht lieber aufhören? Ich kann ja morgen allein weitersuchen. Ich kann Sie hier doch nicht so schuften lassen.»

Miss Climpson überlegte sich das. Wenn das Testament in ihrer Abwesenheit gefunden und an Mr. Urquhart geschickt wurde, hatte Miss Murchison dann noch die Gelegenheit, es in die Finger zu bekommen, bevor es versteckt oder vernichtet wurde?

Versteckt, nicht vernichtet. Die bloße Tatsache, daß ihm das Testament von Miss Booth zugeschickt worden war, würde den Anwalt daran hindern, es verschwinden zu lassen, da es eine Zeugin für seine Existenz gab. Aber er würde es für eine erhebliche Zeitdauer mit Erfolg versteckt halten können, und Zeit war das Entscheidende in dieser Angelegenheit.

«Ach was, ich bin kein bißchen müde», behauptete sie strahlend und setzte sich in die Hocke, um ihre Frisur wieder in Ordnung zu bringen, sogar noch ein Quentchen ordentlicher als gewöhnlich. Sie hatte ein braunes Notizbuch in der Hand, das aus einer Schublade einer japanischen Vitrine stammte, und blätterte mechanisch darin herum. Eine Zahlenreihe fiel ihr dabei auf: 12, 18, 4, 0, 9, 3, 15, und sie fragte sich kurz, was es damit auf sich haben könne.

«Jetzt haben wir hier alles durchsucht», sagte Miss Booth. «Ich glaube nicht, daß wir noch etwas ausgelassen haben – es sei denn, hier befindet sich irgendwo ein Geheimfach.»

«Meinen Sie, es könnte auch in einem Buch sein?»

«In einem Buch! Aber natürlich! Wie dumm von uns, daß wir daran nicht gleich gedacht haben! In Kriminalromanen werden Testamente immer in Büchern versteckt.»

«Jedenfalls öfter als im Leben», dachte Miss Climpson, aber sie stand auf, klopfte sich den Staub ab und sagte munter: «Stimmt. Gibt es in diesem Haus viele Bücher?»

«Tausende», sagte Miss Booth. «Unten in der Bibliothek.»

«Ich hätte Mrs. Wrayburn eigentlich nicht für eine große Leserin gehalten.»

«Ich glaube auch nicht, daß sie eine war. Die Bücher hat sie mitsamt dem Haus gekauft, sagt Mr. Urquhart. Es sind fast lauter alte Bücher – so große Dinger, in Leder gebunden. Entsetzlich langweilig. Ich habe da noch nie etwas zu lesen gefunden. Aber es sind genau die richtigen Bücher, um ein Testament darin zu verstecken.»

Sie gingen hinaus in den Korridor.

«Sagen Sie mal», meinte Miss Climpson, «werden die Dienstboten es nicht merkwürdig finden, wenn wir um diese Zeit noch im ganzen Haus herumlaufen?»

«Die schlafen alle im anderen Flügel. Außerdem wissen sie, daß ich manchmal Besuch habe. Mrs. Craig war oft noch so spät hier wie Sie jetzt, wenn wir eine interessante Séance hatten. Hier ist sogar ein Zimmer, in dem ich jemanden schlafen lassen kann, wenn ich will.»

Miss Climpson erhob keine weiteren Einwände, und sie gingen die Treppe hinunter und über den Flur zur Bibliothek. Sie war groß, und Bücher füllten sämtliche Wände und Nischen in gezackten Reihen – ein herzzerreißender Anblick.

«Natürlich», sagte Miss Booth, «wenn die Botschaft nicht ausdrücklich auf etwas gelautet hätte, was mit B anfängt –»

«Ja?»

«Dann hätte ich eigentlich gedacht, daß sich die Papiere hier im Safe befinden würden.»

Miss Climpson stöhnte im stillen. Natürlich war das der wahrscheinlichste Aufbewahrungsort! Wenn doch nur ihr fehlgeleiteter Erfindungsreichtum – na ja! Man mußte das Beste daraus machen.

«Moment!» sagte sie. «Wenn sich der Safe in der Bibliothek befindet, kann sich das B doch darauf bezogen haben, oder? Sehen wir einfach mal nach.»

«Richtig! Aber wenn das Testament im Safe wäre, wüßte Mr. Urquhart ja davon.»

Miss Climpson bekam das Gefühl, daß sie der Phantasie einen allzu großen Spielraum gegeben hatte.

«Jedenfalls würde es nicht schaden, uns zu vergewissern», meinte sie.

«Ich kenne aber die Kombination nicht», sagte Miss Booth. «Mr. Urquhart kennt sie natürlich. Wir könnten hinschreiben und ihn fragen.»

Da hatte Miss Climpton plötzlich eine Eingebung.

«Ich glaube, ich kenne sie», rief sie. «In diesem braunen Notizbuch, in dem ich vorhin geblättert habe, stand eine Reihe von sieben Zahlen, und ich hatte mir gleich gedacht, daß sie irgendeine Bedeutung haben müssen.»

«Braunes Buch!» rief Miss Booth. «Schon wieder lauter B! Wie konnten wir nur so dumm sein! Mrs. Wrayburn wollte uns mit dem B auch mitteilen, wo wir die Kombination finden!»

Miss Climpson pries im stillen die vielseitige Verwendbarkeit des Buchstabens B.

«Ich laufe noch mal hoch und hole es!» rief sie.

Als sie wieder herunterkam, stand Miss Booth vor einem Abschnitt in den Bücherregalen, der von der Wand fortgeschwenkt war. Dahinter war die grüne Tür eines eingebauten Safes zum Vorschein gekommen. Mit zitternden Fingern faßte Miss Climpson nach dem geriffelten Knopf und begann ihn zu drehen.

Beim ersten Versuch hatte sie keinen Erfolg, einfach deshalb, weil aus den Zahlen in dem Büchlein nicht hervorging, wie herum der Knopf zuerst zu drehen sei. Beim zweiten Versuch aber rastete der Sperrhebel bei der siebten Zahl mit einem befriedigenden Klicken aus.

Miss Booth packte den Griff, und die schwere Tür bewegte sich und ging auf.

Im Safe befand sich ein Stapel Papiere. Obendrauf lag augenfällig ein länglicher, versiegelter Umschlag. Miss Climpson riß ihn an sich: «Testament der Rosanna Wrayburn 5. Juli 1920»

«Na, ist das nicht wunderbar?» rief Miss Booth. Alles in allem mußte Miss Climpson ihr recht geben.

19. Kapitel

Miss Climpson blieb über Nacht im Gästeschlafzimmer.

«Das beste wäre», sagte sie, «wenn Sie ein Briefchen an Mr. Urquhart schrieben, ihm das mit der Séance erklärten und ihm sagten, Sie hätten es für das sicherste gehalten, ihm das Testament zu schicken.»

«Er wird sehr erstaunt sein», sagte Miss Booth. «Ich wüßte gern, was er dazu sagen wird. Juristen glauben im allgemeinen nicht an Geistererscheinungen. Er wird es merkwürdig finden, daß wir es geschafft haben, den Safe zu öffnen.»

«Nun, aber der Geist hat uns ja unmittelbar zur Zahlenkombination geführt, nicht? Er kann doch nicht von Ihnen erwarten, daß Sie eine solche Botschaft einfach ignorieren! Daß Sie im guten Glauben handeln, sieht er ja daran, daß Sie ihm das Testament direkt zuschicken. Und meinen Sie nicht, es wäre ganz gut, wenn Sie ihn bäten, herzukommen, um den übrigen Inhalt des Safes zu kontrollieren und die Zahlenkombination zu ändern?»

«Wäre es nicht noch besser, ich behielte das Testament hier und bäte ihn, es abzuholen?»

«Vielleicht braucht er es aber dringend.»

«Warum hat er es dann noch nicht geholt?»

Miss Climpson stellte mit einer gewissen Beunruhigung fest, daß Miss Booth, wenn es einmal nicht um Geisterbotschaften ging, erste Ansätze zur Entwicklung eigener Urteilsfähigkeit erkennen ließ.

«Vielleicht weiß er selbst noch gar nicht, daß er es braucht. Vielleicht haben die Geister eine dringende Notwendigkeit vorausgesehen, die erst morgen eintreten wird.»

«Ach ja, das ist sehr gut möglich. Wenn die Menschen sich doch nur dieser wunderbaren Führung überließen, die ihnen da geboten wird, wie vieles könnte da vorhergesehen werden, so daß man Vorsorge treffen könnte! Ich glaube jedenfalls, daß Sie recht haben. Wir werden einen Umschlag besorgen, der groß genug ist; dann schreibe ich einen Brief dazu, und den schicken wir morgen früh mit der ersten Post weg.»

«Am besten per Einschreiben», riet Miss Climpson. «Wenn Sie den Brief mir anvertrauen, bringe ich ihn gleich morgen früh zur Post.»

«Das würden Sie tun? Ich kann Ihnen gar nicht sagen, wie erleichtert ich wäre. So, aber Sie sind jetzt bestimmt genau so müde wie ich, und darum setze ich jetzt einen Kessel Wasser für die Wärmflaschen auf, und dann gehen wir zu Bett. Machen Sie es sich doch solange bei mir im Wohnzimmer bequem! Ich muß nur noch Ihr Bett beziehen. Wie bitte? Aber nicht doch, das mache ich im Handumdrehen. *Bitte* bemühen Sie sich nicht. Ich bin es gewohnt, Betten zu beziehen.»

«Dann passe ich solange auf den Kessel auf», sagte Miss Climpson. «Ich *muß* mich einfach irgendwo nützlich machen.»

«Na gut. Es dauert nicht lange. Das Wasser kommt schon ziemlich heiß aus dem Boiler in der Küche.»

Alleingelassen in der Küche, wo der Wasserkessel blubbernd und singend dem Siedepunkt entgegenstrebte, verlor Miss Climpson keine Zeit mehr. Sie schlich auf Zehenspitzen hinaus, blieb an der Treppe stehen und spitzte die Ohren, bis die Schritte der Pflegerin sich entfernt hatten. Dann huschte sie ins Wohnzimmer, nahm den versiegelten Umschlag mit dem Testament und einen langen dünnen Brieföffner, den sie sich schon als geeignete Waffe vorgemerkt hatte, und eilte damit in die Küche zurück.

Es ist erstaunlich, wie lange ein Wasserkessel, der schon kurz vorm Sieden zu stehen scheint, manchmal braucht, bis der ersehnte Dampfstrahl aus der Tülle schießt. Trügerische kleine Wölkchen und hoffnungsvolle Pausen im Gesang des Kessels spannen den Wartenden auf eine nicht enden wollende Folter. Miss Climpson kam es so vor, als wenn man in der Zeit zwanzig Betten hätte beziehen können, bis der Kessel an diesem Abend endlich kochte. Aber auch ein unter Beobachtung stehender Wasserkessel kann nicht unbegrenzt Hitze absorbieren. Nach etwa sieben Minuten, die Miss Climpson allerdings wie Stunden vorkamen, hielt sie mit schlechtem Gewissen den Umschlag in den heißen Dampfstrahl.

«Ich darf nichts überstürzen», ermahnte sie sich, «o ihr Heiligen, ich darf nichts überstürzen, sonst mache ich den Umschlag noch kaputt.»

Sie schob den Brieföffner unter die Klappe; sie löste sich langsam; gerade war sie auf, als im Flur Miss Booths Schritte ertönten.

Miss Climpson warf flink den Brieföffner hinter den Gasherd und schob den Umschlag mit zurückgelegter Klappe, damit er sich nicht wieder zuklebte, hinter ein Geschirrschränkchen an der Wand.

«Das Wasser ist fertig», rief sie vergnügt. «Wo sind die Flaschen?»

Es spricht sehr für ihre guten Nerven, daß sie die Flaschen mit ruhiger Hand füllte. Miss Booth dankte ihr und ging, in jeder Hand eine Flasche, wieder nach oben.

Miss Climpson holte das Testament aus seinem Versteck, zog es aus dem Umschlag und überflog in aller Eile seinen Inhalt. Es war kein langes Schriftstück und trotz der juristischen Verklausulierungen leicht verständlich. Drei Minuten später hatte sie es schon wieder in den Umschlag gesteckt, die Gummierung angefeuchtet und die Klappe zugeklebt. Sie steckte den Umschlag in die Tasche ihres Unterrocks – denn ihre Bekleidung war von der praktischen, altmodischen Art – und begann in den Geschirrschränken zu suchen. Als Miss Booth wiederkam, war sie friedlich beim Teekochen.

«Ich dachte, das würde uns nach all den Mühen guttun», bemerkte sie dazu.

«Eine sehr gute Idee», sagte Miss Booth. «Ich wollte das auch gerade vorschlagen.»

Miss Climpson trug die Teekanne ins Wohnzimmer und überließ es Miss Booth, mit Tassen, Milch und Zucker nachzukommen. Nachdem die Teekanne auf dem Kamineinsatz stand und das Testament unschuldig wieder auf dem Tisch lag, lächelte sie und atmete tief auf. Ihre Mission war erfüllt.

Brief von Miss Climpson an Lord Peter Wimsey:

«Dienstag, 7. Januar 1930

Lieber Lord Peter,

wie ich Ihnen schon heute morgen in meinem Telegramm mitgeteilt habe, war meine Arbeit ERFOLGREICH!!! Wie ich allerdings meine *Methoden* vor meinem *Gewissen* rechtfertigen soll, weiß ich noch nicht. Aber ich glaube, die Kirche sieht für bestimmte *Berufe*, wie den eines *Kriminalpolizisten* oder eines

Spions in Kriegszeiten, die *Notwendigkeit* der Täuschung ein, und ich *hoffe*, daß man meine Machenschaften auch unter diese Kategorie fallen lassen kann. Aber von meinen *religiösen Skrupeln* möchten Sie ja jetzt bestimmt nichts hören! Ich werde mich also *beeilen*, Ihnen mitzuteilen, was ich entdeckt habe!!!

In meinem letzten Brief habe ich Ihnen den *Plan* erklärt, den ich mir zurechtgelegt hatte, so daß Sie schon wissen, was Sie mit dem *Testament selbst* machen sollen, das heute morgen getreulich *per Einschreiben* und adressiert an *Mr. Norman Urquhart* abgeschickt wurde. Er wird sich wundern, wenn er es bekommt!!! Miss Booth hat einen *hervorragenden* Begleitbrief dazu geschrieben, den ich *gelesen* habe, bevor er abging, und in dem sie die Umstände erklärt und keine Namen nennt! Ich habe an Miss Murchison telegrafiert, daß sie das Päckchen *erwarten* soll, und ich hoffe, sie kann es bewerkstelligen, bei der Öffnung *zugegen* zu sein, damit es für die Existenz des Testaments *einen weiteren Zeugen* gibt. Ich rechne jedenfalls nicht damit, daß er es *wagen* wird, es einfach zu *unterschlagen*. Vielleicht schafft Miss Murchison es sogar, es *genau* zu lesen, wozu ich keine *Zeit* hatte (es war alles *sehr* abenteuerlich, und ich freue mich schon darauf, Ihnen alles zu erzählen, wenn ich zurück bin), aber für den Fall, daß es ihr nicht möglich ist, gebe ich Ihnen hiermit den *ungefähren Inhalt* wieder.

Der gesamte Besitz besteht aus *Immobiliarvermögen* (Haus und Grundstück) und *Mobiliarvermögen* (bin ich nicht *gut* mit juristischen Fachausdrücken?), deren Wert ich nicht *genau* errechnen konnte. Aber das Wesentliche ist dies:

Das *Immobiliarvermögen* geht voll und ganz an Philip Boyes. *Fünfzigtausend Pfund in bar* gehen ebenfalls an Philip Boyes.

Das übrige (nennt man es nicht *Nachlaßrest*?) geht an Norman Urquhart, der als einziger Testamentsvollstrecker genannt ist.

Ein paar *kleine Vermächtnisse* gehen an Hilfswerke für Theaterleute, die ich mir nicht im *einzelnen* gemerkt habe.

In einem besonderen Absatz erklärt die Erblasserin, daß sie *Philip Boyes* den größten Teil ihres Vermögens vermacht, um zu zeigen, daß sie die schlechte Behandlung, die sie von *seiner Familie* erfahren hat, verzeiht und ihn *nicht dafür verantwortlich* macht.

Das Testament ist vom 5. Juni 1920 datiert, und Zeugen sind *Eva Gubbins*, Haushälterin, und *John Briggs*, Gärtner.

Ich hoffe, lieber Lord Peter, daß diese Informationen Ihren Zwecken genügen. Ich hatte gehofft, das Testament, *nachdem* Miss Booth es in einen zweiten Umschlag gesteckt hatte, *doch* noch einmal herausnehmen und *in Ruhe lesen* zu können, aber *leider* hat sie den Umschlag der größeren Sicherheit wegen mit Mrs. Wrayburns *Privatsiegel* verschlossen, und so geschickt bin ich leider nicht, daß ich das Siegel hätte öffnen und wieder anbringen können, obwohl das, wie ich höre, *mit einem heißen Messer durchaus möglich* sein soll.

Sie werden *verstehen,* daß ich jetzt noch nicht aus Windle fort kann – so unmittelbar nach diesem Vorfall würde das komisch aussehen. Außerdem hoffe ich, in ein paar weiteren *Séancen* Miss Booth vor Mrs. Craig und ihrem ‹Kontrollgeist› Fedora warnen zu können, denn ich bin *überzeugt,* daß diese Person ebenso ein Scharlatan ist WIE ICH!!! – nur ohne meine *uneigennützigen* Motive!! Sie werden sich also nicht wundern, wenn ich noch *etwa eine weitere Woche* fortbleibe! Ein wenig Kummer bereiten mir die zusätzlichen *Kosten,* und wenn Sie die nicht im *Interesse der Sicherheit* für notwendig halten, geben Sie mir bitte Bescheid – und ich werde meine Pläne entsprechend abändern.

Mit allen guten Wünschen für einen Erfolg, lieber Lord Peter, bin ich

Ihre sehr ergebene
Katharine A. Climpson»

«P.S. – Ich habe die Aufgabe *fast* in der vereinbarten Woche gelöst, wie Sie sehen. Es tut mir *so leid,* daß ich nicht gestern schon *ganz fertig* werden konnte, aber ich hatte solche Angst, durch *zu große Eile* DAS GANZE zu verderben!!!»

«Bunter», sagte Lord Peter, als er von diesem Brief aufsah, «ich habe doch *gewußt,* daß an dem Testament etwas faul war.»

«Sehr wohl, Mylord.»

«Testamente haben etwas an sich, was das Böseste in der menschlichen Natur hervorkehrt. Leute, die unter gewöhnlichen Umständen die aufrechtesten und liebenswürdigsten Menschen sind, werden plötzlich hinterhältig und bösartig, wenn sie nur schon das Wort Erbschaft hören. Da fällt mir ein, ein Schlückchen Champagner im Silberpokal wäre jetzt nicht das Verkehrteste. Bringen Sie eine Flasche von dem Pommery, und richten Sie Chefinspektor Parker aus, daß ich gern ein Wörtchen mit ihm reden würde. Und bringen Sie mir die Notizen von Mr. Arbuthnot. Und, Bunter!»

«Mylord?»

«Rufen Sie Mr. Crofts an, bestellen Sie ihm einen schönen Gruß und sagen Sie ihm, daß ich den Täter und das Motiv gefunden habe und ihm bald auch den Beweis für die Art und Weise zu liefern hoffe, wie das Verbrechen ausgeführt wurde, wenn er nur dafür sorgt, daß der Prozeß um eine Woche oder so verschoben wird.»

«Sehr wohl, Mylord.»

«Trotzdem, Bunter, weiß ich *wirklich* nicht, wie es gemacht wurde.»

«Das wird sich zweifellos in Kürze zeigen, Mylord.»

«Natürlich, ja», meinte Wimsey hochtrabend. «Selbstverständlich. Um solche Kleinigkeiten mache ich mir auch gar keine Sorgen.»

20. Kapitel

«Ts, ts!» machte Mr. Pond und ließ die Zunge von der Gaumenplatte seiner Gebißprothese schnalzen.

Miss Murchison sah von ihrer Schreibmaschine auf.

«Ist was, Mr. Pond?»

«Nein, nichts», sagte der Bürovorsteher säuerlich. «Nur ein einfältiger Brief von einer einfältigen Angehörigen Ihres Geschlechts, Miss Murchison.»

«Das ist ja nichts Neues.»

Mr. Pond zog die Stirn kraus, denn er fand den Ton seiner Untergebenen leicht unverschämt. Er nahm den Brief mit Beilage und ging damit in Mr. Urquharts Büro.

Miss Murchison huschte rasch zu seinem Schreibtisch und warf einen Blick auf den eingeschriebenen Umschlag, der geöffnet und leer dort lag. Der Poststempel lautete: «Windle.»

«Das ist ein Glücksfall», sagte sich Miss Murchison. «Mr. Pond ist noch ein besserer Zeuge als ich. Gut, daß er den Brief aufgemacht hat.»

Sie nahm ihren Platz wieder ein. Nach ein paar Minuten kam Mr. Pond zurück, ein leichtes Lächeln auf den Lippen.

Fünf Minuten später erhob sich Miss Murchison, die stirnrunzelnd über ihrem Stenoblock gesessen hatte, und ging zu ihm.

«Können Sie Kurzschrift lesen, Mr. Pond?»

«Nein», sagte der Bürovorsteher. «Zu meiner Zeit hielt man das nicht für nötig.»

«Ich komme hier mit einem Wort nicht klar», sagte Miss Murchison. «Es könnte ‹Einverständnis›, aber auch ‹Eingeständnis› heißen – das ist doch wohl ein Unterschied, nicht?»

«Kann man wohl sagen», antwortete Mr. Pond trocken.

«Dann sollte ich es lieber nicht darauf ankommen lassen», sagte Miss Murchison. «Das muß nämlich heute morgen noch raus. Ich gehe besser mal fragen.»

Mr. Pond ließ – nicht zum erstenmal – ein verächtliches Schnauben ob der Oberflächlichkeit der Stenotypistin ertönen.

Miss Murchison durchquerte mit raschen Schritten das Büro und öffnete die Tür, ohne anzuklopfen – eine Zwanglosigkeit, die Mr. Pond erneut ein Stöhnen entlockte.

Mr. Urquhart stand mit dem Rücken zur Tür und schien sich am Kaminsims zu schaffen zu machen. Mit einem ärgerlichen Ausruf fuhr er herum.

«Ich habe Ihnen schon einmal gesagt, Miss Murchison, daß Sie bitte anklopfen möchten, bevor Sie eintreten.»

«Entschuldigen Sie bitte; ich hab's vergessen.»

«Daß mir das nicht noch einmal vorkommt. Was gibt es denn?»

Er kam nicht an seinen Schreibtisch zurück, sondern blieb an den Kaminsims gelehnt stehen. Sein gestriegelter Kopf vor dem matten Holz der Täfelung war leicht zurückgeworfen, als ob er – fand Miss Murchison – jemanden beschützen oder abwehren wollte.

«Ich kann hier an einer Stelle mein Stenogramm von Ihrem Brief an Tewke & Peabody nicht entziffern», sagte Miss Murchison, «und da hielt ich es für besser, Sie zu fragen.»

«Ich wünsche», sagte Mr. Urquhart, indem er ein strenges Auge auf sie richtete, «daß Sie demnächst von vornherein deutlich mitschreiben. Wenn ich Ihnen zu schnell diktiere, sagen Sie es. Das würde uns letzten Endes viel Ärger ersparen – meinen Sie nicht?»

Miss Murchison erinnerte sich unwillkürlich an die kleine Regelsammlung, die Lord Peter Wimsey – halb im Scherz, halb im Ernst – einmal als Leitfaden für die Mitarbeiterinnen des «Katzenhauses» zusammengestellt hatte. Besonders an Regel Nummer sieben, die lautete: «Mißtraue jedem, der dir fest in die Augen blickt – er will verhindern, daß du etwas anderes siehst. Suche danach.»

Sie wandte unter dem Blick ihres Arbeitgebers die Augen ab.

«Es tut mir sehr leid, Mr. Urquhart. Es soll nicht wieder vorkommen», murmelte sie. Da war so ein merkwürdiger dunkler Strich am Rand der Täfelung, unmittelbar hinter dem Kopf des Anwalts, als ob dort das Paneel nicht ganz in den Rahmen paßte. So etwas war ihr noch nie aufgefallen.

«Nun, also, was wollten Sie fragen?»

Miss Murchison stellte ihre Frage, bekam ihre Antwort und zog sich zurück. Im Gehen warf sie schnell einen Blick über den Schreibtisch. Das Testament lag nicht da.

Sie ging an ihre Schreibmaschine zurück und schrieb die Briefe fertig. Als sie zur Unterschrift wieder hineinging, nahm sie die Gelegenheit wahr, sich noch einmal die Täfelung anzusehen. Kein dunkler Strich mehr zu sehen.

Miss Murchison verließ das Büro Punkt halb fünf. Sie hatte das Gefühl, daß es unklug wäre, sich in der näheren Umgebung aufzuhalten. Sie entfernte sich mit schnellen Schritten über den Hand Court, wandte sich nach rechts den Holborn hinunter, tauchte wiederum nach rechts durch die Featherstone-Gebäude, machte einen Umweg durch die Red Lion Street und tauchte am Red Lion Square wieder auf. Innerhalb von fünf Minuten befand sie sich auf ihrem alten Weg um den Platz herum und die Princeton Street hinauf. Bald sah sie aus der Ferne, wie Mr. Pond aus dem Büro kam, dünn, steif und vornübergebeugt, und die Bedford Row hinunterging in Richtung Chancery Lane Station. Nicht lange, und Mr. Urquhart folgte. Er blieb einen Augenblick auf der Schwelle stehen und schaute nach rechts und links, dann überquerte er die Straße und kam direkt auf sie zu. Im ersten Augenblick dachte sie, er habe sie gesehen, und verschwand schnell hinter einem Lieferwagen, der am Straßenrand stand. In dessen Schutz lief sie zur Straßenecke, wo sich ein Metzgerladen befindet, und blickte interessiert in ein Schaufenster voller Lamm- und Rinderbraten. Mr. Urquhart kam näher. Seine Schritte wurden lauter – hielten inne. Miss Murchison klebte ihren Blick an einer Portion Fleisch fest, deren Preisschild ein Gewicht von viereinhalb Pfund angab und auf drei Shilling vier Pence lautete. Eine Stimme sagte: «Guten Abend, Miss Murchison. Suchen Sie sich einen Braten fürs Abendessen aus?»

«Oh! Guten Abend, Mr. Urquhart. Ja – ich habe gerade gedacht, daß die Vorsehung ruhig einmal eine Rinderkeule wachsen lassen könnte, an der eine alleinstehende Person sich nicht tot ißt.»

«Ja – man wird der ewigen Steaks und Koteletts allmählich überdrüssig.»

«Und Schweinefleisch ist so schwer verdaulich.»

«Ganz recht. Nun, dann sollten Sie das Junggesellinnendasein eben aufgeben, Miss Murchison.»

Miss Murchison kicherte.

«Das kommt aber plötzlich, Mr. Urquhart.»

Mr. Urquhart errötete unter seiner sonderbar fleckigen Haut.

«Gute Nacht», sagte er abrupt und eisig.

Miss Murchison lachte sich eins, während er davonstolzierte.

«So, den wäre ich los. Es ist immer ein Fehler, sich bei Untergebenen anzubiedern. Das nutzen sie aus.»

Sie sah ihm nach, bis er auf der anderen Seite des Platzes verschwand, dann ging sie durch die Princeton Street zurück, überquerte die Bedford Row und betrat von neuem das Bürohaus. Eben kam die Putzfrau die Treppe herunter.

«Tja, Mrs. Hodges, ich bin's schon wieder! Könnten Sie mich noch mal reinlassen? Ich habe ein Seidenmuster liegenlassen. Wahrscheinlich ist es in meinem Schreibtisch, oder ich hab's auf dem Flur verloren. Haben Sie es zufällig gesehen?»

«Nein, Miss, ich war noch nicht in Ihrem Büro.»

«Dann werde ich noch einmal danach suchen. Dabei wollte ich vor halb sieben damit bei Bourne & Hollingworth sein. Es ist einfach ärgerlich.»

«Ja, Miss, und wo die Busse immer so voll sind. Hier, bitte, Miss.»

Sie öffnete die Tür, und Miss Murchison schlüpfte hinein.

«Soll ich Ihnen suchen helfen, Miss?»

«Danke, nein, Mrs. Hodges, machen Sie sich keine Umstände. Es kann ja nicht weit sein.»

Mrs. Hodges nahm ihren Eimer und ging ihn am Hahn im Hinterhof füllen. Kaum waren ihre schweren Schritte wieder in den ersten Stock gegangen, verschwand Miss Murchison im hinteren Büro.

«Ich will und muß sehen, was hinter diesem Paneel steckt.»

Die Häuser in der Bedford Row sind alle im Hogarth-Stil gebaut, groß, symmetrisch und von besseren Tagen zeugend. Die Wandtäfelungen in Mr. Urquharts Büro waren durch häufige Anstriche entstellt, aber hübsch im Muster, und über dem Kaminsims verlief ein für diese Periode etwas zu blühendes Feston mit Blumen und Früchten und einem bebänderten Körbchen in der Mitte. Wenn das Paneel von einer versteckten Feder geöffnet wurde, befand sich der Knopf dafür bestimmt in diesem Schnitzwerk. Miss Murchison zog einen Stuhl zum Kamin und ließ ihre Finger rasch über das Feston gleiten, schob und drückte mit beiden Händen, während sie die Ohren nach Störenfrieden spitzte.

So eine Suche ist leicht für einen Experten, aber Miss Murchison kannte Geheimverstecke nur aus Romanen; sie fand nicht den richtigen Dreh. Nach fast einer viertel Stunde war sie der Verzweiflung nahe.

Stampf – stampf – stampf – Mrs. Hodges kam die Treppe herunter.

Miss Murchison sprang so schnell von der Täfelung zurück, daß der Stuhl wegrutschte und sie sich nur vor einem Sturz bewahren konnte, indem sie sich mit Macht gegen die Wand warf. Sie stellte den Stuhl an seinen Platz, sah auf – und da stand das Paneel weit offen.

Zuerst glaubte sie an ein Wunder, aber dann begriff sie, daß sie sich im Fallen seitlich an dem Paneel abgestützt hatte. Die Holzverkleidung war ein Stück zur Seite gerutscht, und dahinter befand sich ein Innenpaneel mit einem Schlüsselloch in der Mitte.

Sie hörte Mrs. Hodges im Vorzimmer, aber sie war zu aufgeregt, um sich groß zu sorgen, was Mrs. Hodges denken könnte. Sie schob einen schweren Stuhl vor die Tür, so daß niemand ohne Lärm und Schwierigkeiten hereinkommen konnte. Im nächsten Augenblick hatte sie Blindekuh-Bills Dietriche in der Hand – welch ein Glück, daß sie sie noch nicht zurückgegeben hatte. Welch ein Glück auch, daß Mr. Urquhart sich ganz auf das Versteck verlassen und es nicht für nötig gehalten hatte, auch noch ein Sicherheitsschloß anzubringen!

Ein paar rasche Handgriffe, und das Schloß drehte sich. Sie zog das Türchen auf.

Drinnen lag ein Bündel Papiere. Miss Murchison überflog sie – zuerst schnell, dann noch einmal, und machte ein verwundertes Gesicht. Es waren Quittungen für Wertpapiere – Aktien – Megatherium Trust – die Namen dieser Fonds kamen ihr doch so bekannt vor – wo hatte sie nur . . .?

Plötzlich mußte Miss Murchison sich setzen, das Bündel Papiere in der Hand. Ihr wurde ganz schwindlig.

Schlagartig war ihr klar geworden, was aus Mrs. Wrayburns Geld geworden war, das Norman Urquhart aufgrund seiner Vollmacht für sie verwaltete, und warum die Sache mit dem Testament so wichtig war. In ihrem Kopf drehte es sich. Sie nahm ein Blatt Papier vom Schreibtisch und stenografierte rasch die näheren Angaben zu den einzelnen Transaktionen auf, von denen diese Dokumente zeugten.

Jemand stieß gegen die Tür.

«Sind Sie da drin, Miss?»

«Einen kleinen Augenblick noch, Mrs. Hodges. Ich glaube, es muß mir hier irgendwo auf den Boden gefallen sein.»

Sie gab dem Stuhl einen kräftigen Schubs und stieß damit die Tür nachhaltig zu.

Sie mußte sich beeilen. Inzwischen hatte sie sowieso schon genug notiert, um Lord Peter zu überzeugen, daß Mr. Urquharts Angelegenheiten einer näheren Betrachtung wert waren. Sie legte die Papiere in das Geheimfach zurück, genau an die Stelle, von der sie sie genommen hatte. Auch das Testament war darin – es lag für sich allein an einer Seite. Sie warf einen Blick hinein. Und noch etwas war da, ganz hinten in der Höhlung. Sie steckte die Hand tief in das Geheimfach und holte den mysteriösen Gegenstand heraus. Es war ein Päckchen aus weißem Karton, beschriftet mit dem Namen einer ausländischen Apotheke. Die Verschlußklappe war aufgerissen und wieder zugedrückt worden. Sie öffnete das Päckchen und sah, daß sich darin etwa zwei Unzen von einem feinen weißen Pulver befanden.

Nichts ist so sensationsträchtig wie ein Päckchen mit anonymem weißem Pulver nebst einem versteckten Schatz geheimnisvoller Dokumente. Miss Murchison nahm sich noch ein Blatt sauberes Papier, schüttete eine Prise von dem weißen Pulver darauf, stellte das Päckchen wieder nach hinten in das Geheimfach und verschloß die Tür mit den Dietrichen. Mit zitternden Fingern schob sie das Paneel an seinen Platz, wobei sie gut achtgab, daß es auch fest zu war und von dem verräterischen dunklen Strich nichts zu sehen blieb.

Sie rollte den Stuhl von der Tür fort und rief mit triumphierender Stimme: «Ich hab's gefunden, Mrs. Hodges!»

«Na also!» sagte Mrs. Hodges, bereits in der Tür stehend.

«Stellen Sie sich das vor!» sagte Miss Murchison. «Ich wollte heute nachmittag gerade mal meine Muster durchsehen, da klingelte Mr. Urquhart nach mir, und dann muß das Ding an meiner Jacke hängengeblieben und hier abgefallen sein.»

Triumphierend hielt sie ein Stück Seide in die Höhe. Sie hatte es im Laufe des Nachmittags vom Futter ihrer Handtasche abgerissen – ein Beweis, falls dieser noch nötig war, für die Hingabe, mit der sie ihre Arbeit tat, denn es war eine gute Tasche.

«Meine Güte aber auch», meinte Mrs. Hodges. «Wie gut, daß Sie es wiedergefunden haben, nicht wahr, Miss?»

«Beinahe hätte ich es nicht gefunden», sagte Miss Murchison. «Da in dieser ganz dunklen Ecke lag es. Na ja, jetzt muß ich aber fliegen, sonst schaffe ich es vor Geschäftsschluß nicht mehr. Gute Nacht, Mrs. Hodges.»

Aber lange bevor die geduldigen Herren Bourne & Hollingworth ihre Türen schlossen, läutete Miss Murchison im zweiten Stock von Piccadilly 110 A.

Sie platzte mitten in einen Kriegsrat. Anwesend waren der Ehrenwerte Freddy mit freundlichem Gesicht, Chefinspektor Parker mit sorgenvollem Gesicht, Lord Peter mit schläfrigem Gesicht und Bunter, der, nachdem er sie vorgestellt hatte, eine Position am Rande der Versammlung einnahm und ein korrektes Gesicht machte.

«Bringen Sie uns Neuigkeiten, Miss Murchison? Wenn ja, kommen Sie gerade im richtigen Augenblick, denn die Geier sind versammelt. Mr. Arbuthnot, Chefinspektor Parker, Miss Murchison. Setzen wir uns, und seien wir alle miteinander fröhlich. Haben Sie schon Tee getrunken oder möchten Sie eine Kleinigkeit zu sich nehmen?»

Miss Murchison lehnte dankend jede Stärkung ab.

«Hm!» machte Wimsey. «Patient verweigert Nahrung. Augen schillern fiebrig, Gesicht verrät Ungeduld. Lippen leicht geöffnet, Finger hantieren mit dem Verschluß der Handtasche. Die Symptome lassen auf einen akuten Anfall von Mitteilsamkeit schließen. Sagen Sie uns die grausame Wahrheit, Miss Murchison.»

Miss Murchison ließ sich nicht lange drängen. Sie berichtete von ihrem Abenteuer und hatte das Vergnügen, ihre Zuhörerschaft vom ersten bis zum letzten Wort in Bann zu schlagen. Als sie endlich das zusammengefaltete Blatt Papier mit dem weißen Pulver zum Vorschein brachte, drückten sich die Gefühle der Anwesenden in anhaltendem Applaus aus, dem auch Bunter sich diskret anschloß.

«Bist du jetzt überzeugt, Charles?» fragte Wimsey.

«Ich gestehe, daß ich schwer erschüttert bin», sagte Parker. «Natürlich muß das Pulver erst analysiert werden.»

«Das wird es schon, du personifizierte Vorsicht», sagte Wimsey. «Bunter, bereiten Sie Streckbett und Daumenschrauben vor. Bunter hat in einem Kurs die Marshsche Probe gelernt und beherrscht sie in bewundernswerter Weise. Du kennst dich da doch auch aus, nicht wahr, Charles?»

«Für einen groben Test reicht es.»

«Dann laßt euch nicht stören, liebe Kinder. In der Zwischenzeit fassen wir einmal zusammen, was wir bisher in der Hand haben.»

Bunter ging hinaus, und Parker, der etwas in sein Notizbuch geschrieben hatte, räusperte sich.

«Also», sagte er, «wie ich es sehe, steht die Sache folgendermaßen. Du sagst, Miss Vane sei unschuldig, und versuchst das zu beweisen, indem du Norman Urquhart überzeugend belastest. Bisher beziehen sich deine Argumente aber fast ausschließlich auf das Motiv, bestärkt durch seinen offenkundigen Versuch, die Ermittlungen auf eine falsche Spur zu führen. Du sagst, deine Ermittlungsergebnisse hätten Urquhart in einer Weise belastet, daß die Polizei jetzt den Fall aufnehmen könnte und sollte, und ich bin geneigt, dir recht zu geben. Ich mache dich aber darauf aufmerksam, daß du uns noch jeden Beweis hinsichtlich der Mittel und Gelegenheit schuldig bist.»

«Das weiß ich. Erzähl uns was Neues.»

«Gut, Hauptsache du weißt es. Schön. Nun, Philip Boyes und Norman Urquhart sind die einzigen noch lebenden Verwandten Mrs. Wrayburns oder Cremorna Gardens, die reich ist und etwas zu hinterlassen hat. Vor etlichen Jahren hat Mrs. Wrayburn ihre geschäftlichen Angelegenheiten Urquharts Vater übertragen, dem einzigen Mitglied der Familie, mit dem sie noch freundschaftliche Beziehungen hatte. Beim Tode seines Vaters hat Norman Urquhart diese Geschäfte selbst übernommen, und im Jahre 1920 hat Mrs. Wrayburn ihm die unumschränkte Vollmacht für die Verwaltung ihres Besitzes gegeben. Sie hat außerdem ein Testament abgefaßt, in dem sie ihren Nachlaß zu ungleichen Teilen ihren beiden Großneffen vermachte. Philip Boyes sollte ihr gesamtes Immobiliarvermögen sowie fünfzigtausend Pfund bekommen, während Norman Urquhart das haben sollte, was übrigblieb, und außerdem zum einzigen Testamentsvollstrecker ernannt wurde. Norman Urquhart hat, nach diesem Testament gefragt, dir vorsätzlich die Unwahrheit gesagt und behauptet, der größte Teil des Geldes sei ihm zugedacht, und er ging sogar so weit, ein Dokument vorzulegen, das der Entwurf dieses Testaments sein sollte. Der angebliche Entwurf trägt ein späteres Datum als das von Miss Climpson entdeckte Testament, aber es besteht kein Zweifel, daß dieser Entwurf von Urquhart mit Sicherheit erst innerhalb der letzten drei Jahre, wahrscheinlich erst innerhalb der letzten Tage geschrieben wurde. Außerdem läßt die Tatsache, daß Urquhart dieses Testament, obwohl er Zugang dazu hatte, nicht vernichtete, darauf schließen, daß es nicht durch eine spätere testamentarische Verfügung außer Kraft gesetzt wurde. Übrigens, Wimsey, warum hat er eigentlich das Testament nicht genommen und einfach vernichtet? Als einziger überlebender Verwandter hätte er doch ohne Frage alles geerbt.»

«Vielleicht ist ihm der Gedanke nicht gekommen. Oder es leben am Ende doch noch andere Verwandte. Wie steht es mit diesem Onkel in Australien?»

«Richtig. Jedenfalls hat er das Testament nicht vernichtet. 1925 wurde Mrs. Wrayburn vollständig gelähmt und schwachsinnig, so daß sie keine Möglichkeit mehr hatte, sich jemals wieder um die Verwaltung ihres Besitzes zu kümmern oder das Testament zu ändern.

Etwa um diese Zeit unternahm Urquhart, wie wir von Mr. Arbuthnot wissen, den gefährlichen Schritt, sich auf Spekulationen einzulassen. Er machte Fehler, verlor Geld, stürzte sich noch tiefer hinein, um sich zu sanieren, und war mit einer hohen Summe am Bankrott des Megatherium Trust Ltd. beteiligt. Mit Sicherheit hat er wesentlich mehr verloren, als er verkraften konnte, und nun wissen wir durch Miss Murchisons Entdekkung – und ich muß sagen, daß ich sehr ungern amtlich davon Kenntnis nehmen möchte –, daß er fortgesetzt seine Stellung als Treuhänder mißbraucht und Mrs. Wrayburns Geld für seine privaten Spekulationen verwandt hat. Er hat ihre Wertpapiere und Sicherheiten für hohe Kredite hinterlegt und das so beschaffte Geld auf den Megatherium Trust und andere halsbrecherische Unternehmungen gesetzt.

Solange Mrs. Wrayburn lebte, konnte ihm nicht viel passieren, denn er brauchte ihr nur die Summen auszuzahlen, die sie für ihre Haushaltsführung brauchte. Tatsächlich wurden alle Haushaltsrechnungen und alle Gehälter von ihm als dem Bevollmächtigten bezahlt, und solange er das tat, ging es niemanden etwas an, was er mit dem Kapital angestellt hatte. Sobald aber Mrs. Wrayburn gestorben wäre, hätte er gegenüber dem anderen Erben, Philip Boyes, Rechenschaft über das veruntreute Kapital ablegen müssen.

Im Jahre 1929 nun, gerade um die Zeit, als Philip Boyes sich mit Miss Vane überwarf, wurde Mrs. Wrayburn schwer krank und wäre beinahe gestorben. Die Gefahr ging noch einmal vorüber, konnte aber jederzeit wieder eintreten. Fast unmittelbar im

Anschluß daran erleben wir, wie er sich mit Philip Boyes anfreundet und ihn einlädt, bei ihm im Haus zu wohnen. In der Zeit, in der er bei Urquhart wohnt, erkrankt Boyes dreimal, und der Arzt stellt Gastritis fest, aber es konnten genausogut Arsenvergiftungen sein. Im Juni 1929 reist Philip Boyes nach Wales, und seine Gesundheit bessert sich.

Während Philip Boyes verreist ist, erleidet Mrs. Wrayburn wieder einen schweren Anfall, und Urquhart eilt nach Windle, möglicherweise mit der Absicht, das Testament zu vernichten, falls das Schlimmste eintritt. Es tritt aber nicht ein, und er kehrt nach London zurück, gerade rechtzeitig, um Boyes bei seiner Rückkehr aus Wales zu empfangen. Am selben Abend erkrankt Boyes mit ähnlichen Symptomen wie im zurückliegenden Frühjahr, nur viel schwerer, und nach drei Tagen stirbt er.

Urquhart ist jetzt vollkommen in Sicherheit. Als Resterbe erhält er nach Mrs. Wrayburns Tod alles Geld, das sie Philip Boyes vermacht hatte. Das heißt, er bekommt es nicht, weil er ja schon alles genommen und verloren hat, aber er hat es nun nicht mehr nötig, Rechenschaft darüber abzulegen, und seine betrügerischen Machenschaften bleiben somit unentdeckt.

Diese Indizien, soweit sie das Motiv betreffen, sind überaus zwingend und wesentlich überzeugender als die, die gegen Miss Vane vorgebracht wurden.

Aber hier liegt nun zugleich der Haken, Wimsey. Wann und wie wurde das Gift verabreicht? Wir wissen, daß Miss Vane Arsen besaß und es ihm leicht und ohne Zeugen hätte geben können. Urquhart hatte dazu aber nur Gelegenheit während seines gemeinsamen Abendessens mit Boyes, und wenn eines in diesem Fall sicher ist, dann die Tatsache, daß das Gift bei diesem Abendessen nicht verabreicht wurde. Alles, was Boyes gegessen oder getrunken hat, wurde auch von Urquhart und/oder den Dienstboten gegessen und getrunken, mit einziger Ausnahme des Burgunders, der aber aufbewahrt und analysiert wurde und sich als harmlos erwies.»

«Ich weiß», sagte Wimsey, «aber das ist ja gerade das Verdächtige. Hast du je von einem Abendessen gehört, bei dem solche Vorkehrungen getroffen wurden? Das ist doch unnatürlich, Charles. Da kommt zuerst der Sherry, vom Dienstmädchen aus der Originalflasche eingeschenkt; Suppe, Fisch und geschmortes Hühnchen – völlig unmöglich, einen Teil davon zu vergiften, ohne alles zu vergiften – das Omelett, so demonstrativ vom Opfer selbst bei Tisch zubereitet – der Wein, versiegelt und gekennzeichnet – die in der Küche verzehrten Reste – man hat den Eindruck, der Mann hat sich eigens bemüht, ein über jeden Verdacht erhabenes Abendessen zu arrangieren. Der Wein ist das Tüpfelchen auf dem i, das die ganze Geschichte unglaubwürdig macht. Erzähl mir nicht, es sei natürlich, daß der liebende Vetter von Anfang an, als noch alles an eine natürliche Krankheit glaubte und seine ganze Sorge dem Kranken hätte gelten sollen, an die Möglichkeit gedacht haben soll, der Giftmischerei verdächtigt zu werden, wenn er unschuldig war. Das ist nicht glaubhaft. Wenn er selbst unschuldig war, hatte er jedenfalls einen Verdacht. Wenn er einen Verdacht hatte, warum hat er ihn nicht dem Arzt mitgeteilt und veranlaßt, daß die Ausscheidungen untersucht wurden? Wieso hätte er überhaupt auf die Idee kommen sollen, sich vor möglichen Anschuldigungen zu schützen, solange gar keine Anschuldigungen erhoben wurden, wenn er nicht wußte, daß solche Anschuldigungen wohlbegründet sein würden? Und dann noch die Geschichte mit der Krankenschwester.»

«Richtig. Die Krankenschwester hatte ja einen Verdacht.»

«Wenn er davon wußte, hätte er etwas unternehmen müssen, um diesen Verdacht in geeigneter Weise auszuräumen. Aber ich glaube nicht, daß er davon wußte. Ich beziehe mich auf das, was du uns heute berichtet hast. Die Polizei hat sich mit Miss Williams, der Krankenschwester, noch einmal in Verbindung gesetzt, und sie sagt, Norman Urquhart habe sorgsam darauf geachtet, daß er nie mit dem Patienten allein war, und ihm nie etwas zu essen oder seine Medizin gegeben, selbst nicht in ihrer Anwesenheit. Läßt das nicht auf ein schlechtes Gewissen schließen?»

«Du wirst keinen Anwalt und keinen Geschworenen finden, der dir das abnimmt, Peter.»

«Schon, aber kommt es dir denn nicht komisch vor? Hören Sie sich das mal an, Miss Murchison. Eines Tages hatte die Schwester irgend etwas im Krankenzimmer zu tun, und die Medizin stand auf dem Kaminsims. Es wurde etwas darüber gesagt, und Boyes meinte: ‹Ach, machen Sie sich keine Umstände, Schwester. Norman kann mir das geben.› Sagt Norman darauf: ‹Na klar, Junge›, wie Sie oder ich sagen würden? Nein! Er sagt: ‹Nein, das überlasse ich der Schwester – ich würde am Ende noch was verpfuschen.› Ganz schön schwach, wie?»

«Viele Leute haben Hemmungen, Kranke zu versorgen», antwortete Miss Murchison.

«Richtig, aber die meisten Leute können etwas aus einer Flasche in ein Glas gießen. Boyes lag nicht im Todeskampf – er sprach noch völlig vernünftig und so weiter. Ich sage, der Mann hat sich bewußt vor Verdächtigungen geschützt.»

«Möglich», sagte Parker, «aber nun sag endlich, wann *hat* er ihm denn das Gift verabreicht?»

«Wahrscheinlich gar nicht während des Abendessens», sagte Miss Murchison. «Wie Sie sagen, sind die Vorkehrungen sehr augenfällig. Sie könnten geradezu darauf angelegt sein, daß man sich ganz auf das Abendessen konzentrieren und andere Möglichkeiten außer acht lassen sollte. Hat er einen Whisky getrunken, als er ankam oder bevor er fortging oder so?»

«Leider nein. Bunter hat sich fast wie ein Heiratsschwindler mit Hannah Westlock befaßt, und sie sagt, sie habe Boyes bei seiner Ankunft die Tür geöffnet, er sei geradewegs in sein Zimmer hinaufgegangen, Urquhart sei um die Zeit nicht im Haus gewesen und erst eine Viertelstunde vor dem Abendessen gekommen, und die beiden seien sich bei dem berühmten Glas Sherry in der Bibliothek zum erstenmal begegnet. Die Schiebetüren zwischen Bibliothek und Speisezimmer waren offen, und Hannah hat die ganze Zeit dort herumgewerkelt und den Tisch gedeckt, und sie ist sicher, daß Boyes den Sherry und nichts als den Sherry zu sich genommen hat.»

«Nicht einmal eine Verdauungstablette?»

«Nichts.»

«Und nach dem Essen?»

«Nachdem sie das Omelett gegessen hatten, hat Urquhart etwas von Kaffee gesagt. Boyes hat auf die Uhr gesehen und gemeint: ‹Nein, ich habe keine Zeit mehr; ich muß jetzt in die Doughty Street.› Urquhart hat gesagt, er werde ein Taxi rufen, und ist hinausgegangen, um das zu tun. Boyes hat seine Serviette zusammengelegt, ist aufgestanden und in die Diele gegangen. Hannah ist ihm nachgegangen und hat ihm in den Mantel geholfen. Das Taxi kam. Boyes ist eingestiegen und fortgefahren, ohne Urquhart noch einmal gesehen zu haben.»

«Mir scheint», sagte Miss Murchison, «daß Hannah eine sehr wichtige Zeugin für Mr. Urquharts Verteidigung ist. Meinen Sie nicht – ich sage das ungern – aber meinen Sie nicht, daß vielleicht Bunters Gefühle sein Urteilsvermögen trüben könnten?»

«Er sagt», erwiderte Lord Peter, «daß er Hannah für tief religiös hält. Er hat neben ihr in der Kirche gesessen und das Gesangbuch mit ihr geteilt.»

«Aber das kann doch reine Heuchelei sein», sagte Miss Murchison ziemlich scharf, denn sie war eine überzeugte Rationalistin. «Ich traue diesen Frömmlern nicht.»

«Ich wollte damit auch nicht Hannahs Tugend beweisen», sagte Wimsey, «sondern Bunters Unbestechlichkeit.»

«Er sieht doch selbst aus wie ein Vikar.»

«Sie haben Bunter noch nicht außer Dienst erlebt», sagte Lord Peter düster. «Ich aber. Und ich kann Ihnen versichern, daß ein Gesangbuch auf sein Herz so besänftigend wirkt wie Whisky pur auf die Leber eines Anglo-Inders. Nein, wenn Bunter sagt, daß Hannah ehrlich ist, dann *ist* sie ehrlich.»

«Dann scheiden die Getränke und das Essen also endgültig aus», sagte Miss Murchison, nicht ganz überzeugt, aber bereit, unvoreingenommen zu sein. «Wie steht es mit der Wasserflasche in seinem Zimmer?»

«Hol's der Teufel!» rief Wimsey. «Ein Pluspunkt für Sie, Miss Murchison. Daran haben wir nicht gedacht. Die Wasserflasche – ja doch – die Idee ist Gold wert. Du erinnerst dich, Charles, wie in dem Fall Bravo der Verdacht geäußert wurde, ein unzufriedener Dienstbote habe Brechweinstein in die Wasserflasche getan. Ah, Bunter – da sind Sie ja! Wenn Sie das nächstemal mit Hannah Händchen halten, fragen Sie sie doch mal, ob Boyes vor dem Abendessen Wasser aus der Flasche in seinem Zimmer getrunken hat.»

«Verzeihung, Mylord, diese Möglichkeit war mir bereits in den Sinn gekommen.»

«So?»

«Ja, Mylord.»

«Sie übersehen nie etwas, Bunter?»

«Ich bemühe mich, Eure Lordschaft zufriedenzustellen.»

«Dann reden Sie nicht wie Butler Jeeves. Das kann ich nicht vertragen. Was ist nun mit der Flasche?»

«Ich wollte, als die Dame eintraf, Mylord, gerade sagen, daß ich bezüglich der Wasserflasche einen etwas eigentümlichen Umstand festgestellt habe.»

«Jetzt kommen wir endlich irgendwohin», sagte Parker und klappte eine neue Seite in seinem Notizbuch auf.

«Soviel würde ich noch nicht sagen, Sir. Hannah hat mir berichtet, sie habe Mr. Boyes bei seiner Ankunft auf sein Zimmer geführt und sich sofort zurückgezogen, wie es ihr zukam. Sie habe jedoch kaum die Treppe erreicht gehabt, da habe Mr. Boyes den Kopf zur Tür herausgestreckt und sie zurückgerufen. Dann habe er sie gebeten, seine Wasserflasche zu füllen. Sie habe sich über diese Bitte sehr gewundert, da sie sich noch genau erinnern konnte, die Flasche gefüllt zu haben, als sie das Zimmer in Ordnung brachte.»

«Könnte er sie selbst geleert haben?» fragte Parker gespannt.

«Jedenfalls nicht in seinen Magen, Sir – dazu hätte die Zeit nicht gereicht. Auch war das Trinkglas nicht benutzt. Außerdem war die Flasche nicht nur leer, sondern innen ganz trocken. Hannah hat sich für ihre Nachlässigkeit entschuldigt und die Flasche sofort ausgespült und neu gefüllt.»

«Merkwürdig», sagte Parker. «Aber es ist wohl anzunehmen, daß sie die Flasche doch nicht gefüllt hatte.»

«Verzeihung, Sir. Hannah war von dem Vorfall so überrascht, daß sie darüber mit Mrs. Pettican, der Köchin, gesprochen hat, die ihr sagte, sie könne sich genau erinnern, Hannah die Flasche morgens füllen gesehen zu haben.»

«Nun denn», sagte Parker, «dann muß Urquhart oder jemand anders die Flasche geleert und ausgetrocknet haben. Aber warum? Was tut einer denn normalerweise, wenn er seine Wasserflasche leer vorfindet?»

«Er läutet», sagte Wimsey prompt.

«Oder ruft um Hilfe», ergänzte Parker.

«Oder», sagte Miss Murchison, «wenn er nicht gewohnt ist, bedient zu werden, nimmt er sich etwas Wasser aus der Waschkaraffe.»

«Ach ja! . . . Natürlich, Boyes führte doch eigentlich ein mehr oder weniger bohemehaftes Leben.»

«Das wäre allerdings ein ziemlich idiotischer Umweg», fand Wimsey. «Es wäre viel leichter gewesen, gleich das Wasser in der Flasche zu vergiften. Warum erst die Aufmerksamkeit darauf lenken, indem man es etwas schwieriger macht? Außerdem war kein Verlaß darauf, daß das Opfer die Waschkaraffe nehmen würde – was er ja auch prompt nicht getan hat.»

«Und vergiftet *wurde* er», sagte Miss Murchison, «demnach war also das Gift weder in der Karaffe noch in der Flasche.»

«Nein – ich fürchte, aus der Flasche wie der Karaffe ist nichts herauszuholen. Eitel, eitel, eitel alle Freude – Tennyson.»

«Trotzdem», sagte Parker, «überzeugt mich dieser Vorfall restlos. Irgendwo ist mir das zu perfekt. Wimsey hat recht; so ein unangreifbares Alibi ist unnatürlich.»

«Mein Gott», rief Wimsey, «wir haben Charles Parker überzeugt! Mehr brauchen wir nicht. Er ist ein härterer Brocken als jede Geschworenenbank.»

«Stimmt», meinte Parker bescheiden, «aber ich denke eben auch logischer, glaube ich. Und ich lasse mich nicht von Staatsanwälten ins Bockshorn jagen. Mir wäre jedenfalls wohler, wenn wir ein paar handfestere Beweise hätten.»

«Versteht sich. Du willst echtes Arsen sehen. Nun, Bunter, wie steht's damit?»

«Die Apparaturen stehen bereit, Mylord.»

«Sehr schön. Dann wollen wir mal hingehen und sehen, ob wir Mr. Parker geben können, was er haben will. Geh voran, wir folgen.»

In einem kleinen Appartement, das gewöhnlich Bunters fotografischen Arbeiten diente und über ein Waschbecken, eine Bank und einen Bunsenbrenner verfügte, war die für die Marshsche Arsenprobe notwendige Apparatur aufgebaut. Das destillierte Wasser blubberte schon still im Glaskolben vor sich hin, und Bunter nahm das Glasröhrchen, das über dem Bunsenbrenner lag, aus der Flamme.

«Sie werden feststellen, Mylord», bemerkte er, «daß die Apparatur frei von Verunreinigungen ist.»

«Ich sehe überhaupt nichts», meinte Freddy.

«Sherlock Holmes würde sagen, genau das solltest du zu sehen erwarten, wenn nichts da ist», antwortete Wimsey nachsichtig. «Charles, glaubst du uns auch ohne Beweis, daß Wasser, Kolben, Röhrchen und Hinz und Kunz frei von Arsen sind?»

«Ja.»

«Willst du sie lieben und ehren, in guten wie in schlechten Tagen – Verzeihung, jetzt habe ich eine Seite zuviel umgeblättert. Wo ist dieses Pulver? Miss Murchison, Sie identifizieren diesen verschlossenen Umschlag als den, den Sie aus dem Büro mitgebracht haben, mitsamt dem geheimnisvollen weißen Pulver aus Mr. Urquharts heimlicher Schatztruhe?»

«Ja.»

«Küssen Sie die Bibel, danke. Nun also –»

«Momentchen noch», sagte Parker, «du hast den Umschlag noch nicht für sich allein getestet.»

«Stimmt auch wieder. Irgendwo ist immer ein Haken. Ich nehme an, Miss Murchison, Sie haben nicht zufällig so etwas wie einen zweiten Umschlag aus dem Büro bei sich?»

Miss Murchison errötete und kramte in ihrer Handtasche. «Hier – ist noch ein Briefchen, das ich heute nachmittag an eine Freundin geschrieben habe –»

«In Ihres Arbeitgebers Zeit, auf Ihres Arbeitgebers Papier», sagte Wimsey entrüstet. «Wie recht hatte doch Diogenes, als er seine Laterne nahm, um nach einer ehrlichen Stenotypistin zu suchen! Egal. Geben Sie her. Wer den Zweck will, muß auch die Mittel wollen.»

Miss Murchison nahm den Umschlag aus der Tasche und holte den Brief heraus. Bunter nahm ihn ehrerbietig auf einer Entwicklerschale in Empfang, schnitt ihn in kleine Stückchen und ließ sie in den Kolben fallen. Das Wasser blubberte fröhlich, aber das Röhrchen blieb vom einen Ende bis zum andern flekkenlos.

«Passiert bald was?» erkundigte sich Mr. Arbuthnot. «Ich finde nämlich, der Vorstellung hier fehlt ein bißchen Pfeffer.»

«Wenn du nicht still bist, schmeiße ich dich raus», versetzte Wimsey. «Machen Sie weiter, Bunter. Wir lassen den Umschlag durchgehen.»

Bunter öffnete daraufhin den zweiten Umschlag und ließ vorsichtig das weiße Pulver in den weiten Hals des Glaskolbens rieseln. Alle fünf Köpfe beugten sich gespannt über den Apparat. Und unverzüglich bildete sich, unübersehbar und wie von Zauberhand, ein dünner silberner Fleck an der Stelle des Glasrohrs, wo die Flamme es erhitzte. Von Sekunde zu Sekunde vergrößerte er sich und verdunkelte sich zu einem bräunlich-schwarzen Ring mit einer metallisch glänzenden Mitte.

«Ah, wunderschön, wunderschön», rief Parker in fachmännischem Entzücken.

«Irgendwie scheint eure Lampe zu rußen», meinte Freddy.

«Ist das Arsen?» hauchte Miss Murchison.

«Das will ich hoffen», sagte Wimsey, indem er das Röhrchen vorsichtig löste und gegen das Licht hielt. «Entweder Arsen oder Antimon.»

«Gestatten Sie, Mylord. Die Beigabe einer geringen Menge Chlorkalklösung dürfte diese Frage so eindeutig klären, daß jeder Zweifel ausgeschlossen ist.»

Er vollführte diesen weiteren Test inmitten angespannter Stille. Der Fleck löste sich unter Einwirkung der Bleichlösung auf und verschwand.

«Dann ist es Arsen», sagte Parker.

«O ja», meinte Wimsey großspurig, «natürlich ist es Arsen. Hab ich dir doch gleich gesagt.» Seine Stimme bebte ein wenig von unterdrücktem Triumph.

«Ist das alles?» fragte Freddy enttäuscht.

«Nicht ganz», sagte Parker, «aber es ist ein großer Schritt auf unser Ziel zu. Wir haben bewiesen, daß Mr. Urquhart im Besitz von Arsen ist, und durch eine Anfrage in Frankreich können wir wahrscheinlich klären, ob er dieses Päckchen bereits im vergangenen Juni hatte. Ich stelle, nebenbei bemerkt, fest, daß es sich um gewöhnliche weiße Arseniksäure handelt, ohne Beimischung von Holzkohle oder Indigo, was mit dem Befund der Autopsie übereinstimmt. Das ist an sich schon überzeugend, aber noch überzeugender wäre es, wenn wir Urquhart nachweisen könnten, daß er Gelegenheit hatte, Boyes das Gift zu verabreichen. Bisher haben wir aber nur eindeutig bewiesen, daß er es ihm weder vor noch während noch nach dem Essen in einer Zeit verabreicht haben kann, die für das Eintreten der Symptome nötig wäre. Ich gebe zu, daß eine derartig hieb- und stichfest belegte Unmöglichkeit an sich schon wieder verdächtig ist, aber um die Geschworenen zu überzeugen, würde ich etwas Besseres vorziehen als ein *credo quia impossibile.*»

«Hiebfest hin, stichfest her», meinte Wimsey unbeirrt. «Wir haben etwas übersehen, das ist alles. Wahrscheinlich sogar etwas vollkommen Offensichtliches. Man gebe mir den berühmten Morgenrock und die Shagpfeife, und ich werde es auf mich nehmen, diese kleine Schwierigkeit für euch im Handumdrehen zu lösen. Inzwischen wirst du, Charles, zweifellos etwas tun, um von Amts wegen die Beweise sicherzustellen, die unsere lieben Freunde mit ihren unkonventionellen Methoden bereits herbeigeschafft haben, und dich bereit halten, um im gegebenen Augenblick den richtigen Mann zu verhaften?»

«Das werde ich», sagte Parker, «und zwar mit Vergnügen. Von allen persönlichen Erwägungen einmal abgesehen, würde ich viel lieber diesen geleckten Knilch auf der Anklagebank sitzen sehen als irgendeine Frau, und wenn die Polizei einen Fehler gemacht hat, ist es für alle Beteiligten um so besser, je eher er berichtigt wird.»

Wimsey saß noch spät in der Nacht in seiner schwarz-gelben Bibliothek, wo die großen Folianten von den Wänden auf ihn herabstarrten. Alle Weisheit und Poesie dieser Welt war in ihnen enthalten, nicht zu reden von den Tausenden von Pfund, die darin steckten, doch nun standen diese Ratgeber alle stumm auf ihren Regalen. Auf Tischen und Sesseln verstreut lagen indessen die grellroten Bände mit den Berichten über berühmte englische Strafprozesse – Palmer, Pritchard, Maybrick, Seddon, Armstrong, Madeleine Smith – sämtliche großen Arsenmörder – im trauten Verein mit den größten Kapazitäten der Gerichtsmedizin und Toxikologie.

Die Theaterbesucher strebten in Limousinen und Taxis nach Hause, über der leeren Weite des Piccadilly strahlten die Lichter, dann und wann rumpelten schwere nächtliche Lastwagen langsam übers Pflaster; die lange Winternacht schwand dahin, und über das Londoner Dächermeer mühten sich die ersten zögernden Vorboten der winterlichen Morgendämmerung. Bunter saß schweigsam und sorgenvoll in seiner Küche, kochte Kaffee auf dem Gasherd und las ein und dieselbe Seite einer fotografischen Fachzeitschrift immer wieder von vorn.

Um halb neun ertönte die Klingel aus der Bibliothek.

«Mylord?»

«Mein Bad, Bunter.»

«Sehr wohl, Mylord.»

«Und einen Kaffee.»

«Sofort, Mylord.»

«Und stellen Sie die Bücher zurück, bis auf diese.»

«Ja, Mylord.»

«Ich weiß jetzt, wie es gemacht wurde.»

«Wirklich, Mylord? Gestatten Sie mir, Ihnen mit allem Respekt zu gratulieren.»

«Ich muß es aber noch beweisen.»

«Eine Nebensächlichkeit, Mylord.»

Wimsey gähnte. Als Bunter kurz darauf mit dem Kaffee wiederkam, war er eingeschlafen.

Bunter räumte leise die Bücher fort und betrachtete neugierig die Titel derer, die noch offen auf dem Tisch lagen. Es waren: *Der Prozeß Florence Maybrick,* Dixon Manns *Gerichtsmedizin und Toxikologie,* ein Buch mit einem fremdsprachigen Titel, den Bunter nicht lesen konnte, und *Ein Junge aus Shropshire* von A. E. Housman.

Bunter überlegte eine Weile, dann schlug er sich leise auf den Schenkel.

«Natürlich!» flüsterte er. «Mein Gott, was waren wir allesamt für Schafsköpfe!» Er tippte seinem Gebieter leicht auf die Schulter.

«Ihr Kaffee, Mylord.»

21. Kapitel

«Sie wollen mich also nicht heiraten?» fragte Lord Peter.

Die Untersuchungsgefangene schüttelte den Kopf.

«Nein. Das wäre Ihnen gegenüber nicht fair. Und außerdem – »

«Ja?»

«Ich habe Angst davor. Das würde nicht gutgehen. Wenn Sie wollen, werde ich mit Ihnen leben, aber heiraten werde ich Sie nicht.»

Ihr Ton war so unsagbar niedergeschlagen, daß Wimsey sich für dieses verlockende Angebot nicht begeistern konnte.

«Aber so etwas geht auch nicht immer gut», begehrte er auf. «Zum Teufel, Sie müßten es doch wissen – entschuldigen Sie, wenn ich darauf anspiele – aber es ist so furchtbar unpraktisch, und man bekommt genausooft Streit, wie wenn man verheiratet ist.»

«Das weiß ich. Aber Sie könnten sich jederzeit wieder von mir losmachen.»

«Das würde ich gar nicht wollen.»

«Doch, das würden Sie! Sie haben auf Familie und Traditionen Rücksicht zu nehmen. Cäsars Frau und so.»

«Ich pfeife auf Cäsars Frau. Und was die Familientradition angeht, die steht auf meiner Seite, soweit sie was wert ist. Alles, was ein Wimsey tut, ist richtig, und gnade der Himmel dem, der sich ihm in den Weg stellt. Das haben wir Wimseys schon immer so gehalten – und es ist auch gut so. Ich kann zwar nicht behaupten, daß ein Blick in den Spiegel mich direkt an Stammvater Gerald de Wimsey erinnert, der schon bei der Belagerung von Akko einen Karrengaul geritten hat, aber ich habe sehr wohl die Absicht, zu heiraten, wen ich will. Wer soll mich daran hindern? Fressen können sie mich nicht. Die kriegen mich nicht klein.»

Harriet lachte.

«Nein, ich glaube auch, Sie kriegt so schnell keiner klein. Sie brauchten sich auch mit Ihrer unmöglichen Frau nicht ins Ausland abzusetzen und in obskuren europäischen Bädern ein Leben der Zurückgezogenheit zu führen wie in einem viktorianischen Roman.»

«Bestimmt nicht.»

«Die Leute würden vergessen, daß ich einen Geliebten hatte?»

«Mein liebes Kind, so etwas vergessen sie alle Tage. Darin sind sie Meister.»

«Und unter dem Verdacht stand, ihn ermordet zu haben?»

«Und mit einem triumphalen Freispruch von jedem Verdacht gereinigt wurden, obwohl er sie ziemlich provoziert hat.»

«Also, ich werde Sie nicht heiraten. Wenn die Leute das alles vergessen können, können sie auch vergessen, daß wir nicht verheiratet sind.»

«Sehr richtig, die *Leute* könnten. Aber ich nicht, das ist alles. Wir kommen mit diesem Thema offenbar nicht besonders schnell voran. Jedenfalls verstehe ich Sie so, daß der Gedanke, mit mir zusammenzuleben, Ihnen nicht hoffnungslos zuwider ist?»

«Aber das ist doch alles so absurd», protestierte sie. «Wie kann ich sagen, was ich tun oder nicht tun würde, wenn ich frei wäre und sicher sein könnte – am Leben zu bleiben?»

«Warum nicht? Ich kann mir noch in den unmöglichsten Situationen vorstellen, was ich tun würde – wobei Ihr Freispruch wirklich todsicher ist; ich habe den Tip vom Pferd persönlich.»

«Ich kann nicht», sagte Harriet ermattet. «Bitte fragen Sie mich nicht mehr. Ich weiß es nicht. Ich kann nicht denken. Ich kann nicht über – über die – die nächsten paar Wochen hinausdenken. Ich möchte nur noch hier herauskommen und in Ruhe gelassen werden.»

«Gut», sagte Wimsey, «ich plage Sie nicht mehr. Es ist auch nicht fair. Ein Mißbrauch meiner Vorzugsstellung. Unter den gegebenen Umständen können Sie nicht einfach ‹Ekel› zu mir sagen und hinausrauschen. Ich gelobe Besserung. Überhaupt, ich werde jetzt selbst hinausrauschen, denn ich habe eine Verabredung – mit einer Maniküre. Nettes kleines Ding, sie spricht nur ein bißchen gebüldet. Addio!»

Die Maniküre, auf die er mit Hilfe Chefinspektor Parkers und seiner Spürhunde gestoßen war, war ein junges Ding mit einem

Gesicht wie ein Kätzchen, einladendem Wesen und verschlagenem Blick. Sie zierte sich nicht lange, sich von ihrem Kunden zum Essen einladen zu lassen, und zeigte sich in keiner Weise überrascht, als er ihr vertraulich zuflüsterte, daß er ihr ein Angebot zu unterbreiten habe. Sie stützte ihre rundlichen Ellbogen auf den Tisch, legte kokett den Kopf schief und schickte sich an, ihre Ehre teuer zu verkaufen.

Als das Angebot Gestalt annahm, änderte sich ihre Haltung in einer Weise, die schon fast komisch war. Ihre Augen verloren den treuen Unschuldsblick, selbst die Haare schienen ihre Flaumigkeit einzubüßen, und ihre Brauen zogen sich in echter Verwunderung zusammen.

«Hm, natürlich könnte ich das», sagte sie schließlich, «aber was wollen Sie denn bloß damit? Kommt mir komisch vor.»

«Sagen wir, es handelt sich um einen Scherz», sagte Wimsey.

«Nein.» Ihr Mund wurde hart. «Das gefällt mir nicht. Es will mir nicht in den Kopf, wenn Sie verstehen, was ich meine. Ich meine nämlich, das kommt mir wie ein ziemlich schlechter Witz vor, und mit so was kann man sich die größten Scherereien einhandeln. Sagen Sie, das hat doch wohl nichts mit diesen – wie heißt das noch? Da hat doch vorige Woche in Madame Crystals Kolumne in *Susie's Snippets* etwas darüber gestanden – irgendwas mit Hexerei oder Okkultismus, wie? Ich möchte nicht, daß einem da was zustößt.»

«Nein, ich werde kein wächsernes Abbild machen, wenn Sie das meinen. Passen Sie mal auf, Sie gehören doch zu den Frauen, die ein Geheimnis für sich behalten können?»

«Ha, ich rede nicht! Ich habe meine Zunge schon immer im Zaum halten können. Da bin ich nicht wie andere Mädchen.»

«Eben, das habe ich mir gedacht. Darum habe ich Sie ja auch gebeten, mit mir auszugehen. Also gut, hören Sie zu.»

Er beugte sich vornüber und fing an zu erzählen. Ihr bemaltes Gesichtchen, mit dem sie zu ihm aufblickte, bekam einen so gebannten, faszinierten Ausdruck, daß eine Busenfreundin, die an einem der anderen Tische speiste, ganz grün vor Neid wurde und überzeugt war, der lieben kleinen Mabel werde soeben eine Wohnung in Paris, ein Daimler und ein Kollier für tausend Pfund angeboten. Die Folge war, daß sie sich mit ihrem Begleiter gründlich überwarf.

«Sie sehen also», sagte Wimsey, «daß es mir sehr viel bedeutet.»

Die liebe kleine Mabel seufzte hingerissen.

«Stimmt das auch alles? Haben Sie sich das nicht aus den Fingern gesogen? Das ist ja spannender als im Kino.»

«Stimmt, aber Sie dürfen kein Wort weitersagen. Sie sind der einzige Mensch, der es weiß. Sie werden mich nicht an ihn verraten?»

«An den? An diesen alten Knicker? Dem würde ich ganz was anderes erzählen! Ich spiele mit. Für Sie tue ich es. Es wird nicht ganz leicht sein, weil ich die Schere dazu nehmen muß, was wir gewöhnlich nicht tun. Aber das kriege ich schon hin. Verlassen Sie sich auf mich. Es werden allerdings keine großen sein. Er kommt nämlich ziemlich oft, aber ich gebe Ihnen, was ich bekommen kann. Und mit Fred, das regle ich auch. Er verlangt immer nach Fred. Und Fred macht das, wenn ich ihn bitte. Und was soll ich dann damit tun?»

Wimsey zog einen Umschlag aus der Tasche.

«Hier drin», sagte er bedeutungsvoll, «befinden sich zwei kleine Döschen. Sie dürfen sie erst herausnehmen, wenn Sie die Sachen haben, denn sie sind vorbehandelt und chemisch rein, wenn Sie verstehen. Wenn es soweit ist, öffnen Sie den Umschlag, nehmen die Döschen heraus, tun die Nägel in das eine und die Haare in das andere, schließen sie wieder, stecken sie in einen frischen Umschlag und schicken ihn an diese Adresse. Alles klar?»

«Ja.» Sie streckte begierig die Hand aus.

«Wunderbar. Und kein Wort!»

«Nicht – ein – Wort!» Sie machte eine Gebärde übertriebener Vorsicht.

«Wann haben Sie Geburtstag?»

«Oh, ich habe gar keinen. Ich werde nie erwachsen.»

«Schön, dann kann ich Ihnen ja an jedem beliebigen Tag im Jahr ein Nichtgeburtstagsgeschenk schicken. Steht Ihnen Nerz, mein Herz?»

«Nerz, mein Herz», äffte sie ihn nach. «Sie sind wohl ein Dichter, wie?»

«Sie inspirieren mich», sagte Wimsey höflich.

22. Kapitel

«Ich bin», sagte Mr. Urquhart, «auf Ihren Brief hin gekommen. Ich habe mit Interesse gehört, daß Sie neue Informationen über den Tod meines unglücklichen Vetters haben. Natürlich werde ich Ihnen mit Freuden helfen, so gut ich kann.»

«Danke sehr», sagte Wimsey. «Bitte nehmen Sie Platz. Sie haben vermutlich schon gegessen? Aber Sie trinken doch sicher eine Tasse Kaffee. Sie mögen türkischen Mokka, soviel ich weiß. Mein Diener macht einen sehr guten.»

Mr. Urquhart nahm das Angebot an und lobte Bunter, daß er die richtige Zubereitungsmethode für dieses sirupartige Getränk beherrschte, das dem Geschmack des Durchschnitts-Abendländers so zuwider ist.

Bunter dankte ergebenst für das Kompliment und reichte ihm eine Schachtel mit diesen ebenso ekelerregenden türkischen Süßigkeiten, die einem nicht nur den Gaumen verkleistern und die Zähne zusammenkleben, sondern den, der sie ißt, auch noch mit einer Wolke weißen Puderzuckers einstäuben. Mr. Urquhart stopfte sich sofort das größte Stück in den Mund und murmelte kaum verständlich, daß es sich um die echte orientalische Version handle. Wimsey nahm mit abweisendem Lächeln ein paar Schlucke von seinem starken schwarzen Kaffee ohne Zukker und Milch und schenkte sich ein Glas Cognac ein. Bunter zog sich zurück, und Lord Peter klappte ein Notizbuch auf den Knien auf, sah auf die Uhr und begann mit seiner Erzählung.

Zuerst rekapitulierte er des langen und breiten Philip Boyes' Leben und Tod. Mr. Urquhart gähnte verstohlen, aß, trank und lauschte.

Dann wandte Wimsey, wieder mit dem Blick zur Uhr, sich der Geschichte von Mrs. Wrayburns Testament zu.

Mr. Urquhart, nicht schlecht überrascht, stellte die Kaffeetasse hin, wischte sich die klebrigen Finger am Taschentuch ab und machte große Augen.

Dann fragte er:

«Darf ich fragen, wie Sie an diese erstaunlichen Informationen kommen?»

Wimsey winkte ab.

«Die Polizei», sagte er. «Es ist schon gut, daß wir eine Polizei haben. Erstaunlich, was die alles herausbekommt, wenn sie es darauf anlegt. Ich nehme nicht an, daß Sie etwas davon abstreiten wollen?»

«Ich höre zu», sagte Mr. Urquhart grimmig. «Wenn Sie Ihre unerhörte Geschichte zu Ende erzählt haben, weiß ich vielleicht, was ich abstreiten muß und was nicht.»

«Ach so, ja», sagte Wimsey. «Ich werde versuchen, es Ihnen so einleuchtend wie möglich darzulegen. Zwar bin ich kein Jurist, aber ich will mich bemühen, möglichst logisch vorzugehen.»

Er redete erbarmungslos weiter, während die Zeiger der Uhr eine Runde vollendeten.

«Soweit ich sehe», sagte er, nachdem er die ganze Frage des Motivs hatte Revue passieren lassen, «lag es sehr in Ihrem Interesse, sich Mr. Philip Boyes vom Hals zu schaffen. Der Kerl war ja in meinen Augen auch wirklich ein Schädling und Schmarotzer, und ich an Ihrer Stelle hätte wohl so ähnlich darüber gedacht wie Sie.»

«Ist das Ihre ganze phantastische Anklage?» fragte der Anwalt.

«Keineswegs. Ich komme jetzt auf den springenden Punkt. ‹Langsam aber sicher›, lautet mein Motto. Ich sehe, daß ich schon siebzig Minuten Ihrer kostbaren Zeit in Anspruch genommen habe, aber glauben Sie mir, die Stunde war nicht vertan.»

«Angenommen, Ihre ungeheuerliche Geschichte wäre wahr, was ich allerdings nachdrücklich verneine», warf Mr. Urquhart ein, «würde es mich doch einmal sehr interessieren, wie ich ihm Ihrer Meinung nach das Arsen gegeben haben soll. Haben Sie sich dafür eine geniale Lösung ausgedacht? Oder soll ich womöglich mein Dienstmädchen und meine Köchin zu Komplizen gemacht haben? Das wäre ein wenig unvorsichtig von mir, finden Sie nicht, und würde der Erpressung Tür und Tor öffnen.»

«Es wäre so unvorsichtig», sagte Wimsey, «daß sich bei einem Mann von Ihrem Weitblick die Frage gar nicht stellt. Die Versiegelung dieser Burgunderflasche verrät zum Beispiel eine alle Möglichkeiten in Betracht ziehende Denkweise – dies sogar in ungewöhnlich hohem Maße. Ich muß sagen, diese Geschichte hat mich von vornherein hellhörig gemacht.»

«So?»

«Sie fragen, wie und wann Sie ihm das Gift gegeben haben sollen. Nicht vor dem Essen, denke ich. Die Voraussicht, mit der Sie zum Beispiel die Wasserflasche geleert haben – o nein, auch das wurde nicht übersehen! – und die Umsicht, mit der Sie dafür sorgten, daß Sie Ihren Vetter in Gegenwart von Zeugen begrüßten und keine Sekunde mit ihm allein waren – ich glaube, das alles schließt die Zeit vor dem Essen aus.»

«Das würde ich auch meinen.»

«Der Sherry», fuhr Wimsey bedächtig fort. «Es war eine neue, frisch geöffnete Flasche. Zum Verschwinden der Überreste wäre vielleicht etwas zu sagen, aber ich glaube, wir können dem Sherry die Absolution erteilen.»

Mr. Urquhart machte eine ironische Verbeugung.

«Die Suppe – davon haben auch Köchin und Dienstmädchen gegessen, und sie leben noch. Ich bin gewillt, die Suppe passieren zu lassen, und das gleiche gilt für den Fisch. Es wäre zwar leicht gewesen, eine Portion von dem Fisch zu vergiften, aber dazu hätte es der Kooperation von Hannah Westlock bedurft, und das würde meiner Theorie zuwiderlaufen. Theorien sind mir heilig, Mr. Urquhart, fast – wie Sie es nennen würden – ein Dogma.»

«Eine fragwürdige Einstellung», bemerkte der Anwalt, «aber unter den gegebenen Umständen will ich sie nicht anfechten.»

«Außerdem», sagte Wimsey, «wenn das Gift mit der Suppe oder dem Fisch verabreicht worden wäre, hätte es womöglich zu wirken angefangen, bevor Philip – ich darf ihn doch so nennen? – das Haus verließ. Wir kommen nun zu dem geschmorten Hühnchen. Mrs. Pettican und Hannah Westlock können dem Hühnchen ein gutes Gesundheitszeugnis ausstellen, glaube ich. Und es muß geradezu köstlich gewesen sein. Ich spreche als Mann mit reicher Erfahrung in gastronomischen Dingen, Mr. Urquhart.»

«Das ist mir bekannt», antwortete Mr. Urquhart höflich.

«Und nun bleibt nur noch das Omelett. Etwas sehr Feines, wenn es richtig zubereitet und – das ist sehr wichtig – sofort gegessen wird. Eine reizende Idee, die Eier und den Zucker an den Tisch bringen und an Ort und Stelle zubereiten zu lassen. Übrigens, ich darf davon ausgehen, daß von dem Omelett nichts in die Küche zurückging? Nein, nein! So etwas Gutes läßt man nicht halbgegessen stehen. Da macht die Köchin besser für sich und ihre Kollegin ein neues. Niemand außer Ihnen und Philip hat von dem Omelett gegessen, dessen bin ich sicher.»

«Sehr richtig», sagte Mr. Urquhart. «Das brauche ich nun wirklich nicht abzustreiten. Aber Sie vergessen eben nicht, daß auch ich davon gegessen habe und keinerlei Beschwerden hatte. Und, wohlgemerkt, daß mein Vetter es selbst zubereitet hat.»

«Das hat er. Vier Eier, wenn ich mich recht erinnere, mit Zucker und Marmelade aus den, sagen wir, normalen Vorräten. Nein – am Zucker oder der Marmelade hat es bestimmt nicht gelegen. Äh – ich glaube, ich gehe recht in der Annahme, daß eines der Eier angeknackst war, als es auf den Tisch kam?»

«Möglich. Aber das weiß ich nun wirklich nicht mehr.»

«Nein? Nun gut, Sie stehen ja nicht unter Eid. Aber Hannah Westlock erinnert sich, daß Sie, als Sie ihr die Eier brachten – Sie haben sie nämlich selbst gekauft, Mr. Urquhart – zu ihr gesagt haben, daß eines angeknackst sei, und daß Sie es ausdrücklich für das Omelett verlangt haben. Sie haben es zu diesem Zweck sogar selbst in die Schüssel gelegt.»

«Na und?» fragte Mr. Urquhart, vielleicht ein wenig unsicherer als zuvor.

«Es ist nicht besonders schwer, in ein angeknackstes Ei Arsen in Pulverform zu praktizieren», sagte Wimsey. «Ich habe es selbst mit einem Glasröhrchen ausprobiert. Mit einem kleinen Trichter ginge es vielleicht sogar noch besser. Arsen ist ziemlich schwer. Etwa ein halbes Gramm paßt auf einen Teelöffel. Es sammelt sich unten im Ei, und an der Schale kann man alle Spuren leicht abwischen. Mit flüssigem Arsen wäre es natürlich noch leichter, aber aus einem ganz bestimmten Grunde habe ich das Experiment mit gewöhnlichem weißem Pulver gemacht. Es ist sehr gut löslich.»

Mr. Urquhart hatte eine Zigarre aus seinem Etui genommen und zündete sie recht umständlich an.

«Wollen Sie damit sagen», fragte er, «daß beim Verquirlen von vier Eiern ein bestimmtes vergiftetes Ei wie durch ein Wunder von den anderen dreien getrennt geblieben ist und seine Giftladung nur an einer Seite des Omeletts deponiert hat? Und daß mein Vetter sich bewußt die vergiftete Seite genommen und mir die andere überlassen hat?»

«Nicht doch, nicht doch», sagte Wimsey. «Ich sage nur, daß das Arsen im Omelett war und mit dem Ei hineingekommen ist.»

Mr. Urquhart warf sein Streichholz ins Kaminfeuer.

«Ihre Theorie scheint mir so brüchig zu sein wie das Ei.»

«Ich bin mit meiner Theorie noch gar nicht fertig. Der zweite Teil setzt sich aus lauter kleinen Beobachtungen zusammen. Ich will sie Ihnen aufzählen: Ihre Abneigung, zum Essen zu trinken, Ihr Teint, ein paar Schnipsel von Ihren Fingernägeln, ein paar von ihren wohlgepflegten Haaren – die nehme ich alle zusammen, gebe noch ein Päckchen weißes Arsen aus dem Geheimschrank in Ihrem Büro dazu, reibe kurz die Hände – so – und was wird daraus? Hanf, Mr. Urquhart, Hanf.»

Er malte eine Schlinge in die Luft.

«Ich verstehe nicht», sagte der Anwalt heiser.

«O doch, Sie verstehen genau», sagte Wimsey. «Hanf – woraus man Stricke macht. Hanf ist eine feine Sache. Also, weiter mit dem Arsen. Wie Sie wissen, tut es einem im allgemeinen nicht gut, aber da gibt es Leute – zum Beispiel diese lästigen Bauern in der Steiermark, die immerzu von sich reden machen – von denen es heißt, sie essen es zum Spaß. Es fördert ihre Verdauung, sagen sie, hellt ihren Teint auf und läßt ihr Haar glänzen, und aus demselben Grunde geben sie es auch ihren Pferden – wobei hier der Teint keine Rolle spielt, versteht sich, denn Pferde haben nicht viel Teint – aber Sie verstehen, was ich meine. Dann war da dieser schreckliche Mann, dieser Maybrick – der hat es auch genommen, wie es heißt. Jedenfalls ist bekannt, daß manche Menschen Arsen zu sich nehmen und nach einiger Zeit der Gewöhnung ziemlich große Mengen vertragen, an denen ein normaler Mensch sterben würde. Aber das wissen Sie ja alles selbst.»

«Ich höre es zum erstenmal.»

«Was glauben Sie eigentlich damit zu erreichen? Na schön. Wir wollen so tun, als ob das alles neu für Sie wäre. Also, irgend jemand – den Namen habe ich vergessen, aber es ist alles bei Dixon Mann nachzulesen – wollte einmal wissen, wie das funktioniert, und hat es an ein paar Hunden und anderen Viechern ausprobiert und etliche davon umgebracht, könnte ich mir vorstellen, aber schließlich hatte er heraus, daß flüssiges Arsen, das von den Nieren verarbeitet wird, sehr unverträglich ist, festes Arsen aber täglich in immer größeren Mengen verabreicht werden kann und daß mit der Zeit diese Dinger – die ‹Röhrchen›, wie mal eine alte Frau in Norfolk dazu gesagt hat – sich daran gewöhnen und es einfach passieren lassen, sozusagen ohne es zur

Kenntnis zu nehmen. Irgendwo habe ich gelesen, daß die Leukozyten das alles machen – diese ulkigen kleinen weißen Korpuskeln, nicht wahr? –, die sich gewissermaßen um das Zeug legen und es durchschleusen, so daß es keinen Schaden anrichten kann. Der springende Punkt ist jedenfalls, daß man, wenn man festes Arsen über längere Zeit zu sich nimmt – sagen wir ein Jahr oder so –, eine Dings – eine Immunität entwickelt und bis zu einem halben Gramm auf einmal schlucken kann, ohne die allermindesten Beschwerden.»

«Sehr interessant», sagte Mr. Urquhart.

«Diese niederträchtigen steirischen Bauern machen es offenbar so, aber sie geben gut acht, daß sie etwa zwei Stunden nach der Einnahme nichts trinken, sonst könnte das Zeug in die Nieren gespült und ihnen doch gefährlich werden. Ich fürchte, ich drücke mich nicht sehr fachmännisch aus, aber so ungefähr ist es. Nun, mein Bester, und da ist mir eben eingefallen, daß Sie vielleicht auf die glänzende Idee gekommen sein könnten, sich zuerst selbst zu immunisieren, damit Sie dann leicht ein Arsenomelett mit einem guten Freund teilen konnten, das ihn umbringen, Ihnen aber nicht schaden würde.»

«Aha.»

Der Anwalt leckte sich die Lippen.

«Also, wie gesagt, Sie haben einen schönen klaren Teint – allerdings hat das Arsen, wie ich sehe, da und dort Ihre Haut ein wenig pigmentiert (das kommt manchmal vor); Sie haben dieses glänzende Haar, und dann fiel mir auf, daß Sie beim Essen um keinen Preis etwas trinken wollten. Da habe ich mich gefragt: ‹Peter, mein kluger Junge, was hat das zu bedeuten?› Und als ich in Ihrem Geheimschrank ein Päckchen weißes Arsen fand – das Wie ist im Augenblick nicht wichtig –, da habe ich gefragt: ‹Hoppla, hoppla, wie lange geht das wohl schon so?› Wie Ihr netter ausländischer Apotheker der Polizei gesagt hat, schon zwei Jahre, stimmt's? Das muß also um die Zeit angefangen haben, als der Megatherium Trust zusammenkrachte, richtig? Gut, gut, Sie brauchen mir nichts zu sagen, wenn Sie nicht wollen. Daraufhin haben wir uns ein paar Stückchen von Ihren Haaren und Fingernägeln besorgt, und – sie strotzten vor Arsen! Und da haben wir gesagt: ‹Nanu!› Sehen Sie, darum habe ich Sie heute zu diesem Plauderstündchen eingeladen. Ich dachte mir nämlich, Sie möchten dazu vielleicht etwas sagen.»

«Ich kann dazu nur sagen», sagte Urquhart mit verzerrtem

Gesicht, aber streng sachlich im Ton, «daß Sie es sich gut überlegen sollten, bevor Sie jemandem diese lächerliche Theorie unterbreiten. Was Sie und die Polizei – der ich, ehrlich gesagt, alles zutraue – in meinen vier Wänden versteckt haben, weiß ich nicht, aber zu behaupten, ich nähme gewohnheitsmäßig Drogen, ist üble Nachrede und strafbar. Es stimmt durchaus, daß ich eine Zeitlang ein Medikament eingenommen habe, das Spuren von Arsen enthielt – Dr. Grainger kann die Rezepte vorlegen –, und davon mögen durchaus Spuren in meiner Haut und meinen Haaren zurückgeblieben sein, aber darüber hinaus entbehrt Ihre ungeheuerliche Behauptung jeder Grundlage.»

«Jeder?»

«Jeder.»

«Wie kommt es dann», fragte Wimsey kühl, aber mit einem drohenden Unterton in seiner aufs äußerste beherrschten Stimme, «wie kommt es, daß Sie heute abend ohne ersichtliche Wirkung eine Dosis Arsen zu sich genommen haben, die zwei oder drei normale Menschen umbringen würde? Diese ekelhaften Süßigkeiten, mit denen Sie sich in einer – ich darf sagen – Ihrem Alter und Ihrer Stellung unwürdigen Weise vollgestopft haben, waren über und über mit weißem Arsen bestreut. Sie haben das Zeug, Gott sei Ihnen gnädig, vor anderthalb Stunden gegessen. Wenn Arsen Ihnen schaden könnte, müßten Sie sich seit etwa einer Stunde in Todeskrämpfen winden.»

«Sie Satan!»

«Könnten Sie nicht wenigstens versuchen, ein paar Symptome vorzutäuschen?» fragte Wimsey sarkastisch. «Soll ich Ihnen eine Schüssel bringen? Oder den Arzt rufen? Haben Sie ein Brennen in der Kehle? Oder Leibkrämpfe? Es ist zwar schon ziemlich spät, aber mit ein bißchen gutem Willen könnten Sie vielleicht immer noch so tun, als spürten Sie was, selbst jetzt noch.»

«Sie lügen. Sie würden so etwas niemals wagen! Das wäre Mord!»

«In Ihrem Falle nicht, glaube ich. Aber ich bin bereit, es darauf ankommen zu lassen.»

Urquhart stierte ihn an. Wimsey sprang von seinem Sessel hoch und stand mit einem einzigen Satz vor ihm.

«An Ihrer Stelle würde ich jetzt keine Gewalt anwenden. Giftmischer, bleib bei deinen Pülverchen. Außerdem bin ich bewaffnet. Entschuldigen Sie die Operettenszene. Wird Ihnen nun endlich schlecht oder nicht?»

«Sie sind wahnsinnig.»

«Sagen Sie das nicht. Los, Mann – reißen Sie sich zusammen. Frisch gewagt ist halb gewonnen. Soll ich Ihnen den Weg zum Bad zeigen?»

«Mir ist so elend.»

«Natürlich; es klingt nur nicht sehr überzeugend. Durch die Tür, den Flur entlang, dann dritte Tür links.»

Der Anwalt taumelte hinaus. Wimsey ging in die Bibliothek und läutete.

«Ich glaube, Bunter, Mr. Parker könnte im Bad ein wenig Hilfe brauchen.»

«Sehr wohl, Mylord.»

Bunter ging, und Wimsey wartete. Bald hörte man in der Ferne Kampfgeräusche. Eine Gruppe Leute erschien in der Tür – Urquhart, sehr blaß, Haare und Kleidung in Unordnung, flankiert von Parker und Bunter, die ihn an den Armen festhielten.

«Hat er sich übergeben?» fragte Wimsey interessiert.

«Nein», sagte Parker mit grimmigem Gesicht, indem er seinem Opfer Handschellen anlegte. «Er hat fünf Minuten lang auf dich geschimpft, ohne Luft zu holen, dann wollte er zum Fenster hinaus, sah, daß es drei Stockwerke hinunterging, ist dann durchs Ankleidezimmer gerannt und mir genau in die Arme. Nun zappeln Sie nicht so, mein Junge, Sie tun sich nur weh.»

«Und er weiß noch immer nicht, ob er vergiftet ist?»

«Er scheint es nicht anzunehmen. Jedenfalls hat er nichts dagegen getan. Sein einziger Gedanke war Flucht.»

«Schwach», meinte Wimsey. «Wenn ich jemanden glauben machen wollte, ich sei vergiftet, würde ich besser schauspielern.»

«Halten Sie doch um Gottes willen den Mund», sagte der Gefangene. «Sie haben mich mit einem hundsgemeinen Trick überführt, reicht Ihnen das nicht? Sie können es jetzt wenigstens für sich behalten.»

«So», meinte Parker, «überführt haben wir Sie? Nun, ich habe Sie gewarnt, nicht zu reden, aber wenn Sie unbedingt reden wollen, ist es nicht meine Schuld. Übrigens, Peter, ich nehme nicht an, daß du ihm wirklich Gift gegeben hast, oder? Es scheint ihm zwar nicht geschadet zu haben, aber es würde das ärztliche Gutachten beeinträchtigen.»

«Nein, das habe ich nicht», sagte Wimsey. «Ich wollte nur sehen, wie er auf die Behauptung reagiert. Also, gehabt euch wohl! Ich kann das Weitere dir überlassen.»

«Wir werden uns schon um ihn kümmern», sagte Parker. «Aber du könntest Bunter ein Taxi rufen lassen.»

Als der Gefangene und sein Begleiter gegangen waren, wandte Wimsey sich nachdenklich an Bunter, das Glas in der Hand.

«Mithridates starb sehr alt, sagt der Dichter. Aber ich bezweifle es, Bunter. In diesem Fall bezweifle ich es sehr.»

23. Kapitel

Auf dem Richtertisch standen goldene Chrysanthemen. Sie sahen aus wie lodernde Banner.

Auch die Angeklagte hatte einen Ausdruck in den Augen, der wie eine Herausforderung an den ganzen vollbesetzten Gerichtssaal wirkte, während der Gerichtsschreiber die Klageschrift verlas. Der Richter, ein dicklicher, älterer Herr mit einem Gesicht wie aus dem vorigen Jahrhundert, sah den Staatsanwalt erwartungsvoll an.

«Mylord, ich stelle im Namen der Krone fest, daß gegen die Angeklagte keine Beweise vorliegen.»

Das Luftholen, das durch den Saal ging, klang wie das Rascheln eines aufkommenden Windes in den Baumwipfeln.

«Habe ich das so zu verstehen, daß die Klage gegen die Untersuchungsgefangene zurückgenommen wird?»

«So lauten meine Anweisungen, Mylord.»

«In diesem Falle», sagte der Richter teilnahmslos und an die Geschworenen gewandt, «bleibt Ihnen nichts anderes übrig, als auf ‹Nicht schuldig› zu erkennen. Gerichtsdiener, sorgen Sie für Ruhe auf der Galerie.»

«Noch einen Augenblick, Mylord.» Sir Impey erhob sich, groß und majestätisch.

«Im Namen meiner Mandantin – in Miss Vanes Namen, Mylord, bitte ich für ein paar Worte um Eurer Lordschaft Gehör. Gegen Miss Vane wurde ein Vorwurf erhoben, Mylord, der schreckliche Vorwurf des Mordes, und ich möchte völlig klargestellt wissen, Mylord, daß meine Mandantin diesen Gerichtssaal ohne den geringsten Makel verläßt. Soweit ich informiert bin, Mylord, wird hier nicht die Anklage aus Mangel an Beweisen zurückgezogen. Soviel ich weiß, hat die Polizei vielmehr Beweise für die völlige Unschuld meiner Mandantin gefunden. Soviel ich ferner weiß, Mylord, hat eine weitere Verhaftung stattgefunden, der zu gegebener Zeit ein weiterer Prozeß folgen wird. Mylord, diese Dame muß von jedem Verdacht gereinigt in die

Welt hinausgehen, freigesprochen nicht nur von diesem Gericht, nein, freigesprochen auch vor dem Gericht der öffentlichen Meinung. Jede Unklarheit wäre hier unerträglich, Mylord, und ich bin mir für das, was ich sage, der Zustimmung des verehrten Herrn Staatsanwalts gewiß.»

«Selbstverständlich», sagte der Staatsanwalt. «Ich bin angewiesen, Mylord, hier bekanntzugeben, daß die Krone die Anklage gegen die Untersuchungsgefangene zurücknimmt, weil sie von ihrer Unschuld vollkommen überzeugt ist.»

«Das freut mich zu hören», sagte der Richter. «Untersuchungsgefangene, die Krone hat mit der vorbehaltlosen Zurücknahme der gegen Sie erhobenen Anklage Ihre Unschuld aufs deutlichste aufgezeigt. Niemand wird von nun an auch nur den kleinsten Makel an Ihnen sehen können, und ich gratuliere Ihnen von ganzem Herzen zu diesem glücklichen Ende Ihres langen Leidensweges. Bitte, bitte – ich habe ja volles Verständnis für diejenigen, die jetzt applaudieren, aber wir sind hier weder im Theater noch auf dem Fußballplatz, und wer nicht ruhig ist, muß des Saales verwiesen werden. Meine Damen und Herren Geschworenen, finden Sie die Angeklagte ‹schuldig› oder ‹nicht schuldig?› »

«Nicht schuldig, Mylord.»

«Sehr gut. Die Angeklagte wird wegen erwiesener Unschuld freigesprochen und sofort auf freien Fuß gesetzt. Der nächste Fall, bitte.»

So endete, sensationell bis zuletzt, einer der sensationellsten Mordprozesse des Jahrhunderts.

Harriet Vane ging als freie Frau die Treppe des Gerichtsgebäudes hinunter, wo Eiluned Price und Sylvia Marriott sie erwarteten.

«Menschenskind!» sagte Sylvia.

«Ein dreifaches Hoch!» sagte Eiluned.

Harriet begrüßte die beiden ein wenig geistesabwesend.

«Wo ist Lord Peter Wimsey?» fragte sie. «Ich muß mich bei ihm bedanken.»

«Das kannst du dir sparen», sagte Eiluned barsch. «Ich habe ihn wegfahren sehen, kaum daß das Urteil gesprochen war.»

«Oh!» machte Miss Vane.

«Er wird dich wohl mal besuchen», meinte Sylvia.

«Nein, der nicht», widersprach Eiluned.

«Warum nicht?» fragte Sylvia.

«Zu anständig», sagte Eiluned.

«Ich fürchte, du hast recht», sagte Harriet.

«Der junge Mann gefällt mir», sagte Eiluned. «Du brauchst nicht zu grinsen. Er gefällt mir wirklich. Er wird nicht auf die König-Kophetua-Tour reisen, und dafür ziehe ich den Hut vor ihm. Wenn du ihn sehen willst, mußt du schon nach ihm schikken.»

«Das werde ich nicht tun», sagte Harriet.

«O doch, du wirst», sagte Sylvia. «Ich hatte recht, was den Mörder anging, und ich werde auch darin recht behalten.»

Lord Peter Wimsey fuhr noch am selben Abend nach Duke's Denver. Er traf die Familie in heller Aufregung an, mit Ausnahme der Herzoginwitwe, die zufrieden mitten in dem ganzen Trubel saß und strickte.

«Hör mal, Peter», sagte der Herzog, «du bist der einzige, auf den Mary hört. Du mußt was unternehmen. Sie will deinen Freund heiraten, diesen Polizisten.»

«Ich weiß», sagte Wimsey. «Und warum sollte sie nicht?»

«Das ist doch lächerlich», sagte der Herzog.

«Ganz und gar nicht», antwortete Lord Peter. «Charles ist einer von den besten.»

«Das mag ja sein», sagte der Herzog, «aber Mary kann doch keinen Polizisten heiraten.»

«Nun hör du mal zu», sagte Wimsey, indem er seine Schwester unterhakte, «du läßt mir Polly in Ruhe. Charles hat zu Beginn dieses Mordprozesses einen Fehler gemacht, aber er macht nicht viele, und eines Tages wird er ein großer Mann sein, mit Titel und allem Drum und Dran, verlaß dich darauf. Wenn du mit jemandem Streit suchst, kannst du ihn mit mir haben.»

«Mein Gott!» sagte der Herzog. «Du willst doch nicht etwa eine Polizistin heiraten?»

«Nicht ganz», sagte Wimsey. «Ich heirate die Angeklagte.»

«Was?» rief der Herzog. «Großer Gott, wie, was?»

«Wenn sie mich haben will», sagte Lord Peter Wimsey.

Dorothy L. Sayers

Dorothy Leigh Sayers stammte aus altem englischem Landadel. Ihr Vater war Pfarrer und Schuldirektor. Sie selbst studierte als einer der ersten Frauen überhaupt an der Universität Oxford, wurde zunächst Lehrerin, wechselte dann für zehn Jahre in eine Werbeagentur. Weltberühmt aber wurde sie mit ihren Kriminalromanen und ihrem Helden Lord Peter Wimsey, der elegant und scharfsinnig Verbrechen aufklärt, vor denen die Polizei ratlos kapituliert. Dorothy L. Sayers starb 1957 in Whitham/Essex.

Ärger im Bellona-Club
Kriminalroman
(rororo 5179)

Die Akte Harrison
Kriminalroman
(rororo 5418)

Aufruhr in Oxford
Kriminalroman
(rororo 5271)

Das Bild im Spiegel *und andere überraschende Geschichten*
(rororo 5783)

Diskrete Zeugen
Kriminalroman
(rororo 4783)

Figaros Eingebung *und andere vertrackte Geschichten*
(rororo 5840)

Fünf falsche Fährten
Kriminalroman
(rororo 4614)

Hochzeit kommt vor dem Fall
Kriminalroman
(rororo 5599)

rororo Unterhaltung

Der Glocken Schlag *Variationen über ein altes Thema in zwei kurzen Sätzen und zwei vollen Zyklen.*
Kriminalroman
(rororo 4547)

Keines natürlichen Todes
Kriminalroman
(rororo 4703)

Der Mann mit den Kupferfingern
Lord Peter-Geschichten und andere
(rororo 5647)

Mord braucht Reklame
Kriminalroman
(rororo 4895)

Starkes Gift *Kriminalroman*
(rororo 4962)

Ein Toter zu wenig
Kriminalroman
(rororo 5496)

Zur fraglichen Stunde
Kriminalroman
(rororo 5077)

3273/1

P. D. James

Adam Dalgliesh ist Lyriker von Passion, vor allem aber ist er einer der besten Polizisten von Scotland Yard. Und er ist die Erfindung von **P. D. James.** «Im Reich der Krimis regieren die Damen», schrieb die Sunday Times und spielte auf Agatha Christie und Dorothy L.Sayers an, «ihre Königin aber ist P. D. James.» In Wirklichkeit heißt sie Phyllis White, ist 1920 in Oxford geboren, und hat selbst lange Jahre in der Kriminalabteilung des britischen Innenministeriums gearbeitet.

Ein reizender Job für eine Frau
Kriminalroman
(rororo 5298)
Der Sohn eines berühmten Wissenschaftlers in Cambridge hat sich angeblich umgebracht. Aber die ehrfürchtig bewunderte Idylle der Gelehrsamkeit trügt.

Der schwarze Turm *Kriminalroman*
(rororo 5371)
Ein Kommissar entkommt mit knapper Not dem Tod und muß im Pflegeheim schon wieder unnatürliche Todesfälle aufdecken.

Eine Seele von Mörder
Kriminalroman
(rororo 4306)
Als in einer vornehmen Nervenklinik die bestgehaßte Frau ermordet wird, scheint der Fall klar – aber die Lösung stellt alle Prognosen über den Schuldigen auf den Kopf.

rororo Unterhaltung

Tod eines Sachverständigen
Kriminalroman
(rororo 4923)
Wie mit einem Seziermesser untersucht P. D. James die Lebensverhältnisse eines verhaßten Kriminologen und zieht den Leser in ein kunstvolles Netz von Spannung und psychologischer Raffinesse.

Tod im weißen Häubchen
Kriminalroman
(rororo 4698)
In der Schwesternschule soll ein Fall künstlicher Ernährung demonstriert werden. Tatsächlich ereignet sich ein gräßlicher Tod... Für Kriminalrat Adam Dalgliesh von Scotland Yard wird es einer der bittersten Fälle seiner Laufbahn.

Ein unverhofftes Geständnis
Kriminalroman
(rororo 5509)
«P. D. James versteht es, detektivischen Scharfsinn mit der präzisen Analyse eines Milieus zu verbinden.»
Abendzeitung, München

Fantasy

Barbara von Bellingen
Tochter des Feuers *Roman aus der Morgendämmerung der Menschheit*
(rororo 5478)
Im Jahre 1883 machten französische Archäologen einen zauberhaften Fund: in einer Höhle entdeckten sie das winzigkleine geschnitzte Porträt einer jungen Frau – das Gesicht einer Neandertalerin, eingekerbt in einen Mammutzahn vor mehr als 30 000 Jahren.

Luzifers Braut *Roman*
(rororo 12203)
Die ergreifende Geschichte der jungen Susanna, einer Wirtstochter aus Köln, die in den Teufelskreis eines Hexenprozesses gerät: hinterhältige Verhöre und grausame Foltern, Ohnmacht und Qualen, eine wundersame Rettung, die Flucht durch das vom Dreißigjährigen Krieg heimgesuchte Land.

Kurt Vonnegut
Schlachthof 5 oder der Kinderkreuzzug
(rororo 1524)
Kurt Vonnegut, in Amerika berühmter Verfasser von satirischen Science-fiction-Romanen, weiß ebenso unterhaltsam wie anspruchsvoll zu erzählen.

Katzenwiege *Roman*
(rororo 12449)
«Vonnegut ist einzigartig unter uns», schrieb Doris Lessing. «Er ist ein Idylliker und Apokalyptiker in einer verwegenen Mischung» (FAZ). «Katzenwiege» gilt als ein Klassiker seines irrwitzigen Gesamtwerks.

rororo Unterhaltung

Robert Shea /
Robert A. Wilson
Illuminatus!
Band 1:
Das Auge in der Pyramide
(rororo 4577)
In einer visionären Vermischung von Erzähltechniken des Science-fiction-Romans, des Polit-Thrillers und des modernen Märchens jagen die Autoren den staunenden, erschrockenen und lachenden Leser durch die jahrhundertelange Geschichte von Verschwörungen, Sekten, Schwarzen Messen, Sex und Drogen. «Ein Rock'n'Roll-thriller» («Basler Zeitung») und Geheimtip für die Freunde der literarischen Phantasie.

Band 2:
Der goldene Apfel
(rororo 4696)

Band 3:
Leviathan
(rororo 4772)